中国年度作品2019

短篇小说

黄咏梅——主编

中国出版集团 现代出版社

图书在版编目（CIP）数据

2019中国年度作品．短篇小说 / 黄咏梅主编．—北京：现代出版社，2020.3

ISBN 978-7-5143-8307-2

Ⅰ．①2… Ⅱ．①黄… Ⅲ．①中国文学—当代文学—作品综合集 ②短篇小说—小说集—中国—当代 Ⅳ．①I217.1

中国版本图书馆CIP数据核字（2019）第287877号

2019中国年度作品．短篇小说

主　　编：黄咏梅
组稿编辑：庞俭克
责任编辑：申　晶
出版发行：现代出版社
通信地址：北京市安定门外安华里504号
邮政编码：100011
电　　话：010-64267325　010-64245264（兼传真）
网　　址：www.1980xd.com
电子邮箱：xiandai@vip.sina.com
印　　刷：三河市宏盛印务有限公司

开　　本：710mm×960mm　1/16　　印　　张：18.5
版　　次：2020年3月第1版　　印　　次：2020年3月第1次印刷
字　　数：312千字
书　　号：ISBN 978-7-5143-8307-2
定　　价：39.80元

目　录

炖 马 靴

迟子建[1]

故事发生在1938年还是1939年，父亲记得并不很清楚，他说年份不重要，重要的是时令，寒冬腊月，祭灶的日子，西北风呜呜叫，他们抗联部队的一个支队（父亲至死对他部队的番号保密），二十多号人，清晨从四道岭小黑山的密营出发，踏雪而行，晚饭时分，袭击了位于中苏边界的一个日军守备队。

父亲说他们事先侦察了，这个守备队在山脚下，距离一个小镇四五里路，驻扎着三十来人，有一栋长方形板房，两个矩形仓库，还有一对大狼狗。板房是营房；两座仓库呢，分别为弹药库和粮库。这两座库，是他们的主攻目标。

那时关东军在中国东北，一方面针对苏联，在边境一带秘密修筑防御工事；另一方面针对抗日武装，进行围剿。为切断老百姓与抗日队伍的联系，他们大规模实施归屯并户，建立“集团部落”，大片农田荒芜，无数村落夷

---

① **迟子建** 女，1964年元宵节出生于漠河。1983年开始写作，已发表以小说为主的文学作品六百余万字，出版有八十余部单行本。主要作品有：长篇小说《伪满洲国》《越过云层的晴朗》《额尔古纳河右岸》《白雪乌鸦》《群山之巅》，小说集《北极村童话》《白雪的墓园》《向着白夜旅行》《逝川》《清水洗尘》《雾月牛栏》《踏着月光的行板》《世界上所有的夜晚》，散文随笔集《伤怀之美》《我的世界下雪了》等。出版有《迟子建长篇小说系列》六卷、《迟子建文集》四卷、《迟子建中篇小说集》八卷、《迟子建短篇小说集》四卷以及三卷本的《迟子建作品精华》。作品有英、法、日、意、韩、荷兰文等海外译本。

为废墟。父亲说自此之后，队伍的给养成了问题，缺粮少衣，陷入被动。

四道岭在哪里？我在地图上找不到。父亲说除了四道岭，还有头道岭、二道岭、三道岭和五道岭。这些岭呈刀锋状，山上林木茂盛，山下溪流纵横，地形复杂，易守难攻，适宜做密营。父亲说他们最初的营地在头道岭的大黑山，那里狼多，当地人也叫它野狼岭。深夜时群狼齐嗥，狼眼鬼火似的在树丛闪烁，地窨子的女战士恐惧这“夜歌夜火”，就往男战士住的这一侧跑。父亲也不避讳，说他们因此喜欢狼嗥。

狼通常群居，但也有离群索居的。父亲说头道岭就有这样一条母狼，它双眼瞎。不知是天生瞎眼，还是后天瞎的——比如被猎人打瞎、疾病或是同类相残所致。大家分析，它在狼群里受排斥，才被驱逐出来。一条瞎眼的狼，就是一把卷刃的剑，锋芒不再。虽说它的嗅觉依然灵敏，但它朝着掠食目标飞奔的时候，由于深陷永无尽头的黑暗，往往会撞到树上，或是跌入谷底。猎物到不了嘴，反受皮肉之苦。但狼是聪明的，父亲说这条瞎眼狼自打发现支队的行踪后，就一直凭声音和嗅觉尾随他们，求得生存。

父亲是火头军，他可怜瞎眼狼，做了几个鼠夹子，将拍死的老鼠扔给它。战友们都说，狼是吃人不吐骨头的野兽，喂不熟的，可父亲还是不忍看它挨饿，尤其到了漫漫长冬，白雪像巨大的裹尸布一样覆盖了山林，它几乎找不到吃的，连哀叫的力气都没了，像一团飘浮的阴云，蔫巴巴地尾随着队伍，父亲总会想方设法给它口吃的。它得了食物后会叫几声，像小孩子没吃饱奶时的吭叽声，带着些许的满足，又些许的抗议。

大地回春了，瞎眼狼的日子就好过多了。春夏秋三季，它可以用鼻子觅到果腹之物，而那些东西其他狼基本是不碰的，譬如浆果、蘑菇、青苔或是昆虫。它食肉的机会有没有呢？那得看它的运气了。病死的鹰、半腐烂的兔子，对它来说就是美味。一旦发现，它就迅疾赶去。可这样的食物，也是乌鸦的珍馐。常常是它大快朵颐时，乌鸦纷纷落下，与其争食。瞎眼狼反正看不见，奋勇吃它的。父亲说他们不止一次撞见它与乌鸦同食腐肉的情景。看着它被漆黑的乌鸦给挤在一角，像条瘪了的布袋，实在是心疼。

有时不是瞎眼狼先发现的腐肉，而是乌鸦，它也能跟着蹭点荤腥。乌鸦一鼓噪，它就循声而去。所以瞎眼狼最爱的声音，该是乌鸦的叫声吧。乌鸦啃不动的骨头，对它来说就是心仪的阳光，它会把它们拖进山洞，作为存粮，以备不时之需。它瘦弱不堪，但牙齿锋利，骨头于它，恰如糖果。

瞎眼狼像个讨债鬼，跟着支队，渐渐地成了编外一员。

有年正月，这条狼突然消失了！看不见它了，大家还担心，它是不是被老虎或狗熊给吃了？父亲说瞎眼狼失踪三个月后，他和战友为前方的大部队运粮，在二道岭遇见它。它居然大了肚子，怀了崽了！它拖着沉重的身子，穿越新绿点点的灌木丛，往头道岭走。它的爪子在林地上，留下的印痕明显比过去深了，而它的毛色，也比过去光鲜了！闻到它熟知的队伍的气味，它还停下来，转过头，低低叫了几声，有点羞怯，又有点骄傲似的。

它是在哪里俘获了一条公狼的心呢？父亲说他们猜测，公狼与它发过情后，恐怕也是后悔的，否则不会在它怀着孕的时候，让它孤独地在山岭间穿行。

那次运粮，父亲他们中途遭到日伪军伏击，死伤过半。原来是队伍里一个姓梁的通讯员做了叛徒。他们不得不放弃头道岭的密营，重整旗鼓，在四道岭的小黑山再建营地。这样，头道岭的瞎狼，就在他们视野中消失了。两三年不见它，大家还念叨，它生了几崽？养活得了小狼吗？因为一直没见它来找他们，父亲认定，瞎眼狼生的小狼，个个都是好眼睛，它的生活有了灯，不需要他们了。但父亲还会在队伍偶尔开荤时，将吃剩的骨头，扔在附近的山洞。瞎眼狼喜欢山洞，也能对付骨头，万一他们转移了，而它走投无路，寻到那儿的话，总不会饿着。

为了那次行动，父亲说他们做了周密计划。选择过小年的日子，是因为侦察员带来消息说，日本兵到了冬天的晚上，为打发长夜，喜欢三五结对，去镇上喝酒。小镇有家烧锅，酒好，下酒菜地道，且店主人的老婆俊俏，待人周全，烧锅便成了这个守备队士兵的温柔乡。每逢中国的传统节日，端午、中秋和小年，烧锅一派花园气象，菜品多姿多彩，香气勃勃，撩人胃肠。每逢此时，守备队的人有一半会开小差，防卫空虚，易于突袭。

小年那天飘着雪花，从四道岭到目标点，大约八十里路，要穿越几道山谷和数条冰河。父亲他们驾着滑雪板，清晨就出发了。呼呼叫的北风，让雪花成了薄命人，未等落下，在半空就被风撕裂了。雪粉飞扬，常迷了人的眼睛。父亲说他们不讨厌这样的迷眼，因为雪花纤尘不染，就像老天送来的润眼膏，无比清凉。

他们在午后三点接近了日军守备队，埋伏在山后，把滑雪板卸下，藏在一条沟塘里，预备着突袭成功后，再穿上撤离。父亲说每个战士都是滑雪高手，在冬季，滑雪板就是他们的战马。

腊月的太阳冻得够呛，午后四点不到，就缩着脖子退出天边了，想必急着烤火去了。太阳落山后，遗下一片滴血的晚霞，好像西边天负了伤。父亲说天黑透了，侦察员带来消息，三辆摩托车驶离守备队，带走了十一个日本兵，看来他们是去镇上的烧锅了。父亲说支队长没有犹豫，下达了进攻令。

趁着夜色，队伍匍匐向前，靠近目标。守备队四周是铁丝电网，两扇宽大的铁门紧闭，门侧的岗楼是空的，没有岗哨。营房灯火通明，照亮了院子。那生硬的铁丝电网，因为有了光的照拂，在院子投下无数爪形的印痕，像一幅工笔的松枝图。两条大狼狗嗅到异常，汪汪叫起来。身手敏捷的神枪手小张，握着手枪，埋伏在岗楼，单等日本兵开门察看时击毙他，打开进攻的通道。岗楼对面，隔着一条雪道，是一摞半人高的柴垛，一个机枪手和五个持步枪的战士，作为冲锋的主力，以此为掩体，准备突击。其他人员，分布在左右两翼，对守备队形成三面夹击。

两条狼狗越叫越凶，营房的门终于"嘎吱"一声响，有人出来了。狗迎了主子，引至铁门，更凄厉地叫起来，用爪子"嚓嚓"挠门报警。那个日本兵没有想到外面重兵埋伏，打开铁门，他刚一露头，小张便举起手枪。子弹飞过，他应声倒地！两条狼狗狂吠着，像两朵暴风雨中滚动的浓云，一前一后冲出，一个奔向岗楼，一个奔向柴垛。奔向岗楼的，被小张击毙了；奔向柴垛的，被步枪手撂倒了。不同的是前一条狼狗吃了一颗枪子，后一条吞了两颗。守备队的日本兵听到枪声，携枪而出反击。院子的光亮，让他们成为鲜明的靶子，在交战中处于劣势。支队伤亡极小地冲进守备队，可以说是旗开得胜。

然而谁也没有料到，那三辆刚离开不久的摩托车回来了！

十一个荷枪实弹的日本兵回来了！

父亲说抗战胜利后，他路过那个小镇，才知道那天日本兵为什么突然返回。原来镇上的几个农民，看不惯开烧锅的夫妇做日本人的生意，知道小年的这天他们又要来喝酒，自制了燃烧弹，投向烧锅，让烈火吞噬了它！

他们在返回途中，已经听到了守备队传来的枪声。

父亲说他们受到了前后夹击，优势立刻转为劣势。

当队伍冲向弹药库和粮库的时候，没想到这两座库，居然还有碉堡的功能，这是他们事先没有侦察到的。虽说守备队门前的岗哨形同虚设，但粮库和弹药库，哨兵一直在岗。这两座仓库架设的机枪，让暴露在空场的战士陷入绝境，父亲说大部分战友牺牲在那里，包括支队长，以及两名救护伤员的女战士。

最终从虎口脱险的，只有五个人，一个副支队长，三名战士（两男一女），加上父亲这个火头军。当然，父亲说他是后来才知道的，因为逃出的五个人，分了三个方向。

他们事先也制订了撤退计划，一般来说，为牵制敌人，保存实力，撤退时会分两个方向。火光中父亲不辨东西，所以他开辟了一个撤退的第三方向。

他们没有全军覆没，得益于绰号磨牙王的战士。这个人爱磨牙到什么程度呢？不仅睡觉磨，行军磨，吃饭也磨。挨着他睡的战士，梦中被他扰醒，常将臭袜子塞他嘴里。他咬着袜子，吭吭哧哧的，磨不出声了，但醒来后塞袜子的战士就惨了，袜子湿漉漉的不说，对着太阳一照，还亮光点点（到处是窟窿眼），好像他用牙齿，在袜子上播撒了繁星。

父亲说交战处于被动时，靠近粮库的副支队长下达了撤退令，父亲眼见着身负重伤的磨牙王，咬着牙，趁乱爬向弹药库，在冻土上爬出一条墨似的血痕，用自制的手雷引爆了弹药库。剧烈的爆炸令大地震颤，冲天的火光像一条条金红的鲤鱼，跃向夜空，守备队周围的铁丝网被撕裂了，日本兵赶紧转向粮库防御。

父亲就从弹药库北侧逃了出来。从此以后，与磨牙相似的声音，比如吱扭的扁担声、喑哑的拉锯声，甚至是老鼠啃东西的声音，都被他视为美音。

父亲逃得并不顺利，一个日本兵不屈不挠地追捕他，两个人之间的周旋和战斗，也就进行了大半夜。

初始父亲并未察觉身后有人，他戴着狗皮护耳，呼哧带喘的，加上踏雪发出的咯吱声，根本听不到背后的动静。由于撤离方向有误，预先藏在守备队山后沟塘的滑雪板，对父亲来说是梦里的彩虹，遥不可及，他在雪中跋涉了一个多小时，才走了七八里路。但父亲觉得这距离足够安全了，他停下来，打算歇歇脚，给身体补充点能量。

父亲说作为火头军，无论行军还是打仗，他总是背着一口铁锅。那铁锅跟菜墩那般大，与他的背一样宽，所以他背着它的时候，一点也不突兀，就像他身体的一部分，当然这使他看上去像个罗锅。除了铁锅，他棉袄外还斜挎着干粮袋，里面装着二斤左右的炒米。此外他棉军服的里子，靠近胸口的地方，还缝了两个布袋，一个装盐，一个盛火柴。火柴和盐，是部队陷入被动时的救生索。

父亲停下的那一刻头晕眼花，也许是先前战友的死刺激着他，他忽然恶心起来。当他垂头呕吐的时候，后背的锅猛地一震，冲击力让他险些栽倒，接着右前方树丛闪出一团白炽的火花，好像彗星划过，父亲马上意识到这是子弹擦着锅的右角飞过，后有敌手追击！父亲本能地卧倒，拔出枪来，匍匐到一处雪坎，以此为掩体。

父亲讲起这个人时，总以“敌手”相称，那么我也随他这么叫吧。

雪已停了，父亲说借着雪地的反光，依稀看见一团黑影在树丛中飘动，距他不过四五十米。敌手对父亲的突然消失满怀警觉，因为他知道子弹打飞了，父亲不是中弹消失的，对方已进入防御，他的最佳进攻机会葬送了。敌手开始隐蔽自己，父亲说那团黑影下沉了，鬼影似的不见了，证明他也就势趴在雪地上了。那年雪大，积雪足有两尺，正好隐蔽。

父亲说他所在的支队的武器装备，在当时算精良的，有七八条老套筒步枪，还有两把毛瑟枪。手枪中好的是缴获来的王八盒子，其余的是自制的转轮手枪。而有的队伍武器装备紧张，像火头军和救护兵，只配备大刀，而父亲所在的支队人人有枪。父亲所持的是一支自制的转轮手枪，有些笨重，但很好使。父亲自诩枪法不错，用它打过野猪和狍子，为支队改善伙食。不过对他的枪法，我一直怀疑他有吹嘘的成分，因为在我童年时，看他参加武装部的运动会，父亲投掷的铁饼和铅球，都是不听话的孩子，落脚点不在规定范围内，没一次成绩有效的。还有他每每教训我时，无论是飞向我的砖头还是空酒瓶，也无一砸中。当然，也许他只是为了吓唬我，没让它们走正确路线。

在与日军守备队的交战中，父亲所带的子弹基本用光，只剩三发。每一发对他来讲，都贵如黄金。父亲说一个人在野外作战，子弹的用途多着去了。既可抵御敌手，又可预防野兽袭击，还可以猎取动物、获得食物，以及向搜寻自己的人发出求救信号。除了这些，父亲说子弹还有一项顶要紧的功能，万一奄奄一息，有落入敌手的危险，不如给自己个痛快，所以他说要给自己留颗子弹，就当是藏着一块人生最后的糖。

但那个晚上，他的糖果没能保住。

父亲说腊月天本来就冷，加上夜间气温骤然降至零下三十多摄氏度，人趴在雪坎上，一刻钟就冻木了。如果双方僵持下去，都将被活活冻死。为了让敌手主动出击，父亲想了个办法。他穿了两层衣服，里层是棉绒秋衣，外层是棉袄。他不顾严寒，卸下锅和干粮袋，脱下棉袄，将里层的秋衣脱下，再把棉袄穿回，锅背上，顺手捡了一根被暴风雪刮断的柞木树杈，故意大声咳嗽几声，引起敌手注意，然后用树杈将秋衣挑起来，轻轻舞动，制造他在运动的假象，敌手果然上当，连着两发子弹打过来，父亲说那家伙的枪法真不错，子弹都是穿过秋衣呼啸而过。两发子弹过后，父亲丢下树杈，让秋衣垂落，使对方以为他中弹了。果然，敌手认为父亲凶多吉少，慢慢露出头来，缓缓朝前移动，准备察看战果。当敌手走了十多米时，父亲扣动扳机，想在最有利的时机下，一枪撂倒他。可是也不知是手冻得麻木了，还是移动状态的黑影有点飘忽，总之第一颗子弹打飞了。枪声让他暴露，敌手自知上当，卧倒瞬间，父亲又开了第二枪，这一枪中弹的是一棵树，树发出嘶嘶叫声，火花绽放。父亲说他剩下最后一发子弹后，反倒镇定了。双方都知未伤对方皮毛，也就是说，他们的生命，处于同一地平线上，谁有日出，就看命运了。

父亲说他占据的雪坎驼峰一样凸起，是天然堑壕，毕竟有利，不想转移。但他知道卧在雪地撑不了多久，所以紧盯着那个方向，等待敌手的意志先崩溃。他们对峙了近半小时，父亲说他感觉周身的血液要凝固的时刻，敌手背后传来凄厉的狼嚎。这声音对父亲来说习以为常，权当是老朋友来打招呼，可敌手却感到危机，躁动不安，听得见他潜伏之处传出咯吱咯吱的声音，他想着避开狼吧，终于起身了，一直全神贯注盯着他的父亲，就在他露头的一瞬，打了最后一枪。

父亲很镇定，撤退时没忘了将中弹的秋衣拿上，顺手系在腰间，将两只袖子打结。他说现在很多人在运动时喜欢把外套脱下来这样装扮，自以为时髦呢，其实那时他就这么干了。那天西北风从背后吹得厉害，秋衣像棉帘子护住腰臀，让他暖和不少。

父亲说自己太走运了，等后来终于瞅清他时，才知道最后一枪，击中了敌手的左肩，而这家伙是个左撇子，右手虽也能持枪，但枪法比起左手差远了，所以尽管父亲消耗了所有子弹后被迫撤退，而为避免中枪采取蛇形方式，忽左忽右，但暴露在敌手有利射程范围的他，没有倒下。那人开的最后两枪，都成了献给夜的森林的小礼花。

父亲是什么时候察觉到敌手也没子弹了呢？他说为了便于听动静，他解开了护耳，在雪地跋涉约两里路后，他不再听到背后传来枪声，只是越来越清晰的狼嚎，觉得奇怪，回身一望，隐约见尾随他的敌手所挎的枪，似乎枪头朝上，说明它也无用武之地了。父亲说那一刻他轻松了一下，赶紧放慢脚步，撒了泡尿。他说战事紧急时，只要不是冬天，尿就撒在裤子里，尤其是雨天的时候。可是北风呼号时节，一泡尿下去，不出一刻钟，裤裆就会冻成硬坨，男人的家伙挨着冰坨，再强旺的人也会废了！父亲说如果那样，就不会有我和姐姐的出生了。

父亲撒完尿，再回身看了一眼，敌手追得近了些，但离他还有二三十米的样子。他走得踉踉跄跄的，看得出很吃力。父亲也没多想，心想你有耐力就追吧。武器都成了哑巴后，双方拼的就是毅力、体力和运气了。

雪又下了起来。父亲说不下雪的话，他不会迷失方向，他本来是向着四道岭新建的密营方向撤退的，他渴望在那儿与离散的战友会合，渴望着在地窨子笼起火，喝上一缸热水，吃顿饭，踏实睡一觉。

然而雪越下越大，父亲说雪夜的森林，就是打了数不清的烟幕弹，你不走上歧路都不可能。他分辨不出东西南北，觉得哪儿都是前方，可走了一个小时后，会突然发现，自己又回到了先前经过的地方。敌手无路可走，紧追父亲。父亲怎样走，他就怎样追随，父亲想除了斗志在起作用，这家伙一直跟着可能与背后狼的追逐以及他无法辨认来时的路有关，也就是说，他也无力撤退了。

他们就这样在飞雪中又行进了两个多小时，午夜时分，父亲实在走不动了，在靠近河岸的灌木丛停下。飞雪中林木模糊，可狼的叫声一点也不模糊，愈发清晰。对付狼，火光就是子弹，父亲打算与敌手徒手决一死战，如果幸存的话，就卸下锅，燃起一堆火，化点雪水，就着热水吃炒米。想起炒米，他一摸斜挎的干粮袋，却是瘪的，他立时就腿软了。父亲仔细摸索，发现干粮袋靠近后脊梁的部位，有道寸长的口子，看来这一通急走，穿山时被树枝给刮破的，炒米白白流失了。所幸吊在干粮袋上的茶缸还在，行军中它既能喝水，还能当食物的容器。父亲说鸟儿要是寻到遗落的炒米，一定会张开翅膀欢呼。他说脱险以后，干粮袋就不在衣服最外面斜挎着了，而是像护卫盐和火柴似的，将其当银圆捆在腰间，这样就不会有闪失了。

老实说复述到此，我觉得父亲无数次唠叨的这个故事，没啥新奇，无非是他们行动失败，他单枪匹马撤退，被一个敌手不懈追击而已。

但接下来发生的故事，尽管父亲每次讲述时，语气是平静的，但总能在我心底搅起波澜。我对后半程的故事永不厌倦，就像对一首喜欢的乐曲，不管循环播放多少次，依然爱听。

雪没停，父亲选择了靠近河谷的一片灌木丛停了下来。除了手枪，他还携带一把三寸长的钢刀。作为火头军，这把刀的主要用途是炊事，剜个野菜，剥点引火的桦树皮，打到野兽开荤时用于肢解动物，等等。当然危急时刻，它还可以作为武器。

父亲说他卸下锅，把枪也卸下，看着敌手一步步逼近。他的喘息传来了，如此沉重，好像喘不动的样子。父亲手握钢刀，身体绷紧，做好了决战准备。可是敌手踩着父亲蹚出的脚印，趔趔趄趄靠近他时，既没做出战斗的姿态，也没举手投降，而是一头栽倒在雪地上。父亲怕他佯装倒下，持刀慢慢凑近，才发现他左臂中弹了，他的军服残破不堪。原来情急之下，他撕扯军服当绷带，包扎伤口了。可是他伤得厉害，军服的面料又不适宜做敷料，所以包扎处渗血严重，一团墨色。父亲说他从未见过一个人的眼睛会在夜的飞雪中发出那样强的光，锐利、绝望，又不甘。敌手打着寒战，牙齿磨得咯咯响，不知他是被疼痛折磨的，还是因为憎恨父亲。

父亲先缴了他的枪。是一支轻便灵活的三八式步骑枪，俗称小马盖子枪，父亲说那是女战士最喜欢的一款枪。他最终靠着这支枪，俘获了母亲的芳心，那时她在后方营房的被服厂做军服，当然这是后话了。

小马盖子枪到手后，父亲继续搜他身，没发现手枪和刀具，说明他们仓促应战中，装备不足。父亲说本来可以一刀子扎在他心口上，让失去反抗能力的敌手立即毙命，但见他气息奄奄，挺不了多久了，再说狼嚎声越来越近，父亲准备赶紧点火。敌手受伤后，伤口没包扎好，血滴在雪地上，父亲想，是血腥气让嗅觉灵敏的狼一路跟着吧。狼的叫声越来越近时，父亲听出至少两条狼在叫，一种声音富有攻击性，凄厉而有穿透力；另一种比较婉转、犹疑，像婴儿的啼哭，让他有似曾相识之感。

父亲在灌木丛划拉了一抱干枯的树枝，又找了棵桦树，剥了块桦树皮，生起火来。这堆火距离敌手倒地之处，有四五米远。父亲把锅支上，想融化点雪水来喝。没有食物，吃几粒盐，喝一缸热水，也能补充能量。

他烧雪水的时候，想着该怎样处置敌手。他失血过多，倒地后就再也没能爬起来。父亲知道这样下去，不出几个小时，他就会死在那片灌木丛。他似乎不惧怕父亲，但对狼的叫声表现出异常的惊恐，狼一叫唤，他就呻吟。

父亲又找来一些柴火，打算在篝火旁多休息两个小时，等雪停了再行动。他抱着柴火回到篝火旁时，雪水烧沸了，狼也来到近前。躲避在灌木丛后的狼，交替发出叫声，一种是带着威慑和焦急情绪的大叫，一种是呼唤故人似的低沉呼唤。敌手哼得更厉害了，他身体扭曲着，似乎想努力爬到篝火这儿来，可他终归没能离开跌倒之地半步。

父亲是怎么判断出徘徊在附近的狼，有一只就是他熟悉的瞎眼狼的呢？他喝过一缸热水后，发现篝火的斜对面，狼发声之处的灌木丛，有两个黄绿色的光点在闪烁，那是狼眼发出的光。两条狼应该有四个发光点，可父亲说他望了多次，总是两个光点，这说明另一条狼的眼睛是不发光的，它不是瞎眼狼又会是谁呢！父亲说直到这时他才明白，为啥有一条狼发出的叫声，令他有熟悉的感觉。

一缸热水落肚，父亲觉得已快凝固的血液，开始苏醒，一波一波地缓缓流动了。他摸出几粒盐，当点心一样品。直到和平时期，父亲都有囤积食盐的习惯，这与他战争年代的经历有关吧，他常说盐粒是尘世的珍珠！

不瞎的狼一定是饥饿到极点了，它的叫声带着极度的不耐烦和愤怒。父亲向篝火填了更多的柴，让它愈发旺盛，篝火噼啪燃烧，就像黑夜的心脏，怦怦跳动。父亲说他歇息的时候，不时瞄一眼敌手，他努力挥起右手，似在召唤他。父亲走过去，发现他浑身颤抖，脸被疼痛和恐惧折磨得扭曲变形，他对着父亲，从牙缝中蹦出一个“冷——”字，父亲明白，他这是想离篝火近些。父亲犹豫了一下，想着这可能是他此生的最后愿望了，最终还是又怜又恨的，拽起他双脚，确切说是拽着一双半新的长靿马靴，将他扯到篝火旁。篝火照耀着他，他发出一声怪异的笑声。不知是被篝火激动的，还是因父亲最终屈从了他而得意的。

敌手是个年轻的士兵，懂得一点中国话，说不连贯，单字单字地蹦。他到了篝火旁，先是艰难吐出个“水——”字，父亲没搭理他；他又吐出个“盐——”字，父亲还是没搭理他。父亲说了，水和盐的摄入，也许会让一条毒蛇苏醒。想着自己差点成为他枪下的鬼，想着牺牲的磨牙王，父亲甚至觉得把他拖到篝火旁，让他得到最后的人间温暖，都是对战友的背叛。

父亲说那夜的篝火太美了，将它周围飘舞的雪花，映照得像一群金翅的蝴蝶！他看着飞旋在铁锅上空的雪花，心想它们要是化成小年的饺子，该有多好哇！父亲饿得慌，狼也饿得慌。一条狼始终凶悍地叫着，它一定希冀篝火快点熄灭，黎明快些到来。敌手怕自己最终会成为狼的盘中餐吧，他在生命的最后时刻，拼尽全力，拍一下自己，然后指指篝火，再吃力地拍一下自己，再指指篝火。父亲明白，他想让他火葬了他。父亲说你要是投降，优待俘虏，我或许可以考虑。敌手听得懂父亲的话，但他没有将手上举，而是牢牢贴在胸口，像守卫最后的堡垒，至死没有做出投降的姿势。

敌手挣扎了最后一程，凌晨两三点钟死了。父亲说这时雪停了，老天爷不撒纸钱似的雪花了。西北风刮了起来，父亲又捡了一抱柴，让篝火始终处于旺盛状态。父亲饿得肚子咕咕直叫，可雪水沸腾的铁锅，依然没有可煮食的东西。父亲再次搜敌手的身，希冀有所发现，万一有两块压缩饼干，或是一支香烟，那将是这个小年的好享受了，可他最终失望了。他只在军服的口袋里搜出两样东西，一个是一方蓝格子手帕，另一个是长方形金属外壳的镜盒。打开一看，里面竟夹着一张二寸的黑白相片。父亲凑近篝火一看，那是个穿着印花和服的姑娘，她额头很宽，鼻子小巧，微微垂头，浅浅笑着，满眼都是甜蜜。这掩藏在镜盒里的姑娘的相片，令父亲有看见原野小花的感觉。父亲想这相片中的人，也许是敌手远在家乡的恋人，而她再也见不到心上人了。父亲将镜盒放回敌手的口袋，而将蓝格子手帕揣进自己兜里了。

父亲从敌手的头一直细搜到脚，突然有了救命的发现。敌手穿着的马靴，是长靴，长靴通常是军官和骑兵的装备。从这名士兵的肩章和帽子看出，他不是军官，那么他是守备队中的一名骑兵？军官的靴筒通常为平口的，而骑兵长靴为斜口的。父亲说敌手的马靴就是斜口的，深棕色，里面有黑色绒毛，极其保暖。靴子是上好的牛皮的，靴帮靠近脚腕处，有一圈韭菜叶宽的装饰带，好像给这靴子戴了一个项圈。

父亲将这两只靴子从敌手脚上拔下来，靠近篝火，用钢刀切割靴子。靴筒很温乎，敌手死了，可他身体的余温未散，孤魂似的游荡。父亲说摸到热气时，他心里哆嗦一下，望了一眼敌手，他死时眼睛没闭上，父亲停下手，将敌手的那块蓝格子手帕掏出来，走过去蒙在他脸上。父亲每每讲到这个细节，我总要问，你是怕他看见你吃他的马靴吧？父亲的回答总是，一个死了的人，唉，他就是没闭上眼的话，哪儿能真瞅见呢。他并不解释给他蒙面的具体原因。

父亲割掉靴底，将要扔掉时，发现靴底烙印着一行字，仔细辨认，原来是“昭和十二年制”的字样。他将靴底撇得远远的，说是感觉是将这罪恶的一年给抛掉了。父亲划开靴帮，燎猪毛似的，将靴筒绒毛在火上处理掉，再用刀子，将它一遍遍地刮着，除掉绒毛烧后留下的灰烬，再尽力刮掉所染的颜色，让牛皮尽量恢复本色。他数了数，一双马靴，经他分解后，得了大大小小的牛皮，一共十块。他将它们放进雪堆，一遍遍揉搓，使它们更为清洁，然后加柴调旺篝火，往铁锅续了雪，使融化的水更多，把马靴皮下到锅里，又折了几簇樟子松苍绿的松枝，作为提香除秽的调料，投进锅里，开始炖马靴了。

父亲说火旺，锅很快就烧开了，咕嘟嘟冒热气。在冬夜的山林，这口锅散发的水蒸气，在升腾的一刻，被篝火映照得像一条腾空的金龙。没有锅盖，水汽蒸发极快，父亲不停地往锅里添雪。马靴的味道渐渐散发出来，初始是煳味，跟着是膻味，半小时后，牛皮仿佛被熬煮得苏醒了，淡淡的香气出来了。父亲说他等不及了，狼也没耐心了，它们闻到肉皮的味道，嗥叫不休。一种是威慑性的想要攫取的叫声，一种是乞求施舍的温和的叫声。

父亲用桦树枝条做筷子，捞出最大的那块马靴皮，用刀切下一小块，填进嘴里。牛皮虽然膨胀起来了，但炖得时间不长，极其难嚼。父亲努力吃了半块，将余下的一分为二，撇给盘踞在灌木丛的狼。我问他食物如此短缺，为啥还要喂狼？他说可能是习惯吧，毕竟瞎眼狼在那里。再说狼得了吃的，就不会过来吃人。他说的人，是否包括敌手呢？这个话题我始终没敢问他，直到他辞世。

父亲说肚子里一旦有了食物，哪怕只是垫了个底儿，心就不慌了。西北风越刮越大，树也开始呜呜叫起来。父亲不担心会有敌兵追来，因为路途艰险不说，他们留在雪地的足迹，早被飞雪和狂风搅起的雪浪给荡平了，任谁也别想找到他们了。

马靴又被炖了一段时间后，终于嚼得动了，父亲吃了两块，体力恢复了，他将剩下的牛皮捞出来。父亲说几乎就是打个哈欠的工夫，它们就在寒风中凉透了，再打个哈欠的工夫，它们就冻硬了，父亲将它们当点心，分别揣进裤兜，然后取下篝火上的铁锅。热锅落在雪地的一刻，发出“吱吱——”的叫声，父亲说锅底下的雪被烫得不轻，破了很大一片，流出汩汩雪水，但热锅烫伤的雪，很快结痂，寒风也让热锅成了冷锅。父亲抬头望了望天，雪停了，但夜空还没晴朗起来，望不见北斗星，父亲不知置身何方。夜晚的山岭，看上去都是一个模样，按照父亲的比喻，它们就像一把把钢刀插在那里，阴森恐怖，让人觉得是在屠宰场。

父亲本不想天亮前出发的，他不知该走向哪里。天明以后，他能从太阳判断方向。可是狼逼得他必须走，因为它们窸窸窣窣地冲出灌木丛，朝向篝火了，显然那点牛皮不够打牙祭的。父亲说当它们离自己仅有五六米远时，他在它们斜对面，借着残余的篝火，望见了一生难忘的情景，两条狼一前一后，呈一条直线，前面的狼高大威猛，后面的狼矮小瘦削。前狼挣扎着向前，后狼拼死咬住前狼的尾巴，试图阻止它的步伐。父亲认出了后狼就是瞎眼狼。他说从未见过狼眼会泛出红光，前狼试图奔向篝火旁边的人时，眼睛漫溢的就是这种光，也不知是不是篝火映的。父亲“嘿——嘿——”地叫了两声，这是以往瞎眼狼尾随支队时，他抛给它食物时，惯常的招呼声。瞎眼狼显然熟悉父亲的呼唤，它更加用力地往回拽前狼，前狼的尾巴绷得直直的，像一支在弦之箭，就要绷不住了，它的尾巴随时有被扯掉的危险，痛到极点，叫声格外瘆人。最终前狼让步了，瞎眼狼将它生生地拖回灌木丛。父亲长吁一口气，感恩似的分出两块牛皮，投给它们。

父亲说既然前狼连火光都不怕了，久留于他来讲，危险太大了，他准备出发。他本想换上敌手的棉服，它的保暖性更好，可是这件棉服的肩胛处，被父亲发射的子弹打穿后，先前涌出的鲜血已成凝固剂，衣服破损污秽不说，要是强行脱下，等于撕敌手的皮。最终父亲将他的帽子取下，扣在自己头上。然后划拉了一抱柴，将篝火调得旺旺的，拔腿出发了。

常听父亲讲炖马靴故事的母亲和我，一再问过父亲，你都要开拔了，还点篝火做什么？是不是火葬了敌手？父亲给出的答案总是模棱两可的。有时他说“我缴了他的枪，还吃了他的马靴，不然就得饿死呀”，有时他说“我战友的尸骨还不知埋在哪里呢”，有时他说“那晚上没月亮，生火能照亮一段路哇”，最接近答案真相的一次，他说：“唉，让他和那个姑娘的相片一起化成灰，他做鬼也值了吧。”

父亲说他根据西北风吹来的方向判断，他要撤退到队伍的密营，得与风向逆向而行。结果他走了一两里路后，风竟然休克了，没了，他等于丧失了唯一路标，又不知所向了。按照父亲的说法，当时森林整个冻僵了，树枝动也不动，连一声野生动物的叫声都没有，他感觉自己在地狱中。天渐渐亮了，可它亮在阴云里，父亲期待的太阳没有现身。就在他走投无路之际，他听见了背后有走兽的声音，回身一望，距他五米多远，就是那两条狼！冬季的狼皮毛黯淡，它们就像荒草堆一样。瞎眼狼还是在后面，叼着前狼的尾巴。前狼见着父亲，停了下来，它的目光柔和多了。瞎眼狼低低叫着，安慰着陷入绝境的父亲。父亲仔细打量前狼，发现它是条年轻的公狼，它对瞎眼狼不敢违命，原来是瞎眼狼的儿子呀！父亲是怎么看出的呢？前狼追上父亲，停下的一瞬，它身后的瞎眼狼，立马松口，放下前狼的尾巴，上前两步，用嘴温柔地触着前狼的脸，似在亲吻，前狼发出撒娇和委屈的叫声。父亲说只有母亲对孩子才能表现出如此的怜惜和爱抚，也只有孝顺的孩子，才会对母亲发出的哪怕它不喜欢的指向，俯首帖耳。直到这时，父亲才明白瞎眼狼当年为什么怀孕，它是为自己的未来生活寻找一双眼睛啊！不知瞎眼狼一窝生了几崽，存活几只，它的丈夫和它另外的骨肉，也许都因嫌弃而背弃了它，但至少父亲看到了，有一只忠勇的小狼，把自己的尾巴当作母亲的生命线，在荒无人烟的深山，不离不弃地牵引着它。父亲说瞎眼狼所叼着的尾巴，是它生命的脐带，也是一道藏在心底的光啊！

后来的故事，我和母亲差不多都能背诵了，天连阴了三天，不见日月，瞎眼狼和它的孩子在前引路，把父亲领出迷途。他们靠着所剩的煮熟的马靴皮，和深埋在雪下的红豆浆果，以及山洞的骨头，渡过难关。而那些骨头，有瞎眼狼备下的，也有父亲当年丢给它的。骨头怎么吃呢？父亲说晚上在山洞口生起火后，会把它们在火上烤酥，这时的骨头就能咬动了。而小狼很卖力地想帮他们解决伙食，其间它发现一只雪兔，可它跳跃着要扑向它的时候，它的母亲松开它的尾巴过慢，它扑了个空。母子狼最终带着他，靠近了一个村庄。父亲说闻到炊烟的气息后，瞎眼狼觉得告别的时刻到了，它松开嘴，用两只前爪激动地刨着地，洗尘似的，快乐地躺倒，在雪地打了几个滚，然后起身抖了抖毛，沾在它身上的雪粉飞溅出来，飞进父亲的眼睛，与他的泪水相逢。瞎眼狼看不见父亲的泪，它无比骄傲地仰天嗷嗷叫了几声，仿佛宣告它的使命完成了。小狼卸下了父亲这个沉重包袱，得到解放，它比母狼还要欢欣鼓舞，父亲说它原地转了好几个圈，像在跳舞，然后站定看着父亲，身体后倾，调皮地做出进攻的姿态，长嗥一声，最后吓唬一下父亲。

母子狼转身走了，依然是小狼在前，瞎眼狼叼着孩子的尾巴在后。父亲说它们转身前，他给两条狼作了个揖，瞎眼狼无法看见，小狼却并不领情，对着他又是一声长嗥，好像在说，少来这套，没吃掉你，算你走运！父亲说他夜晚栖息在山洞的那三天，瞎眼狼守候在洞口外，也不忘了叼着小狼的尾巴，怕它万一不听话，会对父亲下口吧。

父亲得救后，认识了后方被服厂的母亲，那支缴获来的小马盖子枪，经组织同意，配给了后来跟父亲一同上阵的母亲。他们在我之前，生了一个女孩，跟着他们转战，营养匮乏，两岁就死了。我命好，出生在抗战胜利后。父亲待我甚为严格，他像严苛的教官，要求我学习攀岩、游泳、滑雪、测绘、爆破甚至跳伞等本领。据母亲说，这些都是抗联战士当年要学的科目。每到小年的时候，他都要讲一遍炖马靴的故事。所以我落下了一个毛病，父亲去世后，每年腊月二十三，我也给我的儿子讲炖马靴的故事。而且我退休后，爱泡在图书馆的地方志资料室里，查阅抗联时期的相关历史资料，希冀能找到头道岭二道岭四道岭的位置，希冀能找到那个不依不饶追逐父亲的敌手的资料，希冀能够从民间资料中看到有关瞎眼狼的传说，可是我就像一个蹩脚的渔夫，撒下无数片网，却终无所获。最后我甚至怀疑，父亲的这个故事是不是编造的。但有一点肯定的是，父亲中弹的棉绒秋衣，弹孔还在，边缘处的烧灼痕迹清晰可见，不过它没有传到我们下一代手里，而是在抗联博物馆陈列室的橱窗里。

父亲去世的次年，母亲也走了，他们都活过了八十岁。炖马靴的故事，只有我一个人给下一代讲了。儿子是做网站编辑的，他每次听这故事，总要俏皮地说，驴马牛都是大牲口，算是一族的，爷爷当年在山中，吃的可是大补的阿胶啊。之后便骂张学良，说当年他要是带领东北军抵抗侵略军的话，日军不会轻易占领东北。他说当年的东北军是只老虎，空军有两百架战机，地面部队也不错。张作霖当时开办的兵工厂设备优良，还有德国进口的设备呢，所以造的武器也过硬。儿子说要是张作霖不被炸死，侵略者休想进犯东北半步！儿子经常是发完牢骚，就会打电话叫外卖，外卖的主角是猪皮冻和鱼皮冻，他说动物的皮是身体的精华。我想他是用他的肠胃，帮助他的精神记忆这个故事吧。

最后我要补充的是，父亲每回讲完炖马靴的故事，总要仰天慨叹一句：人哪，得想着给自己的后路，留点骨头！

迟到的青年

黄锦树[①]

一

早在远洋轮“毛里塔尼亚”号预定抵达马六甲海峡的前三个小时，海峡殖民地政府即在新加坡笈巴港口埋伏了三百多名士兵、警察、便衣、特务，多半伪装成等待旅人的家属。为了让场面看起来逼真些，好些便装女兵、辜卡兵还从亲戚那里借来小孩，嬉嬉闹闹的，追着球或玩着风车。

这是最后的机会了。

海风格外黏稠，海鸥凄厉。某处山头上的寺庙当当当当地敲响了钟，火烧云好似某处大森林着火了似的。

但他们一直等到天黑，船还没到，已经迟到好几个小时了。港务局联络船长，船长却说一切正常，会准时抵达。少数敏感的人发现时间好像变慢了，不论是钟还是表，每秒每分都显著迟疑。

两周前船停泊印度德里时，大英帝国即已派遣多位驻在当地的特务精锐登船，以为可以一举将他掳获。不知怎的一直没有稍微像样的消息回报。如

① **黄锦树**　1967年出生于马来西亚柔佛州，1986年到台湾留学。台大中文系毕业，淡江中文所硕士，台湾清华大学中文博士。现为台湾暨南大学中文系专任教授。著有小说集《梦与猪与黎明》（九歌，1994）；《乌暗暝》（九歌，1997）；《刻背》（麦田，2001）；《土与火》（麦田，2005）；《南洋人民共和国备忘录》（联经，2013）；《犹见扶余》（麦田，2014）；《鱼》（印刻，2015）；《雨》（宝瓶，2016）；《民国的慢船》（有人，2019）。

果成功的话，早就给新加坡拍电报了；即使失败，也该发个讯息。说完全没有消息也不准确，在各站都有精锐发回电报，也许过于仓促，都只是蛛丝马迹。德里那里发出的只是个字母 b，如果说是 b 计划，b 计划不是撤离吗？但怎么不见他们撤离？

但那些干员都没再出现，也别无讯息。这种死寂的情况，总部研判是凶多吉少，一般而言是全军覆没，来不及再发出任何讯息。这让军情六处大为震惊，派遣了多位高手，在船短暂停留槟榔屿时登船，但情况和在德里时类似；传出来的是 bir，是鞭打（birch）吗？接着是马六甲，也一样好似什么事都没发生。只传出 ds，更不知是字头还是字的屁股。内部的密码专家把这一切片断的讯息组合起来，研判应该是这一个常用字："birds." 但为什么呢？那一带鸟特别多吗？还是它象征什么？是说那人像鸟那样会飞吗？

因此情况变得相当紧急，如果那人已经逃进马来半岛阴森稠密的雨林，只怕就更麻烦了。由于驻扎在各码头的探子都回报说，没看到疑似那人下船，那种船上三等舱旅客有色人种有时达数百人，头等舱、二等舱就少了，不过是几个华人、白皮印度人、阿拉伯人，都是富裕的绅士。然而各码头加起来还是有二十七个可疑的男人被留置，历经彻底的搜身、严厉的审问，十七个苦力、五个商人、三个小学教师、两个小偷，都没什么嫌疑。有关方面因而研判他应该还在船上。

但那船不知为何迟迟不离开马六甲港口，好似被淤积的底泥给牢牢吸住了。

因而总督亲自拍板定案，准备把他困在星岛，好来个瓮中捉鳖。

半年前船离开利物浦时，军情处就已掌握相当准确的情报，掌握了那人的姓名、长相、衣着、化名，公开使用的身份资料等（都是多数，他的生平像是一本故事集。甚至性别、种族、身高也都不是那么确定，有时姓马，有时姓牛，有时姓杨，Anderson，Edward，Franz，Ibrahim，Mohamed，Walter……）。虽然辗转送达的照片都嫌朦胧——颗粒粗大的黑白照，有着复杂的差异。若去异存同，则可以归纳出以下特征：发黑而浓，眉眼唇都如墨染晕开，但仍看得出是个东方脸孔，像是个犹太人，有时年轻，有时衰老。过大的毛料风衣，宽大的领子反衬得头颅小，脸尖，耳亦尖，表情有旧木头的纹理。背拱起，整体上给人驼背小人躲在大衣里的感觉，仿佛畏寒。总是微微地侧着脸，也像是在逃避什么。复制的证件照，像脸谱。记者不经意拍到的照片，像是极其拙劣的印刷过度的复制品。再者是那口看起来沉甸甸的灰色方形皮箱，透过照片都可以感受到它的重量，他持皮箱的那一侧明显欹侧。除非，他是残障人士。多方讨论后，伦敦方面决定锁定这一形象，研判是个中国人，并给他取了个代号C（Chinese）。后来才知道蒋介石的情报头子戴笠研判那是个犹太人，并戏谑地给他取了个代号J（Jisus）……

其实他一开始出现就被这世间的机器之眼给捕捉到了。一年前，雪花纷纷，瑟缩在上海街头的报摊前抽烟，被一个日本密探拍下。九个月前，在北京某大学广场上激昂的大学生之间，聆听鲁迅的演讲，被某记者摄入作为背景。七个月前，神色漠然地在莫斯科开往柏林的有流放者同行的火车上，大雪纷飞。年月不详，积雪覆盖的鹿特丹码头缆绳旁，船的阴影巨大而不分明，低头若有所思，像个忧伤的印尼人。雨中伦敦的红色邮筒前仰望大钟楼，似是典型的流浪为家国命运发愁的青年。当资料由各地眼线和当地特务交换或交易而来，汇整到伦敦时，他已经登上前往新加坡的邮轮，而且即将抵达印度。

纳粹德国情报部门最早给他取了个K的代号，且不知为何被判定为“极其危险”；同样的判断出现在莫斯科、法国、荷兰的情报部门，而后日本的相关部门也跟进了，也作出了近似的判断，切腹自杀的情报员在遗书中留下一句费解的话：“时间被他偷走了。”

军情六处负责这案子的专员亨利仔细研究收集到的各种情报后，百思不得其解，为什么他们不把他抓起来呢，为什么任其流动——唯一的可能或许是，他们动不了他。

如果真是如此，那为什么？他到底会带来什么危险？

当印度的行动失败后，亨利就比较有概念了。但还是非常不具体。从欧洲的照片来看，无一不是雨雪天气下拍的。印度那里发生了什么事呢？似乎中国边境突然爆发了一场战争，北方出土了几尊南北朝时期的古佛。最令人纳闷的是，他所到之处，运输工具都变得异常缓慢。火车误点，轮船延搁了。原本四天的航程，变成六天甚至八天，好像有什么强大的力量阻遏了移动。连飞鸟的行动都变缓慢了。海是一样的海，但似乎海水变得黏稠了，在法国和英格兰之间，有的地方冰封了。但欧洲的冬天本来就是那样，也不足为奇。

但航程中一直有人跳海自杀，列车上也有凶杀案。但那也不能证明什么，哪天没有人死？哪天没有婴儿生？

当蒸汽船的汽笛远远传来时，却又浓云密布，层层滚卷，像油画那样凝滞，其间有雷电闷闪。大风起，在场的人都感受到一股窒息的压迫，心微微绞痛。六个心脏功能不佳的当场发病，紧抓胸前衣襟，倒了下去。身体变得很重。首先是脚，隔着鞋子还是被地面强力吸附，寸步难移。然后是头，直欲折断掉落。海面冰封，呼啸而过的是极北的冰风，刀子似的划过。但不过一瞬间，好似打了个盹儿，那阵风过去后，仍是柴油味臭烘烘的日常黄昏。海的咸味、鱼的腥臭，余晖仍是暖洋洋的。旅客正常下船，三层客舱，上千的旅客。

头等舱几个东方脸孔若非日本商人，就是华人富贾，西装笔挺的，于海关都是老面孔；二等舱、三等舱倒是有不少形迹可疑的中国旅客。经过一番大费周章的仔细盘查，倒是意外地抓到九个扒手、三十几个帮派分子、二十个妓女、五个间谍、两个乩童、一个唠唠叨叨不断以古语说着天启寓言的疯子。他突然得到神启，七色光打在天灵盖上。

时间或许有一刻静止了。

有的人感到有一阵凉风从身边掠过。有的仿佛有看到一个褴褛的身影。有的听到极轻或极重的脚步声。有的闻到一股酸枣的味道。有的听到细微而繁杂的鸟叫声。

但在场的所有人都有一个共通的感觉：眼前的这件事，早就经历过了，也许在昨天，也许在更久以前。然后他们都被推入某个忧郁的昨日，虽在场而不在场，且陷入深深的忧伤。

即便是在山丘上总督府用望远镜眺望的秃头总督大人，也深受冲击，深深地怀念起那不知多久前遗弃的土著女孩。那时他还是个年轻的副官，在伟大的莱佛士大人手下做事。许久以前的时光被拉到眼前，那许许多多欢愉的时刻，两副躯体几乎溶成一体，什么糊涂承诺都可能在那恍惚之间从唇间说出。他清楚地感受到那瞬间，犹如钓竿有鱼上钩时被猛地扯了一下，女孩受孕了。他烈火般的种子猛地钻进她发烫的黑色太阳。然后是她挺着和身躯不成比例的大肚子，筒裙下露出孩子式的脚胫，掖着行囊披散着头发离去。他到了娶个体面的白人处女繁衍纯种下一代的年龄了。也许她会诅咒他吧，一如许许多多她的族人被遗弃时。突然一阵风吹来。是的，这事昨天发生过了。好似午睡时落地窗突然被拉开，猛暴的日光直照进他梦的深处，把梦底的积水朽木地衣蘑菇蛞蝓蜗牛瞬间晒得焦干。她的诅咒像影子来到他的眼前，心脏瞬间发出巨大的、间歇的响声，耳畔响起鼓声。身体倒下，像花岗岩那般重。

最清楚发现事态变化的是坡底仅有的那五家钟表店，黄昏时，师傅和学徒都发现墙上的钟有的指针逆行，有的瞬间停止，死了似的，一动也不动，怎么修也修不好。但也有死去的表突然复活了，纵使分针秒针都没了它也努力发出嘀嗒声，齿轮转动。老师傅脸色非常凝重，一直望着天际的红云。

橡胶提前进入落叶时节，宛如被喷洒了毒药似的，由南到北，叶由绿转黄，由黄转红，而后在清风里飒飒飘落。瞬间树林里仿佛万顷枯木。

数千只乌鸦唳叫着飞过海的那端。

船离开时，亨利将登船，绕过印度洋回伦敦，他也受到过去的强烈召唤。情人、母亲、私生子。

小镇昏暗的铁皮屋里一个忧愁的少女，清早被喜鹊唤醒，发现身上令人烦心的症状不见了——不再发热，不再腰酸，不再有强烈的呕吐感，感觉小肚子里空荡荡的。那个逃走的情人留下的祸害好似不见了。但她颇疑是梦，因为这样的梦做过太多次了。每次醒来，都是一场空。肚子一天天大起来，有时她甚至感觉可以听到肚子里孩子的心跳了。肚子里的孩子好似被凭空偷走了。

她依稀看到窗外一个佝偻的身影掠过，步伐黏滞，厚重如一口钟；但却像被一阵风吹过似的，一小群落叶跟着他，蝴蝶似的，在小小的旋风里上下翻飞。

一觉醒来，三百只小青蛙发现自己怎么还是蝌蚪，虽然四肢长出来了，也上了岸，但尾巴没有脱落，湿溻溻地拖在屁股后头。

早晨的阳光斜斜照进郊外的树林，男孩俯身拨去清清流水上覆盖的层层落叶，试图捞取沟中纵游的蓝线鱼。突然他看见不远处有一个被厚重袍子包裹着的人，日光投照在他身上，焕发出淡淡的金色光芒。但更奇怪的是，他缓缓解开外套，掏出一个黑色的鸟笼。男孩听到连串叽叽喳喳的鸟叫声，笼中挤着密密麻麻的小鸟。拉开闸门，就争先恐后地扑翅飞起。看起来不像一只只，而是一团团的，鸟头钻出来后方努力散开，因此翅与翅交击，五色羽毛纷飞。像百货公司开幕的场合，彩带纷飞。

那是各种颜色的小鸟，从笼中不断地吐出，往上飞到枝梢，很快占据了整片树林。

感觉天好似突然暗了下来。

他仿佛记得那人曾经从他背后走过。水中曾映照过一个衰老瑟缩的身影。然而当水中再次映现他的身影时，却是个昂扬的青年了，有小鸟追随。

鸟拍动翅膀鼓起的风，有一股臊味。

那青年沿着林中小径走向山丘的方向，几只红的绿的灰的鹦哥在光穿过雾的迷离中，跟着那人沉重的脚步。

那光景，让小孩想起昨夜他突然醒来，打开窗让月光进来的情形，他突然发现，父亲离开的那个晚上，也是那样的月光。

月光大片大片地坠落，轻轻的，像白色的鸟羽。公仔书里的，天使的羽毛。

小孩的鼻水流了下来。他没注意到倒影里的自己突然白发苍苍。

不知道过了多久，他走到墓园边上。

一座巨大的陵园，独自占据了一片山坡地，在一棵大树的庇荫里。鸟飞到树上。陵园像一栋别墅，又像座希腊庙宇，白的长长的石柱，白的屋宇。石桌旁有个乌漆墨黑的人影好似在等他。靠近些，那是刚刚从第三次死亡中复活的祖，正用小刀仔细地刮除身上被大火烧出来的炭疤，一大片一大片毫不犹豫地剥下来，露出最内层血淋淋的肉，或白森森的骨头。

“你终于来了。”他勉强张开炭唇，露出烧成陶色的牙齿。炭脸上眼缝处迸出一道蛇的目光。

因为手几乎都被烧透了，炭化的指头握刀子握得很辛苦，一直掉到地上。他俯身捡时背上发出连串的脆响。

“对不起，我迟到了。”

那青年说。他的声音像是回声，好像是从那个山壁传过来的。

“您要的东西我带来了。”

手提箱搁在石桌上，脱下外套，搁在石凳上。按下手提箱密码，掀开盖子，推到怪物眼前。接着屈身从诸多物件中小心翼翼地捧出一件事物，一个巨大的厚重的瓶子，不知那么小的箱子是怎么塞进去的。一个海螺般大的沙漏。瓶子里有彩色流光荡漾，很热闹的样子。沙漏是老原木的沉色，年轮化成细密的银色螺纹缠绕。他把它竖起来，满瓶金沙缓缓往下泻。

“时间开始了。”风一般的回声沙沙地说。

二

大批军警循线赶到时，墓园静谧死寂，除了那些罢固酮过量的宰卡青年杂牌军沉重的脚步声和重浊如水牛的呼气。如临大敌，他们荷枪实弹地把墓园团团围起来。大风掀起巴掌大的落叶。墙边，一只公鸡旁若无人地正骑在花母鸡背上抖动尾羽。它完事后，跃上墙头引吭啼叫，几乎所有人都发现它是独眼的。此外，情报部的专业人士专注地观察地上那些可疑的脚印，它们的大小、深浅，是什么样的鞋底留下的（令人纳闷的是，皆似无痕平底鞋，印痕轻浅），还郑重地摄影存证。随即，他们也发现了数十片厚薄大小不一的木炭，大的手指大小，小的如指甲，均用镊子小心翼翼地收集在雪兰莪特制的锡罐里。

颇负盛名的皇家军犬查理、查尔斯和查泰来都被从笼里放出来了，很费劲地到处闻闻嗅嗅，在那棵绿叶覆盖整座墓园的大树下，板根旁有一坨东西。只见它们突然夹着尾巴惊叫，还尿湿了自己的脚，呜呜呜地跳回军车上铁笼里。“哈利冒！”不止一个人惊呼。老虎。难怪附近连一声狗吠都没有。

几个小时前，那一带几个乡镇都发布了临时的戒严令，大量军车警车呼啸在城镇乡间小路上，树林里猿猴的啼叫示警声此起彼落，高处有鹰盘旋。这一带不曾有如此大规模的军事行动，以为有盗匪出没，因此乡镇村民难免惶恐不安，仿佛山雨欲来。

大晴天，赤道骄阳，所有人都加速淌着汗。因此当军警收队离去时，留下的除了杂沓、重叠的靴印，就是宛如小雨后的汗水泥泞，招引了一簇簇黄蝶聚吮，如痴如醉。

那青年，其实人已在数十英里外的小镇。他自己也不知道怎么一回事，在简陋如棚子的车站怎么样买车票，上了火车，窗外的景色向后移动。好像有一阵风推着他走。整趟旅程都好像是一场梦。他经历得多，但记得的少。记忆像风中蝴蝶黄色的羽翼，飞舞的碎片。他记得风雪、樱花、苹果、伏特加、俄罗斯人狼一般浓烈的体味。上了一艘邮轮，横渡大洋。茫茫的海平面没有边际。不知道为什么，一直不会忘记拎起那沉甸甸的旧皮箱，好像是它，而不是别的什么驱使着他行动。好像它是他的记忆、他的意志。但他其实并不确切记得那里头装了什么。是那皮箱，要他到那处墓园，去见那烬余重生之人，交付一个物件，及一句台词。老人的回礼他郑重地收进了皮箱，那是一节泛黄的指骨，是他前一次死亡留下来的纪念品，上头被烧尽的指甲还在极其缓慢地成长着。另一件是花苞状的陶瓶，鼻烟壶大小，木栓封口，盛着泥土。然而他也不记得了，此后左手无名指没来由地隐隐生疼，让他误以为是某次赶上车时被车门狠狠夹了一下。

记忆像供电不稳的电路，灯泡忽明忽灭；像偶然的阵雨，穿堂风。有时没来由的激烈头痛，让他不禁怀疑是不是曾遭围殴重击。或甚至被打裂了重新缝合拼接，以致多了或缺了某些碎片。下雪时，冷风似乎可以直接穿进脑内，在里头呼啸。那是风雪的记忆。

他当然不知道，在某趟单调乏味的越洋之旅中，趁他企图把压缩多日的老粪排尽时，伪装成服务生的印支法国情报部门的特务，潜入他的房间，企图打开他的皮箱，却怎么也打不开。想偷走，却像巨石那样，沉得移不动，还扭伤了手。因此在情报部的档案里，他被注记为“巫师”。

他或许也不记得，那一回在另一艘横越大洋的邮轮上，他和化名阮爱国的一个越南人以流利的法文的窃窃私语，讨论如何把法国殖民者逐出印度支那，也被印支情报部的窃听高手详详细细地记录下来，即便其时风急浪大，海鸥戾叫。

又一回，在另一艘远洋轮上，他和阮爱国互相都以为对方是另外一个人，但被印支情报部的高手指认了出来，把他们对谈的内容详详细细地记录在档案里。但因为交谈是以马来语混合着粤语、闽南语进行的，不巧的是，那位窃听高手的语言能力不是很好，在他以法语记录的档案里，内容显得扑朔迷离。该记录者还小字注记说，奇怪，怎么两个大男人花几个小时眉飞色舞在讨论马来群岛的各种蛤蜊？恰好其时任职大英帝国军情五局的小说家格林也在同一艘船上，后来把他偷听到的讯息写进小说。在《问题的核心》里他写道，两个猥琐、好色的东方男子，花几个小时在讨论世界各地不同种族不同年龄的女人。但格林在他的回忆录《逃避之路》里，却指陈说，两个神秘、好色的东方男子，其中一个疑似后来的三面谍莱特。但如果是越南人莱特，印支的情报人员会认错人吗？

但印支情报部的秘密档案里，却记载着“巫师”和阮爱国，以及一群海南人，在新加坡牛车水一处破落的楼房里，一边吃咖喱，吵吵闹闹中，成立了南洋一个什么党。

他当然不知道，各帝国情报部门档案里，到处都是他自相矛盾的记录。不同的长相、年龄、名字（阮爱国不是也有四十八个化名？）有时甚至记载他同时出现在好几个地方。在档案里，他被怀疑是无政府主义者。但奇怪的是，他一直没有被逮捕。零星的审问记录显示，他总是非常合作，态度亲切，说话非常有说服力。一位海关人员做证说，他亲眼看到一只迷失的金刚鹦鹉给他逗得哈哈大笑，坚持要跟他回家。而那只皮箱经仔细检查，只是些私人用品，没什么危险的东西。

他甚至不记得那皮箱的来历。那时他流落在阴暗的巴黎街头小巷，一个驼背小人擦身而过，与他交换方向；但那轻轻的一触碰，即用他数百年污渍染就的旧皮箱换走了他所有的家当。珍爱的袖珍本藏书，删删写写的笔记本，不忍丢弃的分手情人感人肺腑的情书，余味犹存的指甲；寄不出去的给父亲的长函，一把拆信刀。那驼背小人有一副出土文物般的青铜面具式的脸孔，破布式的毡帽；像机械体那样，走动时，关节且发出吱吱嘎嘎金属摩擦的杂音。他似乎可以听到那小矮人空洞的里头炽热发烫的灵魂，泛着幽幽神光。

某个午夜梦回的时刻，在异乡的小旅舍里，当火车有节奏地凌虐着铁轨，窗外飞蛾白蚁绝望地扑着街灯，隔壁房间的女人兴奋得大呼小叫时，他会突然怀疑：我到底是谁？在这漫长的旅程中，到底被偷换了多少回？他甚至有一段旅行推销员的回忆，搭火车往来各乡镇间，卖各式各样他也颇怀疑其疗效的药品，治阳痿的、秃头的、妇科病的、青少年增高的。那样的旅程中，他和各色的寂寞芳心睡过，那些在婚姻内外疲惫不堪的苦命女子。他甚至记得自己当过土地测量员，和伙伴翻山越岭，经常见到老虎的粪便，及没吃完的动物尸首。那恶臭经常陪伴他。印象最深的是一只发黑肿胀的手臂，犹套着橘色鲜亮的长袖，戴着金灿灿的戒指。但他其实不太能确定，他记得的那些，究竟是经历过的，还是从书上读来的、梦到的，还是幻想的。长途旅程单调乏味，因此他成了嗜读者，不同的旅客随手留下种类、语种繁多的书。不知怎的，所有语言对他而言似乎是同一种语言。也许他不过是误读。

那一次，就在皮箱被偷换掉不久，各方情报单位同时接到密报，把他的危险等级大大提升至X，他自己也不知道，这一回，他的容貌身形也随之剧烈地改变了，因此被那些人当成了另一个人。那段旅程，皮箱似乎也躁动不安，时常在深夜里发出震动，好似有什么东西挣扎着要爬出来似的。

从船上下来后，他什么也不看，什么也不想，仿佛是脚本身驱使他的行动。沙漏交出去后，好像有零星的记忆闪回，于是他登上了北上的老旧火车。他甚至想起父亲，映现在车窗肮脏的玻璃上（是许许多多人留下的喷嚏余渍？）那是张未老先衰、疲惫崩垮的脸。也许因为这样，那些追踪者又错过了。

那年，到车站送行的忧心忡忡的父亲，刚过中年。

那时南向的火车中途误点了，因此当他抵达南方的码头时，他想搭的那艘船已经毫不犹豫地开走了。那是艘开往中国的慢船。他临时起意扒走一位因醉酒而摇摇晃晃的胖子老外身上的船票，恍恍惚惚地上了另一艘船，让他得以穿过马六甲海峡，驶向西方。但家人一直以为他回到父亲朝思暮想的祖国去了。家人后来偶尔收到他从世界各地寄来没有回邮地址的明信片，都会纳闷不已。那是头几年的事，后来，就什么讯息都没有了。家人都以为他早已客死他乡，而努力把他给忘了。他当然不知道，父亲弥留之际疯狂地思念着他，还因为打算把毕生努力挣钱购得的一小片土地留给他，引发了家庭风波。

那时他在巴黎国家图书馆勤工俭学，协助一位疯狂的思想家整理因反复重写、复写而纠缠不清的手稿。那手稿，混合了自古以来欧洲各国的文字，像一团团因畏惧死亡而疯狂相互缠绕的蚯蚓。那位犹太裔的发狂思想家自杀后，竟留给他一个装满手稿、海图和旧书的巨大皮箱，大到当他的棺椁都略显宽松。他把那礼物以三法郎贱卖给了图书馆。

在抵达疑似家乡的小火车时，他很惊讶，这世界似乎没有改变，还是原来的样子，他好像就回到了过去。就好像他不曾离家，或只是短暂离开一阵子。然而，循着记忆，踩着落叶，推开铁篱笆走进去，只见大门从外头锁上，锁头且已锈蚀。邮箱里信件广告满溢，掉到地面上的反复被雨打湿、晒干，粘了落叶，住了白蚁。五脚基上不止堆满落叶，还抽长着小灌木，显然人去楼空已久。他尾指不禁又隐隐作痛，皮箱重重下坠，着地时水门汀上一阵激烈震动。

就在这时，他看到那只独眼公鸡，不知道从哪里一跃而出，单足立在倚着墙的脚踏车骸骨上。

他仿佛听到耳朵深处那只蜗牛锯齿啮咬龃龉：“你已不再年轻。而且，你又迟到了。”

三

头被重重撞了一下，火车急刹，疼。有人惊呼。他一恢复意识即发现有什么不对劲。车厢里空荡荡的，从不离手的皮箱竟然不见了。

只可能是同班车的人偷走的，而且那贼一定急着下车。为难的是，他搭的是二等车厢，该往左（头等），还是右（三等）呢？直觉让他往右边冲。旅客疏疏落落的，但都在往外走，莫不是到终点站了？什么都没发现，莫不是下车去了？他快步走到一侧的门边，探头往外张望，没看到拎着他手提箱的人。再往另一边瞧，也没什么异状。这才察觉也许是到了终点站，他也只好下车。终点站只有几盏黄灯照明，但似乎也够了。原木制的凉亭并不大，恰够覆盖售票处、小吃摊，人出栅门和四张木制长椅。他发现他的行李箱竟然就搁在左边的椅子上，而且张着大嘴，被打开了。

果如所料，里头空空如也。

他像泄了气的皮球，把箱子合上，依然拎着，在检票员的催促下，出了闸门。一身卡其服的年轻检票员随后把闸门上锁，铁链粗暴地绕了过去，灯随即暗下来。只剩那两盏照着铁道的，离他现在的位置有点远了。他和那口空皮箱颓然坐在车站旁一张铁椅上，头上有一颗昏黄的灯泡，几只蛾一直在使劲撞击它。他从口袋里掏出一包烟，划了火柴，用力吸了一口，似乎才平静下来。但即便是这包剩下不多的烟，他也没记忆，好像是别人偷偷塞给他的似的。

“阿邦。”他听到有人喊他，用马来语。是那个蓄着八字胡的年轻检票员，接下来用英语、闽南话、广东话说：“我睇你都系唐人，钟意讲乜嘢话？”“我不喜欢讲话。”他以华语没好气地回复，但没忘记给他递了根烟。

“其实我也是华人来的，只是外表看不太出来。可能我阿嬷那代掺得太多了。”他嘴角露出自嘲的表情。“这里是终点站，常有人不知道要去哪里就傻傻跑来这里，第一班离开这里的火车要等到天亮了。这附近没有旅舍。我看你也不像坏人，如果你没地方住，可以考虑跟我回家。我家只有我和我老婆，你要住几天也可以，要明天一早离开也可以。”见他点点头，青年检票员立即从一处暗角牵出一台骨架坚挺的脚踏车，示意他坐上后座，“有点远，走路要一个多小时呢。”和他背对背，一手拎着皮箱，一手紧抓椅座，就那样摇摇晃晃在乡间小路上。

一路上，他忍不住问青年检票员，有没有看到是什么人把他的皮箱拎下火车？“好像有一个黑黑瘦瘦的印度小老头……也没看他来剪票。有的人为了省钱，宁愿沿着铁轨走很长的路，钻铁丝网逃走。”青年检票员啰啰唆唆地说。他这才发现月亮大又圆。“箱子怎么被打开了？”他忍不住又问。这回隔了好一会儿才听到青年检票员的回答，内容很不可思议，“它是自己打开的。”他语调沉稳，“有一个驼背老人从里面爬出来了。它像只寄居蟹那样，快手快脚地就消失在草丛里。”

刚好下坡，两耳风声，灰暗的甘榜风景退得很快。脚踏车突然停下，青年检票员下车，也请他下车："上坡了，一起走。"

难怪皮箱里有点湿沙。他想。

"你的皮箱盖满了各国海关的章，应该是到过很多国家吧？"青年检票员喘着气，以手背擦一擦额头的汗，还解开胸前的两个扣子。他瞥见青年检票员胸前有一道弯月形疤痕。"我还没出过国呢，太年轻结婚，老婆又怀孕了。也许有一天……你的家乡在哪里呢？"

"都不记得了。"他微喘着摇摇头。

过了那长长的土坡后，就听到水声淙淙。"快到了。"青年检票员说。一路上都没遇到人，只有椰树摇曳生姿。

圆月之下，不远处两座山像丰满青苍的乳房，起着大雾。"这世界要大变了。"青年检票员突然发出异样的感慨，像个知识分子，"俄国革命十年了，日本鬼子在中国东北弄了个'满洲国'，欧洲那里好像也不平静。你一路走来，应该看了很多吧？"他踩熄烟屁股，只淡淡回了句："也无非是那样。"又走了一段路，河水变窄，水边是接连的大而平的石头如棋盘。青年检票员说："这地方你应该听过，'大象死去的河边'。"

在一颗竖起的成人高的石头旁，他仿佛看到一个皮肤深色的小女孩，抱着一只不知是橘猫还是布绒老虎的玩偶。但下一刻发生的事，是全然在他预料之外的了。后脑勺好像被重击了一下，失去意识前听到青年检票员冷冷地说："非常抱歉，受人之托。我等你很久了。"他几乎能确认他被关进皮箱里了，可能也被缩小了。不能动，不知道被变成了什么。皮箱在移动，有时被提着，有时被搁着。他知道，这事在很久以前就发生过了。

天台上的父亲

邵　丽[1]

一

也许是离开那个城市后我改变了信仰。其实也无所谓改不改变，一直以来我就没有坚定的信仰。妹妹一直说我迷信。我迷信了几十年，是从母亲那里传过来的。她是一个泛神论者，神灵附着在任何一个老旧的事物上。尤其是我父亲刚死的那段时间，她更加疑神疑鬼，即使是一根绳子，她都会端详半天，好像那上面写着神的启示似的。

我喜欢这个新来的城市的新区，它好像凭空多出来这么一部分，虽然与老城区仅仅隔了一条快速通道，却是另外一个世界了。它的空气像是刚刚过滤过，有真正的青草、河滩和森林的气味。我喜欢在夜晚独自穿过由石条铺成的曲曲弯弯的人行步道，像踩过一排排钢琴键。在道路的尽头，有一家小食店，卖一种当地的小吃，生意相当好。有一次，我饿了，进去要了一碗面，竟然排了半天队。

小食店的老板娘是个厉害角色。那天跟在我后面进去的是个小姑娘，那姑娘抱着她的狗，一只咖啡色的泰迪。她刚刚进门，女老板尖厉的声音就叫了起来，让狗马上出去。女孩愣了一下，面色变得通红，抱着狗羞惭而去。

面吃到一半，我越想越不对头，竟然一点胃口都没了，推开碗走了出

---

① 邵　丽　当代女作家，创作小说二百余万字。代表作品《我的生活质量》《第四十圈》。短篇小说《明惠的圣诞》获第四届鲁迅文学奖。

去。我自己也觉得奇怪，莫名其妙地生了气，也许是生那个女老板的气，也许是生那个抱狗的女孩的，也许是生自己的。反正是气鼓鼓地走了。父亲不在后面，我的情绪在慢慢平复，已经不再那么焦躁、暴戾和善变。想起父亲在的时候，这个点他已经睡觉了。他就像一座时钟，到点该干什么就必须干什么，典型的强迫症。有一天傍晚，他看了一下表，到喝粥时间了。我母亲因为老家来了客人，耽误了一点时间。他气恼得把水杯都蹾碎了，弄得客人脸上红一阵白一阵的。

“过去他不这样啊！不是这样子呀！”我母亲老是跟我这样抱怨。过去他确实不这样，没退休之前，他是多么细心周全的一个人啊！每次下班进家门之前，老是听到他跟周围邻居打招呼的声音。虽然那声音低调、谦和得像讨好似的，但有一股感染人的韧劲儿，把我们的日子铺垫得绵密厚实。所谓岁月静好，就是那副模样吧。

某一天，一切都忽然起了变化。哦，对，开始时不是一切，只是有一些东西在起变化。退休之后，他的生活圈在慢慢缩小，像一个剩馒头，在变干，在缩水。他很少再走出屋外，即使晒太阳，也缩在阳台的藤沙发上。他频繁地看表，每小时必须听一次天气预报；《新闻联播》前五分钟，准时坐到客厅沙发上打开电视。

他为自己的一切都做上标记，好像该怎样生活，还得看看他插的路标。

那家小食店今天好像客人并不多。一个年轻姑娘坐在靠门的地方，一边看手机，一边吃着碗里的烩菜。那是一种掺杂着羊肉、白菜、炸豆腐丝和粉条的地方小吃，名字叫豆腐菜，这家店也是因为这个菜而出名。但我不大喜欢吃这个，我喜欢吃他们的羊肉汤面。

父亲过去爱吃羊肉，也爱吃豆腐。但他喜欢分开吃，不喜欢烩一起。他吃羊肉就是清水煮一下，然后捞出来，切成片，再用原汤冲成羊肉汤，里面什么调料都不放，原汁原味。豆腐也是，在水里煮一下，或者蒸一下，在小碟子里调一点料，就那样蘸着吃。

他退休的第一个国庆节，我们带他去郊区的农场玩儿，那里有个养殖场。他兴致勃勃地定了四只羊，说等春节的时候杀了吃。结果等到春节，我们带着他过去，他看到一群小羊羔追着母羊咩咩地跑，就心软了，不忍心让人家杀。

父亲死后，有一次我和妹妹趁假期带着孩子们到农场玩儿，路过养殖场，当她看到一群羊的时候，突然捂着嘴蹲在路边失声痛哭。我知道她想起了父亲，但我不知道该怎么安慰她。其实，很久以来，我们都无法安慰自己。刚刚过去的事情既像一个伤口，更像是到处游走的内伤，无从安抚。

二

我跟妹妹一起的时候，她几次都想努力回忆父亲跳楼的那个下午的一些细节，但不是很成功。不过，与其说她忘记了，倒还不如说她宁愿自己忘记了。

在那之前，因为妹妹，也因为我，我已经从父母所在的城市搬迁到她生活的这个城市，两个城市相距一百四十三公里。这样，一来可以在她去照顾父亲的时候，我去照顾她的孩子；二来也是想逃脱那个逼仄的环境，出来透透气。守了父亲一年多时间，我几乎抑郁了。夜里莫名其妙地惊坐起，就再也睡不着了，整夜整夜地大睁着眼，大把大把地掉头发。开始我每天吃普通的安定，后来效果不好，就改用级别更高的，一直服用超过普通安定好多倍含量的药，据说那是正常人所能承受的极限。开药的医生反复对我说，你服药的时候一定要坐在床边，不然的话，可能吃完走不到床前就睡着了。但是这药对我没用，几乎没一点用，还是彻夜失眠。即使浅睡片刻，稍微有一点声音，我便一身大汗，惊厥得心脏好像要跳出来。

刚好闺蜜给我打电话，让我帮她运作一个项目。也刚好，她在妹妹所在的这个城市。我毫不迟疑，一口便答应了。我觉得那是生活对我关闭所有大门，在我走投无路之际，上帝给我打开的另一扇窗口。我必须猱身而上。

可是，当我面对妹妹，当她一遍又一遍地回忆那些细节的时候，我觉得，我就像赤脚踏在一团棉花上，或者是一团云上。我们一直漫无目的地往前走，根本看不清楚眼前脚下的一切。

那个下午，那个燠热难耐的下午，到底发生了什么？按照妹妹的叙述，我仔细拼贴并努力还原那天发生的事情。妹妹说，那天本来该哥哥过来替换她看守父亲。母亲一早就买好了荠菜，给哥哥包他喜欢吃的荠菜馅饺子。包好饺子，十一点多了，又等了一会儿哥哥才来。他过来刚刚坐下不久，电话就追了过来，是嫂子的电话。两个人乒乒乓乓在电话里吵了起来，母亲的笑脸不见了，一会儿愁得眼看要拧出水来。妹妹朝哥哥打个手势，意思是让他小声一点。哥哥气得摆了摆手，说，不吃了！甩上门就走了。

她再打他电话，要么占线，要么无人接听。

妹妹和父母按时吃午饭。吃过午饭，按照惯例，看守父亲的人中午都要小憩一会儿。母亲中午不习惯午睡，由她来照看父亲。

本来妹妹已经回房间休息了，但是她好像听到了异常的响动，像是父亲窸窸窣窣的脚步声。她不放心，起身来到父亲的房间，看到父亲和衣躺在床上，面朝里，好像睡得很熟的样子。于是她便回到自己的房间睡下了。她睡了不到半个小时就起来了，觉得屋子里静得怕人，她先走到母亲的房间。母亲像往常一样，安静地坐在那里，在翻看一本旧书。她问，我爸呢？母亲愣了一下，用手指了指父亲的房间。

妹妹走到父亲的房间，看到房间里空空如也。父亲不在房间。她觉得事情不妙，还没等她回过神来，家里的座机铃声大作。有人打电话报信说，父亲从我们小区西面人民会堂的天台上跳下来了——我父亲的一个下属在人民会堂前的广场散步，抬头看见楼顶上站着个人，像是我父亲。他心里嘀咕着，他爬那么老高是干吗呢？正在犹豫着要不要给我父亲招手打个招呼，就看见他往前一倾，好像有人从后面踹了他一脚，随后便如一只笨鸟般飞了下来。

三

父亲跳楼那天，我正在外面参加一个开业剪彩。剪完彩，又参加午宴。等整个活动结束，我看到几十个未接来电，主要是我哥哥和妹妹打来的。我心头一紧，想着家里肯定出了什么事儿，就赶紧给我妹妹打过去。妹妹说，你赶紧回来，父亲跳楼了！

当时我好像被什么撞击了一下，脑子里一片空白，真说不清楚自己是什么心情，说是震惊或者悲伤吧，还真不是。说是轻松？也不完全是，反正就像是跑完马拉松，那种既松懈又虚脱的感觉。

莫名其妙地想起周作人写的一件事，当他听到自己心心念念的初恋杨三姑娘患霍乱死了之后，“似乎很是安静，仿佛心里有一块大石头已经放下了”。

对，仿佛就是这种感觉。

在此之前，很久很久，我把自己沉到烦琐的事务中，我必须把自己变成另外一个人，才能保持自己。这话听着拗口，其实就是那么回事儿。

刚好上面说到的我的一个闺蜜，她老公是搞房地产开发的，在郊外盖了一片市场，专门给她辟出一栋楼，让她按照自己的喜爱随便折腾。她不知怎么迷上了城市生活空间美学，决计玩儿这个。不过这玩意儿是什么东西，我们都说不清楚，可能就是因为说不清楚，大家都很兴奋。马不停蹄地跑到北上广深，还有成都，去看人家怎么做的。还天天到网上收集资料，一副像煞有介事的样子。那些新鲜的、好像从生活中刚刚长出来的话语天天挂在嘴边，什么场景式空间呈现及场景革命营销手段，什么长期积淀所产生的生活方式，什么家具、艺术品和主人的关系。其实说穿了，在这些富丽堂皇的话语下面，不过还是卖家具、卖茶，只是把庸俗的赚钱套上华丽的美学空间外衣而已。

管他呢，我需要的，无非就是忙活，别停下来就行。

我的这个朋友，人家就是活得明白，按她的话说，什么时候活糊涂了，也就活明白了。她就是一个糊涂得说不清楚的人，说不清楚她天天在干什么，也说不清楚她喜欢什么。一会儿在东区学古筝，一会儿又在茶城听茶艺课，再过一会儿，跟着人家给流浪狗搞慈善。

不管怎么说，在一个新的地方，我需要一份工作，刚好也有工作需要我。我要把自己深深地埋在工作里。我必须逃离某些东西，达到某种新的平衡，可以让我自由自在地呼吸、欢笑或者静思，这才能让我们所有人都轻松，包括我周围的朋友，包括我的家人。这样子看起来，生活并没有变化，还保留着完整的样子，我不亏欠任何人，任何人也不亏欠我。

但是那天下午妹妹的那个电话，让这一切戛然而止。我匆匆结束了活动，没有参加他们的茶聚，同时也推掉了一系列类似的活动。一直到坐在回去的车上，我才感觉到我与父亲的各种联系，不是因为他的死而中断了，而是相反，像突然通了电似的，那些生动的场景，杂沓的细节，纷纷扰扰地来到我面前。但我明白，那已经于事无补，就像我们曾经被父亲遗忘的那些岁月，疼痛、寂寞、空虚，还有恐惧。但所有这些事情，在它过去多年之后，就只剩下一片碎玻璃般扎痛的感觉了。

四

父亲死后，有很长一段时间我跟妹妹探讨我们和父亲在一起的细节。我觉得那时候她还小，不会记得那些事情。哥哥记得，他又不参与我们的讨论。

在我们很小的时候，那时候我八岁，我妹妹只有三岁多一点。父亲在县委武装部工作，后来因为什么问题，他被下放到一个偏远的部队外营地，后来，母亲也跟着过去了。他们就把我们兄妹三个寄养在乡下我外公外婆那里。

那时候哥哥十一岁，比我大三岁，我们都没有独立生活的能力。外公外婆有好几个孩子，他们的好几个孩子又各自有好几个孩子，都丢给外公外婆照看。这些孩子年龄也跟我们差不多。那时候正是经济困难时期，生活条件极差。吃饭的时候我们不会抢，只有等着他们吃完，才能轮到我们。饭要么不够吃，要么已经凉了。外婆每天睁开眼睛就忙，但还是照顾不过来，等想到我们的时候，她已经累得话都说不出来了。有时候，她会把我妹妹揽在怀里，还没等她说话，妹妹已经睡着了，有时候是饿睡着的。

外公为了贴补家用，有时候出去打鱼，有时候出去干个手工活，每天都是很晚才回到家里。他回来的时候，一般我们都睡了。有一次他回来早了，就坐在门口抽烟。等到很晚很晚，其他的孩子都走了，他从怀里拿出三块烤红薯，给我们三个每人一块，那红薯还带着他的体温。我们三个狼吞虎咽，还没品出来味道就没有了。

其间母亲来过几次。她骑着自行车，从几十里外赶来，浑身冒着热气。每次她都陪我们吃完晚饭，待我们都睡着了才走。父亲一次都没来过，母亲没说过他，我们也不敢问。有关他的消息，我们一点也不知道。

我们是有父亲的孩子，这一点在当时、当地非常重要。可是，我们的父亲呢？有一次哥哥跟我说，他觉得爸爸肯定是被抓走了，不然的话，不可能从不回来看我们，也不让妈妈告诉我们他的消息。我吓得立马哭了起来。哥哥不知道怎么结束那个场面，自己也吓得哭起来。但是没人问我们一句为什么，可能大人都有各自的烦恼，那烦恼比我们更甚。

那是寒冷的冬天，晚上外婆也许看到我脸上已经风干的泪痕，泪水流淌过的地方，是皴裂的。她用粗糙的拇指，给我抹了半天。

其实这些东西，现在看来可能并没什么——事实上也没有什么。过去我也曾和哥哥说起过。说起这些事情，哥哥总是一副茫然的表情，要么沉默，要么就是深深地叹气，牙疼似的。跟我一样，他也不会跟父亲交流。或者怎么说呢，经历过那样的童年，我们都学会了沉默，很多埋在心里的东西，都不愿意拿出来，好像这是我们在那场磨难里，得到的唯一一样值得珍惜的东西。

其实仔细想想，在那样的时代，又是那样的环境，我们是父亲为数不多可以忽略的人吧。除了自己的亲人，父亲必须对所有人、所有事情小心翼翼。而作为他的孩子，即使被忽略，也真的没什么，那些小小的伤害，绝对不是让我们与父亲产生隔阂的唯一原因。它也许就像挂在我脸上被风皴裂的泪痕一样，用手指轻轻一抹，就平展了。

很多年里，父亲没有给我们谈论过曾经发生的那段历史，也从没跟我们解释过什么，一次都没有。我们也从来没有主动问起过，更不可能给他说起我们当时的感受。好像我们没有共同的历史。还有一种可能是，我们都刻意回避着那段历史。也许在父亲看来，如果他说起这些，我们会把已经忘记的东西再一点一点捡回来。然后，怎么说呢，对他会有一次结算，那是他作为一家之尊所不能接受的。而对于我们来说，更害怕的是提起这样的事情时，被父亲淡淡地打发，让我们受第二次伤害。

再后来，到他退下来之后，是不是还想说这些已不得而知，但即使想说也已经晚了。我觉得，已经晚了的意思是，他没必要说，我们也没必要听了。我们空旷、寂寞，曾经被浓烈的遗弃感伤害的心灵，已经被许多新的东西填满了。生活就是这样，从心灵到房子，都会逐一被各种各样的事物填满，直到有一天，需要重新清理为止——在清理父亲房间的时候，这样的想法一次又一次拍打着我。

也许，作为一个父亲，他生养了我们，本来就不该追问对得起还是对不起的问题。但这不是全部，好像缺了什么，有什么被某种东西隔膜着，就像隔着一层脏玻璃。只是我们和父亲之间，这种隔膜，再也不可能擦干净了。

五

妹妹曾经不止一次地说，想不到父亲会自杀，他没有任何自杀的理由哇！是呀，确实没有理由。他这一辈子，不管怎么对母亲，母亲对他始终忠心耿耿，一直到他死，一直到他死后，她做到了一个妻子该做的一切；我们兄妹几个，虽然各自生活都有不如意的地方，但算总账，还是过得去的，至少没有人成为他的负累。唯一可以解释的理由是，不是跟我们的隔阂，而是他跟这个时代和解不了，他跟自己和解不了。曾几何时，他是那样风光。但他的风光是附着在他的工作上，脱离开工作，怎么说呢，他就像一只脱毛的鸡。他像从习惯的生命链条上突然滑落了，找不到自己，也找不到可以依赖的人。除了死，他没有更好的解决办法。

并不是妹妹最早发现父亲想自杀，而是母亲发现的。妹妹生性敏感，按她自己的话说，直觉大于理性。医学院毕业后，她分到一家医院的后勤部门，后来不甘寂寞，跳槽到一家咨询公司做人力资源管理。实际上两个单位的活儿差不多，但是她觉得在后来这个部门自在，自主性大，有成就感。

有次她跟妹夫一起回来看父亲。过去看见他们回来，父亲都高高兴兴地去买菜，饭前总要把酒打开，先和女婿喝一阵子。可是那天父亲沉默寡言，一直到吃饭都没怎么说话。

那天回去的路上，妹夫闷闷不乐。妹妹说，父亲今天的情绪不是因为我们，而是因为他自己，肯定是他自己出了问题。后来妹妹为此多次回来，她发现父亲精神低迷，而且有一种死亡的气息覆盖着他。莫非他想自杀吗？她把她的看法跟母亲说了。还没说完，母亲就捂着脸哭了起来，母亲说，她早就知道这事儿，是因为她时时处处看得紧，父亲才没机会得手。

“那你怎么不告诉姐姐？”妹妹伤心地问。

母亲说，你姐姐离婚之后，就没看见她有过笑脸。她自己带一个孩子已经够难的了，现在那孩子又非常叛逆，就不让提她爸爸的事儿，只要一说起，就发飙，把你姐姐也快逼疯了！

说起来真有点悲哀：是父亲想自杀这事儿，让我们一家人又重新聚集起来——我们分散在三个城市，几乎很少团圆。我们都结婚成家后，每年也就交叉着见那么几次，春节或者中秋节，或者其他什么事由，反正很少有为了见面而见面的。为了见面而见面，我印象中好像只有一次，就是父亲过六十大寿那一次。

六十大寿，六十岁。对于我父亲来说，真的算是大寿了。他死那一年，还未满六十四。给他过寿那一天，母亲私下里说，有人给你爸看相，说他活不过六十三。事后想，如果按周岁算，可不就是嘛！可是母亲说的时候，我们都笑。那时父亲是多么沉稳、健康啊。可能他还没意识到退休对他意味着什么，我们也盼望着他早早退下来颐养天年，可以轮流到每个孩子那里小住。

当时我们只能被迫轮流陪他了。按照母亲的安排，我、小妹，还有哥哥，要轮流看守父亲，防止他自杀。也就是说，父亲想自杀这事儿，已经不是什么秘密了。

我还好说，自从离婚后，虽然没跟父母住在一起，但基本天天回家吃饭，而且我还算是个自由职业者，时间可以自己掌握。原来我想着我一个人看着父亲就行，但是几天跟下来，我就支撑不住了。一个人要想严防死守另外一个人，实在是太难了。有一次我去洗手间久了一点，他已经开门走了出去。母亲在厨房做饭没发现。我头皮都是紧的，赶紧出门往楼上追。好险！好在我们提前把通往楼顶的小门锁住了，他正站在那里发呆。我拉着他的手往回走，我相信他能感觉出来我的手心像水洗的一样。

而母亲这样的决定，苦了我的哥哥和妹妹。他们都在别的城市住，虽然开车都不超过两个小时，但毕竟是各自一家人，家家都有本难念的经。哥哥的婚姻也朝不保夕，跟嫂子已经分居好几年了。两个人同在一个屋顶下，却形同陌路，很难说上一句话。只要一说话，双方就火力全开，闹得天昏地暗。

妹妹的小家庭还不错，妹夫在一家上市公司当财务总监，虽然忙一点，但收入很可观。只是妹妹的孩子刚刚上小学，离不开她。自从她回来值班看守父亲，孩子的学习成绩就每况愈下。有一次她接完老师的电话，半天没说话。在我的反复追问下，她才告诉我，孩子在学校打了别的孩子。老师让他喊妈妈到学校去，他告诉老师，妈妈出车祸了。老师问，你爸爸呢？他说，他们一起出的车祸！

“这么恶毒的话，他是怎么编排出来的呀？”妹妹泣不成声。

有一次，父亲当局长时候的办公室主任来看他。他带了几个凉拌菜，还带了一瓶老酒。过去父亲爱喝两口儿，可是那天俩人坐在屋子里抽了一下午烟，父亲没动一下筷子，也没喝酒。

办公室主任走的时候，我去送他。我们是上下届同学，他跟我哥哥是好友，我跟他妹妹是好友。我们在一起情同手足，无话不谈。那天我把他一直送到小区后面的河堤上，临分手的时候，他站下来看着我说：“你们打算怎么办？”

我扭脸看着远处，长叹了一口气，无话可说。没人知道该怎么办。

“这样子拖下去，谁都受不了，也终究不是解决问题的办法，最终会把一家人都拖垮。”他的眼里突然涌出泪水来。他跟了我父亲十几年，两人有父子般的感情，“你想想有用吗？你帮一个想活的人，可能还真有不少办法；但是，一个人如果想死，你没办法，一点办法都没有！”

六

父亲葬礼前我们家来了不少人——我觉得比葬礼那天来的人还多。他们是我父亲曾经的领导、同事、同学、同乡、下属……还有我们家多得数不过来的远亲近邻。在他们的惋惜、褒扬和悲伤里，我觉得父亲不是越来越清晰，而是越来越模糊。我真实的父亲，到底是什么样子？

父亲还上班的时候，有一次办公室主任跟我开玩笑，说与其说他是你父亲，还不如说是我父亲；我跟他在一起的时间肯定比跟你多。

这不是玩笑。这话说得一点都没错。我小的时候，父亲大部分时间在乡下，一年也见不了几次面。等他回城，我上大学去了。我大学毕业参加工作后，他基本上整天待在单位，真是以单位为家。市里干部们说，他是一个最爱开会的人。有人取笑他，说市政府一个灭鼠文件，他也得召开会议层层传达，并且让参加会议的人都表态，记录在案。

最经典的一个例子是，有一次他开会传达上级的表彰文件。开到夜里一点多，有人实在坚持不住，他终于发了善心，说实在困得很的同志，可以趴会议桌上睡一会儿。

的确如此，他退休的时候从他办公室拉回来了整整一卡车笔记本和各种文件。几乎他每天的工作、生活甚至是思想，都记录在笔记本上。有一次市政府安排的一项重点工作出了纰漏，分管的副市长带着工作组到他们单位开会，说是要追查责任。他翻出两年前的笔记本，念给工作组听：当时是谁主持开的会，谁谁谁在哪里坐，几点几分都是谁发的言，都说了什么，一清二楚。笔记本证明那项工作完全是按照副市长的安排进行的。副市长当时弄得很下不来台，说，老张，今后我们都不敢跟你打交道了，什么你都有记录哇？

是的，什么他都有记录。记录挽救了父亲，那件事情最后不了了之。

他去世后，我们收拾他的遗物。我在他的笔记本上赫然发现，他有一次跟我母亲一起去我外婆家，竟然详细记录着那天发生的所有事情。“今天陪月娥（我母亲）回家看她父母。十点零七分到家。父母在，二弟三弟在。大弟去西安。饭后，两点四十五分，三弟说了两件事情，第一……”

我拿着他的笔记本给母亲看。哪知母亲只淡淡地笑笑，说，这事儿她一直都知道。

“你爷爷就是因为爱多说话被整死的；年轻的时候，你爸也因为乱放炮被整下乡，吃了半辈子苦头儿。他也得学会保护自己嘛！”

七

哥哥总觉得父亲的死跟他有关。每次他说起这个问题，总是絮絮叨叨地说个没完：要是那天家里没生气，要是他不急着赶回去，要是……妹妹跟我说，哥哥本来就神经质，千万别跟他讨论这些问题了，否则他会抑郁。

其实不用妹妹提醒我也明白，每次跟哥哥在一起，我都刻意回避这个问题。他和父亲之间的感情，远远比我们复杂，但又是一笔糊涂账。我也知道他这么多年是怎么挣扎着走过来的。他的婚姻是父亲指定的，嫂子的父亲跟我父亲是抗美援朝时期的战友，转业之后也分到了同一个地方。她父亲也够惨的，在冰天雪地的朝鲜战场上喝了一个多月生水，回国后一直肚子疼。到医院检查一下，说是直肠癌。把肠子切了之后化验，发现切错了，只是一般的炎症。好不容易身体恢复了，几年之后又发现患了胃癌，年纪轻轻就离开了人世。父亲和他的那些战友们，就把抚养孤儿寡母当成自己的责任，那个时候他就决定，让大我哥哥三岁的战友的女儿将来做他的儿媳。

从结婚第一天起，俩人就吵架。据说结婚当天晚上，俩人闹得把结婚证都撕了。

在婚姻这件事上，尽管哥哥从来没有原谅过父亲，但也从来没有抱怨过他。像所有事情一样，因为是父亲做的，这事儿便没有了对错。

父亲死后，哥哥每次回家都坐在他的房间里，半天也不出来。他总是望着我们俩和父亲的一张合照出神。拍这张照片的时候，哥哥上大三，我刚刚接到大学录取通知书。我们爷儿仨就站在院子里的一棵枣树前拍了一张照片。父亲说，爷爷心心念念的，就是耕读传家。现在无地可耕，但是家里出了两个大学生，也算是给了爷爷一个交代。

照片上，父亲的身体明显向哥哥那边倾斜。1952年，他们的部队在朝鲜战场上中了一发炮弹，他的大腿骨粉碎性骨折，手术后一直没有恢复，里面还打着一个钢钉。另外，还有一个弹片离心脏只差不到两厘米，没有让他的骨灰撒在三千里锦绣江山。后来他作为伤残军人荣归故里，在县委当了武装部长。

照相的人本来想让父亲坐在那里，但被他严词拒绝了。即使倾斜着身子，他也要稳稳地站着。

安葬了父亲之后，哥哥专门去重新洗印放大了这张照片，并郑重地放在父亲生前用的书桌上。那天他看着这张照片跟我说:“爸再也不用走路了！”

我默然无言。妹妹说得好，只要哥哥说起父亲的事儿，我们一律不接茬儿。他说上一阵子就过去了。

可是有一次，他把自己灌醉了，把我和妹妹堵在屋子里发酒疯。他先指责我，说我离开这个家到妹妹那个城市去，完全是因为想逃避，不想承担责任。然后他又指责妹妹，说她是老公的家奴，天天把孩子圈在自己身边，完全被自己的小家给绑架了。

“你们一个比一个自私！”

说完之后，他突然抱着头，蹲在门口失声痛哭，说：“是我杀死了父亲！是我们联手杀死了父亲！刚开始的时候我们爱父亲，心疼父亲，害怕他死。可是时间长了，我们还有耐心吗？我们每个人都关心自己，可是，父亲呢？谁管？谁管？”

我坐着没动，我觉得他是借酒发疯。他说的不是醉话。可是妹妹受不了这些话，妹妹过去拍他的头，他把妹妹推开了。

他哭得像一个摔痛的小孩子。

“我们每个人都觉得自己的事儿比父亲自杀这件事儿大。有一次跟你嫂子生气，我就想赶在父亲之前自杀！那个时候我恨死父亲了，我就想，你怎么还不死呀！”

“哥！你太过分了！”我怒不可遏。

他低头痛哭，一句话都没再说。

哥哥的精神已经崩溃了。

回头想想，哥哥说的不是没有一点道理。我离开此地的目的，虽然未必完全是为了自己，但自己的因素占了大半。后来在陪伴父亲的过程中，我的情绪也已经失控了。有时候会低落到极点，自己关在屋子里一天不出门，不吃也不喝；有时候电话铃声就会让我心惊肉跳；有时候又暴躁欲狂，动不动就想发脾气，弄得我母亲都是小心翼翼地看着我的脸色说话。

父亲也一样，他也关在自己屋子里，只是让门留个缝儿。那个房间虽然比我的大一些，但是窗户被防盗窗护得严严实实。屋子里一切可以伤害身体的东西都被清理得干干净净。

他与我们，自己的老婆孩子，变成了一种敌对关系。我们防备着他，他也防备着我们。我们进行着势不两立的攻防战，真说不清楚是爱还是恨。

不久前，我的一个朋友过来，说起她的父亲。说起她父亲死后，她收拾父亲的遗物，看到父亲完整地保存着她成长过程中的一切，突然失声痛哭。我坐在她面前，不知道该怎么安慰她。我对那样的父女感情很陌生。但是不久，我也哭了起来，想起父亲纵身一跃的那一刻，那么寒冷，那么坚定，又那么绝望。于是，我真的哭了起来，比她哭得还伤心。

莫非，真的是我们杀死了父亲？

这句话，不过是借哥哥的口说出来罢了。我记得在父亲的葬礼上，我们互相回避着，不敢看对方的眼睛。

八

母亲这一辈子，至少在儿女们看来，从来对父亲唯命是从，她努力放低身段来成全父亲。其实母亲也算一个知识女性，她是当时县女中的高才生。自从嫁给父亲，尤其是有了我们几个之后，她就把自己深深埋在家庭生活里，而且乐此不疲。她放弃了很多进步和晋升的机会，安心做一个家庭妇女，父亲到哪里她就跟到哪里，无怨无悔。

但是我们觉得，父亲对母亲虽然说不上不好，但也说不上好。工作上的事情、他遭受的委屈和同事的关系……他从来不说与母亲听。开始的时候，母亲还问，还打听。父亲总是像没听到一样，沉默以对。后来母亲就不再问了。

在家里，他们也像同事关系，说话客客气气的，但是缺乏烟火气。他们一辈子都没吵过嘴，我也从没有看到过他们闹什么别扭。作为后人，怎么用现代眼光去理解他们的关系呢？可能这根本就不叫爱情，也许还可以说，这就是最好的爱情。毕竟他们相互陪伴着，走了一辈子。

还有父亲的笔记本，我觉得那是他人生的备份，虽然我只简单地翻了翻，看了没几页。如果认真地翻下去，我相信他和我母亲的一切，都会记录在笔记本上。也就是说，他们的婚姻生活会有记录，一旦发生变故，他就能向组织上交代清楚。想想这些，真让人有说不出的难受。他与母亲谈心、交合、探亲……我无法想象，一个人既活在现实中，还要活在发黄的纸上。

只是在父亲想自杀的事情发生之后，母亲对父亲的态度逐渐有了变化。在夫妻和家庭关系中，她慢慢找到了自己，就像一张洗印的照片，她在其中慢慢地显影。

她悄悄地掌握了主动权，对于母亲来说，这无异于一场革命，或者是政变。

有一段时间，父亲患了支气管炎，我和母亲每天陪他去医院输液。有天下午，天气晴好，输完液之后，我没有按惯例走大路回家，而是开车绕到河堤上。从那里回我家虽然绕远了一点儿，但是人少，环境也好。

刚到河堤上的时候，父亲像往常一样表情平淡，木然地看着车窗外。走到河堤中间的广场边，他突然咦了一声，用手指着窗外。母亲说，把车停下吧。原来他是看到了自己的一个老战友，正在广场上散步。等我们把车子停好，走到广场上的时候，父亲的那个战友已经走到树丛后面看不到了。但我们没有停下，也没有折转头往回走，而是沿着河堤一直向前，这也是母亲的意见。父亲一声不吭地夹在我和母亲之间，走了很久很久，直到他开始大口喘气，我们才在路边站了下来。

父亲又喘了一阵才慢慢平息下来。他跟我母亲说，让她跟老周——就是刚才散步那个人，他也来我家看过父亲几次——联系一下，他想和他一起，去北方看看几个战友。

“好哇，”母亲热情地鼓励道，“我跟你一起去。”

“我想自己去！”父亲眼里突然现出热切的目光，那目光到现在我还记得，是一种强烈的生的光芒，像电弧光。

“让我自己去吧！”父亲的声音几乎是在乞求了。

“不！”母亲坚决地摇摇头。

父亲把目光转向我。我也坚定地摇了摇头。

那种光，突然像断电了一样，在父亲的眼里熄灭了。

九

这一年的中秋节，天气非常好。父亲去世三周年，我们兄妹三个约好跟母亲聚在一起过节。下午母亲安排我说，去买点东西，晚上到阳台上赏月。难得母亲有这样的兴致，本来我想拉着他们一起去，但哥哥闷头坐在父亲房间里，说他不想出去。我只好带着母亲和妹妹去了。在月饼柜台上，母亲坚持要买一块老式月饼。我知道她是给父亲买的，父亲爱这一口儿。

晚上，月亮东升的时候，我们和母亲来到阳台上。

“给你爸掰一块月饼，”母亲点着给父亲留的空椅子说，“昨天我梦见他了，他说过得还不错，就是晚上门口不安静。这几天你们去买点东西烧烧。”

我一边答应着，一边把老式月饼切四块，放在留给父亲的那把空椅子前。

哥哥低着头不说话。最近一个时期他情绪反复无常，尤其是跟嫂子离婚之后，他轻松了没几天，就重新陷在抑郁的情绪里了。

“欢子，”母亲喊着我哥的乳名，“你从来没有梦见过你爸吗？”

哥哥摇摇头，又点点头，但是没抬头。

“你爸什么都没跟你说过？”母亲问，“我怎么不相信哪！”

哥哥一脸迷茫地抬起头看着母亲，然后又低了下去。

“你也别想不开。其实你爸自杀那一天，我什么都知道。你们想想，我怎么可能不知道呢？”

我打了一个激灵，起了一身鸡皮疙瘩，感觉父亲回来了，正坐在我们中间。哥哥也诧异地抬起头来。我和他对视了一眼，看到了他眼睛里闪着的某种光亮，让我突然想起我们被寄养在外婆家，他说父亲被抓时的情景。不过只是在心里一闪而过，冰凉而疼痛。

一时间我们都沉默了，谁都不知道该怎么接母亲的话，只是看着留给父亲的那把空椅子发呆。月上中天，突然感觉天气有点凉了，也许是气氛有点凉，我站起来给母亲披上一件衣服。

母亲对我说：“你把阳台上的灯打开。”

我开了灯，回头看见母亲拿出一个小布包摆在桌子上，示意哥哥打开它。哥哥把它展开，里面是一个弹片，磨得明晃晃的，铜已经变成了暗红色。

“这个东西，卡在离你爸心脏一指多远的地方，再往里挪一点他就没命了。”母亲用指头在心脏处比画着，然后把弹片对着灯光看了半天，好像它透明似的。过了一会儿，她把哥哥的手拉过来，把弹片放在哥哥的手里：“过去咱们家最难的时候，每当我想不开，你爸就把它拿出来搁在我手里，说，看看这个，还有什么想不开的？虽然最后他还是没想开，但是他让我想开了。要不是这，我真活不过来，哪儿还能把你们几个养大？”

哥哥拿着弹片，也朝着灯光照了照，脸上现出很复杂的神情。

“他去死，我怎么会不知道呢？”母亲又把话头转了回来，“他出去的时候，我看到了，想站起来。他就站那里狠狠地瞪着我，严厉地制止我。他知道我这一辈子都不敢违背他。不过，那时我也横下一条心，心想，只管让他走吧，看到底能怎样！”

一片静寂。我们的心都提到了嗓子眼儿。

“结果，他真死了。”母亲好像沉迷其中，脸上平静得像说别人的一桩旧事，“死了就死了吧，谁不死呢？所以我觉得我对得起他。这也是我最后一次成全他，最后一次按他的意见办。”

我努力克制着自己，直到一波又一波强烈的情绪过去。我知道，今天即使母亲这样说，我们也不会这样去想，至少我不会。我们知道母亲对父亲的忠诚和爱，而且，我宁愿相信她这样说只是为了安慰哥哥，她不想让我们家的最后一个男人，再爬上天台。

事情只有这样想，对生者和死者，才是最好的安慰。

的确如此。也不过如此。

天 使

张惠雯①

我以为父亲葬礼之后几天，我就能返回波士顿。后来发生了一些事，我不得不修改返程机票，把返程日期改为不定期。

这个小地方也早已不允许土葬了。有的老一辈亲戚出谋划策，就是在偏僻的乡下找个地方偷偷埋葬，但我和我的姐姐、妹妹一致决定本分地把父亲火葬。在葬礼上，她们俩头上缠着白布条，哭得很厉害。我坚决不愿意缠那块颜色发黄、看起来脏兮兮的具有表演性质的白布条。我也没有大哭出声。大概在别人看来，我这个唯一的儿子冷酷无情。

父亲火葬那天下着雨。不算是大雨，但足以把小城的街道弄得泥泞不堪。我不明白这地方为什么有这么多的土、这么大的灰尘，只要一点儿雨，路上就形成泥水坑。我父亲八十七岁了，他走得很平静。但当他的身体被推进那个焚化炉里的时候，我还是忍不住流泪。他就这样永远在世间消散了，他的肉身没有了，我再也看不到他的任何有形的部分了，哪怕是尸体……那是一个与自己之间有血肉联系的人行将消失的可怕的空虚感，一个人往后的生命里永远无法填补的空洞。母亲早在他走之前好几年就走了。所以，我们现在都成了孤儿，无父无母的孤儿。

这次回来，姐妹对我的态度和以往不同。我原以为是因为父亲故去带来的打击，后来我发现那其实是一种戒备。葬礼后不久，她们开始谈她们所担

① **张惠雯** 1978年生，祖籍河南。毕业于新加坡国立大学商学院，现居美国。新加坡《联合早报》专栏作家，作品刊发于《收获》等国内期刊。

心的事情了，那就是父亲留下的那套房子。老父亲是个古怪的人，我们谁都不知道他生前竟写过一封遗书，那是在我母亲去世后不久，他把遗书交给我们的一个表姑秘密保存。他这样做伤透了我姐姐和我妹妹的心，因为这表示父亲并不怎么信任她俩，尽管在母亲亡故后，是她俩在轮流照顾他。在这份遗书里，父亲交代了遗产分配，他的存款由我姐姐和妹妹平分，房子则由我负责处理。如果我决定售出房子，那么房款的一半归我，另一半由姐妹俩平分，如我决定不出售，则由我管理。父亲生前大概觉得这份遗书把他的财产分配得很合理，但我姐姐和妹妹却不这样认为。她们说父亲看病尽管有公费医疗，也花了不少他的存款，所以他的存款所剩不多。此外，她们尽管很想委婉地表达但最后还是相当直露地指出，父亲卧病这两三年，我人在美国，只回来过两次，根本没有出力，因此房子出售的一半钱归我是不公平的。我觉得她们俩说得没错，我没有为父亲做什么。在他卧病后，我仅仅是每年回来看望他几天，寄过两次钱，用于给父亲请看护，这都不值一提。我本来是感激她们俩的，但我现在终于理解了她们对我的那种戒备态度，不过是因为父亲的一点儿遗产。

我想，在这样一个充满是非、把蝇头小利看得胜过一切的小地方，她们终究也变得庸俗了。她俩已是一副中年妇女的样子，这倒不完全是年龄或容貌的变化所致，而是她们说话的碎叨、对鸡毛蒜皮的事情表现出的过分热情和大惊小怪，还有神态里那种木然……还应该提提她们俩的丈夫。那两个一高一矮、一胖一瘦的毫无和谐之处的两个人，在父亲葬礼期间的每个夜里，倒是高度一致地做着同样的事情：兢兢业业地计算着礼钱收入，做清晰的账务分割。当然，他们也没有错，因为这些人来送礼就是因为他们过去给人家随了礼。最后，一切事情，不管是丧事还是喜事，都主要变成一种运算，关于礼钱的收支是否平衡的运算。

我滞留下来，就是因为那份遗嘱。我需要按照他们的要求去做法律公证，明确表示自己放弃父亲遗书里所给予的房产继承权，接下来又会有一套有关房产权转移的相关法律手续，可能会需要我本人在文件上签字。而在这个地方，每一份文件都不是容易到手的，一份文件、一个表格，都需要找熟人、托关系才能获取。

我仍然过着日夜颠倒的生活。午夜到凌晨这段时间，我会打开电脑处理一些公司的事，我能得到那边即时的回复，这样竟会让我觉得好一点儿：我还有另一个世界。至少，在夜深人静的时候，我是一个人。我的心终于能从周围这嗡嗡作响的、紧紧捆绑住我的空虚里解脱出来。没有活儿可干的时候，我还能回想一下父亲。想象着古怪的老头儿独自坐在他那栋小单元楼里，戴着他那副老是滑到鼻梁上的、样子朴拙的黑框老花镜，在一盏黄光灯泡下面，用钢笔写着那份引起争端的遗嘱。他得不时停下来，想到有关自己的死亡的事情，而他不久前刚死了老伴儿。想到他那副样子，我有时忍不住落泪。这个古怪的老头儿，他可能偏爱着自己的儿子而不自知，我们一直在某些地方很像。

有一天，我走在街上，遇见一个高中同学。他惊呼着我的名字跑过来，而我一开始并没有认出他。他做了自我介绍，这才多少唤起了我的一点儿印象。他很惊讶我回老家了竟没有通知老同学。我告诉他我父亲去世了，我是回来奔丧的。他又诧异这么大的事儿，我怎么没有联系老同学去帮忙。我明白他说的“帮忙”是凑人场、送礼钱的意思。他不知道我最怕的就是这个，就是我的姐夫或妹夫会算好账、拿给我一沓钱，告诉我说：这是你的朋友送的礼钱……那就像站在逝者的亡魂旁边数钱。

我们站在街头，他热情地加了我的微信。我以为事情就这样过去了，但到了当天晚上，我发现我被拉进了高中那个班级的同学群。那位热心同学未经我的允许就宣布了我父亲过世的消息，我不得不应对来自我难以回忆起来的不同友人的不同慰问，并且一再强调，葬礼早已过去，大家不需要帮忙。我后悔对人提起父亲去世这件事，怀念死者只能是一件孤独的事，但人们执意要把它变成一场公共的热闹。然后，又有人要策划一次聚会，欢迎我回家。我以心情还未恢复、仍有很多家事要处理推辞了。这样没完没了地说着客气和推脱的话，直到深夜。

而就是在这么一番烦乱后，我收到她的微信加好友的请求。我竟然没有想到她也会在这个群里、会看到有关我的消息！也许我从来都觉得她和别人不一样，仿佛她存在于另一个空间和时间的维度。

我再次见到她的时候，她已经没有那种让人心惊的美丽了。我没有轻慢成熟女性的意思，但这种“惊心动魄”的美，通常是在女人十分年轻的时候才会有，像但丁的贝亚特里奇、彼特拉克的劳拉，像虚构的亨伯特的洛丽塔……因为这种美必然不是什么复杂的、需要经验去玩味、揣摩的如现今所说的“魅力”这样的东西，而是极纯粹、直接的美，它会一瞬间击中你，让你站在大街中间失神。

当年，我第一次见到她，就是这样的感觉——仿佛被雷电击中，可怕的、从未有过的剧烈震动，一场在内心最幽暗的深处引发的、不可见的爆炸，具有某种颠覆性，似乎一下子把你过去的什么粉碎了。后来，当我听到有人对她妄加评论、竟觉得她不够美的时候，我心里就燃起阴沉的怒火。震动之后是可怕的怅惘，让我在每一个她出现的场合都以各种伪装的方式注意她同时却避免接近她，又让我做了一些傻事，譬如晚上放学之后骑自行车跟踪她，最初是跟踪，之后仿佛是自觉的护送。那时候的人多么羞怯！她知道我在后面送她，而我也知道她知道，但我们自始至终没有停下来说过一句话……而这样的痴迷注定得不到回报。我们唯一一次算得上亲密的接触，就是高中毕业后，班里考上大学的几个人在一个同学家聚会。大家放开了，聊到很晚，女同学们也喝了点儿酒。她大概从没有喝过白酒，坐在沙发的一角，昏昏欲睡，脸红得像桃子。她穿着无袖的长裙，两手交叉环抱着双臂。我本能地理解那是怕冷的姿势。我不知怎么鼓起勇气，在那么多人面前，找到一条毯子搭在她肩膀上，然后在众人的侧目中匆忙走开。那天夜里，我再也没有靠近她、和她说一句话。这就是我和她之间的故事，我的初恋，我年少时笨拙、无望的追求。

那天凌晨，我加上她之后，她没有回应。我想她大概发送加好友请求后就睡了。我一直把手机握在手里，后来，我把它放在枕头下面，每隔几分钟拿出来看一次。如果一个人长久地渴慕过另一个人，而突然得到她的眷顾，他才会明白这样一种焦躁，明白我为什么根本不可能睡觉。我感到我们肯定会见面……我开始想象她现在的样子，尽量把她想得老一点儿，以便我见到她时不会因为现实与记忆中的落差而过于失望。骨子里，我一直是个悲观、保守、谨慎地避免自己受到伤害的人。但无论我怎么试图“改变”她，她仍然还是那个样子，尽管“那个样子”其实已经相当模糊。

我不知道究竟是什么时候睡过去的，但那样的睡眠里也充满混乱的思绪，如同半醒着。第二天醒来，我终于收到她的回复。我们短信聊了一会儿，我才知道她住在另一个更大的城市，距此不远。我的心几乎凉下来。但这时她非常客气地说（我甚至能感到她写这句话时的不安），她碰巧有点儿事需要回老家一趟，她已经坐上火车，一个多小时以后就到。她说：如果你有空，我去看看你。

接下来，我做的事情是收拾房间，把脏衣服全都包起来藏到箱子里，把床铺好，把窗帘拉开，让光线不至于太暗也不至于太亮。然后我洗澡、刮脸、给头发上发胶，用开水反复冲洗茶杯……我定了闹钟，尽量平静地把这些事情做好。但我知道我的手臂在微微发抖，我的双腿一定要走个不停。我就像个发高烧的人，几乎是在精神恍惚的状态下机械性地做这些动作。高铁站离这个小城大约半个小时车程。我发短信说我想去接她，但她拒绝了。她在短信里推翻了最初发给我的那条“碰巧”回家的信息，说她这次回来不想让任何人知道，也不想告诉家里人。我盯着那句话看了很久，很多年前的不可理喻的预感又回来了：我和她早晚会在一起。

她不让我去酒店大堂接她，也许不想让任何人撞见我和她在一起。她站在房门外面的时候还戴着墨镜，但她进来随即把墨镜摘掉了。我这时才发现我之前悲观的想象多么可笑：她脸上并没有明显的皱纹，头发也还是黑的（虽然极有可能染过）。但显然，她和以前不一样了！一个女人开始走向衰老，她不是即刻变得皱皱巴巴，而是那些形状好看的眼睛、眉毛、嘴唇犹存，但那层夺目的光泽没有了，像一朵花干燥了，失去了它难以形容的、魂魄般的润泽。不过，那仅仅是最初的失落，就像往昔的印象猛然撞到了现实。但只要她坐在那儿，只要你们开始说话、悄然观察对方的眼神、接近对方的声息，你又会在她身上慢慢发现过去的那些东西，那些东西一丝一缕地拼凑起来、一点点地发出光亮，每一点光都慢慢地照亮你往昔记忆里的某个部分，而这光亮又因为隔着时光的雾霭往往带给你某种令人心碎的、更为复杂的情绪。总之，你又会一步步地陷入记忆钩织的温柔的、感伤的陷阱。后来的事情证明，就像纳博科夫所写：“她会凋零，她会萎谢，但我不在乎。只要看见她，万般柔情仍会涌上心头。”

我们并没有多少生疏感需要克服。她一放下手提包，我就帮她脱去长羽绒服，就像我一直是这么做的，熟门熟路。我满怀怜爱地抱着她的衣服，把它挂在衣柜里。然后我立即拿出一双新的一次性拖鞋，跪在那儿帮她脱掉她的黑色高跟皮靴，让她可以穿着拖鞋舒舒服服地坐在靠窗的那把圈椅里。而她也没有生疏的样子，当我做这些事的时候，她只是微笑地看着我。她笑得有一点儿羞涩，又有一点儿意味深长。最后，她说：“你也坐下来歇歇吧。”我才意识到我此刻是站在她面前的，像个垂手伺立的仆人。

我在她斜对面那张沙发上坐下来。我们彼此看看，又转开头看着窗外灰蒙蒙的街景。我的房间在十一楼。还好，落地窗对面并没有高度等同的建筑，因此，没有人会在我们对面或斜对面，得以从某个角度窥视我们。在这个小地方，十一楼就是俯瞰其他一切的高度了。从我们的窗户里只会看到不远处那些五六层的楼房以及一些更低矮的建筑的参差的房顶，那些裸露的水泥楼顶邋遢、粗陋。往高处看是被称为“天空”的一片混浊的灰色，没有一丝缝隙，没有一片云。

我们谈到我在美国的生活，其实也没什么可说的。她问我是否可以看看我妻子和儿子的照片。我从手机里存的图片夹里翻找出来几张给她看。

她说：“很多人会把家庭照或夫妻照当手机壁纸。”

我暗自惊讶她竟会注意到这个，要知道我挺讨厌那些秀恩爱的男人。这当然可以理解为我的酸葡萄心理，我也没有恩爱可秀。但我还是忍不住怀疑那些和我一样结婚将近二十年的人在秀恩爱时是否真诚，毕竟“姿态”都是我讨厌的。

我说：“我过去会把我儿子的照片设成封面。但他已经长大了，我确定他并不喜欢我这么做。”

“他几岁？”

“快十三岁了。”

“还那么小！我女儿过了年就要准备高考了。”她说。接着她给我看她女儿的照片。那个长脸、眼睛细小的女孩儿，一点儿也不像当年的她。但在父母眼里，孩子都是英俊、漂亮的。所以我夸奖了她女儿，就像她刚才夸奖了我儿子一样。

“那你结婚很早。”我说。

“你不知道吗？在小地方，一上班就会被家里人催着结婚。我大学毕业后第三年就结婚了。现在想想，我毕业后根本不应该回来。如果知道过成现在这样，我无论怎么都会留在杭州。”

“现在这样？”我问，希望她多说说她的生活。

她笑笑，不打算回答我的问题。

我问到她的工作。她说她大学毕业后在市地税局工作，但早已经不上班了。她丈夫开了一个家具厂，一开始她在厂里当会计，但现在业务多了，雇了别的人，她就待在家。

“从你进来，我就知道你过得不错。你看起来气色很好。”我说，试图把话题再次引到她的家庭生活上。我想知道她的丈夫是个怎样的人，当然，我希望，或者说我已经把他想象成一个庸俗的小财主，根本配不上她。

“是因为我提的那个包吗？”她问我。

“一部分是。”我说。我的确注意到了她那个带着闪亮金属标志的香奈儿皮包。

“还是因为我的化妆、衣着？”她继续追问。

“是整个人的感觉，感觉生活优越，是个阔太太的样子。”我带着开玩笑的语气。

“阔太太？”她睁大眼睛，然后懒懒地摇摇头，“零花钱还有一点儿，但我一点儿也不喜欢当什么阔太太。我还是喜欢过去，没有什么钱，但心里干净。上学那会儿真好。”

我看着她，她看上去平静，甚至有点儿淡漠。我想，她到这儿来找我，大概就是因为这种怀旧的心情，因为随着时光流逝、世事纷扰，她意识到“上学那会儿真好”。但上学那会儿真的好吗？那为什么我不得不痛苦地按捺我的爱情，不得不沉默？好的只是过后想起来的那种青春的感觉，在当时，很多东西却是自己无法控制的。如果我是在另外的时候遇到她、那么热烈地爱她，我或许就知道该如何得到她。

水开了，我起身冲了一杯奶茶（酒店配备的唯一饮料）拿给她。她穿着质地轻柔的毛衫，青色，高领，黑色的紧身裤，及肩的长发尾部烫着柔软发卷。她和那时候不一样了，那时她那么清纯，让人看了想为她自杀；现在她成熟，散发着女人的香味，一股暖烘烘的世俗的气息……而无论怎样，她还是那么让我着迷。我整个身体是紧绷的，我知道我看起来既愚蠢又僵硬。而她悠闲地坐着，等着我为她服务，像我的主人。的确，她曾经是、现在又成了我的欲念的主人。

接下来，我们说到我父亲的去世。我毫无保留地把我的烦恼告诉她。除了她，在这个地方，我还能和谁说这些？

“也不要怪她们。”她指的是我的姐妹。“在这里，人都会变成这样的，百分之九十的人都逃不过。譬如我，你不是说我变成了庸俗的阔太太吗？”

“我不是那个意思。你和那些庸俗的阔太太没有一点儿关系。我只是说……”

“好了，”她温柔地制止了我，“我明白你的意思。”

她说她从群里听说我父亲去世这件事以后，就决定马上来看我，她能想象得到我心里多难过。

“很难过，说不清的感觉……像是童年很大一部分过去随着他被焚烧了，消散了。”我说。

她这时伸出手，轻轻握了一下我的手。我的眼睛立刻湿了。

我感谢她，说她能来我觉得特别温暖。

“你还记得过去我做的傻事儿吗？”我问她。

“什么傻事儿？”她问。

“对你做的傻事儿。”

“记得呀。”她说，低下头喝茶。

我们沉默了一会儿。

“那天晚上，你还给我身上披了一条毛毯。”

“你能记得……我觉得很感激。”我知道这个词并不恰当，但我想不出别的。

“但是毕业以后，你就消失了。”她又说。

“我知道我没有希望。”我承认。

“那时候大概真的没有希望，”她笑笑说，“我那时候一点儿也不想恋爱。”

“我昨天晚上几乎没有睡着。”我说。

“为什么？”

“因为你加了我，我太激动。我完全没有想到会这样和你联系上。”

“对你来说，我还有这样的吸引力？”她调皮地说。

“当然，如果你不来找我，我肯定也会去看你。”

“但是我先加的你。”她强调。

“我没有想到你会在那个群里，你没有用你的名字。如果我知道你在、离我这么近，我就会去找你。”

她放下杯子，踌躇了一下，说：“这几年，我常常想到一个问题，就是如果我当初和你在一起，也许会比现在幸福。我现在很明白了，你是真正爱过我的人，是唯一一个。”

她似乎想对我笑笑，但最后没有笑，只是温和地、若有所思地看着我。我像是得到了某种召唤，过去跪在她面前，把脸伏在她的膝盖上。她没有推开我，也没说什么。过一会儿，她的一只手垂下来，温柔地摩挲我的头发。

“我觉得这里太亮了。”她说了一句。

而在那之前，在我的印象里，我们一直待在一个光线昏暗、仿佛烟雾缭绕的空间里。我站起来，打开写字桌和床头的台灯，然后拉上窗帘。昏暗、柔和的光布满房间。在这个极其封闭、狭小、温暖的空间里，摆在我们面前的一切变得清清楚楚。

如果不是某种不可抹去的迹象证明她的确来过、和我共度过大半天的时光，我大概会怀疑她的造访只是我在极其烦闷、寂寞的时候做的一个情色梦。

她非常灵活，善于做爱，这起初让我惊讶，但当我进入了那个美丽的深渊，跟上她放纵的节奏时，这又让我痴迷。她的身体已有了最初的松弛迹象，但十分柔软，像质地柔腻的面包，又像熟透的水果。它散发出一种让人堕落的气味，混杂着一丝末日般的腥甜。我们像两个极其饥渴的人那样连续干了两次。后来，她希望我抱着她睡一会儿。她大概用手机定了闹钟铃，我是在一阵刺耳的、令人惊慌的闹钟声中醒过来的。醒来后，我发觉我睡了这些天来最深沉、最安恬的一觉。她伸出赤裸、圆润的胳膊去关手机闹钟，说她再躺五分钟必须走，但我又像个粗野的无赖一样压到她身上。我们交织在一起，直到时间又过去将近一个小时……这真是让人上瘾，我从来没有想象过我的身体能够应对一个下午性交三次。我和我妻子恋爱时也从未这样疯狂。至于现在，我们一个月也懒得摸对方一下，我们把这解释为身体的自然退化。我现在明白我可能从没体会过真正的性爱的乐趣，那并不是随便从哪个女人身上就能得到的。爱情和性欲结合得密不可分，这大概才是世界上最奢侈的快感。

不管我说什么，都没法留她共度一晚。她坚持要回家，她的女儿或丈夫大概在等着她回家。我猜想他们习惯她在家里，尽管他们可能并不需要她。傍晚以后，没有高铁从附近经过，她说她包一辆出租车回去。她不让我送她出去，甚至不让我走出房间。我说“不会有人看见我们的”。她说有人已经看见过她，难道我不知道这楼道里、电梯里都布满摄像头吗？而如果我们一起去大厅，很可能会遇见一个“熟人”。我发觉她很谨慎，但她的想法很可能是对的。在这个小地方，“熟人”存在的意义似乎就是在不该撞见你的时候撞见你，然后散播有关你的谣言。洗过澡，她穿上她的每一件衣服，开始收拾她的东西。她要出门时我突然感到一阵恐惧，紧紧拉住她的一只胳膊。“我还能见到你吧？”我问她。她看起来有点儿茫然，很快她冲我笑笑，亲了我一下，不置可否地说“会吧”。然后，我被独自遗留在房间里。

我吃了一些零食，然后躺在床上想着她，我给她发了一条信息，希望她到家后立即给我发一条信息。我毕竟太疲倦了，昏昏沉沉地睡着了。我半夜醒过来，第一件事想到的就是她。我打开微信，发现她并没有回复。我想念着她。这种想念和我高中时候渴慕的痛苦不同，尽管它同样噬咬你的心，但它不再是空想，而是具有了某种鲜活、生动的感觉，你能回忆起那美好的滋味，因此它也更强烈、灼烧人的感官。同时，我又像是处于令人眩晕的幸福的顶端。我觉得她如果现在回来，这比世界上一切其他事都重要，值得我抛弃我所有的一切！我也试着自我审视，怀疑自己是不是一个被旧情、欲望烧昏了头脑的失去理智的人。但我否定了这种怀疑，因为我接着开始检视我的生活，我发现，如果我盘查我的生活“资产”，那实在没有多少难以割舍的东西。说到底，我现在的生活在苟延残喘。我妻子并不爱我，她甚至有点看不起我，因为我不是她心目中的“成功的男人”。她对我的态度里有种刻意的漠视。我回来的近半个月里，她不曾给我打过一次电话，她丝毫不关心我父亲的葬礼、我在故乡的经历，也不掩饰这种漠不关心。而我儿子也不再依赖我。他是个修养很好的男孩儿，倒是给我发过邮件问起爷爷的葬礼，但他只在三岁、五岁时见过两次爷爷，已经全无印象。对他来说，这是对父亲的礼貌问候。再过一年，他就会进入私立寄宿学校读高中……我的生活乏善可陈，甚至相当可悲。我现在感到我错过了生活中某种至关重要的东西。这就是顿悟吗？或者这不过缘于强烈的快乐之后必然来到的沮丧和悲观？对于其他人来说，我那个肥胖的、躯壳般的生活，也许就是生活中所需要的一切。

我意识到我只是在和自己争执不休。那么，我应该考虑的是，她是爱我还是仅仅出于恋旧，或者仅仅出于怜悯、要安慰她所认为的唯一爱过她的、刚刚失去父亲的那个男人。对于我们经历过的那么美好的事，她似乎是怀着羞耻的。我们在一起时，她说：“你不会觉得我是个送上门的随便的女人吧？”她竟有这样的疑虑。难道在她眼里，我是这么一个感情肤浅的男人，会把她的深情厚谊、她在我失去父亲时给予我的安慰当成艳遇的谈资？在当时，我激烈地否定这疑虑。但我现在觉得我说得不好。于是，我忍不住又给她发了微信，告诉她说她是我遇见过的最纯洁、善良的女人，对我来说，她就像天使……我几乎写了一封信，一封情书。她没有回复。当然，那应该是她睡觉的时间。

第二天一整天，我哪儿也没有去，就在酒店里的那家价格宰人而且味道恶劣的餐馆解决了我的午饭和晚餐。我发觉我没有力气，也没有勇气自己走出去。我打定了主意要自我囚禁在这个笼子一样的房间里，直到得到她的回音。我的痛苦比那天晚上独自醒来时更强烈、尖锐，回忆里的那天下午的快乐更像是炫目、华美的幻觉，但我唯恐失去这幻觉。我又恬不知耻地给她发了微信，告诉她我愿意为她做什么，而现在我只需要得到她的同意，我期待得到她的消息……

接下来，我觉得我应该做一些具体的计划，厘清一些更为实际的问题，想这些问题总比等待好受。我从酒店的记事簿上撕下两张纸，开始乱写乱画，我把有的字圈起来，在有的字下面画条重点线，在有的地方用只有我自己才能看懂的又小又潦草的字做注解……我试图回想一个我所知道的办理离婚手续的律师事务所的名字，心想他们是否同时也办理配偶的绿卡申请。我开始计算我的存款、资产。我想如果我妻子想要，我会把我们共同购买的那套房子完全转到她的名下，至于我的存款，我也可以给她一半，只要这能消除打官司的麻烦。自从我儿子八岁以后，我把我每年的奖金为他存在一个银行户头作为他读私校期间的费用，现在那个户头有一笔钱足够他读四年私立学校的全部花费……果真，这是转移注意力的好方法，很长一段时间，我不必焦虑地看手机、死死盯着她的微信头像。而且，随着这样的计划、运算，随着一切虚构的细节化，似乎一个光明前景也在我眼前打开了，一条彩虹般的道路，通向玫瑰色的人生……

第二夜过去了，我仍然没有得到一个字的回复。我担心她不相信我。这也是可能的，我不过是一个突然出现的、半陌生的男人。我应该试着去理解她所有的忧虑。于是，我又给她发了几条信息……我时而走在回忆和幻想的狂喜巅峰，时而又跌入悲伤、绝望的谷底。但我始终没有收到她的回复。我意识到，她根本不会回复我。

我不得不终止这种自我囚禁般的生活，因为有天上午，我妹夫来酒店接我，要载我去办理文件。

我们去到某机关里一间充满烟味儿的、热烘烘的办公室里，在那里等了很久。后来，一个小官儿模样的人走进来，和我那位迎上去的、满面堆笑的妹夫握了下手。我妹夫是个身形胖大的人，但我注意到他每回到机关里办事，身子总会伛下来，显得又蠢又矮。那个小官僚虽然脸上挂着笑，但声音很傲慢。他似乎不急着办我们的事儿，皱着眉头看什么文件，我妹夫则在一旁小心而又聒噪地说着有关那个熟人的情况和对他本人的恭维话。我突然感到不必待在这样的地方有多好。

终于，最后一个手续也办完了。那天中午，我们全家人在一起吃饭，我姐姐、姐夫做东。我猜对他们来说，这算是一种庆祝，庆祝我那部分财产成功地转交到他们手里。他们看起来轻松、欢喜，说总算也不折腾我了，知道我最烦这些杂事儿，对他们来说，这些人情世故倒是都习惯了。

我姐姐笑着说："二弟现在已经变成美国人了。"

我说："我当然没有变成美国人。但我不觉得习惯这些东西有什么好。"

妹妹说：“哥哥这些年是变了，变得不爱说话。美国人可能不觉得有什么，在老家这样，人家总会觉得太冷淡。”

她指的是我拒绝和那些替我们牵线、办事的熟人们一起吃饭。

我说：“在我看来，你们也变了。变也不一定都是不好的。”

一阵沉默。

我姐夫说了一句：“变好，变好，大家都在进步，都在变好。”

他们又说起父亲死去那天，说他行善积德，所以走的时候一点儿没受罪。我不喜欢听他们重复这些。突然，姐夫感慨地说他今后可不舍得把他儿子送出国，离得太远，想他的时候人不在身边还是感情上难以接受。我明白他话里的暗示。父亲走的那天，晚饭后，妹妹给父亲烫烫脚，让他坐在沙发上看电视。过一会儿，他说他觉得胸口有点儿闷，妹妹让妹夫打120。救护车来的时候，他已经走了……我是当晚接到姐姐的电话，乘第二天的飞机赶回来的。父亲临终时，我不在他身边。

“我过一会儿想去老房子里看看。父亲的东西都还在老房子里吧？”我问他们。

“应该都在。”我姐姐说。

我想如果有一天有人要买房子，父亲的东西大概会在最短的时间内被清理出来，丢进垃圾堆。

“家具如果还有能用的，你们去选几件吧。”我说。

“都是些几十年前的家具了，现在谁还会用那些。”我妹夫不屑地说。他大概以为我是出于节省而不是为了纪念一个亲人才要保留几件旧家具。

吃过午饭，我从姐夫那里要了父亲那栋单元房的钥匙。走进那个房子的时候，我立刻回忆起初中一年级时搬进这个两室一厅楼房里的情景。那天早上离家的时候，父亲嘱咐我：“新房子都收拾好了，放学直接到新房子里去。”我一上午都在盼着放学，好到新房子里去……现在看来，这个“新房子”那么狭小，那么粗糙、毫无美感。它大概不到60平方米，是20世纪80年代建起来的那种模样简陋、笨拙的水泥楼，典型的职工家属楼，五层，没有电梯，楼梯平台上的玻璃窗常年是碎的，因为冬天窗扇会被风猛烈地摇撼、抽打直到碎裂。没有人想到关上它们，碎了以后也没有人想到去修补它们。房子里到处积满厚厚的灰尘，桌子上、椅子上、窗台上、悬挂的灯罩上。不知道多久没有人来过。每当我拉开一个抽屉，打开一扇柜子的门，我就感到一团灰尘朝我的鼻腔猛扑过来。最后，在吃了不知道多少灰尘之后，我找到了几样我决定带走的属于父亲和母亲的纪念品：父亲的一个金属香烟盒、一支毛笔、一顶毛线帽（我猜是母亲当年给他手织的），母亲的一个上面穿缀着小珠子的绿色的零钱包、两方手帕、一串像是水晶（也可能是玻璃）做的项链。我把它们装进我找到的一个帆布袋里。

屋里十分阴冷，我冻得发抖。我不明白为什么在我过去的印象里，这个阴冷、采光不好的住所却那么崭新、明亮、温暖！大概那天我放学后走进这个新家的时候，它给我的印象太过强烈。那时候，在这个墙壁雪白、有一扇长方形大窗户、似乎充满光线的客厅里，我赫然看见一张新的圆餐桌，铺着一块色彩鲜艳的塑料桌布。中午，我们全家围坐在高高的餐桌那儿吃了一顿庆祝迁入新居的饭。以前，我们都是坐在低矮的木板凳上、围着一条长茶几吃饭。那张新房子里的新餐桌，它仿佛处在所有光亮的中央，那个时刻、那一餐饭仿佛是我们家饱足、安适、幸福、亲密的往昔的象征。

也许过去的印象终究掺杂了过多的幻想，它毫不真实，就像我过去对她的爱一样，它也可能并不真实。当我们重新见面时，除了那过往的强烈渴慕像是给我们的爱欲增添了兴奋剂，除了她给予我的我从未有过的欢愉在我的灰暗生活中突然爆发出了夺目的光和灼人的热，我还了解她的什么呢？而她又了解我的什么呢？如果她真的拉住我在高烧中朝她伸出的狂热的手臂投奔于我，我是否能坚守承诺而不是半途而废？那么，就当她是天使吧，就让她仅仅是天使吧。否则我如何解释这样的奇遇呢？少年时，她让我燃烧过一次。而现在的我如同一个死灭的星球，根本不知道我的中心还有那么一点儿可以被引燃的东西，她来了，让我的身体和灵魂又燃烧了一次……她一直是那个至关重要的、闪光的幻影，是别的维度里的别的生活。而真实的生活、如此延续下去直至我们死亡的生活，很不幸地，却是另一件事。在此处，我们似乎仅仅有权决定爱，却无权决定生活。

我拿了帆布袋，锁上父亲的房子，站在楼下等姐夫的车来接我。外面竟比屋里温暖，因为还有一点儿阳光。幻影、奇遇离我而去，死亡、瑟缩污秽的市景、嘈杂而漠然的生活，这些又缓缓回到我的意识里，令我仿佛从云端跌落到俗世的痛苦和沉重之中。我想我走的那天，要在同学群里发一条告别的信息。我知道她会看到。

城北急救中

修新羽[1]

发现陈焯睡着的时候，我狠狠掐了他一把。而作为报复，他喊了惊天动地的一嗓子，引得周围人纷纷侧目。我不侧目，我全神贯注地看着那正在翻乐谱的小提琴手，看着音乐厅天花板上一小块脱落了的墙皮，装作不认识他。

这种伪装在音乐会结束之后终于前功尽弃，因为陈焯像条尾巴那样紧紧跟在我身后，低眉顺眼，一口一个对不起。票是提前好几个月买的，英国小提琴巨匠来华首场演奏会，我为此期待了很久，还特意找出最得体的那身黑连衣裙。然而陈焯连两个小时的清醒时间都给不了我，他只能给我对不起。

我感到前所未有的挫败，脚步逐渐慢了下来。陈焯牵住我的手，说他确实不应该睡着，然而我也有错，我刚才掐他的时候没有堵住他的嘴。我试图摆脱而未遂，就找了个路灯旁边的位置，站定了望着他。他肯定看清楚了我眼里的泪水，因为他瑟缩了一下，猛然把手松开。那些乱七八糟的托词对我不管用了，早就不管用了。

这就是我和陈焯，我们从来都是这样的。

我们在城北读的大学，毕业后想尽办法才留了下来。经过反复思考和反思实践，不约而同地发现谈恋爱是降低生活成本的最佳方式，就心照不宣地睡在了一起。

---

① **修新羽**　1993 年 8 月生，中国作协会员，曾获《解放军文艺》优秀作品奖。中短篇小说见《花城》《上海文学》《青年文学》《芙蓉》等。现居北京。

我们租的房子就在城北急救中心对面。每天都能听见急救车呜啦呜啦的声音，把那些快死了的人运进来。有些就这么死了，有些折腾一顿也还是死了，只有非常少数的幸运儿才能活下来。人们嫌这里晦气，租金也就相对低廉。

夏天那阵子房间老跳闸，陈焯只好跑去阳台上，靠着一盏应急台灯批作业。阳台上蚊子多，等他回到床上回到我身边的时候，总是带着一股很浓郁的花露水味，闻起来比我还娘。他会故意抬手搂住我。

我嫌热，把他挡开。他会不依不饶地搂过来，只为看我一脸嫌弃又委屈的样子。我说陈焯你都多大年纪了还喜欢欺负小姑娘？他会故作深情地说，在你面前我永远八岁。我想把他踹下床去，而他会顺势抓住我的脚踝，把我拉向他。

楼体隔音效果很差，尽管每个窗缝里都贴了隔音胶条，却还是能听见由远及近的警报声。隔着窗帘，还有急救灯一闪一闪地飘过来再飘远。刚搬过来的时候我总睡不好，只能跟陈焯整宿整宿做爱，汗津津地昏过去，直到第二天被闹钟吵醒，带着黑眼圈挤地铁。后来工作越来越忙，我们也越来越习惯，躺下就能睡着。只是随着天气变冷，有时候明明各睡各的，醒来的时候也会抱在一起，陈焯毛茸茸的下巴会抵在我肩膀上，胳膊也紧缠过来。

刚搬过来的时候，我还没经验，依旧留着那个功率过大的吹风机，洗完澡吹着吹着头发房间就跳了闸。把窗帘拉开朝外瞅瞅，只看见旁边几户的灯都还亮着，马路正对面是荧荧的一排红字：城北急救中。“心”字不知道怎么坏掉了。陈焯走到我旁边，把窗帘重新拉上。拉得太急，房间里就弥漫起一股灰尘的味道。我说城北大概要没救了。

陈焯说，那怎么办，那我们只能倾城之恋了。

我不知道城北是不是要倾覆，只知道我们随时都可能彻底完蛋。陈焯高中学理科，但因为是外语院校的保送生，到大学只能继续学外文，学得就有些三心二意狗屁不通，毕业之后就找不到工作，最后去给外语培训机构打工。而我被一家创业公司拉去当CCO，全称Chief Cultural Officer，首席文化官；公司里只有五个人，人人都是首席，而我最重要的一项工作就是帮大家点外卖拿外卖。简单来说，我们两个谁也看不到未来。

陈焯的公司离这里很近，而我上下班要坐一个多小时地铁。所以做饭和日常打扫基本都被他包揽，就连厨房里的围裙都是他喜欢的花色。有时候我加班到很晚，从地铁站回来黑灯瞎火，经常打电话让他来接我。

那时候只有寿衣店还开着，白惨惨的荧光灯亮着。我手心直冒冷汗。陈焯说我们都是社会主义好青年，都是年轻人，不要怕那些牛鬼蛇神。我嘴硬着说我也不怕牛鬼蛇神，我怕人，怕杀人放火抢劫。他倒觉得无所畏惧，走到路灯下的时候还突然朝我耳朵大叫，又一脸讪讪地说："哎，你没被吓到哇。"当年我究竟为什么会觉得他很可爱的？完全就是个傻 ×。

我们在一起快两年了，可谁也没说过"我爱你"。出去玩的时候，别人问我是不是他女朋友，他也总是很暧昧地笑笑。私下里他跟我讲过好几次，他说，你也是知识分子，是念过大学的，是讲道理的，你不能强迫我。那时他刚跟女朋友分手，头上长着一片草原，只想把自己变成野马。他说，我心里那扇门关上了，现在只想找个人陪在身边，其他的走一步算一步。

我说，每次你心门关上的时候，我的手都恰好在门缝里。

陈焯扭头看我，就像在看一个陌生人。他说你什么时候这么文艺了。我说原文来自一本学术专著——《现代性与大屠杀》，豆瓣评分 9.0，讲的是犹太人总把手指放在现代性的门缝里。陈焯开始笑，他说："好好好，我承认你还是你。"

我说："我不承认。"而陈焯摇摇头，表示他不想吵架。他慢慢脱掉外套，仔细叠好，然后把头枕到我膝盖上。如果我愿意的话，从这个角度可以很方便地掐死他。我用手指轻轻拂过他下巴的胡茬儿。

陈焯就那样睡着了。人在睡着的时候看起来往往会年轻些，带着一种毫无防备的天真，然而这个道理在陈焯身上并不起效。陈焯一睡过去就像是死了。

最开始，他的睡态总能让我感到震惊。我们第一次出去开房的时候，并没有正大光明，而是打着期末复习的旗号。隔壁传来呻吟之后，我把脸凑到陈焯跟前，问，没激起你的好胜心吗？而陈焯立马跳起来，抱着电脑找了半天，开始大声外放一部聚众淫乱的色情电影。

女主角声嘶力竭地呻吟，而我笑倒在床上，还故意选好姿势，让腰上的皮肤露出一小截。陈焯看都没看我。"陈焯，你真是个君子。"

陈焯对此不以为然。他说，我今天是真的要好好复习的，也劝你认真看看课件，不要马失前蹄，在大四的时候把自己挂掉。他的话倒激起了我的好胜心，决定要复习给他看，跟他比比谁更能沉得下心来。

结果我还在研究费孝通的差序格局理论，陈焯就已经咚的一声倒在桌子上。姿势很奇怪，额头紧抵着桌面，像是猝死了，像是能这样一直睡下去，睡个几十年。我象征性地试了试他的鼻息，然后把他搬到了床上。

那是我第一次认真地打量陈焯。他比我小半年，高瘦文静，头发浓密，皮肤白，在人群里打眼一看就很出挑，再配上那副黑框眼镜，完全就是电影里那种斯文败类。可仔细观察起来，五官也没什么特殊的地方：眼睛不大，眉骨不高，下巴倒是有点儿尖。睡着之后，陈焯浑身的力量和戒备都卸掉，无论怎么推他，拉他，捏他，他都毫无反应。他睡得那么沉，那么死。

陈焯学过钢琴，我也学过。但他考过了九级，我只学了三年就放弃了。更要命的是，我带他去参加过几次朋友聚餐，而他只是坐在那里，露出自己那脸傻笑，就能被所有人喜欢。

我拿毛巾沾湿了给他擦了擦脸，在他旁边和衣而睡。其实从那天开始我就该知道，陈焯对我几乎没有兴趣。他只是习惯了讲软话，习惯了对女孩子好，而我只是一个比较方便的选项。时至今日，我们的关系依旧更像是长期互嫖，甚至留不下什么干净美好的记忆。

那天外面下着暴雨。

雷声滚滚而来，整个城北都停电了，只有急救中心的几个房间还亮着灯，估计是有什么应急电源。那天晚上陈焯七八点钟才回来，自顾自地走进了厕所洗澡。我跟进去看，他脱下来的衣服都被冷水浸透了。我把衣服扔到洗衣机里，问他："雨伞呢？"

"借给了一个学生。"

我有些心疼，于是决定跟他吵架。我问："男学生还是女学生啊？"

陈焯说："女的，眼睛大，皮肤白，长得比你好看。"他的话从防水帘后面透过来，闷闷的。他说得如此坦荡，我心里反而不好受起来，架也没力气吵了，早早洗漱完躺到了床上。陈焯不声不响地洗漱完，关好灯，也躺到我身边来。

我们肩并肩躺在床上。我深呼吸，闻着周围的空气，潮湿而带着隐约霉味。我不知道在这间房子里有什么正在坏掉，那些旧家具，还是那些被整齐叠好收在柜子里的衣服。陈焯说："我掐指一算，你又在生气了。"

我说："陈大仙再帮忙算算，我是被什么气着了。"

陈焯说："生活。"

这样的事情在生活里并不少见。有次我们吃完晚饭，打算出去看电影。

在公交车站旁边，一个小姑娘把鞋跟卡到了下水道盖里。陈焯蹲下身帮她拔了出来，而她连声道谢，说自己穿高跟还没穿习惯。又问，你也这么晚才下班啊，什么工作的。

公交车还是不来。

陈焯指了指旁边楼上那个“天天向上培训学校”的灯箱：“教外语的。”小姑娘“哦”了一声，过了会儿说，最佩服英语好的人，找他报名培训的话能不能有优惠。我在陈焯试图回答之前，就笑了笑抢先说：“没优惠的，他们公司管得可严了。”那天晚上陈焯格外来劲，看完电影回来的路上还在追问：“你是不是吃醋了？”我说：“吃春药了。”

不怪我生气。我旁敲侧击地问过好几次，至今没搞明白他有多少前女友。

还有一次，是穿校服的小姑娘在我们楼下探头探脑。那时我正在把阳台上晾晒的红内裤都收进房间，才收到第五条的时候，听见她鼓起勇气问我，陈老师住在这里吗？我说，哪个陈老师呀，不认识。

小姑娘瞅了瞅门牌号，说，陈老师留给我们的地址就是这里，也可能后来搬家了吧。她举着手里的一沓东西，晃了晃：“我们下周就结课了，大家想提前给他个惊喜。”从二楼的阳台上，我能看见那些信封上印着烫金的爱心。我摇摇头回到屋里，一条条卷好我们的内裤。

也不知道陈焯后来有没有收到那些信，总之他什么都没跟我提起。总之他对学生好是真的好。难免会招人喜欢。

为了赚钱，陈焯不仅教高中英语，还教初中数学。然而毕竟不学数学五六年了，他只能每天晚上对着辅导书自学，第二天再去讲给学生听。有时候好不容易搞懂了很难的问题，就会很得意地向我汇报，还把我揪过去也做做试试。我做不出来倒还好说，如果做出来了还做得比他更快，他就会闷闷不乐起来，坐在那里等着我去哄。

有些时候我会扑到他身边，捏捏肩捶捶背，夸夸他，找玻璃杯倒上热水塞进他手里。有些时候我觉得烦了，就什么都不理。

万圣节的那天，陈焯要给班上的学生带去惊喜。他跑去菜市场，拎回来两个脸盆大的南瓜。等我回家的时候，其中一个已经被削废了，另一个刚刚掏干净了瓤。我看不得他笨手笨脚的样子，找了把美工刀扑上去帮忙，最终把第二个南瓜削成了半哭半笑的像。为了不浪费粮食，我们吃了整整五顿的南瓜粥，连舌头都变成了黄色。出于对陈焯的爱，那时我不在乎自己的舌头究竟是什么颜色。

据他说，那些孩子们对南瓜很满意。而我总觉得，他是在寻找途经来消磨掉自己过分旺盛的父爱。我想过干脆养只狗，陈焯对此万分赞同，但又提醒我说，一定要从小养起，好好训练它，培养它定点排便的习惯，按时给它喂食洗澡，按时遛。他念念叨叨着所有养狗的细节，直到我终于打消了这个念头。

创业公司没有什么假期，有项目就忙些，没项目就轻松些。他们来砸门的那天，我刚熬过夜，起得就晚，半睡半醒间听见钝器的撞击声。起来从猫眼往外看，走廊空无一人，声音也已经飘到楼下了。又过了会儿，楼下好像吵起来了，有人高声说：“这周就要搬出去，没有任何条件可以讲！”还有小孩子哇地哭了起来。

听不懂这是怎么回事，我原本打算继续去睡了，却看见有人从楼下跑了上来，手里举着支擀面杖一样的东西在我们这层每家每户的房门上乱敲，然后在每家每户的门上都贴了通知条。

他们说这栋房子在前几天的消防检查里被评为危房，现在开始往外清人，下个月就要整个拆掉。我问房东怎么办，他说他去想想办法，让我和陈焯也商量一下。

微信不回，电话也打不通，我决定去找陈焯。刚到走廊上，就听见他对班上的同学大声嚷嚷：“你们就不能用点儿心吗？花着你爸妈的钱，又不是给我学的。”

有男生大声反驳：“是给你学的，我们怕你伤心。”

陈焯当时正在往黑板上抄题，听见这话，咯噔一声把粉笔摁断掉。他转过身来把手里剩下的半截粉笔砸到那男孩子头上，说：“我已经很伤心了。”

他低下头，挑了支新粉笔，想要继续抄题的时候才看到我站在教室后门口。

我朝他举了举手机，他朝我举了举粉笔。我摇头，而他终于无可奈何地从讲台上拿起块抹布擦擦手，去看我半个小时前发给他的信息。

陈焯坚持上完最后半节课才跟我一起回去，以免工资被扣掉。

于是我坐在培训机构的前台那里等他，前台小姑娘瞥了我几眼，端来半杯热水。我感谢了她，从包里找出根口红，去洗手间里补了补妆。

回去的路上我们接到房东的电话，那中年男人满怀歉意地解释了半天，说已经给居委会负责人递过几条烟，以为没事了，不知道这次上面查得那么严。挂了电话之后，陈焯问我打算怎么办。我说，同林鸟也要各自飞啊。

陈焯说这不是开玩笑的时候。可他也没有什么办法。

打扫卫生是他负责的，但一个月前老板去外地开会，放了我们所有人的假，我刚巧有时间，就随手收拾了下客厅，结果从沙发上的杂志里掉出来几页病历。没有名字，只有诊断日期以及诊断结果。在我见过的所有病历中，这算写得很清楚的了，能让我明白究竟发生了什么。

我真的不会做饭。但我那天点了一桌子陈焯喜欢吃的外卖，等他回来。

今年是我们俩的本命年，陈焯买了二十条红色内裤，十条男式的自己穿，十条女式的硬塞给我，说是本命年犯太岁，红色能辟邪。于是我们阳台上经常就红旗招展。我没料到他会这么迷信，而他神秘兮兮地跟我说，这是家族传统，就连他的名字也是算命先生起的，说他五行缺火。“原本是卓越的卓，就直接给加了火字旁。”

他说这个字是光明的意思，是照亮的意思，是火苗跳跃的意思，总之都是好意思。可我很没文化，还是去网上搜了一下，发现这是个多音字，还可以读作“抄”，是把蔬菜放到沸水里烫一下的意思。我把这件事记了下来，准备好好嘲笑他，但一直没找到什么合适时机。现在我重新想起了这件事，这是个多么不吉利的名字呀，让那些绿色的生机勃勃的东西在沸水里蔫掉。

我以为我们能吃完饭再讨论这件事，可陈焯一进门就溜到了沙发那边，东翻翻西看看，大概是意识到自己没把那些东西放好。我说赶紧来吃饭。

于是他麻利地拉开椅子，坐到我对面。丰盛的晚餐显然在他意料之外，因为他的神色突然紧张了起来，不知道他是否忘掉了哪个重要纪念日。

我跟他讲，是我们公司今天拿到了第一笔天使基金。他瞅着桌上的菜，还故意用手点着数了数：“三荤两素，大餐啊。”

我也跟着他瞅桌上的菜，可眼前却总是晃着病历上的字：“肺癌晚期”。会恶心，呕吐，最后呼吸衰竭，会死得很难受。为什么是肺癌呢？陈焯已经戒烟了。可能是因为雾霾吧，冬天烧起煤来，城北的雾霾一向很严重，朝窗外望去，万物都是灰蒙蒙。特别是我们这里，离急救中心近，离火葬场也不远。前阵子治理污染，据说已经关掉了一些燃煤企业，可殡仪馆总不能给关掉吧。朝窗外看的时候，万物就依旧灰蒙蒙。陈焯又总是在阳台上批作业，总是待在灰蒙蒙里。

陈焯说：“那我先动筷子？”他一边吃，一边努力露出幸福的笑容。

我吃不下去，正好外面传来了隐约的哭声，就跑去了窗前。有人正把盖了白布的担架从医院里抬出来，平常都是从后门走的，今天不知道怎么直接抬到了前门。一个年轻女人跟在担架后面，时不时抬手抹眼泪。还有个中年女人，用手扶住担架，脸涨成了红色，大声哭号。其实死也有死的好处，本科时我跟着老师去养老院里做过调研，年老面前，那些寿终正寝的人反倒不可能保持住什么体面。

往常陈焯总会很快冲过来把窗帘拉上。但今天他没有，他远远躲在房间的另一边，看都不愿往我这边看一眼。就好像这边有什么东西会伤到他的眼睛。车很快开走了，黑暗中我不知望向何方，却突然注意到"城北急救中"那几个字也熄灭掉了。或许他们终于打算把那个缺失掉的"心"补上，为了维修才拉了闸。或许只是故障。

听完音乐会那天，陈焯非要将功赎罪，拉我去附近一家不起眼的小店，说是学生推荐给他的，这家烧烤做得特别好。可店里面没几个人，我们选了靠窗的位置，点好烤翅和啤酒。我们谁都没再提刚才的事情，直到陈焯又一次开始道歉。

陈焯说："最近他们放寒假，来上课的人很多，我真的很累。"

我说谁不累呢。我说，我要去找学长了。在学校的时候我参加过许多兴趣社团，认识过许多人，这些陈焯也都知道。陈焯说什么学长啊。

我说，就是社团里认识的，生物奥赛国家队那个。陈焯当年才拿了省二等，没拿到竞赛保送的资格，因此对所有国家队选手怀有微妙的嫉妒。

他说你能不能讲讲道理。

我说，不讲道理，讲故事，从前有个人，又穷又傻，连治病的钱都交不起，还不敢跟别人说，只愿意自己默默忍着，等死。

陈焯说，那我给你讲个道理吧：心思太重的人是活不开心的。

我说你讲完了没有，他说没讲完。然而他也没有再继续讲下去，只是和我一起沉默地坐在餐桌前。已经是晚上十点半，旁边的服务员鼓起勇气凑过来，说先生小姐要不先买个单，我们马上打烊了。

我指着陈焯说，让他买，我没钱。然后手脚麻利地穿上衣服，头也不回地冲出门去，仿佛已经当众把他给甩了。可是出门之后我又不敢走得太快，因为身上没带家里的钥匙。

我磨磨蹭蹭地走，陈焯也在后面磨磨蹭蹭地跟，走到那家寿衣店门口的时候才撵了上来。他说你真勇敢啊，不知道这附近前些天闹过鬼吗？他说所以你是算我家里人是吗？他说，等我以后变成鬼了，一定会好好保佑你。

我不想听他说话，干脆转过身，躲到了寿衣店里，那扇脏兮兮的玻璃门在我身后关上，陈焯在外面发愣。寿衣店里的老板在里面发愣。

头戴毛线帽的老人家瞪大眼睛："不买的话别进来捣乱哦。"

我说："怎么不买。"正好陈焯也低着头跟了进来，被我一把拽过去："多精致呀，快挑个你喜欢的。"老板听了我的话，把屋里的灯又打开几盏。灯光不再是白惨惨的，而是带了点儿暖黄。挂在墙上的衣服都很精致漂亮，摆在柜子里的还有许多模型，有苹果手机，还有些带花园的欧式别墅。老板说，都是纸做的，都能烧。

我最终买了一座城。一小座古代城池，让人想起了空城计，想起了烽火戏诸侯，还想起了小时候的手工课。它是用硬纸板拼起来的，拼接处还能看到胶痕，但也价值整整两百元。其他人会抱着怎样的心情买下这种东西，再烧掉它。我本来想把它直接拿在手上，但老板找出只纸盒子，非要帮我包装起来。陈焯一言不发，在离开的时候帮我推开玻璃门。

我捧着纸盒走在前面，陈焯跟在后面。这条路还是很黑，一出门几乎什么都看不见，我也只是继续往家走，走着走着眼睛适应了些，就能看到微弱的月光落在前方。

"那病历不是我的，是方老师的。"在我身后，陈焯小声说。方老师是他的同事，据说当过高中的教研组长，退休后被培训机构请过来教课。老烟鬼。

"我看你误会了，就想顺便吓吓你。我不知道你那么傻。"

我想扇他一巴掌，但我只是把那个纸盒子扔到地上，踩扁了。

砸完门，贴通知，之后就没了下文。房东找关系去打听情况，但也没问出什么来，总之说大家都还没开始搬，可以继续先住着。

初雪那天，我们去买了火锅底料在家里涮。锅里热腾腾的，杂七杂八丢进去，满屋子烟火气。我边吃边盯着他看，他边吃边盯着锅里的东西看，把那些浮起来的虾饺抓紧捞出来，再挑点儿羊肉丢进我碗里。他说，你够不够，不够冰箱里还有。我说抓紧把东西都吃掉吧，还不知道能在这里待多久。

陈焯说："如果这里真的住不下去了，咱怎么办？"

我说，不是咱怎么办，是我怎么办，你怎么办。我说我去找那个奥赛学长呗，让他养着我。说话的时候，嘴里好像又尝到了南瓜味。在连续吃过五天南瓜之后，我一直对南瓜味感到恶心。

陈焯放下碗，放下筷子，呆呆地坐着。我说，那个学长后来在印度出家了，从朋友圈里看，每天过得都很快乐。

陈焯说，你去不成的，没人会要你，你没有慧根。眼泪从他睁大的眼睛中落了下来，留下两道亮亮的湿痕。成年之后，我还从没近距离看人哭过。我觉得头晕，甚至没办法起身去找些纸巾过来。我把袖子扯出来一截，往他脸上抹。

陈焯朝后躲了躲。他说，如果这里过不下去了，我就带你回家吧。我问，回青岛吗？他说不是，回老家。那里有果园，有渔船，有玉米地，反正饿不死的。

我说不。我说别以为你说这话就行了，你永远都不够真诚。

陈焯说难道你就真诚了，连跟我说句情话都是剽窃的。

我说我剽窃谁了。陈焯说，剽窃齐格蒙特鲍曼的《现代性与大屠杀》。他站起身走到客厅的书架那里，边说，边恶狠狠地把那些书一本本抽出来，一本本甩在地上。砰，砰，砰。窗外急救车的声音由远及近地响。

我说对不起我脑子不灵光，没办法，编不出更多瞎话了。

陈焯说，那我教你行不行，我说一句你跟我说一句。陈焯说："我爱你。"

我用比他大一百倍的声音嚷回去："没听见，没听见！"我他妈的一点儿也不难过，只觉得生气，可我生气的时候总是想流眼泪。陈焯的表情突然就垮掉了。他走过来抱住我，但我什么感觉也没有，就像被一个玩偶抱在怀里。

我说："这就是你编的瞎话吗？"抱住我的胳膊收得更紧了一些。

他说附近真的闹过鬼，所以政府才减免了租金，非要把这些辅导机构拉过来，想用学生的阳气来镇一镇。他说："我们抓紧搬走吧，太晦气了。"

听完音乐会那天，我一整晚没再跟陈焯说话，第二天故意定了很早的闹钟，跑去茶餐厅吃了顿丰盛的早餐，又买了杯冰咖啡，才开开心心往公司赶。路上接到陈焯的微信："我道歉，好不好？"我看了眼就把整个对话记录彻底删掉。

我们公司主要是在设计手机App和那些给人们的自拍加耳朵加尾巴的拍照应用不同，我们能给人们的宠物加上衣服、帽子、眉毛、手。CEO是个比我高三届的学长，每天都穿着同一件浅蓝色卫衣，精力旺盛地讲述着未来。"历史的车轮已经可以看到了，我们想法要多，不能漏掉每一块金子。"其实我没看到，但据他说，历史的车轮在朝短视频驶去：人们越来越没有耐心，所以视频要短；人们越来越浮躁，所以视频比文字更能吸引目光。历史似乎总在驶向更糟糕的方向。

上周他约了几个投资人见面，昨晚在微信群里兴冲冲跟我们说，搞到了一大笔天使基金。不是空头支票，是真金白银，足够给我们每个人涨薪三倍。钱多，压力也大，需要马上给出理想 demo 来配合宣传，可我们连产品定位都还没想好，就都留在办公室里集体加班。我全神贯注地整理着用户调研报告，而陈焯又发来微信，问我在哪儿。我说我在你心里，然后把手机扔到了一边。公司里有咖啡机，有零食，熬过整晚不是什么难事。直到第二天上午，CEO 验收了成果，我才又溜回家去。

陈焯不在。但从垃圾桶里留着的烟蒂数量来看，他估计没怎么睡着。我换好睡衣，窝到床上，盘算着该怎么哄哄他，让他明白事情没有那么无可挽回。我等着他来联系我，我就在家里等他。他一直没有回来。

之后我睡了会儿，又醒来。整个房间空空荡荡，只有一道阳光从窗帘缝里落进来，碾在床尾。好像能听到雨声。还能听到有人在楼下压着嗓子交谈。

从窗户边偷偷往下看，是几个人正喊着号子，努力将一辆侧翻了的三轮车扶正。东西乱七八糟地甩了满地，有些沾着水就化掉。都是纸糊的，还不是什么好纸。是寿衣店也要搬迁了，老板在三轮车上载了过量货物，到巷子口的拐弯那里一时没稳住。店里的帮工正努力从雨水里抢救那些物件，再把防雨塑料布重新捆牢在车上。

我还看见了陈焯。他一手拎着几袋刚买回来的蔬菜，一手抓住几只红彤彤的纸灯笼，把它们往旁边的编织袋里塞。我随便套上件衣服，也跟着跑了下去，跟他们一起弯着腰，把成堆纸制的物件从雨里拾起来。雨还在无休无止地落下来，万物声响都被雨声掩盖住，雨声太吵了。

我们就像是阴间里的幽魂，漫无目的地收拾着那些冥币和纸元宝，把它们装回到袋子里。最后地上只剩些被泡软的黄纸，老板向我们道谢，然后蹬着那辆三轮车，载着那些精致的假房子假人假钱，晃晃悠悠地离开了。

陈焯说，这些东西有用吗？他说话的时候，阳光从云层里慢慢渗出来，给世间万物都镀上了一层浅金色，让世间万物看起来都昂贵极了。陈焯还说，我们回家吧。

如梦令

朱 辉[①]

五岁的男孩头脑里有雾。那些额叶、顶叶、枕叶、颞叶之类的结构或许已经成型，但是它们不明晰；那些凹凸不平的灰质层，如雾里的风景，影影绰绰。房子，庄稼，树，还有蜿蜒的河，全部笼罩在浓雾之中。隔了三十年回望过去，首先看到的，就是那条河，河水弯曲着从远方来，分岔，从庄子两边分流而去，再会合时，已绕过了这个几百户人家的庄子。你可以看见明晃晃的河水，雾气升腾而上，逐渐消散。天阴着，软弱的阳光照在一艘小轮船上。轮船漆成蓝色和白色，水线以下是蓝的，你能看到的是白色的船身。

船舱上竖着一杆旗。旗子被雾气浸湿了，无精打采地抬不起身子，像一把垂下的破伞。男孩跟着父亲，在轮船码头等了很长时间，船还是没有动静。水面上大雾升腾，白茫茫一片，即使你瞪大眼睛，也只能看见对岸的轮廓。轮船的船头是尖的，后头是平的，朝船头的方向看过去，河水和白雾慢慢混在一起，你看不清分界。幸亏船尾的跳板还是看得清的，父亲抱着他上船。他不敢朝下看，甚至不敢睁开眼睛。但他感觉到了跳板的颠动，大概是走到中间了，父亲故意脚下加了劲，他在父亲怀里上下颠簸起来。父亲停住脚步，哈哈大笑着享受着自己的恶作剧。待颠动稍小，父亲三两步就蹿到了船上。

你疯啦？你不怕，孩子不怕吗？岸上送行的母亲大声责怪自己的丈夫。

① 朱 辉 江苏省作协专业作家，《雨花》杂志主编。曾获多种文学奖，短篇小说《七层宝塔》获第七届鲁迅文学奖。

父亲问：你怕了吗？

男孩点点头。父亲说过明年就教他游泳，可他不是还没学会嘛！他当然怕。跳板下白漫漫的河水就像噩梦，他突然掉下去，飞速下落，耳边风声呼呼，却总也不落底。这样的噩梦间或出现，持续了好几年，要等他真正学会游泳而且成了水中高手，这个梦才改变：他脚一滑落下了，耳边也有风，但落下的速度越来越慢，他张开手臂划动，身体居然漂起来，像一条鱼。这是游泳的姿态。可是五岁的男孩承认他在跳板上害怕了。父亲拿手点一下他的额头，笑道，有我在，你怕个啥哩？就你这胆子，还能去看海吗？

他的额上有一点红斑，豌豆大小。他不知道那是父亲点多了点出来的，还是正因为有斑，父亲就喜欢在那里点。船上人很少，差不多就是一艘空船，几乎就只有他和父亲，又或者，他只记得他和父亲。父亲抱怨着船还不开，跑到对面船窗那里，朝母亲挥手，让她回去。男孩站到长椅上，透过窗户，他看见高高的河岸上，母亲只是一个朦胧的影子。母亲朝他们说着什么，突然船身一震，机器响起来了，母亲的声音犹如被突然惊飞的鸟群，在浓雾中消失了。

汽笛长鸣。开船了。船身与河岸间涌起了浪，使劲冲刷着河岸。母亲在移动，河岸越来越远，终于，天地间只剩下东西南北的水和这艘船，还有笼罩四野的雾。

起得太早了，他开始犯困。父亲要抱着他，他不肯，自己躺在长椅上。等醒来的时候，发现是父亲把他叫醒了。父亲把他带出船舱。雾已经小多了。太阳出来了，像一只鸭蛋黄。他能够看见稀薄的雾气中大片的河水，泱泱的从船尾逃离开去。一只老鸦船出现在远处，不久又是一只。老鸦们在抓鱼。它们在河里钻来钻去，突然，两只老鸦钻出了水，水面上闪出一片泼剌剌的红色，那是一条红鱼，被两只老鸦合力叼出了水！男孩高兴地叫了起来。那鲤鱼太红了，它鳞片的闪光透过薄雾，比太阳还要耀眼夺目。

船尾的烟囱突突突地喷着黑气，一刻也不停，轮船破浪前行。男孩一直盯着船尾翻涌的河水看，这是他此生第一次从轮船上看到水如此翻涌。他有点头晕，幸亏父亲一直拉着他。父亲双脚分开，扒在铁板上，简直比壁虎还要厉害。父亲当过海军哩，他说他经过滔天巨浪，这点风浪算个屁。他们回到船舱，父亲问，你知道现在河水向哪里流吗？男孩说，朝后流。父亲哈哈大笑，说不对，这条河的水朝南流，父亲手指着前方，那个混浊广阔的所在。

男孩眨巴着眼睛。他的手伸进口袋，摸出个圆圆的东西来。他把那东西托在手上看，抬头对父亲说，真是朝南哩。那是个指南针，父亲给他的。指南针曾告诉他，他们的房子是朝南的，大河也朝南流。父亲说，你收好了，别丢啦。父亲说，要是这河朝东流倒好了，那我们就可以一直坐船，一直坐到大海。可是我们还要再换汽车。男孩连连点头，表示他懂了。他以前连轮船都没有坐过，只坐过木船到外婆家；汽车他是坐过的，大货车，父亲把他抱到驾驶室里，可没等车开动就把他抱下来了。很快他就要乘上汽车了。更让人激动的是，父亲告诉他，下了汽车他就能看到海。大海是蓝色的。大海看不到边。大海里有无数的鱼，最大的鱼比船还要大，它会喷水柱。他已经等待了很久，像一辈子那么久，这是多么让人盼望的事情啊！

轮船在薄雾中穿行。它老是要拐弯，拐弯的时候，旗子飘了起来，还抖几下，声音湿重而响亮，像风中父亲晾绳子上的海魂衫。父亲有两件海魂衫，是他当兵带回来的。也许在他出生前，就已被穿破了，肩膀那里有两个洞，一边的洞大些，另一边小些。他喜欢用手指去抠那两个洞，手指可以直接摸到父亲结实的肌肉。父亲被他一轻一重地抠得痒痒了，大声冲妈妈喊：要死了，吃不消这小爪子，你还是帮我补起来吧。不知道是父母后来谈起过这事，还是他自己本来就记得，他印象里，父亲的海魂衫曾经被补好过，另一件被当成了补丁，补得看不出补过。于是父亲就只剩下一件海魂衫了；然后不知道什么时候，最后一件也不见了。父亲和他玩闹时，曾把破烂的海魂衫套在他身上，像件袍子，他刚迈出一步就跌了一跤，父亲哈哈大笑。

父亲喜欢跟他说海。于是他知道了大海是蓝色的，与他们这里绿色的河水不一样；也知道了海里有很大的鱼，有老鸦船那么大，最大的跟轮船一般大，眼睛像窗户；还知道了海里有一种鳗鱼，带电，能点着一只电灯泡……小男孩还不识字，父亲带他看小人书。好多的小人书哩，里面有好多本都是关于大海的。小人书被口水弄得脏兮兮的，既有父亲的口水，也有他的。父亲搂着他，结实的手臂仿佛椅圈，父亲边翻边解说，说一页就沾着口水翻一页。他也学会了，自己沾着口水翻。父亲的前胸贴着他的背，汗津津的海魂衫，父亲的胸膛厚实而潮湿。小人书大部分不带彩，但有一本是彩色的，他看到了蓝色的大海！他不知道海有多大，但是那蓝色是那么蓝，像晴天的颜色，梦的颜色。

可是他想不出大海是什么样。他和父亲站在庄子边，大河在这里分岔。三河交汇的大河水声激荡，河面宽阔。波浪中，有鱼儿跃起来；鸟儿贴着水面飞翔，突然扎进水里，再出水时，嘴里已叼了一条鱼。那里总有好多渔船，可是，比船还大的鱼，谁能捕到它们呢？无边无际是什么意思？他问父亲：大海没有边是吗？

父亲说是的。你看不到边。

他挠挠头，实在不明白没有边是什么样子。父亲其实也说不清吧，他突然一指瓦蓝瓦蓝的天，说，天就没有边，就是这个样子。

他还是不明白。父亲得意地说，想不出来了吧？

嗯，他说，爸爸我想看大海。

父亲皱着眉头不说话。他问，大海远吗？

父亲说：远。

男孩说：我不怕远。我要去看海。

父亲沉默。他挠着头皮，突然眼睛一亮说，其实说远就远，说近倒也近的。他猛地抱起男孩，一亲他额上的红斑，好，我带你去！

他们的庄子可真是偏僻。庄子四周环水，只有两座小桥与外面相连。据说天下所有的河都跟大海相通，可除了父亲，没有人见过大海。让男孩朝思暮想的大海在远方，在汽车的终点。男孩坐在船上，简直等不及了。他不断地掏出指南针看，那指针晃晃悠悠，左摆右摆，男孩觉得是自己在开船，很带劲。临近中午时，轮船到达了县城的码头。码头好大呀，也很乱。青石板湿漉漉、滑溜溜的，父亲索性将他扛到肩上赶路。还没走到汽车站，男孩就闻到了清冽的汽油味，他喜欢这个味道。

县城应该能给男孩留下深刻印象，可是五岁的男孩熬不了夜，也熬不得路程。他只记得县城湿漉漉的，飘荡着雾，青石板路上像是刚下过雨。他能记得这些恐怕还是因为他们这是要去看海，他们在这里中转。他还记得汽车的车轮很高，跟他差不多高。父亲在车站给他买了米饼夹油条，他只吃完油条就睡着了。

他躺在父亲的怀里，颠簸的汽车仿佛摇篮，他迷迷糊糊，半睡半醒。他的梦境中有田野和小山掠过，一群羊在上坡上吃草。汽车逐渐平稳了，他的梦中出现了蔚蓝的大海。他仿佛是在船上，轻轻摇晃着漂向远方。等他再醒来的时候，他们已经下了汽车，父亲抱着他在走路。是不一样的颠簸把他弄醒了。他腾地挺直了身子，问，爸爸，大海到了吗？

父亲说：快了，过了这个小山包就到了。

他推开父亲的肩膀，跳到地上。周围是蔓延的灌木和小树。鸟儿被他们惊扰了，呼啦啦飞到天上，并不飞远，很快又落下来，围着他们叽叽喳喳地叫唤。两只白色的大鸟，嘎嘎叫着，追逐着，掠过头顶远去了。海鸥！我看见海鸥了！男孩兴奋地跳了起来。他追着海鸥远去的方向，往前跑去。父亲跟着他，让他慢点跑。

雾气早已散去，可太阳还是浑浑的。男孩使劲往山上爬。这还是他第一次爬山哩，他家那里只有土包子，这座山全是石头。石阶有点滑，他灵便得像只猴子，一时间父亲还真爬不过他。父亲大喝一声，加快了步伐，三步并两步赶到了男孩前面，拉住了他的手。

山势平缓了。山顶是平的，茂密的树，各种各样的树，高的矮的，参差着向前延伸。秋虫在鸣唱，完全不理会他们的惊扰。山顶有风，也有雾，不知什么时候，雾又起来了，薄纱一般在树林间飘动。他们身上都出了汗。路边有不少石头，引诱他们坐下。男孩不知道还要走多远才能看到海，回头看看父亲，父亲坐下了，从包里摸出油条烧饼来，朝他摇摇。还真饿了。他们坐在石头上吃了个精光。男孩突然想起了他的指南针，他要瞄瞄大海的方向。

他掏口袋，却找不到。他把口袋拽出来，口袋里掉出个吸铁石，捡起来时上面倒吸上了一根锈铁丝，可是，指南针不见了。爸爸！男孩失声叫道，指南针没啦！父亲说，你在船上不是还玩着吗？父亲也找。两人身上和包里都没找到。父亲摇头叹气。男孩撇撇嘴要哭。父亲说，哭能哭回来吗？哭不回来就别哭！父亲说，算啦，你拿指南针还不就是要找海的方向。走吧，再走一段，我们就能看见海啦！

男孩其实已经哭了，只不过没出声。他抹抹泪，跟着父亲往前走。太阳更浑了，已经偏了西，露出下午的光景来。父亲一把抄起他，让他骑到了肩上。他扭着屁股说，爸爸我能走的，不累啊。父亲说，我扛着你，你高一点，比我还高，站得高看得远嘛，你马上就能看见海！

其实男孩已经感觉到了海。水乡的孩子，对水格外敏感，何况是那么大的水呢！他似乎嗅到了水汽，隐约听到了水的声音。很快，他们到达了平地的边缘，一片巨大的水，出现了！

我看到海啦！男孩欢呼起来。

父亲也欢呼起来。

一幅巨大的画卷展现在他们面前。混沌的雾霭笼罩四野，茫茫苍苍，阳光散漫地映照着水面，波光粼粼，碧波万顷。野风迎面而来，在男孩的耳朵里旋转而去，他听到了呜呜的声音。他说，爸爸，我的耳朵像螺号！父亲曾经告诉他，把海螺靠在耳边，静静地听，就能听到大海的声音，可是他一直只有螺丝和河蚌壳。男孩问，爸爸，我们能找到海螺吗？父亲说，运气好的话，能的。

可是男孩又疑惑了。他说爸爸，你不是说大海没有边吗？可是那里，那里——他两只膀子分开，朝左右的前方一指——那不是边吗？父亲说，我们现在是在海边啊，海边就是这样的，你只朝前方看，你就看不到边，不是吗？男孩使劲看着前方，他瞪大眼睛，最遥远的正前方，果然看不到边。他催促父亲，快点到海边去。

下山很快。山本来就不高，比家里的土墩子高不了多少，男孩等不及父亲，飞快地走在前面。山下，是高高的蒿草，还有芦苇。芦苇比他高，也比父亲高，它们像一堵厚厚的墙，挡住了他们的脚步，挡住了他们的视线。幸亏这个墙也有尽头，他们往前走了好一段，终于绕开了芦苇。

首先看到的是海水。它混浊，混杂着枯枝败叶，一浪接一浪地拍打着岸边。男孩有点疑惑，这里，怎么跟家里的大河有点像呢？大河拐弯的地方，也是这个样子。他问父亲，海水不是蓝色的吗？像天一样蓝。父亲说，边上看不出蓝色的，要到大海深处，大海才是蓝的。男孩有点失望，他看到一条死鱼，被浪推着，一晃一晃的，男孩叫道，那里有一条鳌子鱼！爸爸你不是还钓到过的吗？父亲说，这怎么是鳌子鱼，鳌子鱼有这么大吗？男孩点点头，鳌子鱼是比这个小一点。他朝水面张望寻找，问，爸爸，为什么还没看到大鱼啊？你说有船那么大的鱼，在哪里呢？父亲说，那是大鲸鱼，这里水浅，鲸鱼过不来啊。男孩觉得爸爸说得有道理。爸爸！男孩突然说，我要看军舰，军舰都到哪里去啦？父亲说，军舰都在军港停着哩，这里又不是军港，他们就是出了港也是在大海中间啊，这里看不到的。

男孩不说话了。不过他很快就看到了熟悉的东西，一条渔船，老鸦船，摆动着双桨，缓缓进入了他的眼帘。老鸦架子是空的，三只老鸦在水里，不不，是四只，但是它们不钻水，赖在水上悠闲地游。渔民抓着篙子的中间，嗷嗷地叫着，左右击打水面，他这是在催促老鸦钻水捉鱼哩。老鸦狡猾得狠，往远处游游，就是不钻。这一幕是那么熟悉，男孩迷惑了。不等他问，父亲就说，海里有大鱼也有小鱼，小鱼也要用老鸦捉。男孩说，那大鱼呢？像船那么大的鱼呢？父亲说，那要用鱼炮打。男孩问，什么是鱼炮？父亲说，就是炮弹上拴一根绳子，砰，打出去，扎在鱼身上，然后把它拖过来。

这超出了男孩的想象，但至少，他不再问个没完没了。但是男孩说，爸爸，我还是想看军舰。就是你开过的军舰！

父亲叹口气摇摇头，一屁股坐在路边的石头上。他认真地说，我带你来看海，可是，我不能保证能看到军舰，还有大鲸鱼。他说，就像爸爸出去钓鱼，你说一定要钓个大鲤鱼，可不一定能钓到哇，这要碰运气呀。

雾气渐浓，太阳已经偏西了，水面上雾气弥漫，无边无际。父亲带着男孩继续沿着水边往前走。父亲说，这里是港湾，我们往那边，就可以到大海中间去。他指着远处隐隐约约的一条长堤。

男孩高兴了。他撒开脚丫就往前面跑。蒿草中有一条土路，弯弯曲曲，跟他们庄子上的路差不多。男孩一蹦一跳地奔跑，不时躲开挡在面前的蒿草。一不小心，他踩到了烂泥里，他叫一声，使劲往外拔。父亲呵呵笑着看着他拔。脚拔出来，可鞋子陷在里面了。父亲弯腰拔出鞋子。好臭哇！好臭的淤泥！父亲说，现在我们说好了，你不许乱跑，只能跟着我。他弯下腰，把男孩扛到肩上说，走，到了大堤就可以洗鞋子了。

大堤看起来不远，其实很远。男孩骑在父亲肩上，东张西望。很快，芦苇和蒿草都少了，不见了。他们可以清晰地看到水面。一排渔船，个个底朝天，扣在水边的空地上，底下撑着木架子。男孩知道这是在修船，只不过他没有见过这么多船齐排排地一起在修。他挣扎着下来，跑向渔船，从这条船下面钻到另一条下面。父亲紧赶几步跟上来，让男孩快出来。男孩探出头问，这里为什么不是沙滩啊，你不是说沙滩是金色的吗？

父亲一愣，但他立即就有了答案，这里是黄海啊，东海和南海才有沙滩，黄海只有泥滩。你再长大些，我带你去看沙滩。

男孩顿时泄了气。他耷拉着脸一句话也不说了。多年以后，他会明白，父亲的这句话是真的，黄海没有沙滩；他当然也会明白，他那天看到的点点白鸥也是真的，只不过，那不是海鸥，只是鸥鸟，只有飞在真正的海面上才是海鸥。

看海的行程恍若梦境，好多细节或许源于他想象的补充。但可以确认的是，他的父亲，确实在他五岁左右带他出过门，说是去看海，他们早晨出发，中午前后到达了海边，第二天就回家了。他年长后轻易就知道了端底：从他家到海边，仅靠船和汽车，半天时间，无论如何也不可能抵达真正的大海。在这个距离内，只有一个著名的大湖。但他一直本能地维护着这个梦幻之旅。

如梦的行程还在继续。天色向晚，在太阳消失前，他们到达了大堤的起点。父亲跑到水边，去洗男孩的泥鞋子。忽然他啊啊大叫，跳起来抖着手说，电到了！我被电鳗电到了！好家伙，厉害！男孩赶紧跑过去，什么也没有看见。父亲说，它早跑啦。男孩指着水里游着的野鸭说，鸭子不怕电吗？父亲说，鸭子有毛，不怕。把鞋子给他穿上。男孩走几步，觉得好玩，因为脚在鞋子里滑。这么一滑一滑地走，让走路也变得好玩了。

雾气越发浓重，宛如早晨的景象，如果不是因为累和饿，男孩根本分不清早晨和傍晚。大堤蜿蜒向前，伸向水中，消失在远方的迷雾里。堤上有石块铺路，两边是野草和小树。风很大，男孩被吹得有些发飘。父亲紧紧抓着他的手说，我们走到哪里算哪里，你走不动了我们就回头，好吗？我抱你回。男孩点头答应。马上又说，可我要看大鲸鱼，我还要看军舰！父亲无奈地摇头，点一下他额上的红斑说，你呀。他牵着男孩，边走边说，你看，是不是一望无际？

男孩说嗯。

他四处张望。除了脚下的大堤，四处全是水。水面黑沉沉的，有一些小岛，它们像是飘在雾中，浮在水上。男孩说，爸爸，那里有人哎。他指着远处的岛上的一星灯光。父亲说，那里有人守岛。突然，父亲手朝前面一指，看！那是什么？男孩转过头去，他看见一艘船的影子正在悄然移动，船上有红色的灯光，看起来比他坐过的轮船大不了多少。男孩欢呼起来，军舰！那是军舰！父亲愣了一下，连说了几个对，呵呵笑了。

男孩死死地盯着军舰。天太黑，他没有看见大炮，只看见船头巨大的光柱。父亲告诉他，那是探照灯。军舰正向大海深处航行，男孩恨不得能拽住它，但是军舰离他们越来越远，一声长笛，慢慢远去了。尾灯闪烁。

我看到了，我看到军舰了！男孩拽着父亲的手，跳了起来。

父亲问，这下高兴了吧？

男孩大声说，高兴！

父亲说，天太黑了，鲸鱼是看不到了。正说着，黑沉沉的水面上忽然泼剌剌一声响，那是鱼，很大的鱼，它跃出了水面。可等男孩找到那个方位，却什么也看不见了。鱼又落回去了。他不知道那是不是大鲸鱼，应该是的吧，也许只是小一点的鲸鱼吧。

没看见的鲸鱼其实更神奇，更漂亮，它足可以成为日后梦中的主角。男孩心满意足了。他们这时已看不清水面，只听到有水浪哗哗地冲击着脚下的大堤，越往前走浪越大，他们的脚下已有了微微的颤动。大堤上有一线路灯，浓雾中，它们一团一团地照不远，只能让水面更显得阔大和神秘。有三两个行人路过，他们急匆匆地往岸的方向走，投来诧异的目光。

男孩站住了脚。他冷，还饿。浩大的水声环绕着他，周围是无边的深不可测的世界，他有点害怕。浪头越来越大了，哗的一声巨响，海水从大堤的边缘掀起，飞溅到他们身上。男孩被泼了一头。海水沿着他的额头流了下来，流到他嘴里。他舔舔，有点甜，有点碜牙。就是他们庄子里河水的味道，不咸。

父亲曾说过海水是咸的，像咸菜汤，但他想不起海水咸不咸的问题了。此时的男孩眯着眼睛，被父亲牵到路灯下。父亲从包里掏出毛巾给他擦脸。他眨巴着眼，看着父亲。路灯的圆晕仿佛聚光灯，照着这对父子。夜雾茫茫。

透过迷雾，男孩先是听见了车轮滚动的声音，像是来了一辆滑轮车。慢慢地，他看见了，那是一辆轮椅。坐在轮椅上的是一个老人，一个小伙子在后面推。轮椅缓缓过来，每经过一个路灯，他们都会亮一下，然后又暗了。夜雾中，一切都看不真切。父亲抱上他，往路边靠靠，等着轮椅过去。轮椅继续靠近，在附近的路灯下停住了。

小伙子很健壮。轮椅上的老头，头发花白，他兴致勃勃地左顾右盼。

夜雾中，两个相邻的光圈下，四双眼睛彼此打量。

小伙子朝他们咧嘴笑笑。他仔细地推动轮椅，小心避让着地上的坑洼。小伙子说，这么晚了，你们才回去啊？男孩大声说，我们来看海的，爸爸带我来看大海！小伙子咧嘴笑笑。男孩觉得这个叔叔仿佛在哪里见过，这个老爷爷也有点面熟。轮椅继续靠近，他们站到了同一个光圈之下。

老头看见男孩，兴奋起来，他手指着前面，结结巴巴地说话，却听不清说的是什么，突然又清楚地脱口而出，这是大海，你们知道吗？他慢慢回过头，对小伙子说，海生啊，你不知道吧，这是黄海，白天你才能看出它是黄的，我们来晚了，它就黑乎乎的啦。他得意地哈哈大笑起来。男孩的脑子里好像有雾，混混沌沌，一片迷茫。他使劲把父亲拉低，贴着他耳边说，叔叔也叫海生哎。父亲悄声说，老爷爷病啦，老年痴呆。男孩悄悄问，什么是老年痴呆？父亲不答。那叔叔说，他闹着要来，没办法。他话还没说完，那老人喊道：小家伙，你过来！男孩看看父亲，走近轮椅。老人伸出手说，这个东西，给你。男孩接过来。那是一个指南针，温温的。男孩仰头看看那个叔叔，又看看父亲。父亲微笑，叔叔冲他点点头。叔叔的额上有一块红斑，挺大的，像是眉毛往中间耸起来，比自己的可大多了。男孩摸摸自己的额头，听见老人说，出发！

轮椅继续前行。片刻间，无边的浓雾就遮住了他们的背影。

起　夜

双雪涛[①]

大概晚上九点钟，岳小旗给我打了一个电话，我当时正在四得公园踢球，没听见，等我换好衣服给他回过去，他又不接了。到家洗了一个澡，洗完之后马革儿已经做好了饭，因为最近我和马革儿的收入状况都不好，就让阿姨回家了。我的剧组死了一个替身演员，军心涣散，已经停了，而她最近在写长篇小说，写得很艰苦，情绪也不稳定，像今天她给我做了饭，可能是因为出现了某个比较顺畅的段落，而前几天，她拒绝吃晚饭，说晚饭会使大脑充血，无法工作，也不允许我吃，因为我吃了晚饭就会露出一种志得意满的神情，让她讨厌，饥饿会使我看起来谦逊。在她刚开始准备这个长篇小说的时候，我劝过她，我说你都已经怀孕了就不要写了，你已经在孕育，组织上不允许你挑这么重的担子。她说这不是她能决定的，她听到一个声音让她把这个东西写出来，孕育是同时进行的。前两个月她一直在街上跑，跟着一个私家侦探收集材料，那位侦探姓黄，过去在律所工作，后来因为得罪了上头的人，把他关了几个月，刚出来没几天，又说他嫖娼，又给关了两周，出来之后就从律所辞职，自己单干了。我问她，他到底嫖娼没？她说，她也说不好，那个女人本来是找他帮着打官司的。我说，什么官司？她说，一个客人行房的时候，在避孕套上涂了化学药品，致使她永远不能生孩子了。我说，还有这种事儿？她说，那人不是干了这一起，在上海武汉都做过类似的

---

① **双雪涛**　小说家，1983年生于沈阳。出版小说集《平原上的摩西》《飞行家》《猎人》，长篇小说《聋哑时代》《天吾手记》《翅鬼》。

事儿，是个退休的大学教师，研究生化的。我说，那这女人是怎么找到他的呢？她说，他过去嫖过她一次。我说，懂了，你为啥要写这个？她说，你是个制片人，不是作家，不要问你专业之外的事情。记住我们家的座右铭：你是社会人儿，我是艺术家。我说，没错儿，但是孩子是我的，作为父亲，我的工作早在和你认识的那天晚上就开始了。她说，我天天在家坐着，就想喝酒，喝酒毛病大不？这是她的撒手锏，马革儿向来有喝酒的毛病，尤其在不写作的时候，也就是她说的内心的空窗期。一天一瓶红酒，如果有饭局，还不止这个数儿。她的酒量很大，喝不喝酒其实不大看得出来，但是在一起时间久了，只要她喝了一杯我就能感觉到。具体哪里有了变化我也说不太清楚，如果说每个人作为一个个体都与这个世界有着某种关联，那喝完了酒的马革儿和这个世界的关联方式会略有变化，就像是一个通过蓝牙和音箱相连的手机，又放得远了一点。我说，那你得提防点这个姓黄的，不干不净的，捞的都是偏门。他这种人电话都可能被监听，别把你捎进去，擦边球可以打，你要是老想扣杀，人家准得收拾你。她说，放心，一定是个好东西，孩子生出来，书也差不多写完了，我就专心当两年老妈子。我说，那我也得舍得用你，先吃饭吧。

大概晚上十一点半，岳小旗的电话又打进来了。这回我接着了，我说，今天踢球你怎么没来？正好是奇数。他说，哥，我在你楼下呢。我说，你在我楼下干吗？他说，我想跟你聊聊天，你有时间没？听声音是喝了，但是情绪还可以，没喝到特别绝望的程度。马革儿睡了，最近我们分床睡，她的睡眠说来就来，说醒就醒，有时候从下午睡到半夜，突然起来从床头拿起笔，环顾四周，又把笔放下接着睡。我睡觉不算轻，但是一旦中途醒了，就不容易睡着，第二天准报废一天，所以我就睡在原来阿姨的房间。孩子的小床已经买好，就在大床的旁边，裸露着肋骨一样的床板，散发着来自南方的油漆味。剧组死的人是一个十九岁的男孩，专业潜水员，拍潜水的戏溺死了，准确地说，是在水下犯了心脏病，猝死了。我从房间里出来，把马革儿的房门轻轻推开，往里头瞧，她脸冲里夹着肩膀睡着，像个葫芦。我说，马革儿？她没反应。我把门带上，穿上衣服下楼。十二月末了，晚上挺冷，但是从闷热的房间里出来，被晚风一吹，还挺舒服。踢了球，感觉身体特轻，特别年轻。岳小旗正在小区门口抽烟，系着一条蓝色的围脖，背对着我。他的形象挺不错，标准的北方男人，有个儿，方脸长腮，上身长，腿短，因为常年踢球，往那儿一站，两条腿哈哈着，像是两根床底下的弹簧。他原来是运动员，练中长跑，进过国家集训队，后来不知怎么混到演艺圈，当了五六年演员，开始是龙套，后来是大龙套，再后来在电视剧里能演个男三，就是女主角的二弟那种，动不动就从屋里冲出来说，姐，我不同意！近几年戏不怎么演了，做起了执行导演，干了两个低成本的电影，都没赔没赚，影展倒走了一圈，算是可以。大家有时候问他，小旗，你演戏演得好好的，已经从女主角的表弟演成亲弟了，干什么电影啊，猴儿累的，还不挣钱。他就说，嘿，干电影挺好，别小看弟弟，弟弟一认真，也有不少情怀，再怎么着也是看《地雷战》长大的。岳小旗是东北人，但是因为在北京待的年头长，又演戏，学了一口北京话，见谁都自称弟弟。要不就是长叹一声，一晃脑袋，唉，谁叫我喜欢您呢？

我走到他跟前，他递给我一支烟说，马革儿怎么样？闹吗？我说，我听话就不闹，你有事儿说吧。你怎么知道我住哪儿？他说，一两句话说不清楚，咱们找地方坐一会儿。我说，站这儿说吧，一会儿她醒了找不见我，准得害怕。小旗把头抬起来，看着我说，哥，生死攸关的事儿，占你两三个小时，弟弟我一辈子记着你。他眯着眼睛，有点淌鼻涕，手里攥着烟，就让它着着，衔着长长的烟灰。我仔细一看，他的羽绒服里穿着睡衣，脚上没穿袜子，露着两个脚脖子。我说，去哪儿？他说，四得公园吧，安静。我说，我刚从那回来。他说，我知道，所以咱们去那儿，都熟。半路他去超市买了一瓶混合型的威士忌，要了两个纸杯。我从来没在深夜来过四得公园，这个点竟也不是一个人没有，有一个看不清岁数的人站在球场中央颠球，戴着帽子和口罩。颠得不好，一会儿一掉，但是很执着，又用脚钩起来颠，颠不好的原因主要是身上不协调，手向外翻着，球都不转。球一旦不转，就像石头一样不好颠了。我隔着网子看了他一会儿，很想跟他说，颠成这样是不值得买球鞋的，还不如在公园里跑两圈。看着那肥鸭一样努力的双手，我当然不会说。我和岳小旗并不熟，就是在一个所谓电影人的球队踢球，见过几次，他踢得不错，人又客气，踢完球随众一起喝过几次酒，私下里从没单独见过。还有一个交集是都是东北人，他家在长春，我是沈阳人，喝酒时有时候盘道盘道东北的事儿，比别人亲一点。听说您混过黑道？他问。我说，不算，都是小时候的事儿了，跟他们拍过币子机。他说，沈阳我去过，好，没灾没难。我爷围城时饿死了，唉。

在长椅上坐下我说，说吧，你怎么知道我住哪儿？这条长椅我经过很多次，从来没有坐上过，上面大多时候坐着穿运动鞋的老人，自己带的屁股垫儿。面前是一眼水泡子，名曰四得湖，背后是草丛。他说，问的。我说，嗯，你怎么知道我媳妇叫马革儿？他说，顺便问的，你媳妇怀孕的事儿是我从你朋友圈看的，你对她真好，轻拿轻放，惯得厉害。我说，说远了。他说，我问个问题哈。我说，你问。他说，我们不怎么熟，我知道，我脸大，但是你为啥跟我来呢？我说，你不说是生死攸关的事儿吗？他说，生死攸关也是我的事儿，不是你的事儿，满大街的人可能都有生死攸关的事儿，地铁里抱着孩子唱歌的，甭管真假都看着生死攸关。我说，哥儿们，咱们熟还是不熟没关系，相互有个起码的尊重，我对你印象不错，也是半个老乡，所以我就从楼上下来了，你要是喝多了闲着没事，你可以上大街找警察玩去，我就回去陪马革儿了。他递给我纸杯，说，我也想过找警察，但是我想先问问你的意见。你要多少？我说，你给我倒一杯底儿吧。他说，好，你先暖一暖——是不是太甜了？我说，你说事儿吧。他说，再给你倒点，喝不喝没关系，我就见不得别人的杯子空。这回他给我倒了半杯，给自己倒了多半杯，然后一口喝了。他说，我吧，小时候练田径，没念过多少书，但是我从小啊，就有一本领，就是谁靠得住，谁靠不住，一眼就能看出来。哥，我觉得你靠得住，我第一个就想到了你。别看我在北京混了十几年，今天晚上除了你之外我一个人都想不起，我想起了我小时候田径队的一个队友，比我矮一点，磕巴，练得比我好，每次打架都挡在我前面。后来教练让他推杠子，把腿上的大筋推折了，就再也没见过这个人。你和他长得可像了，我第一次见到你就想跟你说，你们俩说话都像，但是你不可能是他对吧。我说，对，我不是他，我是文化人。他说，是了，你不是他，你们俩讲话时的表情很像，但是讲出来的话完全不一样，你比他能装。哥，我刚才在家里跟我媳妇打了一架，我不小心把她打死了。我站起来，说，你别开玩笑。他说，我有两个孩子，一个男孩儿，一个女孩儿，女孩儿六岁，男孩四岁，现在他们都睡着，睡在一个两层的木头床上，男孩睡下面，女孩睡上面。说着他从怀里掏出一把青铜匕首，古色古香，柄有两寸，刃长一尺，没有血迹。他说，这是有一年我在西安拍戏，朋友送我的，真东西。别害怕，我不是用这头攮死的她，我是用这柄把她敲死的。他用手指了指，把柄在手掌心一打，就这么，啪，十环。我抬头看了看四周，不是全黑，景物都在半明半暗之间，因为远处的楼有光，一个个硕大的招牌，由楼肩扛着，向更远处延伸过去。我把手放在他肩膀上，说，小旗。他说，哎。我说，谢谢你信得过我，你先把这东西揣回去。我陪你去派出所，夫妻之间打打闹闹，手重了，咱们跟警察说一下，过失，我帮你找找人儿，没什么大事儿。他抬头看了看我，站起来，一挥手，把匕首扔到了草丛里，说，我不去，我要是去派出所，自己开车就去了，来找你，就是没这个打算。哥，我不是不想偿命，是有一肚子话，跟警察说不上。

这时我的手机响了一声，我划开看，是马革儿的微信：

你在哪儿呢？

岳小旗又把纸杯倒了半满，说，你先回，我不急。

我回说：

不远，一个朋友来了。

发出去后我撤回，又重发说：

不远，一个老同学来了，急事儿，你先睡，宝贝。

马革儿说：

什么时候的同学？

我说：

初中同学，多年未见，非得找我说两句，男的。

马革儿说：

好，你聊吧，我不困了，我写点东西。你那张CD在哪儿？就是那张你帮我把村上提到的音乐都刻在一起那张？

我说：

在小屋右边那个床头柜的抽屉里，音响的碟槽有点不太好使，不行你就用手把它拽出来。

她说：

好，我肚子里的朋友很安静，你不用担心，要是喝酒的话你就把单买了，别让人家花钱。

我说：

先看看花多少钱，写吧。

夜晚也有霾，我看不见，能感受到。它们在我的肺里，使我的肺泡感觉到寒冷，它们依着于我的眼白，好像头皮屑。我在回想我是怎么下楼，看着他买酒，来到这里坐下，喝了一点，我为什么要这么做呢？我也在回想岳小旗到底是谁？不是我的兄弟姐妹，也不是我的至爱亲朋，他曾经给我传过几脚不错的直塞球，有的我踢进了，有的我踢到了球门外面，我向他竖起大拇指。他是一个笑嘻嘻的中场球员，一个视野不错的左撇子。

我转过头对他说，尸体现在在哪儿？他说，嫂子着急了？我说，你不用管这些，尸体在哪儿？他说，在我的后备厢里，车子就在公园门口，刚才我们经过了。我说，所以，是过失吗？他说，打她是故意的，但是打死她是过失。我说，你过去想过打死她吗？他说，想过。我看了看他没说话，他说，但是没想这次打死她。我说，你外面有人？他说，没有，我们结婚七年，我没睡过别人，一次都没有。我说，你身体有残疾？他说，这个我不吹牛，肯定比一般人好使。我说，遗产？他说，没有，家里的钱都是我挣的，她父母都是下岗工人。我说，那你为什么要杀她？他说，是过失。我说，我的意思是你为什么想过要杀她？他说，我们是在长春桂林路长大的，你知道桂林路吗？我说，不知道。他说，挺乱的一个地儿，这么一算，我们都认识二十五年了，真吓人。那时候大家都在路北的一个旱冰场溜冰，我就是在那认识的她。她溜得特好，玩长龙，她都在第一个，我就往前挤，挤到她后面抱着她的腰。有一次她回头跟我说，怎么老是你呀？我说，我叫岳小旗，十一中的，也是田径队的，我们礼拜一发了牛肉罐头，你要不？她说，我不认识你，凭什么吃你的罐头？我说，这不就认识了吗？你叫什么？她说，我叫杨不悔。我说，杨不悔？她说，杨不悔你都不知道是谁？我说，不是你吗？她乐了说，你家有电视吗？我说，有，但是没有有线。她说，你也不看书？我说，我想看，一看就困，我挺爱看的。她说，杨是姓杨的杨，不是就不的不，悔是后悔的悔。扶稳了，现在来一个大甩尾。她使劲往冰场的边缘滑，然后一个急转弯，跟在后面不太会滑的，好几个直接飞出去，就好像一条鞭子的梢，甩在墙上了。

岳小旗一边说着，一边站起来做着溜冰的动作，在黑暗中他双手扶着杨不悔的腰，歪着脑袋跟她说话，急转弯时他脚下踉跄了，但是没撒手，挺过了这个弯，后面就轻松了。

我杀她是因为，她生了病，岳小旗从冰场回到椅子上说。我说，什么病？他说，起夜。我说，怎么讲？他说，开始的时候，是半夜起来上厕所，上很长时间。早晨我起来一看，她已经坐在马桶上睡着了，手里拿着口红。后来是半夜起来贴照片，把我们从认识到现在的照片都贴在墙上，然后就睡在地板上，第二天一问，全都不记得。我说，真不记得？他说，不记得，我了解她，她不会撒谎，再后来就是出门去火车站，也不知道要去哪儿，就在火车站里走来走去，见人就问，看见左使了吗？我说，左使？他说，是，左使。我说，恕我冒昧，她出门穿衣服吗？他说，穿得很整齐，但是有时候会穿错，有一次她戴着女儿的围巾，徒步走了五公里。非得要爬到安检的机器里去。你把这点喝了，你看，都渗进杯子里头去了。

手机又响，我站起来挪开一步，划开看。

马革儿：

黄侦探发来传真，他又在新疆、山东、云南、四川找到十六个受害者。笔录完备，有的是网友，有的是卖淫女，有的是老同学，其中有五人丧失了生育能力，有人高烧之后左耳失聪。作案者今晚刚刚开口说话，晚些时候黄侦探会通过内应把口供的大意发给我。我这个小说的核心部分就有了。我想喝一杯。

我看了一眼手机的右上角，现在是一点十分。

我说：

一杯红酒。

她说：

成交，你们在哪里？

我说：

一个 bar，很安静，快打烊了。

她说：

你们聊什么？

我说：

没什么共同语言，都是过去的事儿。有一次班级联赛，他进了一个乌龙球，哭了一下午，类似于这种事儿。

她发了一个拥抱的表情，和尚一样的小人，两颗睾丸一样的绿胳膊。

岳小旗到草丛里撒了一泡尿，我拿起酒杯给自己倒了小半杯，一口喝下，又倒了半杯拿在手里。我在脑子里盘算着一件事情，如果这一瓶喝完了，附近还有哪里能买到酒。

他把自己抖擞了一下，走回来，用手指了一下说，那边有人踢球。我说，是，半身不遂。他说，也许颠颠球会好一点。经我回忆，我媳妇这个病因还是跟我有关。我说，为什么跟你有关？他说，有一次睡觉，我在她身边打手枪被她发现了。我想了一想说，不懂。他说，我也不是故意的，闲着没事儿，有时候一晚上打三次，实在是闲的。我说，自力更生不求人，饿死也不吃美国粮，是这意思吗？他说，哥，我给我太太包了一层塑料布。我说，为啥？他说，她很爱干净，冰箱里的东西她都用保鲜膜包上。我带她去看过医生，医生说她什么毛病没有，比我还健康。她知道自己出了毛病，想方设法不让自己睡觉，但是人总要睡觉，我也得睡觉，我有两个孩子得养，白天得工作。我说，你想没想过把她锁起来？我是说睡觉的时候。他点头说，当然，结果她弄瞎了自己的一只眼睛。弄第二只的时候被我发现了。后来我想明白了，我也不开工了，晚上陪她溜达，有一天她走累了，可能也就停下来了，过去没转过这个弯，损失一只眼珠子。

一只流浪猫大摇大摆从我们面前走过，姿态优美，顾盼生情。丫找伴儿呢，岳小旗说，他把烟头一弹，火花飞溅，猫灵巧地躲过，颠着小碎步沿着湖边跑了。那个颠球的人在休息，蹲坐在地上喝水，一条腿平伸出去，用胳膊压着。

她最远只到过回龙观，岳小旗说，她夜里出门的时候谁也不认识，也不认识我，就是唱着歌一蹦一跳往前走。我说，什么歌？他说，儿歌。我觉得她也许是想家了，带她回过一次长春。她妈去世了，她爸和一个女的搭伙，看见她少了一只眼睛吓得不行。俩人没话，她很麻木，没什么触景生情，但是她一直偷偷给她爸钱花，我知道，假装不知道。我给她爸说，你给她唱一支儿歌，她爸觉得我有病，那次我把她爸打了一顿，回来了。他伸手把我的酒倒给自己一点说，夜里的时候她看着小，总是笑，这几年她不工作，在家带孩子，把两个孩子都带得很好，我儿子能背一百多首唐诗，你知道吧。我不置可否。她比我认识她时胖了三十斤，屁股那么老大，有几次她洗完澡出来，我看着她穿着三角裤衩，像一口锅一样。有一次我喝多了，她晚上出去的时候把我女儿背上了，我找到她们的时候，她们俩正在马路中间藏猫猫。我把女儿叫到身边抱住，她说，她是你们家的？能再陪我玩一会儿吗？我们约定不能再藏在车底下。那一天我下定了决心，不能让她活了。我说，你也许可以把她送到精神病院或者疗养院，现在说这个都没用了。他说，让她再弄瞎自己的一只眼睛，或者咬断自己的舌头，或者晚上被几个精神病强奸？或者白天清醒的时候因为想孩子而发疯？哥，弟弟我没什么能耐，可能是我让她憋屈了，但是我能送她一程。他站起来，把手里的空杯子扔到半空，抬脚一踢，把杯子踢到了球场的铁丝网上。关于这件事，我女儿郑重地找我谈过一次。他做了几个高抬腿。她犯病时她五岁半，现在她七岁了。她跟我说，她想让妈妈消失。我说，你女儿？他说，是，她说她确认了妈妈已经不是原来的妈妈了，那就让她消失，换一个妈妈，反正陌生的妈妈都是一样的。我说，你问了你儿子的意见吗？他说，他愿意一直照顾她，把新的玩具给她玩，给她走烂的双脚贴上创可贴，但是二比一，他是少数派。

我看了一眼手机，发现马革儿在二十分钟前给我发了两条微信：

我做了几个假设，一是这个男人得了绝症，单身，妻子弃他而去，也许是睡了他的同事，他便觉得天下的女人都是娼妓。这种想法有点好莱坞，但是有时候现实生活会模仿艺术。另一个可能是，他极爱他的妻子，但是他妻子死了，他们两人没有子嗣，他便觉得他妻子这样好的人落得如此下场，其他女人更不配有孩子。不知你意下为何？

一定不只一杯红酒。每当马革儿喝多之后，她的脸颊会居中泛起一片红，如同《西游记》里兔子精围脸的纱巾，跟我说话也会客气起来，变得就事论事，似乎天下的事情都没有她现在要讲的道理重要。

第二条微信在第一条的五分钟后发来：

黄侦探得到了第一份口供，此人结婚多年，有两个孩子，一个在美国，一个在上海，太太是一位放射科大夫，在世。无劣迹，两人经常晚间散步，周末去郊外骑行。他做饭，而且做得很好，杭帮菜。提审时他细讲了自己几道拿手菜的做法，之后不再开口。我决定以此作为小说的开头，他应该脱发，这是我的想象，需向黄侦探求证。小说宜做多线叙事，全知视角，铺向案犯和受害人，在中部汇集，下半部进入侦破和受审。若你有想法，可抓紧向我建议，一旦动笔就进入创作者的独裁。你面前如果还有一杯酒，我建议你不要喝下，每次都是恰好多一杯，克制是人间美德，对艺术和人生都是如此。

酒是一滴不剩了，目前的情况，我提出再换个地方喝酒似乎不妥，酒精在我身上缓慢地起了作用，我感觉舒适和疲乏，觉得一切都荒谬无稽，一切也都可理解。酒精在岳小旗身上起的作用有限，他还像刚来的时候一样，带着微醺的和善和充沛的精力。我说，弟弟，现在怎么办？你找我来到底要干吗？他说，我就找一个信得过的人说说，然后和我一起把她埋了，万一有一天我死了，还有一个人知道她埋在哪儿。我说，你准备埋在哪儿？他说，我想听听你的意见。你觉得就埋在这个公园里行吗？就顺到这个湖里？我说，我以后还得来踢球呢，别埋这儿了。他说，那就远一点，埋在顺义或者通州，我就怕不一定什么时候要盖楼，再把她挖出来。我说，我有个疑问，人没了，总有人要报警，她的朋友家人，你怎么解释？他说，她的病派出所是知道的，我就说她走失了。我们小区的业主和物业正在对峙，要把物业炒掉，这段时间监控全瘫痪了。我说，所以你选择这段时间动手。他说，我就是试了一试，没想到一击就中了，就好像当年要孩子一样。我说，你是一辆什么车？他说，斯巴鲁。我说，好，我去撒泡尿，回来我们一起找地方。你知道吗，你找我算是找对了人，东北人，兄弟一句话，十年生死两茫茫，懂吗？他说，哥，你慢点。我说，到时你别上手，留下指纹，让我来，谁能想到是我呢？你丫还真是聪明人，人群中多看了我一眼，就把我认出来了。实话说，这么多年我跟我原来那帮兄弟远了，我一直在等着这么一个机会，为谁出点力，你是真体谅我，真了解我，别动，容我撒泡尿。说完我走到草丛里面撒尿，气温大概降到了二十四小时里最低的时候，尿液零零散散撒到杂草上，好像短暂融化的雪水。二十年前我跟一帮人在街上胡混，经常闹到这么晚，有时候路上走过一女人，我们就过去护送她回家，边走边聊，送到胡同口，然后再回来坐在路肩上聊天。我不爱回家，我爸老跟我妈打架，动不动就把我妈打到医院去，我妈也有错，但是那又如何呢？我试过几次，打不过他，连他的脑袋都够不着，等我长大了，想废他的时候，他却自己病死了，君子报仇十年不晚，都是骗那些怂蛋的。尿完之后我猫着腰在草丛里找了一会儿，在一棵小树后面找到了那把匕首，我摘下围巾把刀刃包上，脱下鞋子用另一只手拿着，绕了个弯走出来。岳小旗背对着我，两只手肘放在膝盖上，好像在思索我刚才的话。我把刀柄对准他的后脑，脑子回想小时候给我妈捣蒜的姿势，伸手在自己的后脑摸了一摸，这时我的脑海里突然浮出我和马革儿结婚时的誓言，具体内容怎么也想不起来，只记得当时我们两人都哭了，哭得没完没了，司仪没有防备，以致后面的程序都弄错了。我把匕首在手里掂了掂，然后一下打下去，啪的一声，岳小旗向前倒下。我把他翻过来，他还有呼吸，估计晕不了多长时间，我检查了一下他的后脑勺，骨头没碎，我把他抱上长椅，从他的衣兜里掏出车钥匙，我想了一想，把喝空的酒瓶放在了他手里。

那个人又开始颠球了，左脚右脚，球完全不听使唤，好像抹了油一样一次一次从他的脚上滑开去。我穿上鞋打开铁门走进球场，那人扭头看了我一眼，我这回看清了，是个十五六岁的少年，耳朵上戴着红色的耳机，脸皮嫩白，眉毛好像修过。球滚到我脚边，我把球挑起来，颠了两下，虽然喝了酒，但是平衡还没有完全失去，颠了二十几个，我踩住球，蹲下来，用匕首把球扎漏了。我把死去的皮球扔给他，打开铁门走了出去。

找车用了一点时间，岳小旗把车停得比我想象的远，在一条巷子里。我犹豫了一下，没有打开后备厢，直接坐进了驾驶室，这时马革儿又来一条微信：

黄侦探发来消息，案犯在审讯的间歇服毒自杀，用他藏在假牙里的毒药。没人知道他为什么那么干了。他到底做了多少起案子，也没人知道了。也许这个世界上不知有多少女人已经丧失了生育能力，而她们自己并不知晓。他恨女人？他按照什么逻辑选择被害人？这些女人曾经犯过错？他的手头有上帝给他的一册账本，他以此追索？我的小说完蛋了，我的下体渗出血来，这不是比喻，是真的，我不怎么疼，你不用着急，只是一点鲜血而已，我觉得我的一条肋骨，正在化作一个生命，他无知无畏，要汇入混浊的洪流里。敬一杯给他，等你回来。

我发动了汽车，向着家的方向驶去，油箱是满的，副驾驶有一个红色的儿童座椅。斯巴鲁的油门有点软，我努力把它踩到最底。到了小区门口我把车停下，大概只用了三分钟。我从车上下来，围着车走了一圈，终于我鼓起勇气打开后备厢。如果里面是空的，我把马革儿送到医院，回头就去找岳小旗。一个女人穿着粉红色的睡衣躺在里面，周身围着透明的塑料，只有头颅露在外面。她双手交叉在胸前，脸冲上，头发散开，没有化妆的脸看上去好像冬天的草原一样平静，一只眼睛上戴着白色的眼罩。我长长地吸了一口气，像接生婆一样把她从后备厢里抱起，虽然她挺胖，但是重量比我想象的轻。要把她抱到哪里去呢？我忽然搞不清楚为什么要把她抱出来，她的身体还有温热，胳膊松弛地耷拉下来。我自言自语说，你要去哪儿呢？这时她突然猛吸一口气，一团污物从嘴里咯出来，鼻孔里淌出两行鲜血。她睁开那只完好的眼睛看着我，说，真好哇。我说，什么？她说，真好哇，这个冬天。你呀，她用手轻轻地刮了一下我的鼻梁，你就是永远不知道我为了走到这里来，用了多久，我不后悔啊。说完，她用尽了全身力气发出了雷鸣般的啼哭。

苟滑脱逃

朱山坡[①]

生而为贼，我很抱歉。真的非常抱歉。苟滑向人展示他细长而灵巧的双手，说，我祖上都靠扒窃养家，我一生下来就是扒手，我干不了别的，只能子承父业，我比你们更讨厌我自己。他说此话的时候像一个谦谦君子，态度很诚恳、很羞愧，甚至痛心疾首，是在憎恨自己，恨不得向所有的人下跪谢罪。他不止一次向受害人说这句话。只是，说完了继续作案，在蛋镇热闹的街头，把手隐蔽而熟练地伸向那些乡下人的裤兜。

苟滑从不扒镇上的人的裤兜，都是街坊邻居，他下不了手。虽然如此，如果站在正义一边，我们都认为苟滑是可恨可恶之人，希望雷电劈掉他的双手。但跟其他贼不太一样，苟滑有可爱之处。比如说，他从不希望通过窃取他人财物发家致富，只求一日三餐，从不大吃大喝，每顿都像乞丐一样吃得很节俭，有时候一碗稀饭就足矣。填饱了肚子，他便安分守己，老实巴交地坐在肉行的角落里打盹儿，只有想看电影时，才睁开眼睛，寻找猎物。

苟滑是一个虔诚的影迷。他向别人索取不多，有时候够买一张电影票就可以了。“我真的非常抱歉。我是为了看电影才这样的。”苟滑向我们解释说，

---

① **朱山坡** 1973年8月出生，广西北流市人。写诗兼写小说。出版有长篇小说《懦夫传》《马强壮精神自传》《风暴预警期》，小说集《把世界分成两半》《喂饱两匹马》《中国银行》《灵魂课》《十三个父亲》《驴打滚》《蛋镇电影院》等，曾获得首届郁达夫小说奖、《上海文学》奖、《朔方》文学奖、《雨花》文学奖等多个奖项，有多篇小说被改编成影视作品。现为广西作家协会常务副主席。江苏省作家协会合同制作家。

“我看电影的时候，希望坐在电影院里的全是好人。夜不闭户，路不拾遗，所有人的心里都歌舞升平。”

因而，他从不在电影院里下手。虽然电影院人头攒动，拥挤不堪，光线昏暗，正是扒窃的好机会。但苟滑认为，如果一旦意识到可能有贼，观众就必须时时提防，根本无法聚精会神看电影，就会造成艺术的浪费，最终会导致良知的丧失。

“艺术的良知要靠像我这样的人来维护！”苟滑自信地说。我们不知道他心里的“良知”到底是什么概念，但苟滑确实向空中挥舞着拳头咬牙切齿地公开警告过那些贼眉鼠眼的人，不要在电影院行窃，谁搞事砸烂谁的头颅。实际上，他是在警告自己，因为蛋镇只有他一个扒手。电影院从没有出现扒窃的情况，无论是镇上的人，还是乡下人，甚至外乡人，坐在电影院里看电影用不着担心自己的裤兜会被扒手光顾。

“电影院就像是外国人的教堂，不是撒野作恶的地方。”苟滑说的，我们都十分认同。镇上所有的人都觉得“作恶多端”的苟滑说了一句深得人心的箴言。

这里的“我们”，包括了几个游手好闲之徒，因为太闲而凑在一起消磨时光，当然也有谨慎而有限的友谊。

苟滑长相粗鲁，常目露凶光，但内心柔软，即便是欺负乡下人也留有余地，不把事情做绝。比如，他从不把一个人身上的钱扒光。把钱包窃取出来后，他只取一半的钱，把另一半悄悄地归还原主。这叫休养生息，给人留下活路，也算是为自己积点阴德。果不其然，那些不幸被扒却发现钱财还剩一半的人，既有无端失财的悲痛，也有劫后余生之惊喜。苟滑既受尽了诅咒，又收获了赞美。因而，在蛋镇，他从来都是毁誉参半，让人爱恨交加。

但凡做贼的人，总有马失前蹄的时候。苟滑也是。有时候他将手伸向汗渍斑驳的裤兜时，被人察觉了。察觉者惊慌失措，抓住他朝着熙熙攘攘的人流大呼“捉贼”。人赃并获，此时的苟滑无法狡辩，有些尴尬和挫败感，他会把钱退还给原主，并义正词严地警告再三：“保管好你的钱物，不要再丢了。”围过来的乡下人都认出了他，义愤填膺，叫嚷着揍扁他，但看到他粗壮凶悍随时以死相搏的模样，也就怯退了。他从人缝里闪出去，装作从容地戴上草帽，粗略乔装打扮一下，重新消失在人海里。

“我只有在一边作案一边想着电影里的情节时才会失手。”苟滑总是把失手的原因归咎于电影。这也不奇怪。像电影影响了工作和生活的情况在蛋镇比比皆是。比如，炒菜时想到电影，竟把菜炒煳了；走路时想着电影，走反了方向；夫妻吵架，互相指责对方在过性生活时心里想着电影明星，嘴里喊着影星的名字……但电影使得苟滑马失前蹄，这是电影的独特贡献。我们希望电影要么把坏人全部变好，要么把他们全部消灭。

即便是失手，苟滑总是能轻易地逃脱乡下人的惩罚，并非仅仅是因为他凶悍的外表。他是真的凶悍，打架下手很狠，不顾后果。五年前，他父亲还在蛋镇，他在高州练习手艺和胆识。有一次中了地痞的圈套，失手了，被当众掳获，十几个地痞围殴他，把他打得半死。他们以为苟滑真的被打趴下了，当他们往他身上吐完口水，扬长而去时，他从地上爬起来，手抓一块砖头将他们其中的三个脑袋砸开了洞，吓得其他地痞抱头鼠窜……当然，苟滑进了两年少教所，实际上就是坐牢。从牢里出来后，他再也没有向谁扬起过拳头，但依然常常目露凶光，那是骨子里与生俱来的狠，令人胆寒。苟滑从他父亲那里继承了脱逃术，但都是低端的，比如说易容术、乔装术、求饶术、死皮赖脸术、丢盔弃甲术、就地隐身术、绝境求生术……如果无法脱逃，只好抱头扮死猪，任人踹踢，生死由命。苟滑的祖父是逃跑时翻墙摔死的，父亲是慌不择路掉进食品站的粪池沼气中毒死的。苟滑基本上不使用这些脱逃术了，因为在蛋镇，没有人敢揍他，他不需要狼狈逃跑。乡下人知道他的恶名，畏惧这个命贱如泥的烂仔，不愿跟他玉石俱焚，只求他的手不要伸进他们的裤兜，相安无事。这也是一种善良。苟滑希望善良的乡下人养他一辈子。

"蛋镇还不富裕，只能养活我一个扒手。"苟滑说话绵里藏针，"我不允许有竞争对手。"

事实上，很多年来，蛋镇也只有一个扒手。在苟滑之前，是苟滑的父亲。在苟滑父亲之前，是苟滑的祖父。这几年，就是苟滑了。他的祖父、父亲都曾经对竞争者下狠手，除了他们家的，没有谁敢在蛋镇开展扒窃业务。这几乎成了一条潜规则，连派出所都默许了。每当接到裤兜被扒的报案，派出所第一个要找的人便是苟滑："乡下人不容易，你把钱还给人家吧。"苟滑从不承认，警察也无法从他身上找到证据，又因为乡下人本来就没什么钱，报案者损失都不大，警察便不了了之，对受害人说："你口袋里的钱不是还剩下一半吗，扒手已经手下留情了，算了吧。"也只能算了。苟滑出入派出所就像回家离家那样平常，甚至跟那里的四个警察有着源远流长的深厚友谊。派出所被乡下人骂作"蛇鼠一窝"，后来他们被扒窃，连案都懒得去报了。

苟滑只是蛋镇街头众多浑蛋中的危害最小的一个，犹如厨房里的蟑螂，又犹如一个人身上的小疥癣，包括警察在内没有人觉得非要除掉他不可。

苟滑也因此觉得他会像他父亲一样，可以安心当一辈子扒手，直到老之将至，自己摔死在逃跑的路上。

有一天，电影才放到半截，电影院里突然有人惊叫，说自己的裤兜被扒了！这一叫，很多观众才发现自己的裤兜被人摸过了，有的还被刀片割了口子，身上的钱不翼而飞。电影院里一下子变得闹哄哄的，苟滑看电影的心情一下子没了。

“谁他妈的那么缺德，竟然在电影院里行窃？”苟滑站起来大声吼道。

然而，所有人都看着他。灯亮了。苟滑看到的全是对他充满怀疑和鄙视的眼神。

“蛋镇只有你一个扒手，你说是谁在电影院里扒窃？”

“可是，我一直在专心看电影，我的手从没离开过自己的裤裆！”苟滑争辩道。

没有人相信苟滑一直在看电影，都讥讽他比他父亲多使用了一条脱逃术：贼喊捉贼。苟滑有口难辩，把身上的衣服脱下来让他们查看。他身上没有钱。但还是无法洗清自己。

“反正蛋镇只有你一个扒手。除非你爷爷、你老爸复活了。”

此时苟滑意识到，蛋镇来了同行，跟他抢食了，而且是冷酷无情，不择手段，胆敢在电影院作案。苟滑突然目露凶光，脸上却有慌张。

一连几天，电影院里都有观众被扒窃，他们再也无法心无旁骛地看电影，时时提防。即使苟滑没有进电影院，他也是唯一的怀疑对象，观众的怒火都往他身上撒，大声责骂他把电影院变成了菜市场。派出所每天都接到有人裤兜被扒的报案，苟滑不厌其烦地向警察自辩清白。新来的派出所所长不相信苟滑，警告他，如果不能证明扒手另有其人，便要抓他归案，让法庭从严从快判决，把他押往遥远的监狱，在挖煤中度过余生。

苟滑委屈得像一只即将被宰杀的母鸡，发誓要揪出竞争对手。镇上没出现过几张陌生的面孔。陌生人也不敢在蛋镇贸然下手。苟滑怀疑是大家都熟悉的人作的案，比如麦香面包店的伙计李泡菜，银饰铺的学徒樊白毛，做棉花糖生意的叶呆子，游手好闲的痞子蔡，喜欢潜伏在女厕所的流氓顾……他们看上去呆头呆脑，却是贼眼圆睁，双手却灵巧得很，功夫藏得很深，如果不是苟滑压住，他们早就出手了。苟滑不动声色，暗地里重点盯着他们，细心观察，耐心跟踪，可是一无所获。他们像往常一样，虽然鬼鬼祟祟，却并无扒窃之举。他把所有可疑分子全跟踪过了，都被他一一排除。可是扒窃案仍然频频发生，且常常把人身上的钱财和贵重物品一扒而光，毫不留情，一时间大街小巷人心惶惶，电影院里更是怨声载道，观众不得不一边看电影，一边双手捂住裤兜，即便如此，仍然有人的钱包凭空消失。

有人猜测说，荀滑喜欢上了供销社最漂亮的售货员卢卡妮。但卢卡妮要嫁万元户。只要是万元户，嫁谁都无所谓。荀滑要当万元户，所以才一改常态，疯狂作案。

荀滑是喜欢卢卡妮，但他没打算当万元户。

“我喜欢电影，但没必要非得建个电影院不可。”荀滑说，“喜欢卢卡妮也是一个道理。”

对手藏得很深。荀滑面临的压力越来越大，内心充满了惶恐，寝食难安，对我们说，“现在我是千夫所指了，每个人心里对我恨之入骨，好像只有我死了，或者重新坐牢了，他们才安心，蛋镇才恢复安宁。”

荀滑的主要压力不仅来自派出所，更多的来自乡下人。似乎是，每一个乡下人都被他扒窃过。他们同仇敌忾，要跟他算总账了，甚至要把他祖宗三代的账一起算，只是没有找到合适的契机而已。但他感觉到危险在迫近。

这一天，已经临近春节。中午，南洋大街布行前突然有一个乡下人躺在地上呼天抢地地痛哭，引来里外七层的人围观。原来，这个乡下老头儿的裤兜被人扒了，养了一年的鸡，卖得二十八块钱，刚进布行，要给老母亲买七尺布做寿衣用。老母亲在床上衣不蔽体，死前总得穿得体面些。付款时却发现钱不见了，裤兜被刀片割了一个口子。

“这是我一年的收入哇！”那个老头儿像被人割走了卵蛋，悲痛欲绝，在地上翻滚挣扎，哭声博得了同情。二十八块钱，对乡下人来说确实是一笔大款子了。老头儿是新茗村的一个五保户，年迈的老母亲在家等着他的钱买棺木。老母亲可能都挨不过春节了。

荀滑成了众矢之的，口诛之声响彻云霄。

荀滑怎么变得那么贪婪无情了？竟然一下子盗取了一个五保户的全部家当！

民愤汹涌，如火山喷发。怒火把南洋大街烧得炽热。乡下人越围越多，很快便水泄不通，他们高呼着口号，要揪出荀滑，为老头儿讨回公道。

没有人认出草帽遮脸、稍作易容了的荀滑。他小心翼翼地从人群里退了出来。

“我认得这个老头儿。刚才他经过电影院门口时，我只窃取了他左边裤兜的一块钱。因为我突然想看电影了。”荀滑对我们嘀咕说，“但我没偷他右裤兜的钱。你们知道，我从不使用刀片。”我们相信荀滑说的是真的。他没必要坏到透顶。

老头儿被割的是右裤兜。割口很直，很小，刚好够二十八块钱进出，说明两个问题：一是刀片很锋利，二是手法娴熟。作案者是一个高手。

荀滑把口袋外翻给我们看，确实只有一块钱。

“今天我不看电影了。我把钱还给老头儿。”荀滑说。

荀滑要拿着一块钱重新回到人群，亲自还给那个老头儿。我们阻止了他。我们远远看着那些被怒火点燃了的乡下人，心里也十分害怕。因为我们去年见识过香蕉大滞销农民围攻政府的情形。

“他们会像一群鬣狗将你撕食了。”我们对荀滑说，“哪怕你是一头狮子、一只河马。”

荀滑悻悻地说：“可是，有人败坏了我的名声，我要证明我的清白。”

你的名字比东风旅社的暗娼还家喻户晓，还想证明什么呀？我们不是他的帮凶，只是他的街坊，严格来说，只有他不做坏事的时候，我们和他才算得上朋友。我们平日里也做些不正经的事，但都遵循了彼此和平共处、互不干涉的原则，哪怕看到荀滑正在作案，我们也是睁一眼闭一眼。此时他像一只飞蛾要扑向一堆怒火，眼看蛋镇街头又要出现一起血案了。这些年，我们吃过不少亏，知道和平的可贵，不太愿意再看到有人喋血街头。幸好，他听从了我们的劝告。

“生而为贼，我很抱歉。真的非常抱歉。”荀滑说。这是他的口头禅。我们从不怀疑他的诚意。从牢里出来后，他曾经决定向善，要金盆洗手，走正道，去锯木厂上班，干正经的事业。但那些无孔不入的木屑使得他浑身发痒，轰鸣的锯木声使得他心烦意乱，漫长的工作时间让他坐立不安。不到一个星期，便向锯木厂说再见。不仅仅是他，我们当中的哪个小混混不想弃恶从善，做一个光明正大、有体面工作的人？只是时机未到，我们都在电影院里等待。

世事纷扰，江湖险恶。电影院是最好的避风港和桃花源。

我们推着荀滑走向电影院。这天放映的是一部旧电影，我们都看过多少遍了。但是，除了看电影我们还能干什么？电影里有的东西，蛋镇都没有，比如最简单最常见的火车。苟滑就喜欢火车。苟滑从牢里出来后，我们曾经结伴去陆川县看过火车。坐在铁轨旁边，从中午一直等到傍晚，才有一列绿皮火车从北面徐徐而来。残阳的余光照在火车身上，车厢通体金黄。我们被长得几乎看不到尽头的火车吓得目瞪口呆，又莫名兴奋，拼命向火车招手。出乎意料的是，火车并非想象中那样比闪电还快，而是开得很慢，好像它是故意慢下来让我们看个究竟的，甚至让我们跳上去，带我们前往遥远的地方。车厢里挤满了人，我们十分羡慕他们，向他们招手，他们却没有给我们相应的礼仪。但我们一点也不怪他们。苟滑却追着火车跑，眼看他追上火车，却被枕木绊倒了。等他爬起来，火车已经转过一个弯，最后消失在隧道里。

“如果不绊倒，我早应该到了广州。”每当想起当年看火车的往事，苟滑都兴奋而不无遗憾地说，“那是我离世界最近的一次。而且，还让我明白了一个道理：当扒手是可耻的。”

那时候，他父亲没有因为儿子坐过牢而产生悔意，让儿子悔过自新，而是加紧训练他当扒手，教授他如何脱逃。因为在他看来，儿子坐牢的原因恰恰是学艺不精。在等火车来的无聊时间里，苟滑给我们演示扒窃和脱逃术，我们都赞叹他身怀绝技。“还有更绝门的脱逃术。你们做梦也想不到。”只是火车来了，他没有展示。这段经历，是我们和他的友谊的基石，也是不愿意看到他毁灭的原因。

后来，只要是能看到火车的电影，苟滑都要看。我觉得他进电影院不是为了看电影而是为了看火车，各种各样的火车。这天上映的电影极其无聊，但是能看到火车。这就够了。

“我用那糟老头儿的钱买电影票吗？”苟滑在售票窗口前犹豫了。

我们说：“当然。这是一块钱最好的用途。”

苟滑向售票员递上一张皱巴巴的一元纸币，换来一张电影票。苟滑接到电影票的刹那，像触电了似的，手抖了一下，脸部肌肉剧烈地抽搐，目光前所未有的谦卑、温和。

“怎么看上去像是一张远程火车票呢？”苟滑晃着手中的电影票说。

我们说，待会儿能看到火车，很长的绿皮火车，比一百条南洋大街连起来还要长。

苟滑抬头看了一眼电影院，说：“今天的电影院像一座监狱。”

我们推着他往前走。

“我害怕坐牢。你们没坐过牢，不理解的。”荀滑喃喃地说，“电影院可以像监狱，但监狱一点也不像电影院。”

我们推着他继续往前走。

“你们这是把我往监狱里推。”

南洋大街传来越来越激愤的声讨声。此时还有什么地方比电影院更安全呢？荀滑半推半就走进了电影院。但今天的他显得很特别，双手是颤抖的，汗水湿透了他的背心。电影院里坐满了人。我们的座位在最靠前的一排。刚坐下来，电影便开始了。

荀滑坐在我们中间，忐忑不安的，不时地伸直身子，抬头环顾四周，仿佛要让人看见他在安静地看电影，又仿佛是他正在窥探谁在扒窃。电影院外突然传来阵阵喧闹声，很猛烈，气势汹汹，无法阻挡。毫无疑问，是一群情绪激昂的人在冲击电影院。

后来我们才知道，那个在南洋大街上倒地痛哭的老头儿趁人不备，用尽最后的一口气，一头撞向布行门口的电线杆上，脑袋开花，当场死了。那根电线杆碰晕过多少人的脑袋，早有人要求把它移走，政府总是置若罔闻，现在倒好，成了老头儿自杀的工具。后来我们说，如果没有那根晦气的电线杆，老头儿就不会死了。老头死状极惨，那些乡下人咆哮起来，每个人都瞬间变成了狮子。有人告诉他们，荀滑正是用老头儿的钱买票进了电影院。

围攻电影院开始了。他们手持凶器，誓言要打死荀滑，为民除害。派出所的四个警察和守门的卢大耳根本无法阻止他们。

乡下人冲进了电影院，一下子占领了后面的空隙地带。黑暗中，他们喊嚷：杂种荀滑，你滚出来！

电影院里骚动起来。观众被泰山压顶的阵势吓坏了，小孩子都哭了起来。放映员蒋卷毛见多识广，没有被眼前的局面吓倒，稳坐放映室，淡定地让放映机正常地转动。电影仍在继续。只是荀滑坐不住了，喘着粗气，不断地擦拭额头上的汗水。我们也害怕起来，对他说，你应该脱逃了。然而，荀滑无动于衷，绝望地瘫软在座位上，似乎是被吓坏了，忘记了所有的脱逃术，一筹莫展，只能坐以待毙。是呀，往哪里逃哇？他们已经把电影院围得水泄不通，连一只老鼠也无法在他们的眼底下脱逃。我们为荀滑揪心。他会被愤怒撕碎的。

那些怒火中烧的乡下人开始分头逐个座位查找，脸对脸地辨认，信心满满地要揪出荀滑。

电影的光线照亮了乡下人一张张愤怒的脸孔。他们也偶尔抬头瞧一下银幕，有的还被银幕上的影像吸引，停下来，驻足观看。荀滑的脸上凝结着大难临头、插翅难飞才有的恐惧、绝望和悲凉。

电影院里乱糟糟的，像清晨的菜市场，也像杀气腾腾的屠宰场。

“火车快来了！”我们兴奋地告诉荀滑。

是的，银幕上出现了一片无垠的草原，天空像海一样湛蓝。火车就要来了。

荀滑如梦中初醒，豁然开朗，猛站起来，回过头来对所有人说：“亲爱的街坊，朋友们，生而为贼，我很抱歉，真的非常抱歉。但是，我要走了。我要离开蛋镇到世界上去。”

电影院一下子安静下来。在微弱的光线中，所有的人都看清了荀滑的脸。未等他们回过神来，荀滑径直跑向银幕，然后站在银幕前，朝观众席弯腰躬身，然后再次向我们挥手：“我要跟随火车走了。再见！”

此时，银幕上，火车从远方开过来，像蟒蛇一样的绿皮火车在草原上奔跑，比我们见过的火车都快，风驰电掣一般。所有人都看到并永远记住了这个场景：荀滑转身冲向银幕，冲向火车……

荀滑在火车里向我们挥手。

我们也下意识地向他挥手。

火车消失了，荀滑也消失了。银幕安然无恙。电影依旧在继续。观众席上鸦雀无声。所有人，包括我们，包括那些乡下人，都目瞪口呆。

电影结束了。乡下人幡然醒悟过来，封锁了所有的出口，把电影院翻了个底朝天。可是，哪有荀滑的踪影？

荀滑就这样逃之夭夭，销声匿迹。十年间，我们都弄不清楚荀滑到底去了哪里。这是蛋镇电影院历史上最不可思议的往事。奇怪的是，自从荀滑消失之后，蛋镇再也没有出现过扒窃现象，似乎坐实了什么。荀滑脱逃后的第十一年，正好是春节，电影院正在上映《东方快车谋杀案》，人们正看得入迷，突然从电影里的火车上跳下一个人，径直走出银幕，站到所有人的面前，向大家挥手致意：“……我很抱歉。真的非常抱歉。我回来了！”

此人西装革履，风度翩翩，像一个谦谦君子。借助电影的光束，我们好不容易认出来了：荀滑。

是的，荀滑回来了。他的模样没有什么变化。电影院里发出了一阵惊呼。有人冲上去拥抱他，拉住他，仿佛担心他会重新回到银幕，跳上火车，又离开蛋镇。

下面的情况同样家喻户晓。苟滑在蛋镇投资办了一个香蕉食品加工厂，招收了三百名乡下人，第二年初便当了县政协委员。在遥远的北方，他还经营一家大型煤矿，从地下能源源不断地扒出很多的煤，实际上扒出来的是钱。他的事业和理想远不止于此。有朝一日，他要建设一条长长的铁路，起点就在蛋镇，让所有的人都有机会到世界去。

他的成功像当年脱逃一样如此匪夷所思。然而，人们不但没有撤销对他作案的嫌疑，反而还怀疑他扒窃了全世界。只是谁也不再提起，不屑议论，像曾经看过的烂电影。

飘雪的冬天

雷 默[1]

冷空气不久后就赶到了，门外刮起了大风，空气中残存的温度被清扫干净。南田去关了大门，从呜咽的门缝中能听到四面八方汇聚过来的寒流。他心里嘀咕，这冬天怎么熬过去？

南田走到里屋，从门缝里看了父亲一眼，发现他正睡着，便悄悄地退了出来。母亲在他身后说，打声招呼再走。被南田阻止了下来，父亲睡着太不容易，醒着时他无时无刻不在呻吟，就让他多睡一会儿。提着行李，出了门，南田犹豫了一下，怕这是最后一面，但想归想，终究没有停下脚步。火车票订的是下午三点半，已经剩下不到一个小时，他一路想着要不要再回去看一眼，离家的距离却越来越远。

哥哥南华开车送他去车站，路上南华突然冒出一句："他可能没有多少日子了。"南田也有这种感觉，迫于无法开口，被南华一点破，竟也释然了。父亲从医院出来，在家住了一个星期，本来还能自己行走，眼下已经需要人架着走了，这溃败的速度有些惊人。兄弟俩你一句我一句地讨论着父亲的大限，气氛竟出奇的轻松。这其中的主要原因是父亲的病，兄弟俩想遍了所有的办法，最终放弃了。

---

① **雷 默** 生于1979年10月，浙江诸暨人，现居宁波。在《收获》《人民文学》《十月》《花城》《当代》等刊发表小说若干，部分被《小说选刊》《小说月报》《新华文摘》等转载，并多次入年选本，中篇小说《追火车的人》《祖母复活》被改编成电影，出版有《黑暗来临》《气味》《追火车的人》《雷默短篇小说自选集》。

南华说:“住院的时候，医生告诉我，像他这样的病，最终是两种情况，一种是大出血后昏迷，还有一种是肺栓塞，一口气透不过来就没了，都不好过，但也没办法了。”

“我知道，这次住院也是安慰他，实际上已经没有多大用了。”南田剥着指甲说。

“医生说不会超过一个月，他胸腔积液严重，前段时间手臂也水肿，这几天倒是退下去了。他确实痛苦，好几次让妈扶着他去楼上阳台，说要跳楼结束生命。”南华苦笑着摇了一下头，“跳楼，让我们的面子往哪里搁？”

“说说的，不说他更难受。”

之后，兄弟俩陷入了沉默，车外下起了细雨，南华把车窗都摇上了，空调的风很响，在挡风玻璃上吹出了两个圆圈，边角的地方起了雾。一路昏昏沉沉地到了火车站，南田下了车，从后备厢里取出了布袋，里面装着一只酱鸭，是母亲自己晒的。南田对吃的没多大兴趣，几次三番不想带，但母亲还是硬把它塞上了车。关上后备厢，南田刚要往候车室走，车窗再次摇了下来，南华探出头，恶声恶气地说:“香烟能戒就戒了，我们家的基因不好。”南田的脸有点发烫，他不耐烦地回了一句:“知道了。”

那辆黑色的老别克喷着白色的尾气开走了，南田从口袋里掏出手机看了一下，离发车还有二十多分钟，他习惯性地点上了香烟。候车室外气温很低，抽烟似乎能暖和点，南田知道自己终有一天会下狠心戒了这玩意儿，眼下似乎还早了点。想到戒烟和年龄挂起钩来，南田不免有些失落，跨过年关，自己就整四十岁了，中年时代由不得你乐不乐意，它就来了。

南田猛抽了两口，把烟头揿在垃圾桶上的烟灰缸里，想到接下来整整两个小时在动车上不能抽烟，他又抽出一支，点上了。嘴巴又干又苦，好似在赌气完成一个任务，南田皱着眉头，眯着眼睛看着手中燃烧的香烟，终于半途掐灭了它，进了候车室。

通过安检，来到了检票口，电子显示屏上那班动车的颜色跳成了绿色，几乎没有半刻停留，南田刷票进了站台。在陌生的人流中，南田想象得到自己的神情和他们是一样的，冷漠、灰暗，只有寒风吹入皮肤，才有本能的抗拒和哆嗦，几乎每个人都缩着脖子张望着火车来的方向。

上了动车，找到位置坐下，南田就打起了盹儿。前一晚他整夜没合眼，父亲隔十分钟就要坐起来，坐不了几分钟又躺下，如此反复，折腾了一夜。他们雇的护工阿姨眼圈发黑，跟母亲提了好几次，说这活吃不消了。母亲求着她，说周末等两个儿子回来，替她两夜，让她回去好好补一补睡眠。

火车上的睡眠并不安稳，两个小时的车程显得有些漫长。临近终点站，南田才睁开眼睛，随着报站的广播响起，他拨通了母亲的电话。母亲接起电话的一刻，暗自嘀咕了一声："到了，蛮快的。"她以为南田没听到，其实话筒里声音很清晰。

南田重复了一遍："我到了。"

"那快的，我们正在吃晚饭。"母亲的嘴巴里还有咀嚼声，但听上去匆匆忙忙，随时准备离席。

"阿姨来了？"

"来了，在一起吃饭。"

"爸爸还睡着？"

"醒了，你出门没多久就醒了，好像有感应似的。"

"他现在怎么样？"

母亲略微有些抱怨："老样子，躺不住，坐不住，一刻不停，刚刚骂过他。他太重了，我们两个人才能把他拉起来。"

"不要骂他，他也没办法。"

"你不知道，他现在跟三岁小孩一样，该骂就得骂，该哄也得哄。"母亲笑着说，"他喜欢听好话的。"

南田愣了一下，又问："南华上班去了吗？"

"没有，陪他儿子练跆拳道去了，已经好久没去练了。"母亲突然大着嗓门应了一声，她说，"又在吵了。"

南田挂断了电话，这时火车进站了，透过舷窗，他看到站台上的列车员裹着棉大衣，有些瑟瑟发抖，车厢内的温度调得很高，很多人脸上都有红晕，隔着一层玻璃，划成了两个分明的季节，一边是暖春，一边是寒冬。南田想到了自己和母亲眼下的处境，恍惚间，车身晃动了一下，靠站了。

南田提起行李，往出站口走，淹没在熙熙攘攘的人流中。坐上地铁，他给秀萍发微信，问她和儿子在干什么，迟迟没回应。出了地铁站，手机才响，秀萍回复：坐公交。儿子乐乐喜欢坐公交车，这一年多来，他几乎把所有的公交车都乘了一遍。南田怕她又不回话，赶紧问：在哪里？这次回复很快，手机一振动，跳出一行字：快到家了。

南田拨了短号，打过去，那边接起来，没声音，南田知道秀萍开了免提，他喊了一声："乐乐，你们在哪里？"乐乐很高兴，对着手机喊："我们在小区门口，你在哪里？”

“我也快到了，问一下妈妈，晚饭哪里吃？”

那边嘀咕了一阵，乐乐说：“家里，你买菜回来。”

到了家门口，天已经全黑了，南田手里提着钥匙串，但他还是敲了敲门。秀萍有个怪癖，即使有人在家，她也喜欢把门反锁。乐乐来开门，果然上了保险，他在里面来来回回地转了三下，才拉开了门。

一见到儿子，南田脸上浮出了笑容，他看到秀萍坐在沙发上，电视机开着，没人看，满屏的劣质广告。秀萍低着头在翻看手机，南田把身上的包卸下来，提着买来的菜去了厨房，乐乐跟了进来，南田空出了双手，把他抱了起来，问：“咳嗽好点了吗？”

“好点了，白天只咳过两声。”乐乐边说，边用手指戳着南田的脸。

南田把他抱到了客厅里，秀萍这才抬起头问：“爸爸怎么样了？”

“还是老样子，躺不了，坐不了，一直喊难受，不过应该还有段日子，中午的时候，还吃了半碗饭。”

秀萍低下头去，恢复了沉默，客厅里只剩下乐乐和电视机的声音。南田进了厨房，把门拉了起来，他一边刷锅，一边又点上了烟，口腔里出奇的苦。

吃饭的时候，南田夹了一筷大白菜，咸得有些离谱，他很纳闷，秀萍为什么一直没说。家里好像被一团奇怪的阴云笼罩着，谁都不想多说一句话。

乐乐还在客厅里看动画片，每次一到饭点，他就犯拖延症，总是让别人先吃，别人吃完了，他就等动画片放完，动画片放完了，他就看挂钟，非得挑一个“吉时”才肯上饭桌。南田说：“我像他这岁数的时候，只要有吃的，跑十里路都会去。”

“时代不一样，现在哪个孩子肯好好吃饭？”

“让他去农村待一段时间，就不会这么娇生惯养了。”

“你总是把自己的想法强加给儿子。”秀萍说着，脸上有了不快。南田不再争论下去，他知道，再说下去，两张嘴巴又会打架，让孩子看到他们吵架总是不好的。

等乐乐吃完饭，已经快八点了，秀萍张罗着他睡觉。每次睡觉前，乐乐都会从一大堆书里挑出四五本，让他妈妈讲给他听。家里有很多绘本，但乐乐挑来挑去，总是那么几本，他熟得能背出故事人物的对话。南田想到了父母，他们喜欢看越剧，也是挑熟的曲目，反反复复地看，从来没有厌烦的时候。

洗完碗筷，南田看着窗外黑沉沉的夜幕，心想这会儿父亲又开始不停地起床了。总体来说，他白天的状况好一些，至少还能在沙发上坐一阵儿，但一到晚上就停不下来，整夜没有合眼的时候。母亲说，活人被折腾死了。雇来的阿姨责任心蛮重的，换个人早就走了，陪夜的价钱都一样，哪里陪都是陪。

南田跟母亲说，要好好待人家，如果阿姨走了，只会辛苦您自己。南田知道自己母亲的性格，她有时候很挑剔，之前也雇过阿姨，人家饭量大，她都会跟南田兄弟俩说。

母亲说她知道的，不会让她委屈。家里做的酱鸭、酱肉，她都分给阿姨，眼下快过年了，她也特意多包了一份粽子，让她带回家。

南田说，这就对了，您怎么待人家，人家就怎么待您，像父亲这样的情况，照料确实很耗精力，最终还是赚回来的。

南田陪过几次夜，知道晚上没得睡的滋味，他特意关照了母亲，趁着父亲白天还好一点的时候，让阿姨多睡几个小时，人不是机器，长时间没有睡眠，会倒下的。母亲说，知道的，下午的时候会让阿姨补觉，睡到自然醒。她还补充说，其实她也忙，又要烧饭，又要洗衣服，还经常有亲朋好友来探望，白天也没空下来的时候。

每次碰到母亲抱怨，南田就不再多说，他转而给哥哥打电话。南华说，她就是这么个性格，一直都操劳，不会做减法。

雇阿姨陪夜是兄弟俩商量出来的对策。母亲以前生过重病，体质本来就弱，经不起晚上折腾，雇阿姨这事也征求了母亲的意见，她坚持不要。南华说，主要是生活习惯的问题，一个陌生人住进家里，她心里总是不乐意的。没办法，只能依她，结果连续几个晚上睡不好，母亲就去医院挂盐水了。挂完盐水，脸色苍白地回到家，她也只好妥协了。

南华笑着说:“再好的阿姨，她也是看不上的，穷过，苦过，她心疼钱。”

南田说:“护工也确实不如自己亲人，她们是为了赚钱，不是替你履行义务，也不能以亲人的标准要求她，只要不虐待人，一般过得去就行。”

“那是自然，我们都得上班，没办法了才雇阿姨。”

南田站在厨房的窗户前，抽完了手上的香烟，也回去睡觉了。乐乐已经睡下，嘴里含着手指，看到南田进来，本来睡眼蒙眬的他一下子又来了精神。秀萍在旁边发了火，嗓门一大，乐乐就安静下去了。秀萍又跟南田说:“你先出去看会儿电视，你在他不肯睡。”

南田说:“今天我也想早点睡，昨天夜里没合过眼。”

“那就不要逗他，都好好地睡觉。”秀萍说得有点重，听上去咬牙切齿的。

南田脱了衣服，钻进棉被，把自己裹得像个蚕蛹。睡了一会儿，他又起来了，在乱糟糟的衣服堆里找手机。秀萍甩了脸：“你不是想睡了吗？”南田说：“就是为了睡得安稳，才要关机。”南田一直有这个习惯，睡觉了必须关机，虽然很少有人晚上给他打电话，但一躺下，他就觉得手机随时会响起来。南田也没觉得睡觉是天大的事，他就是这么一个习惯，醒来了，第一件事就是开手机，然后拿着手机上卫生间。

第二天一开机，信息就“噼噼啪啪”地响了，一连六条电话提醒短信，微信也跳出了好几条，点开南华的微信，上面赫然写着：“爸走了，速回！”

南田看了一眼哥哥发微信的时间，是清晨五点十二分，已经过去了快两个小时。南田在卫生间里提高了嗓门说：“爸没了，你把乐乐喊起来，我们要回去。”

秀萍在卧室里发出了一声“啊？”

临近春节，车票有些紧张，南田想自己开车回去，感觉得出来，秀萍不太乐意上高速，但她又没说什么。临出门了，秀萍说：“去杭州转一下车，也快的。”

“这是奔丧，不是旅行。”南田的脑袋“咣”地热了起来。

“你这状态开车，能让我放心吗？要开你开去，我和乐乐坐高铁去。”

南田举起手臂，伸出一个手指，但他抿了抿嘴巴，又把手放了下来，最终他也放弃了开车的念头，直奔火车站。

买了到杭州的高铁，预计要下午才能赶到家里，南田查了火车时刻表，找了最近的一班高铁，挤了上去。在高铁上，南田接到了同乡老郑的电话，他问南田是自己开车还是坐火车，南田告诉他是火车，他说他来火车站接。

老郑是老家的闲人，五十多岁，还是个光棍儿，但人很热心，总是哪家有事就主动上门帮忙。他在老家也没什么好名声，主要是一个没有正经工作的人还开着一辆面包车，这游手好闲的谱摆得有些大，大家看着都觉得别扭。南田以前也这么认为，但这次他心里突然暖了一下，恍如冰封大地节节复苏，暖洋洋地浸润了全身。

赶到家里，门前的凉棚已搭了大半，风很大，吹得油布哗哗响。南田急匆匆地走进家门，父亲已经换好了寿衣，躺在一张凉席上。南田摸了摸他的手，已经冰凉，他喊了声“爸爸”，眼泪就出来了。

母亲在一旁喊着父亲的名字，放声恸哭，亲戚们纷纷劝她保重身体，劝了很长时间，母亲才勉强收住了哭声。她跟南田说："你爸爸是清晨五点走的，当时阿姨已经睡下，后来看他样子不对，就赶紧上楼来喊我，我下来的时候他已经没了，赶紧喂了糖水，跟他说甜甜蜜蜜地走。其实就只有阿姨送到他，我也没给他送终，总觉得他还能熬一段时间，没想到走得这么快。昨天你走后不久，他还跟我念叨，说我这两个儿子都送不到我的。果然都被他说着了。"说着说着，母亲又哭了起来。

旁边的亲戚又开始安慰她，说大家也已经尽力，让他好好地走，该放手的时候应该放手。南田也劝母亲，说意思过就行了，不要没完没了的。母亲这才收住了嗓子，她转而对南田说："有几个金刚已经在了，你们两兄弟去商量，没来的金刚需要你们上门去请，有一套礼节的，具体的事问问你二叔。"

金刚指的是抬棺材的人，一般有八个，而领头的正是南田的远房二叔。南田走出门去，看到一群人还在搭凉棚的脚手架，凉棚沿着门往前搭，有点送人千里的意味。二叔站在人群中，背着双手看那些人忙碌，看到南田走过来，他脸上堆满了笑。

这个远房二叔年轻时长得瘦长俊朗，后来好长时间没见到过他，南田再见到他的时候，发现他变得臃肿不堪，头发也没了，成了一个胖头和尚的模样。

南田说："二叔，请金刚的事让您费心了。"

二叔把他拉到了角落里，说："这你放心好了，有我在，等下就带你去。有一件事，我得跟你说一下。"他说着压低了嗓门，"本来葬礼的事都是我在负责的，但你家的堂哥自作主张，已经喊了道士班子。"

"哦，这有什么讲究吗？"南田一脸疑惑。

"讲究也没有，我有熟人，一直是另外的道士班子在合作，这事本来应该是我负责的，可以让我赚点香烟钱。"

"哦，那叫了就算了，再退掉也难为情的。"

"是这个理，喊了就算了，你堂哥和那班道士有点亲戚关系，但从流程上讲，应该来过问我一下。这个事我跟南华也讲了，也要跟你讲一下。"

突如其来的"告状"让南田有些无所适从，他摸了摸口袋，想掏根香烟给二叔，平息一下他不快的情绪，但发现走得太匆忙，口袋里忘了带香烟。二叔似乎一眼看出了情况，从自己衣兜里掏出一个磨得锃亮的小铁盒，打开了一条缝，他在里面搜寻了一阵，掏出一根皱巴巴的香烟，递给了南田。南田后来才知道，那个铁盒专门用来收集饭桌上剩余的香烟，里面什么牌子的烟都有，南田接过来的这根香烟是中华牌，但卷纸上带着一点水渍，已经干透。

接过香烟，南田往家里走，准备去取几包香烟。门口碰到了接他的老郑，老郑远远地看了一眼南田的二叔，悄声说："估计他在说你堂哥坏话吧？刚当着众人的面发完火，说以后你堂哥家死人，不去了，让他们自己抬上山。"

南田愣了一下说："多大的事，犯得着这样吗？"

老郑附和上来："是的，他一直是这副腔调，爱出风头，谁拂了他的意思，样子都会变得很难看。"老郑说着，看到了南田不耐烦的神情，改口说，"你自己要保重身体，只能怪你父亲生的病不好，今年刚七十吧？"

南田点了点头说："是的。"

"还是年轻了点，如果再有十年，你们也好接受一点。"老郑的脸上浮现出感同身受的悲恸，他又说，"你父亲年轻时力气多大呀，方圆十里内的人都知道的，唉，这么好的身体竟然也会生这样的病。"

南田挑了挑眉头说："那怎么说呢，可能也是命运吧。"

老郑讪讪地笑了一下，没再接话。南田往家里走，找到了南华，他正在跟母亲商量谁来做账房先生，葬礼上有很多人情来往，需要一个头脑清晰的人来负责这件事。母亲说："你二叔刚推荐过一个人，说让他大哥来管账，他大哥以前当过村里的会计，头脑好，思路清，可我觉得不太合适。"母亲在担心什么，南华似乎很清楚，他说："这个账房先生不光头脑要灵光，也需要信得过的人，本来二姐夫是可以的，但他对村里的人不熟。"

他们把村里的亲戚捋了一遍，最后定了南田的堂哥。母亲早已备好了本子和笔，还有一只手提包，她让南华把这些东西带给他堂哥。

南田问南华："家里有香烟吗？"

南华拉开了柜子说："都在这里，你是去请金刚吗？"南田点了点头，南华说："多带几包好烟，这事就交给你了，我还要在外面忙，租赁的酒席用具马上运过来了。"

南田往衣兜里塞了四五包中华，拉住南华说："二叔好像对堂哥意见很大。"

南华一脸嫌弃地说："这些人为了点蝇头小利，都小题大做，别去理他们。"说着，南华就匆匆忙忙出门了，看上去一副事务缠身的忙碌样。

南田也走了出去，二叔已经立在门口候着了，他说："四个金刚已经来了，不用再喊了，剩下的四个，我现在带你去请，你先给我一包烟，我好打点。"

南田递给了他一包香烟，他飞快地塞进口袋里，脸上突然有了神采。一路上，南田跟在他的身后，感觉他走路的模样有些夸张，似乎要飘起来。

“二叔，我妈说请金刚有礼节的，您跟我说说。”

“我正要跟你说，见到了金刚，你得深深地鞠一躬，以前还得跪，现在不讲究了，再说你们都是文化人，这么搞有点作弄人了。然后你得说，家里父亲没了，给您添麻烦了。我们那些人都好说话，你只要意思一下就行了。”

南田跟着二叔挨个到金刚家里走了一遭，消息已经在村里传遍了，他们都知道南田父亲过世的事，看到南田过来，都隐约有些兴奋。其中有一个金刚正在睡午觉，家里大门紧闭，敲了门，他穿着裤衩就跑出来了，两条粗壮如水桶的大腿冻得起了红斑，南田看着冷，让他早点回屋里，他却并不在乎，还聊了一阵儿，让南田觉得挺煎熬。

请完金刚，南田才缓过神来，原来那些人都是父亲生前的朋友，相比于他们硬朗的身体，父亲确实走得早了。

回到家里，乐乐和一群孩子正在追逐嬉闹，整个院子里都是他们的脚步声和呐喊声。南田拉长了脸，呵斥了一通，秀萍匆匆忙忙地从屋里跑出来，把乐乐牵了回去。

南田立在院子里，看着如织的人流进进出出，大部分都是送礼金的乡党。堂哥捧着记账簿候在门口，逐个登记，这造册的活让他增添了几分斯文的模样，他也一直乐呵呵的，空下来的时候，抓一把瓜子，跟人聊几句天，聊的都是笑话，围着他的人也跟着乐。

下午的时候，南田看到那对走失了儿子的夫妇也急匆匆赶来了，他们和南田在同一个城市，两夫妻平时在一家家政公司做钟点工。他们看到南田，上来打招呼，妻子看上去快哭了，南田有些惊讶，这么老远他们是怎么知道消息的？问了他们，他们也不肯说。南田后来猜测是他们同村的哥哥走漏了消息。

父亲患病期间，这对夫妇的妻子就要求了多次，希望她来照顾南田的父亲，她说她平时也在帮人看管小孩和老人，能应付，但南田的母亲婉拒了她。照顾病人是个复杂的事，万一有什么不快，伤了原来的和气，这多少让人有些顾虑。还有一点，他们的儿子无故离家出走，失踪了好几个月，这事一直拜托南田在查，但手机号码、银行账户，包括其他的社交工具，一切都处于停用的状态，查起来毫无头绪，这又让南田有些犯难。这对夫妻平时对南田很客气，总是给他带老家好吃的东西，所以南田看到他们总觉得亏欠了什么。

他们来到了南田父亲的床边，倒头就拜，南田的母亲连忙把他们拉起来，说："你们这么远的路赶过来，让我们很难为情，本来不用来的。"

丈夫说："哪里话？我们在那里也没什么事，应该来的。"他们在旁边坐下来，妻子还抹起了眼泪，她越哭越伤心，情绪又传染给了南田母亲，这让原本安静下来的气氛又热闹了起来。她看着众人劝南田母亲，在那里显得手足无措。有亲戚跟她说："你先忍一下。"她拘谨地坐在那里，默默流泪，不时地擦一下脸。她丈夫看不下去，对她说："你先出去。"她像个听话的孩子，站起来，去了外面。

傍晚的时候，南华跟南田说："妈的身体会吃不消，让她晚上去睡，我和你守灵，分一下工，你喜欢上半夜还是下半夜？"

南田说："全夜也无所谓。"

"今天还是去睡会儿，明天晚上会没的睡，道士来了，你想睡也不行。"

"那我下半夜吧。"

"好的，你晚饭吃了，早点去睡，十二点半来换我。"

这时候，那对夫妻的丈夫说："你们兄弟都去睡吧，我们守着。"南田的母亲连忙说："那不行，亲人必须在的。"

那丈夫说："我们跟自己人是一样的，南田待我们就如亲人。"

南田站在一旁，他感到有些无所适从，这对夫妇身上一直有过火的热情，在他们面前，拒绝成了一件很艰难的事情。

果然，那天吃完晚饭后，他们留了下来，妻子坐在那里守夜，丈夫帮着忙各种杂务，香点完了，他就及时地续上，开水没了，他就跑到外面的炉子上烧开水。

南田早早地上楼睡了，他躺在床上，没有一点睡意。楼下有一桌人在打扑克牌，经常为谁出错了牌，大声地争论着。南田起初担心他们会起争执，后来发现这是他们的习惯，每副牌结束后，他们都会复盘，分析出另外几种打法，然后把牌技烂的人数落一番，这才安静下来，继续新的牌局。这让宁静的夜晚有了一股奇怪的节奏，仿佛黑暗中有个巨大的心脏在规律地搏动。

黑暗中，一旁的秀萍突然说："这几天，你就忙爸的事情，儿子我会管好的。"

她这么一说，南田忽然觉得有点愧疚，他犹豫了一阵说："这段时间以来，爸爸身体不好，我的心情也不好……”

“别说了，早点睡吧。”

秀萍整了整棉被，侧过身去，不一会儿就睡着了。睡梦中她有一点轻微的鼾声，带着尾音，像在吹一个巨大的泡泡。乐乐睡到一定时候，就把棉被蹬了，南田一次次地给他拉被子，这让他睡得挺不踏实，睡梦中还在吮吸手指。南田熬到了午夜，睡意泛上来的时候，他开始起床了。

下了楼，牌局刚散，几个牌友打着哈欠，冒出团团的热气。那对夫妇看到南田下来，又客气了一番，让南田接着去睡，南田哪里肯从。南华上了楼，不一会儿他又下来了，手上提着几条毛巾毯，他说：“后半夜冷，你们可以盖一下。”

那个丈夫搓着双手说：“我一点都不冷，给南田盖，他刚起床会冷的。”

所有人都散去了，就剩下了南田和那对夫妇。南田说：“你们孩子还在查，一有消息会马上通知你们。公安局的网监大队对他所有的账户和社交工具都布控了，一有动静，他们马上会知道的。”

妻子说：“真的给你添麻烦了，没有你帮我们，我们真的不知道该怎么办了。”

丈夫说：“不管找不找得到，我们都要感谢你。”

“大家都是老邻居，不要这么客气。我理解你们的心情，这样的事摊在谁头上，都会着急的。我就是不明白，他为什么突然就离家出走了呢？”

“我们平时忙工作，也不太管他，他向高利贷借钱，有的债主已经上门来讨了，我们上半年已经替他还了好几万的债务。”

南田一头雾水，他问：“他不是有工作吗？借钱干什么呢？”

“我们也不清楚，按理说几万块钱也不是小数目，用了总有点响动，也不见他买衣服，或者买别的东西。他自己也有四五千块的工资，平时吃得也很节省，不知道用到什么地方去了。”

南田愣了一下说：“不会在参加传销组织吧？”

妻子说：“有可能的，他很单纯，别人一鼓动，就容易相信别人。”

南田说：“找到了人，你们得好好问问，这究竟是怎么回事。”

丈夫突然激动了起来，他说：“回来了，我们也不想打骂，直接关到派出所去，让他交代清楚。说实在的，我这几个月来，没有一天睡过安稳觉。白天要上班，晚上睡不好，她还能哭，我一个男人只能憋着，苦不苦只有自己知道。”

他说着抹了一下眼角，紧跟着掏出了一支香烟递给南田，南田看了一眼父亲的遗体，犹豫了一下，但还是接了过来。对方又掏出打火机，伸到了他跟前，南田只好抽了一支，在烟雾里，愁绪弥漫开来，谁也没说话，放在父亲床头柜上的电子观音一遍一遍地播放着心经的音乐，听进去了，好像会让人身心逐渐放松下来。

凌晨四点钟左右，母亲先下来了，随后一些年纪大的亲戚也起来了，南田又去睡了回笼觉，醒来已经十点多了，洗漱过后就开始吃午饭。南田发现八大金刚都过来了，二叔在人群中高声问："道士什么时候到？"

堂哥没理他，堂嫂说："可能下午，稍微晚一点。"

二叔的声音小了下去，混在乱糟糟的人群里。他在金刚那一桌继续发着牢骚，大意是跟他合作的道士班子中午准到东家报到，眼下的这个班子架子有点大。那些金刚都顾自己吃饭，谁也没有搭他的话。

道士领班在下午三点左右来了，一个七十多岁的老头儿，因为常年走街串巷，很多人都认识他。南田发现了一个奇怪的现象，不管年幼老少，大家都喊他"表姐夫"，他也都乐呵呵地应，似乎"表姐夫"是他的名号。他先来，带着厚厚一沓写着字的白纸。南田后来知道这是为了省事，里面留着空，只要把父亲的姓名、出生年月等填进去就可以。

他在写这些东西的时候，二叔埋怨了一句："你们来得够晚的呀，其他人呢？"

"表姐夫"一边写，一边说："都还在被窝里吧，这天气能拖一会儿是一会儿。进入腊月以来，没有消停过，昨天一下子又找上来四个，我们来这里，还得帮另外三个找好别的道士。"

旁边有人说："生意这么好哇！"

"表姐夫"看了他一眼说："老年人最怕这样的天，能熬过又是一年，熬不过就没办法了。"他说着，开始埋头写字，写得差不多了，打电话给他的同伙，其余人都掐着时间出现在了门口。

二叔招呼大家穿好素衣，头上扎好白布，准备入殓。八大金刚进了南田父亲的卧室，唢呐声起，哭声四起，南田捧着父亲的头，南华捧着父亲的脚，八大金刚抬着父亲的身体，南田听到二叔喊了一声"大哥，走！"大家七手八脚地抬着遗体往外走。

屋外的纸棺材掀开了盖子，金刚们先把遗体抬到了棺材盖上，大约为了节省空间，他们又用一根蜡黄的棉绳把遗体的双手绑了起来。他们的动作如此用力，看上去甚至有些粗鲁，像在捆绑一把柴火，看着就觉得疼，只是谁也没有出来阻止。南田按照二叔的吩咐，用一把黄纸盖住了父亲的脸，他恍惚间觉得自己成了同谋，在合伙欺负已经不会挣扎的父亲，这让他心里难受极了。

他侧过头去，刚好看到了被秀萍紧紧捂在怀里的乐乐，乐乐还小，体会不到生离死别，正一脸茫然地看着他。那一刻，他拼命地想忍住眼泪，不让儿子看到自己脆弱的一面，可不争气的泪水像泄了闸，从他的脸上肆意流了下来。

绑好了遗体，金刚们又把遗体抬了起来，装入纸棺材中。一床床的锦缎传递给二叔，他唱一遍，都盖在了父亲身上，然后是父亲的衣服、帽子、鞋袜等生前用过的东西，因为事先没准备好，一催促，场面有些乱。南田看到他们装进了一副黑色的皮手套，他正在纳闷，父亲什么时候戴过手套？但乱糟糟的场面中，他也没说什么，棺材盖就合上了。

二叔向另一个金刚索要胶带纸，那个金刚慢了一拍，被二叔一把夺过。这怒气冲冲的一夺，让他心里有些不快，他说："从这边贴过去，不是一样吗？"

二叔黑着脸说："听你的还是听我的？"

气氛顿时陷入了尴尬，旁边的金刚赶紧打圆场："不要吵，都是小事情。"

那个被夺了胶带纸的金刚脸色铁青，站到了一旁，谁也不说话，只见二叔在那里一圈圈地缠胶带，他似乎想缠得完美些，但还是很多地方起了皱褶，他又用手熨了一遍。

入殓结束后，众人暂时松了一口气。道士们开始摆放乐器，准备开始做道场。一般唱绍剧，这种类似于秦腔的南方戏曲，配上唢呐和长号，有一种别样的悲怆。南田突然发现门口还坐着一个年轻的道士，这让他感到意外。虽然他蓄着一道浓浓的八字胡，但眉宇间那股稚气出卖了他的年龄。他负责敲的笃板和铜锣，"表姐夫"宣读呈报的时候，他也摇头晃脑地跟着吟诵。在一帮年过花甲的道士中，他显得尤为扎眼。

他们唱一段，休息一下，南田给他们递烟，每个道士都抽烟，那个年轻人也抽。南田后来得知他才二十多岁，因为他的出现，让肃穆的氛围有了一股滑稽的味道。南田心想，一个年轻人怎么会去做道士，他真的不在乎别人怎么看他吗？

南田回到幕布后面，发现大家也在谈论这个年轻的道士。母亲说："你们别小看，他们赚得很可观。"

南华轻轻地笑了一下说："都是熬夜赚的辛苦钱，有什么好羡慕的。"

母亲说："赚钱哪样不辛苦？"

南田插了一句："年轻人做道士需要勇气，看得出来，他在这个班子里有天然的优越感，说话的腔调一点不像他这个年纪，好像少了他不行。"

母亲回应道："表姐夫很让着他吧？"

南田点了点头说："是有点这个意思。"

"你不知道，他带过多少接班人，一个都带不出来，这个可能是关门弟子了，倍加爱护也是自然的。"母亲说着，似乎有几分道理。

那对走失了儿子的夫妇给南田找来了一把藤椅，南田推辞不过，只好坐了下来。前面的器乐演奏又开始了，铜锣大鼓敲得人耳膜发胀，大家都停止了说话。在抑扬顿挫的绍剧里，南田盯着身旁的纸棺材，发现自己走神了。

南田的舅舅说了句什么话，谁也没有听清，他又逐个凑近大家耳朵说："这道场卖力的，很热闹，钱花得值。"南田想说，仅仅是热闹吗？这其实是一种仪式，他仿佛看到了自己的父亲正一步步离他远去，而不舍却堵在胸口难以表达出来，所有这一切都是不可逆的，发生了就过去了，再也回不来了。

临近七点半的时候，母亲特意开了电视机，第二天要送到公墓去，需要爬山，大家都过来收看天气预报。中国版图出来的时候，气象播报员的手变成了魔术师的手，她指到哪里，哪里就是雨雪，几乎整个中国都在下雪。母亲变得焦虑重重，她说："这下完了，到处都在下雪。"

南华安慰她说："天气预报也有不准的时候，不是城市预报还没出来嘛，看看鸡胸会不会下雪。"

画面变成了小块的局部地图，移到鸡胸位置时，显示阴到中雪，大家都松了口气。

母亲摸着棺材盖说："明天你再争口气，让雪晚点下。"

道士们唱到了深夜，围坐在棺材旁的人渐渐少了下去。南田的舅舅坐在藤椅上打起了盹儿，他身上盖着两条毛巾毯，昏昏欲睡的模样看了让人嫌弃。那对夫妇一直绞着腿坐着，双手插到了两腿中间，他们神情落寞，可能还在想他们的儿子。南田的母亲跟他们说了好几次，让他们回去睡一会儿，他们都坚决地摇摇头说不困。丈夫说："已经是最后一个晚上了，让我们陪一下，以后也没机会了。"

道士们一直忙到凌晨两点多，那对夫妇给他们做了夜宵，吃完夜宵，道士们都去睡觉了。“表姐夫”说，如果灵车来了，他们还在睡觉，就派个人去喊他们一声，他们就躺在篷车里。

灵车在天没亮的时候就来了，大家都穿好了素衣，把棺材送到了灵车上。南田捧着父亲的遗像，坐到了前排副驾驶的位置上，他听到挡风玻璃上弹跳的动静很大，原来外面下雪子了，隔一段时间，司机就刮一下雨刮器，边沿上列着一排很整齐的小粒子。灵车司机说：“这天太冷了，雪子都不会化，大雪马上要来了。”

随行的金刚说：“今年还没下过雪，最好好好地下一场，要下得厚。”

南田又看到那对夫妇进来，丈夫还在跟妻子嘀咕：“你放在什么地方忘记了吗？”

妻子说：“明明放在房间的柜子上，记得清清楚楚，怎么就找不到了呢？”

南田问他们：“什么东西找不到了？”

妻子说：“一副皮手套，他冷了，想到手套了。”

南田的脑袋热了一下，他说：“不要着急，可能哪个孩子拿去玩了，实在找不到，我给哥哥买一副新的。”

他们连忙说不用，丈夫说：“也就是副破手套，丢了就丢了。”

灵车关上了门，缓缓地开起来，路上几乎遇不到别的车，一路畅通地开过去，在靠近殡仪馆的地方，灵车闯了个红灯。一个金刚尖叫起来：“师傅，你闯红灯了。”司机平静地说：“我们这车没关系。”

车内的气氛一下子轻松起来，因为坐了一趟违反交通规则而不予追究的车，大家莫名地有些兴奋。不知谁问了一句：“电子警察会自动识别你们的车吗？”

司机淡然地说：“照样拍，但我们有人捧着遗像坐在车头哇。”他说着，冲坐在副驾驶的南华指了指。

车上发出一阵恍然大悟的杂音，大家七嘴八舌地议论开了。“这车最大，比领导干部的车还管用。”“交警看到遗像，忌讳还来不及。”

殡仪馆一共有四个火化炉，南田的父亲是第一批火化的。考虑到母亲痛哭伤身，兄弟俩没让她去殡仪馆。在等待火化的时候，旁边的人群哭声阵阵，而南田的父亲这边显得很安静。

办完了火化的手续，工作人员过来拉担架车，大家纷纷跟着往里走，按规定只能进去六个陪同的人，其余人只能等候在外面。这时候，南田看到那对夫妇的妻子跑上来，她在那里大喊："叔叔，别进殡仪馆，看到炉子赶紧跑出来，不要留在里面！"她一遍遍地喊着，南田心里的不舍突然被唤醒了，他走着走着，视线就模糊了，他把手轻轻地扶在了棺材上，希望工作人员能拉得慢一点，这人生的最后一段路可以让父亲走得从容些。

门口有一个工作人员在清点人数，那对夫妇被挡在了门外，妻子神情专注，还在那里喊，南田心里充满了感激。那个工作人员愣了一下问："她进去吗？"南田迟疑了一下，摇了摇头。

铁门"砰"的一声关上了，里面安静极了。通过一道狭长的路，四张石棉床放在炉子前。工作人员从南华手上接过了单子，他指挥着大家把棺材搬上了石棉床，前后看了位置，又调整了一番，他揌下了传输揌钮，说："大家挥个手，告别吧。"这时候，大家都很冷静，像在送别一个远行的亲人。

火化炉关闭后，工作人员告诉他们，需要等一个小时。大家坐到了休息室的椅子上，仿佛完成了一桩大事。南田说："十多年前，奶奶火化也是这个炉子。"

"记性这么好！"南华看了他一眼，随后也回忆起了当年的情景，他说，"对对对，也是这个炉子，当时我还跑到后面去看了，等下你也可以去看看。"

"据说火化的时候，尸体会坐起来？"南田的好奇心膨胀起来。

"脱水了嘛，正常的，不过没看到过。"

这时候，旁边的炉子也开始运行起来，送行的人群中，有一个中年妇女在炉子口号啕大哭，夸张的哭声和呼喊声，让大家不约而同地笑了起来。

南田走到了休息室外，朝隔壁的炉子看了一眼，他通过炉子间的过道，来到了后面。刚到炉子的另一侧，南田就被工作人员发现了，立刻被劝了回去。他回到休息室，耸耸肩膀说："不让看。"

南华笑着问："你去看过了？"

"什么也没看到，不过后面是有个门，炉火烧得透亮。"

"当年我也是偷偷跑去看的，他们会赶人。"南华说。

不知不觉，过去了一个小时，父亲的骨灰还没运出来。南田鼓起勇气，又跑到了炉子的后面。这次，他看到炉子的门开着，里面亮得有些刺眼，一个六七十岁的老人正用一根长长的火钳在捣鼓什么，看到南田过来，他破口大骂，南田只好又乖乖地回到了休息室。

那个推担架车的工作人员过来解释说："我们这里有规定，不能去后面观望，希望你们配合一下。”

南田连忙道歉，其实他也能想到，那个老人在干什么。火化过后，骨头都是碎的，他多半在捣碎头骨和肋骨。这过程如果被亲人看到，可能会产生争执，所以他发脾气也很正常。

南华说：“你说得有道理，不然运出来的是骷髅头了。”

没多久，冷却好的骨灰就传送出来了。大家惊讶地发现，南田父亲的骨头比一般人都粗壮，随行的金刚也说：“这么粗的骨头，我很少见到。”

骨灰装了满满一盒子，南田有些庆幸，他们买了最大号的骨灰盒。回去的路上，雪子停了，天阴沉沉的，冻得厉害。

最后的仪式进行得很顺利，骨灰盒送到公墓后，天空就开始飘雪花了，越下越大，大地很快笼罩在一片苍茫中。母亲对两个儿子说：“你们爸爸死了还在为你们考虑，如果晚一两天，都出不了门了。”

南华笑笑说：“时间凑得好，之前我还以为他会再熬十来天。”

母亲又说：“你们爸爸其实一天都没有躺下过，走之前的那天晚上还站起来小便，但那天我看他样子不太行了，站着的时候，双腿颤抖得厉害。”

南田接过话：“您没看到爸爸火化之后的腿骨，跟老虎骨头一样粗壮。”

这句话让母亲听了很受用，她仿佛在话语中找到了安慰，她沙哑着喉咙说：“他这一身力气，年轻的时候可以打死老虎，换别人，做了十多次化疗，早扛不住了。”

那天晚上，所有客人散尽之后，母亲和两个儿子拿出了人情簿，对起了账单。南华念着一个个名字，念到隔壁邻居的名字，母亲说：“怎么只有三百？他们家娶儿媳妇，办进屋酒，我一直去五百的。”

南华撇了撇嘴说：“这也会计较？您不能去要求人家，来往多了，可能人家记错了，这都正常的。”

“是不是对我们家有什么意见呢？”母亲忧虑地说。

南田说：“您想多了，这事情到这里为止，别人那里不能去说，再好的朋友都不能讲，一传出去，就是是非。”

母亲被两个儿子嫌弃，她提高了嗓门说：“我傻的吗？当然不会说，关起门来才说说。”

南华笑着说：“您这个人说不准的。”他接着往下念，念到土木的时候，南华停顿了一下：“土木是谁？”母亲也愣了一下，南田反应过来，他说：“就是阿土，那个儿子失踪的人。”

南华的眼睛亮了一下，接着念："土木，两千。"

母亲感叹了一声说："他们真客气，这都是辛辛苦苦赚来的血汗钱，只是生了个不争气的儿子，你要好好帮他们。"她对南田特意关照了一声。

"我知道的。"

念完所有人的名字，母亲沉思了很久，她突然说："有一户人家没来。"

"哪户人家？"

母亲往屋后指了指说："石塘旁边那户。"

南华问南田："办酒席的时候，你有看到过他们吗？"南田摇了摇头，南华想了想，也言之凿凿地说："我也没看到。"

母亲掏出手机给南田的堂哥打电话，她用的是老年手机，不开免提，声音也大得惊人。

"这次是不是忘记喊二狗家了？"

堂哥说："我自己去的还会忘吗？当时二狗的老婆还在带孙子，推着辆学步车，我跟她说得很清楚。"

"那会不会人情簿漏记了？"

"不会的，我像个门神站在门口，来一个登记一个。再说，账目对得起来，钱不多也不少，是不可能漏记的。"

"办酒席的时候，他们有来人吗？"

"我特意去找过，没看到他家的人。"

母亲红了双眼，她说："那好，以后他们家办事情，我也不去了。"

南田本来想宽慰母亲几句，看到南华低下头去不说话，他也尴尬地保持了沉默。这时候，乐乐从楼梯上跑了下来，秀萍紧跟在他身后，连声呵斥也阻挡不了他调皮的脚步，他一把推开了紧闭的大门，屋外的风雪灌了进来，天地已经一片苍白。乐乐被风雪一打，有些愣住了，秀萍赶紧把门又关上了。

她看到母子三人在对人情簿，似乎撞见了不该看的东西，尴尬地笑了笑，带着儿子往回走。半途被母亲喊住了，母亲说："自己人不用回避，有个事想问问你，他爸走了，我们去喊了人家吃饭，人家什么都没表示，礼金也不来，人也不来，像这样的人家该不该断了来往？"

秀萍愣住了，她涨红了脸说："怎么有这么无礼的人家？"

南田看了她一眼，示意她别再说下去，秀萍的脸更红了，好在乐乐救了她，又拽着她往楼上走。她说："等一下，在跟奶奶说话呢。"乐乐并不理会，最终大家都向孩子妥协了。

南华也红了红眼眶说:“妈，咱不计较这个，该去还得去。”母亲不语，南华又说，“可能人家有什么误会呢。断了来往，对我和南田来说都无关痛痒，可您还住在这里，您得为以后的日子想想。”

母亲保持着沉默，她想了一阵，突然抽动着上身，哭了起来。

上海动物园

赵　挺[①]

1

我写完那本庸俗的新书，是一个阴郁的下午。我走在街上，想吃点什么。作为一名写作者，我从来没有考虑过“伟大的文学性”。我挺喜欢王小波、加缪、塞林格，也挺喜欢炸鸡腿、麻辣烫、热咖啡。我只想赚点钱，以此舒服地度过每一个管他是阴郁还是灿烂的下午。

我吃完饭，没事情干就往回走。一个大爷躺在路中间，旁边停着一辆汽车，路的对面放着大爷的一只鞋子。我想我也做不了什么。当我再次没事干从家里出来的时候，看到大爷、汽车和鞋子依旧老样子在那里。出于一名写作者的关怀，我把那只鞋子捡起来递给了大爷。大爷瞪着我说，谁让你捡的？给我放回去吧。我又把鞋子放回了原处，大爷说，有这么近吗？再放远一点吧。

幸亏我现在三十岁了，十年前我会过去踹他两脚，然后二话不说拿起鞋子扔进垃圾桶。现在我不会了，哪怕一辆汽车碾压了他，这又关我什么事。我三十岁了，越来越成熟了。别人的三十岁，除了吃喝，也就盯着漂亮姑娘的胸部多看几眼，其他一切云淡风轻，相比较而言我还是杂念较多。譬如还偶有“写作者的关怀”等虚妄之念，说明心理还没发育健全。

---

① **赵　挺**　男，浙江宁波人。著有《南方，慢速公路》《青年旅馆》《逃跑公路》等中短篇小说，著有短篇小说集《寻找绿日乐队》。

我把大爷的鞋子往后挪了点，实在没事干，就打电话给老虎。三天时间，老虎已经给我打了十多个电话，我一个都没有接。老虎是个软件工程师，一直致力于人工智能的研究与开发。在更早之前，我和他一起见了一个投资人，老虎告诉投资人，将来人工智能将接管你的生活甚至工作，市场潜力巨大。投资人说，要不先给个五万块试试？老虎借口上厕所再也没有回来过。我和投资人聊了十多分钟的人生和理想，最后我把单给买了。

老虎接我电话的第一句话是，还活着？然后告诉我他在开发一款写作软件。这个想法来自于我。他看我写作太辛苦了，经常连续写几天，打无数个电话都不接，就跟死了一样。这款智能写作软件，致力于把全球所有作家的作品都纳入数据库，进行杂糅、拆分和重组。以后我们写作，脑子里只需有个想法，然后输入百分之十海明威，百分之三十加缪，百分之三十五王小波，百分之十五博尔赫斯，甚至输入自己的名字也可以。如果对作品有什么不满意的，可以继续输入名字和比例进行调整，也可以人工逐字逐句调整，你只要输入一个数字，他就能生成一篇相应数字的文章，一小时能生成一亿字。

老虎的意思是，我就别写作了，帮他来完善数据库，将海量作家的作品导入这个数据库，并且不断地保持更新。我说那这个世界上不需要作家了吗？老虎说，一方面我们不停纳入那些还在进行自行创作的作家作品，另一方面软件创作出来的文章也纳入数据库，这就叫病毒式变异扩散写作法。

老虎在挂电话之前告诉我，用不了多久，我们只需要病毒式变异扩散写作的操作员就行了，这个世界就不需要作家了。

这话让我有点忧伤，如果这个世界真不需要作家了，那我能去干什么？我在这条大街上来回走了好几趟。本质上这是一种职业解放，或者说劳动解放。而我们一直觉得动点脑子写出来的东西总显得比不动脑子写出来的东西更有意义，我们对自己的脑子是否有一种低级的迷信？我在思考这些的时候被不平的路砖绊了一脚，终于想起了小佚。

我打电话给小佚，她挂断了。她回我信息，在开会。我问她晚上吃什么，她说什么都可以。我说那就吃日本料理吧，小佚说这个昨天刚吃过，我说那就吃火锅，小佚说最近上火，我说那就吃海鲜吧，小佚说还没吃腻吗？我说那中山东路等你吗？她说快结束的时候再联系。我说几点结束？她说现在也不太确定。

2

我花了一个上午，驾驶着我那辆灰蒙蒙的汽车开了三百多公里，不停地从城市的东边开到西边，再从西边开到东边，也不知道往返了多少次。这期间我听了很多音乐。譬如十年前很喜欢的主唱已经死了的林肯公园。只有一首歌好听的Patrick Nuo。某一时刻深入骨髓的FM Static。烂大街的Busted。还有开车让你睡着的卡拉布吕尼。还有许多我叫不出名字也听不懂意思的音乐。

我这么来回开的原因是，我汽车的水箱漏水了。比起大店一千多块的修理费，在太阳刚升起来的时候，我找到了一家只需三百块就搞定的小店。年老的修车师傅，捣鼓了一阵，在十几平方米阴暗的修车铺里点着烟对我说，你先开个十天半个月大概三四百公里试试，到时候再来看看有没有问题。于是我一个上午就开了三百多公里，最后伴随着卡拉布吕尼昏昏欲睡的声音，将车停在了阴暗的修车铺前。老师傅看了几眼说，还是漏水。换了一个水箱之后说，再去开三四百公里看看。我在晚上七点多的时候，又开完了三百多公里。老师傅端着饭碗在昏黄的灯光下看了一会儿说，要不明天再说吧。

我急于把车修好，是因为我要开着车和老马去西藏了。这在以前是一件很酷的事情，现在干的人多了就变得比较庸俗了。现在我也想不出什么特别酷的事情，只是觉得庸俗其实也是挺酷的。

我和老马在一个游戏群里认识，我们都属于特别庸俗特别酷的人。连游戏我们都不好好打，经常瞎扯淡。在这个几百号人的群里，老马半夜突然会发一句，明天有人骑车去云南吗？只有我回，有。知道尼采唯意志论是什么吗？只有我回，知道。八尺龙须方锦褥，下一句是什么？只有我认真瞎编，四根狗尾圆破絮。你知道人生的终极意义是什么吗？我说，吃喝嫖赌。说完这话，我和老马双双被踢出了群。我们就这样建立起了深厚的革命情谊。

我和老马玩游戏的时候，经常在游戏的对话框里谈论哲学、人生以及宇宙的奥义。别的队友经常迫于无奈破口大骂，但是因为不雅词汇被屏蔽，所以经常会有一大堆星号出现。只有我们这种高大上的词汇，才会源源不断呈现在一款无聊幼稚的游戏里。

我和老马认识两年多，玩游戏的时候，我们投敌无数，坑队友没商量，义无反顾，持之以恒地将游戏的精神发挥到极致。老马说，这才是真正的游戏哲学，你亦我，我亦你，敌亦友，友亦敌，输则赢，赢则输。我说，老马你做什么工作的？老马一本正经地回三个字，哲学家。我说，哲学家一个月多少钱？老马说，钱越多越庸俗。我说，那就不谈钱了。老马回，两千。我说，那你一点也不庸俗。老马有时候问我借五千，有时候我问他借三千，有时候他又问我借两千五，有时候我也问他借个三千五，来来回回无数次，我都忘了我们到底谁欠谁钱了。

老马提出要开车去西藏的时候，我觉得老马还是挺酷的，但是后来我发现老马比我想象的还要酷，因为老马连车也没有。

在我花了一千五将汽车漏水问题解决之后，我开着车去找老马，准备接上他就往西藏方向开去。我和老马都是很酷的人，所以在出发的前一天，我才想起来和老马说，要不见一面吃个饭聊聊，毕竟我们从来没有见过面。老马说，明天都要出发了，明天见吧。老马说，明天在天一广场的二号门前等我。

我到达天一广场的二号门前，看见老马背着一个很大的旅行袋，一头长发，穿着一件破旧的皮夹克，瘦小黝黑的脸庞，嘴巴上斜叼着烟，这一切无不在告诉周围的人们，老子我要驾车穿越中国去西藏了。这牛 × 烘烘的样子和这个城市特别格格不入。

我摇下玻璃窗，大喊一声，老马，这里。

老马晃荡着巨大的旅行袋跑过来，想和我说两句又或者想分我一根烟。我说，这里不能停车，上车再说。老马一屁股坐到副驾，将旅行袋往后座一甩，撩了一把长发，一股几天没洗头的酸腐味扑鼻而来。车上正随机播放着一首名叫*In the morning light*的歌，我说，这歌怎么样？我将这首歌名翻译成，沐光之城。老马一脸无所谓操着一口极其不标准的普通话说，可以，然后说，得劲，得劲。老马掏出一款过时的破手机看了看说，太慢，上高架。我说，不赶时间。老马被风吹得眯着眼睛说，赶。我说你包里都带了些什么，老马说，破衣服。老马的确是个哲学家，有点人狠话不多的感觉。我说，从网上就可以看出来你是个哲学家。老马叼着最后一根烟说，过了过了，前面掉头。我掉了一个头说，去干吗？老马扶着门说，停停停，就这里，我买包烟。下车的时候，老马给我五十块钱说，都是这个价。我说，老马，怎么了？老马一扭头，还叼着明灭不定的烟屁股说，谁是老马？我说，你不是老马？老马一下车，踩灭烟蒂说，谁是老马？我说，不是去西藏？老马将旅行袋一扛说，去河南。

我看看手机，老马没有一点反应，我试图联系他，也没有任何回复。我重新将车开回天一广场的二号门。因为大门前不能停车，于是我不停地绕圈，每绕一圈我就看一眼，总看见一群行色匆匆的人从一边走到另一边。绕了五六圈之后，我将车停在大门口，警察马上过来示意我开走。

我边踩油门边用手机不停地联系老马，就像在联系一位远古时期的哲学家，一直没有反应。此刻，我发现水温又高于一百五十度了，警示灯亮起，这说明水箱又漏水了。我将灰蒙蒙的汽车往那个阴暗的小店铺开去。此时，曾经钟爱的绿日乐队在唱着那首俗不可耐的歌曲 *When I Come Around*，我英文不太好，隐约知道有周而复始的意思。

这个时候我突然发现好久没有联系小佚了，虽然可能才一天，但是她也没联系我。于是我发了一条信息给她，在忙吗？一直到太阳西斜，年老的修车师傅开合引擎盖无数次之后，小佚回我，还好。

3

鱼龙搞了一支摇滚乐队，希望我帮他找一个排练的地方。我说，那就我家吧。鱼龙说这排练的声音比装修声音还大。鱼龙的出现总是伴随着一个鼓手和一个贝斯手，每当鱼龙说什么的时候，另两个人就负责说，对对对，是是是。鱼龙说，作为一支乐队三个人就是一个人。他们的目标是成为披头士乐队，再不济也要成为滚石乐队，底线是皇后乐队。十年前我也组过一支乐队，我的最高目标只是成为来自台湾的五月天，这是一个在很多人眼里整天唱口水歌的乐队。鱼龙问我当初我们是在哪里排练的。我告诉他我们搞乐队最大的问题不是排练场地，而是人都凑不齐。

在这个城市里，找个摇滚乐队的排练场地确实有点困难。摇滚乐队排练的声音实在太大了，既不能影响别人，也不能受别人影响。但是这一切如果有足够的钱，并不是什么问题。

我们试图去这个城市最高的地方。我们爬了很多写字楼的楼顶。有时候我们上去了，被保安不留情面地赶下来了。有时候我们在大厅连电梯都进不去。于是我们试图去这个城市最低的地方。我们去找了很多地下车库，地下一层，地下二层，地下三层，都不行，只有一个物业的负责人跟我们说，如果有地下十八层，那你们就排练吧。鱼龙听了这话，就要跟物业的负责人干起来，我拼命拉住了。鱼龙说，我们可是搞摇滚的。我说，搞摇滚的搞不过保安。

如果是十年前，我可能要试图加入这个乐队，但是现在，我知道在这个城市里搞一支摇滚乐队不太现实。除了搞摇滚乐队，三个人在这个城市里还有很多事情可以做。譬如开一家奶茶店，一个负责做，一个负责收钱，一个负责外送。或者不想干活，纯粹想消磨时间，那坐下来玩斗地主也比玩摇滚乐队靠谱。鱼龙听我这么说的时候，睁大眼睛瞪着我。我第一次发现鱼龙的眼睛竟然这么大。

第一次听到鱼龙乐队的排练，同样是在一个阴郁的午后。在一个敬老院偏僻空荡的场地内。鱼龙给每个老年人买了睡眠耳塞，不想听的可以塞上耳塞。出乎意料的是，在鱼龙排练的时候总是围着一大群老年人，他们都一脸认真地坐在椅子上，仔细聆听。鱼龙他们有时候完整地演奏完一首歌，有时候中途停下来重来。

在下午四点多的时候，鱼龙他们演奏了一首叫《*I Wanna Hold Your Hand*》的歌。这是1964年披头士乐队第一次在美国演奏的歌曲，被誉为“英国入侵”的代表作。歌词的核心意思就一句话，我想拉起你的小手。整首歌都在反复着这一句话。

外面的天气依旧阴郁灰蒙，周围的很多老年人依旧坐在小凳子上认真听着。鱼龙他们改编演奏了好几遍，唱了四十多遍“我想拉起你的小手”。台下一片安静。

快到饭点的时候，鱼龙他们演奏了一首《茉莉花》，台下响起稀稀拉拉的掌声，然后就是凳子拖动的声音，年老的人群慢慢散去。

鱼龙每周四都要在这个偏僻空荡的地方，给老年人演奏一些院里规定的曲目。一个月里他们演奏了《回娘家》《绣红旗》《打靶归来》《歌唱大别山》《伟大的北京》《翻身农奴把歌唱》等歌曲。

三个月后，他们就从敬老院出来了，去参加了几个音乐节，演奏了几首他们的代表作。赞美他们的人没有，骂他们的人也没有。每次都是来也匆匆，去也匆匆。有点像厕所上面贴的那些小标语。

鱼龙准备重新找排练场地，一切想要重来的时候。我递给他一支烟，装出一副语重心长的样子，鱼龙说，你别劝我开奶茶店。贝斯手和鼓手都说，对对对，是是是。我说，你就一个人弹弹吉他，唱点民谣，这样你在我家里就可以排练。这一次贝斯手和鼓手没有说，对对对，是是是。

我说你弹唱几首轻缓一点的民谣歌曲，《九月》《米店》会不会？鱼龙瞪大眼睛看着我，然后响起轻缓的歌词和旋律，三月的烟雨，飘摇的南方，你坐在空空的米店……贝斯手和鼓手像木偶一样站在后面，好像从此不知道要干什么。

我打电话给小佚，想让她听一下这些现场版好听的民谣。电话没有人接。我说，鱼龙，一会儿你给我喜欢的姑娘弹一些民谣，我给你钱，或者给你找个好点的能排练摇滚的场地。鱼龙抱着一把我以前买的两百块的木吉他说，好。

我和鱼龙、贝斯手、鼓手四个人一直在等小佚。后来我们就这样慢慢睡着了。

4

我开了一个小时的车，到达了步行只需十几分钟的地方。我记不住这个活动的名字，总之是一个没有太大意义的艺术聚会。有很多所谓的艺术家甚至古董收藏家。我是写作的，很荣幸，也成了这帮伪艺术家中的一员，上台莫名其妙发表了一番艺术感悟。吃饭的时候，一个中年大叔坐我旁边，我看不出他是搞哪门伪艺术的。他对我的发言大加赞赏，还问我喜欢哪个作家，我咬着大蟹脚说，加缪。我想这下应该没什么可聊了。大叔吧唧着嘴，抑扬顿挫地说，一个作家最重要的是敏锐的感受力，外加优秀的笔头功夫，还有勤奋努力的态度，加上孜孜不倦的精神，那就一定能成为像加妙一样的作家。我吐出蟹壳说，缪，纰缪的缪。大叔说，对，加缪也不是一出生就是加缪，一个优秀的作家那是经过时间和经验的凝练，个人经历和阅历的积累，等等，最后才成为加缪的对吧？我咬着第六个大蟹脚想说一句，你妈的。然后说了一句，是的，老师。作为一个从小生活在沿海城市的小市民，我吃了八个大蟹脚，四个北极贝，两只梭子蟹，三对深水虾，两条秋刀鱼，一盆杂螺。就这样吃了一堆庸俗不堪的海鲜，聊了一通毫无意义的狗屎。最后他们给了我八百块发言费。讲莫名其妙的废话就能拿钱，作为一名伪艺术家，我真希望这种没有意义的事情能多一点。如果一切都没有了意义，那我可能就要发财了。

我拿着八百块钱去看我外婆。我发动那辆开了十年的雪佛兰破车。车已经很脏了，这说明很久没有下雨了。北方已经开始烧煤供暖，大量的尘埃南下，空气越来越差，我的车也和这个世界一样越来越灰蒙蒙。

我外婆住在第二人民医院心血管内科一七〇二房间。她的症状是失眠、头晕、腰酸背痛、有气无力，医生说，年纪大了就是这样，正常的。当所有的症状成为常态，这就让我外婆感到了衰老的恐惧。

我被二院楼下的烧饼香味吸引，买了两个准备给外婆吃。医生嘱咐外婆很多东西都不能吃，但是我和外婆的想法是，管他呢，想吃就吃。于是在还没进电梯的时候，我就把两只烧饼吃掉了。我想，算了，老年人还是要遵医嘱。

外婆见到我很激动，立即从床上坐起来，嘘寒问暖了一分钟后，提醒我嘴边还留着一抹葱。我擦了擦嘴巴，掏出六百块钱给外婆。外婆拒绝了一番，拿出两个葱油饼给我，说隔壁阿姨买的，还没冷掉，我们一人一个吃掉吧。我打了一个饱嗝，又吃掉了一个葱油饼。

一天就这样过了一大半。窗外路上的汽车渐渐增多，高峰期马上就要来了。护士进来，又在数落外婆。外婆一言不发看着窗外，乖乖让护士将针扎进皮肤里。之前的一天，一个著名剧团来这里演出，外婆一个人走出病房，坐了一个多小时的公交车去看演出，结果错过了打点滴时间，为此护士对外婆格外头疼。外婆喜欢看各类戏剧。在我很小的时候，她就带着我走很远的路去看戏剧。现在我成了一个作家，外婆认为很大原因是她在我小时候带我看戏剧激发了我的写作才能。其实带给我回忆的是，看戏时外婆给我买的各种零食。还有就是走不动的时候，外婆抱着我边走边给我讲故事。故事一点都不记得了，只记得走不动被外婆抱着的感觉真好。多年以后，外婆大概不会知道，被她从小用戏剧滋养熏陶的外孙，最后成了一个伪作家。如果我不成为一个伪作家，连六百块钱都给不了外婆。

外婆看着吊瓶里的液体往下滴，问我，最近出去过吗？这点我和我外婆很像，不管有事没事总喜欢到处走。我自认为去过了很多地方，但是这个世界上却有两百多个国家和地区。外婆始终没有走出过长三角，但她也自认为像我一样去过了很多地方。

吊瓶的液体下落得很慢很慢，外面的高峰期快要过去了。我和外婆说了再见，准备去见小佚。

临走的时候外婆喃喃地说，上次戏没看，花了这么多时间，是找不到地方了，剧场就在久久天桥旁边，怎么都找不到久久天桥。我说，久久天桥已经拆掉了。外婆看着吊瓶，好像瞬间睡着了。

我在一家小吃馆里吃了一份廉价的鸡腿饭。顺便等小佚结束饭局。这期间，我用手机打开了邮箱看了一份合同。我是一个没有组织和单位的人。只是有想赚钱的公司看中了我写的那些烂俗的文字，所以和我签约，决定要好好做我的书。

我擦了擦嘴巴，关掉邮箱。我不知道小佚什么时候结束饭局。我去咖啡店买了两杯热美式，然后将车开到天一广场附近。

车内播放着 Holly Throsby 的一首歌曲，翻译成中文歌名叫，为什么我们不将心中的爱意告诉对方呢？歌名很长很庸俗，但好听。我单曲循环了十多遍，小佚还没有结束饭局。我再次打开邮箱，对着合同想补充些什么，小佚发来了信息。她说晚上太晚了，要不明晚再见吧。我说我就在天一广场，她说我送了一个朋友到了柳汀街，这个时候我已经发动汽车往柳汀街方向开，热咖啡还没有完全变冷，我说我很快就到了。她说，回家还有点急事，要不今晚算了。我开着那辆灰蒙蒙的雪佛兰汽车穿过柳汀街，然后说，好的，注意安全。

之后的两天我们依旧保持着联系，联系的内容是她还是挺忙的，有空了会告诉我。编辑打我电话说，邮件显示已读两天了，看了没？我说，没意见，都很好。Holly Throsby 还在循环那首单曲，这首歌的主旋律和歌名一样，为什么我们不将心中的爱意告诉对方呢？很长很庸俗又很好听。

5

我找了一份写文案的工作。他们觉得我是一名作家，所以认为我很能写。其实我完全不懂那些东西，所有的文案我都是按照网上的模板来写的。有时候甚至直接抄一段。我也不知道我为什么要去找一份朝九晚五的工作，可能是过腻了不朝九晚五的生活。

上班一个月，唯一确定的是这是一家破公司，待在这里的人就这样碌碌无为地过完一生。我大部分时候待在高大上的玻璃幕墙内，灰蒙蒙的阳光照进来，一切看起来都是那么有希望。这时候我会把那些废纸揉成一团，学习那些伟大的球星，将废纸投进垃圾桶。我曾经多么想成为那些伟大的歌手、球星、作家，我的梦想就是成为那些无法成为的人。后来发现其实大家都这样，譬如我们公司的总监，他做梦也没想过会成为一家破文化公司的总监。

总监非常忙，他也希望我们非常忙。我经常将废纸投进纸篓这个动作重复好几遍。譬如我特意将垃圾桶放得远一些，学习詹姆斯和科比的投篮姿势，如果投进了我会将垃圾桶放得更远一些，我的命中率可以让我将垃圾桶放到总监座位附近，这已经是最远距离了，就算这样我还是可以命中。这破公司真的太小了。在这里我对于投废纸渐渐失去了兴趣，以至于觉得上班越来越无聊。

总监让我送一份材料去北仑。出发之前我下载了许多歌曲，里面有很多冷门好听的乐队。总监打电话问我，快到了吗？我在办公室的另一头偷偷说，快了快了。出门的时候我选了一条最远的路，到达北仑的时候，那些歌还没有听完，于是我又在马路上绕了两圈，把所有的歌曲听完我才停下汽车。

出来的时候，我突然发现这是一个温暖的下午。太阳灿烂，天空清澈。我不禁在大街上游荡起来。我就这样晃荡了一下午，等到暮色渐浓，天空灰暗，我才发动汽车。我往公司的方向开，去下个班，然后回家。

到公司的时候，我就被总监大骂了一顿。他说你这是去北仑还是去北京了？等了你一下午打了十多个电话。最后表示要辞退我。我想既然这样那就走吧。我面无表情地说，好的。总监突然换了一种语气，扶了扶眼镜说，其实，你知道你活着最大的意义是什么吗？作为一名伪作家，我对这种话和语调有一种本能的排斥。我没说话。总监坐下来说，人活着是需要有自己的价值的，价值的体现就在工作上，对工作的尊重就是对自己的尊重，对生命的尊重，鲁迅先生说过一句话，浪费时间，就是在谋财害命，你说你是不是在谋我的财害我的命？你是一个作家你应该知道高尔基先生也说过一句话……我不小心打了一个哈欠，总监皱着眉头看着我说，怎么了？我还没说完你就不耐烦了？我说没有，生理现象。

总监说，你先走吧，扣一星期的工资。

我说，我要辞职。

总监说，没让你辞职。

我说，我要辞职。

总监说，巴金、老舍，还有那个海明威都说过……

我说，我要辞职。

总监说，你知道辞职意味着什么吗？

我说，我要辞职。

总监说，都容忍你玩投废纸这么无聊的游戏了。

我说，玩腻了。

总监说，玩腻了你还可以玩点别的。

我说，什么都不好玩。

总监说，你走了公司怎么办?

我这样投废纸能投半天的人，竟然能对公司产生这么重要的影响，这说明这已经不是家一般破的公司了。我都很难形容我自己，更不愿意待在一个很难形容的地方。总监好说歹说要请我吃个饭表示挽留，我欣然接受了。等吃完晚饭，我毅然表示要辞职，并且二话不说开着那辆灰蒙蒙的汽车走了。

月亮已经很高了。我开了五十公里的车，给小佚送了一杯咖啡。我们聊了一些我记不太住的话，小佚更加记不住。日后回忆起来的是，那杯美式热咖啡还没有冷掉，外面的夜色比咖啡还浓郁。我们就这样坐在一起聊了一个多小时。小佚没有把咖啡喝完。我只记得她说了谢谢，以及临走前我们都说了，再见。

6

我已经很久没有出门了，汽车都已经无法发动。老虎让我去做导入全球作家作品的工作，于是我走出了门外。我发现旁边已经变成了一片工地，如果要去坐公交车，就要绕一大圈。于是我尝试着从工地穿过去。在尘土飞扬的工地，我突然觉得我可能要失去作家这个身份了，以后可能会变成一个伟大的病毒式变异扩散写作操作员。这让我感到非常不安。我这么想的时候，一个头戴安全帽的说，快过来一起推钢筋。于是我过去和他一起推着一车钢筋走了。推了好几车钢筋，我累得瘫坐在旁边，等稍稍恢复一点，我拿出手机玩了两把游戏，没有老马的配合，玩游戏也只是输赢而已。我看了看周围，突然发现其实鱼龙可以来这里排练，工地的声音肯定能盖过摇滚那些微不足道的声音，完全不会影响任何人，如果能戴着安全帽演奏披头士乐队的歌曲，那比任何事情都酷。

我站起身，继续往前走。老虎的软件实在太可怕了，祖国可以解放，人民可以解放，劳动力可以解放，甚至性都可以解放，但是作家怎么能解放呢?我犹豫了一下，就在路上转入了二院的病房，顺路去看一下外婆。外婆已经转到了另一个病房。

我看见病房里外婆并不在，我问护士，我外婆呢?护士告诉我，自己走到外面去了。她告诉我，再过个两年左右，外婆可能会忘记很多东西，会说不出很多话，会更容易迷路，再过三年的话，外婆可能连我都会不认识，她会忘记一切，会漫无目的地游走，很容易就这样失踪。我说你们算得这么准。护士说，阿尔茨海默综合征就是这样，你好好看住你的外婆吧。

我到达老虎公司的时候，老虎递给我一张名片，这是一张我的名片。上面写着我是公司的总监，除了总监就没有其他人了，我想以长者的姿态语重心长地去教育一个人的机会都没有。我的工作就是将这个世界上所有作家作品不停地导入一个黑洞一样的数据库。我夜以继日地做着这样一件事情，将那些作家的作品填入一个大熔炉，把他们分解，也包括我自己。

间隙，我给小佚发了一条消息，在忙吗？什么时候有空见见呢？在我导入一万多名作家作品之后，小佚也没有告诉我什么时候再见。

蒙地卡罗食人记

郑 执[1]

星期四早晨，我为一场临时起意的私奔做好了一切准备，只待我爸出门后便启程。

雪是从后半夜开始大的。我听见他天没亮就醒了，起先在客厅里鼓弄着什么，随后进了阳台，强行拉开被霜密住的铝合金窗，取了根冻葱剥皮，又打了仨鸡蛋。大把葱花炝锅是他做饭的习惯，蛋香顷刻被激出，流窜至我枕边。正常来讲，我六点半就该出门去上学，已经七点半了还躺在床上，甚至一反常态地大敞屋门，就是想诱他盘问，便可谎称感冒，再托他给毕老师打个电话请假，万无一失。料不到他做完了饭，竟直接出门，一字没过问。虽说父子矛盾已久，但还不至于到视而不见的程度。我虚构着其他的可能，比如自从下岗，他便丧失了对时间的概念，如同一块骤停的机械表，没人再给上弦，七点半就不是七点半了，误以为我还不该起床，或者他有什么急事要办，但这种可能性很小，总之并非真的不关心我。我这么安慰着自己，终于翻身下床，左腿压太久有点麻。

房是小两居，机床三厂的家属回迁楼，五十二平。我六岁那年，我姥被我大舅撵出家门（我姥拒绝上缴她的退休金补贴大舅），我妈身为家里老

---

① 郑 执 1987年出生，沈阳人。19岁出版长篇小说处女作《浮》，2007年至今出版多部长篇小说、中短篇小说集。代表作《生吞》《我只在乎你》等，多部作品被改编为影视剧。2018年12月于首届“匿名作家计划”大赛中凭借短篇小说《仙症》夺得首奖。2019年获首届“钟山之星文学奖”。

大（一弟一妹），不顾我爸反对，硬接我姥搬来同住，小房子一度再小。小学到高中我都是跟我姥同挤一张床，直到两年前她去世。又过半年，我妈突然在立秋当天消失，除了存折别的一样没带走。人口骤减一半，小房转眼又敞亮起来，我跟我爸各守一间屋。从此我自己在屋都会将门紧闭，我爸对此很有意见，也是我俩斗争开始的前言。我来到客厅，一大盘蛋炒饭摆在餐桌上，足够两个人吃，看样子我爸自己没动。而我毫无胃口，主要是胃紧张到抽筋。五斗橱最下层的抽屉探出一半，那是我爸存放各种工具的专用层，我蹲下，全拉开，一眼便发现他最心爱的那把羊角锤不见了，第一反应是他可能又去北市场找零活儿了。我同桌田斯文说，她在北市场见过一次我爸，但又叫不准，因为他戴了顶土匪帽，扯下来遮住大半张脸，只露双眼睛。我爸眼睛很大，眉心有颗夺目的黑痣，其实不难认。不管怎样，有谁家会在这种天气出来找零工呢？他应该不是去北市场，否则不会只带一把锤子，该是整个工具箱。收好抽屉起身，墙上的世界地图猛地凑近我面前，我用目光捋着经纬线搜寻一阵，还是没找到蒙地卡罗在哪儿。身为一个复读第二年的文科生，地理敢说是最拿手的科目，却连蒙地卡罗到底是国家还是城市都搞不清楚，多少受打击。说起来，我一个将满二十岁的人，还从未真正出过一趟远门。地图上那些被比例尺浓缩为一个个黑点的大小城镇，于我而言都意味着无边的险境，更不用说那些数不尽的壮阔的河流，巍峨的山峦，以及丛林、湖泊、沙漠、海洋，统统如史前巨兽跃出纸面，争相撕咬向我——在崔杨昨晚来电话前，我从未意识到此事的严重性。但现在有了崔杨，我想我可以不用再怕。我带你走吧。崔杨在电话里如是说。她来电话那会儿，雪还没开始下。去哪里呢？我问。崔杨说，明天路上再议，今晚收拾好行李，尽量轻便，明早八点半，就在你家对面的蒙地卡罗碰头，我打车去接你。随后我爸掏钥匙的动静响起，我说了句不见不散便匆匆挂断。雪也开始下了。

蒙地卡罗是一家西餐厅，开张三年多，我一次都没进去过。如今它与我隔开一条茫白的雪河。零星有车辆缓缓从雪中驶过，轮子被淹没，像船在漂。我没穿棉鞋，脚踏最珍爱的一双李宁跑鞋，单纯想以最体面的形象见崔杨。身上披的也单薄，估计不出意外，再议的终点应该在南方，臃肿的羽绒服自然是多余的——美中不足，还是慌张到忘剪指甲，而崔杨对人的指甲尤其在意——尽管跟崔杨曾多次讨论过私奔一事，但我必须承认，当她在电话里说出口的一瞬间，我还是有些震惊，而我没有丝毫犹豫便答应，有一个重要原因，那就是在以往的经验中，无论何事，到最后我总会听她的。崔杨大我六岁，不知道这是否注定了我永远赶不上她成熟，反正我也不愿承认自己本身就是个懦弱、缺乏主见的人，不然早该在我爸逼我第二次复读时直接反抗，而不是将积怨化作出走的动力。为防湿鞋，我循着前人蹚出的深辙落脚，沉重的背包在身后颠颠晃晃，就在我正准备横穿过街时，一阵风卷雪扑面，猛然间令我察觉，这条街上似乎发生了什么不得了的变化——身后的九中门前，初中生们身着整齐划一的橙黄色校服，坎坷而有序地自八方涌入校门，似群蜂归巢，整幅街景呈现往日罕见的平静，我这才意识到，是花大姐不见了。花大姐是个疯女人，袒胸露乳不分寒暑，以七彩斑斓的纱巾绕颈遮面，早晚雷打不动地在九中门口拦截男同学，嘴里唤着自己早夭爱子的乳名。但凡被她逮到，就要挨亲，腥臭的涎水在男孩们的脸蛋上拉丝。受害者之间疯传，遭花大姐一吻，三天之内烂脸。但事实相反，唾液淀粉酶反而缓解过几个少年的青春痘，颇为讽刺。关于花大姐，这条街上还有另一个传言：若是哪天不见其踪影，必有灾祸降临。据我姥姥忆述，多年间花大姐仅失踪过三回：一回地震（本市罕有地震）；一回暴雨淹了整条街；再一回，雪下得比现前还大，一栋平房被压塌，砸死一家四口。奇就奇在，三回事发的第二天，花大姐都再次如常现身，仿佛成心躲灾避祸。联想至此，我不免心生忌讳，却也顾不得更多了。

推开玻璃门，挂有圣诞老人的摇铃不停在身后晃响。我用力跺净鞋面跟裤脚上的新雪，抬眼环顾，真有几个客人。门口的立牌上写着：自助早餐，每位十五元。我记得，刚开张那年还是十元。只见有人从一排不锈钢保温炉中取了食又坐回，盘中是包子、花卷、馒头片、茶叶蛋、小凉菜，拿碗盛粥或者馄饨。我不懂，为何一家西餐厅卖中式早餐。肚子终于开始叫了，但我仍不想吃，说实话，十五元也不便宜，我身上一共只带了四百多，从我爸存现金的糖盒里偷的。我找到一个靠窗边的空桌坐下，正对十字路口，近前有一根电线杆，灰沉的天空被它一劈两半。胸前的方桌盖着蓝白格布，桌心压着小白瓷樽，一朵玫瑰插在其中，耷拉着头。店内，一个母亲将剥好的茶叶蛋一掰两半，半颗塞进小学生儿子嘴里，自己叼半颗，拉起儿子出门，大风把母子俩顶回半步，母亲疑似被蛋噎住，缓了几秒，完成吞咽，再度推门才成功。两名身穿九中校服的男生，偷偷往不锈钢饭盒里倒了半盘炸馒头片，塞进书包，也迅速起身走了。我看了一眼手腕上的卡西欧电子表，八点整。最后剩三个男人，分把三桌，其中一个留八字胡，一边吹着热粥，一边翻

《华商晨报》。这人我认得，是个锁匠，他的铁亭离这不远，但一个锁匠为何能消费起十五元一位的早餐，且如此从容？我狭隘地想，他或许是方圆五里内唯一的锁匠，千家万户的门被他垄断。一个穿西装马甲的年轻女孩来到我跟前，凑近看，马甲满是油渍，她打着哈欠朝我伸手。我想过跟她直说，我只是坐在这里等人，最多再有半小时，我就要跟心爱的女孩一起私奔，这里再不会有人见到我们，不如就当我从没来过？可恨我这人从小怕事，只能乖乖掏出十五块钱，交到她手上。油马甲一个长哈欠打完，说，盘子自己拿。同时，门口的圣诞老人再度作响，一个头戴前进帽的高大男人推门而入，黑色皮衣，单手拎一个尺余长的棕木盒子。此人进门后，先是站定，拔了一下腰身，更高了，紧接着朝我这边看了一眼，但明显不是看我，像在找人——正是这一眼，被我给认出来——魏军，我老姨夫。准确地说是前老姨夫。我试图闪避他的目光，而他已将头转向另一边，直接走到锁匠面前，坐下，背对我的方向。木盒被端上桌，看情形两人不像偶遇，锁匠应该也在等他。

我承认，魏军一度是全家我最喜欢的大人。他为人风趣，懂情调，尤其会讲故事。每逢家族聚餐，他都是桌上活跃气氛的那个。但他酒量奇差，总被我爸喝进桌子底下，哪回还能站稳，就会揽过我妈的腰跳交谊舞（老姨不会为此生气）。他跳起舞来也派头十足，很像是电视剧里那些混迹上海滩的民国公子哥。不只是我，连我表妹（大舅女儿），也很喜欢他。但他跟老姨没孩子，我妈说，要是有孩子，他俩也不至于离婚。早年魏军是没有工作的，用我姥话说等于盲流子。我老姨说死活非要跟他结婚时，被我姥揍过几个来回，结婚照里眉角还带伤。婚后，老姨求人托关系，才把魏军塞进了医科大学的动物室上班，工作是喂小白鼠、豚鼠、兔子、狼狗，养够秤了，就被上解剖课的学生接走。有年初二在我家过，我想跟他要一只兔子来养，被他拒绝。他醉着跟我说，工作不顺心，毕竟都是活物，落自己手里就是等死，总感觉作孽。我坚持问，兔子给不给？他捧起一盆毛蚶，一个接一个紧嘬，没再理我。可当晚饭桌上，明明摆着一盘酱狗肉，我妈咬定，狗是魏军回收利用的解剖课教具。那是我第一次觉得这个人挺虚伪的。

魏军突然起身，朝我走来，木盒被留在了锁匠面前，再细看，盒身挂有三把锁，三把锁头各不同。我冒出夺门而逃的念头，但又不能走，惊慌之间，魏军已经坐在了我的对面。魏军先开口说，阿超。我点头说，老姨夫。我单名一个“超”字，家里都叫小超，只有魏军叫我阿超。我上小学前，他去广州待过半年，回来后就开始这么叫我，愣说显洋气。魏军说，刚才好像看见你爸了。我问，在哪儿看见的？魏军说，他往大西菜行那边走了，戴个帽子，肯定是他，老绿色的羽绒服，对不？我点头，对。魏军说，我认人最准了，你在这儿干啥呢？吃了没？我说，没胃口。魏军说，那我吃一口。他起身走到取餐区，捧一张盘子，每个保温炉都掀开来拣几样，堆满高高一盘，另端了碗粥，很快又坐回来，咬一口包子问我，真不吃？我摇头。你爸也下岗了吧？他吃着继续说。我问，你都知道？魏军说，这么大雪，路过那几家厂子全休息，大门都没开，他肯定不是去上班，按理说，学校也该放假，净折腾孩子。我问，你都路过哪儿家厂子？魏军说，一阀门，鼓风机，三毛纺织，棉被二。我说，除了棉被二，那几家厂本来就黄了。魏军用舌尖撬了撬牙床，说，也是，没了啥都能过，但人不能不盖被。走了十一年，变化真挺大，昨天我去北富舞厅跳舞，步法都换好几茬了，差点儿没跟上拍。我反问，才十一年？魏军说，跟你老姨离婚是1993年，第二个月走的，大概其。我问，你去哪儿了？魏军说，先在日本待了两年，名古屋，没赚着钱，后来去了美国，黑户被举报，又被人带去秘鲁，一待七年，秘鲁你知道吗？我答，南美小国，首都利马，安第斯山脉纵贯南北，西临太平洋，热带雨林气候，盛产有色金属，森林和渔业资源丰富。魏军说，我就在利马，给超市送鱼。可以啊，阿超，书没白念，你上大学了吧？我说，复读了，第二次。魏军问，不傻不茶的，为啥非复读？爸妈逼你上清华北大？我说，能进京就行，每次都照第一志愿差几分，去年是答题卡涂串行了，活该。魏军说，你爸妈培养你不容易，尤其是你妈，打小没少花钱送你上补课班，奥数，英语，作文，一样没落，有一年为了给你交补课费，还跟我和你老姨借过钱呢，这事你不知道吧？我说，不知道。我妈离家出走了，人在哪儿都不知道。我以为魏军多少会追问，他却把话锋转回自己身上，说，刚才没说完，我最后一站是斐济，斐济知道吗？我无心应答。魏军说，太平洋岛国，睁眼就是海，那水一眼能望穿底，盯久了也心慌。有一回，我坐在海边，看见海面上盖着一层雪，我还纳闷儿，海里怎么还会下雪呢？再仔细看，其实是远远冲过来的一波海浪，泛起一长条沫子，太阳一晃，真像雪，我就知道是想家了。我低头看着电子表。魏军问，你有事啊？我说，再过几分钟得走了。魏军问，上学去呀？几点了？我说，八点二十。魏军说，那早就迟到了。我说，老姨夫，你是回来找我老姨的吗？她这几年又处了个男的，俩人搭伙过，我见过。魏军说，我也见过。我问，啥时候？魏军说，就昨天，那男的贼壮，比我还高。我说，所以你就是回来找我老姨的。魏军贴碗边吸溜着粥说，要说是，也不算，我回来找你老姨，不是为人，是为钱。他冷不防的直白使我愣了一下，十一年不见，虚伪的毛病改了，反倒走向另一个极端。魏军继续说，你老姨有钱，你家谁都不知道，包括你姥，要不她哪儿来的钱换房子？我说，老姨夫，我姥没了，你知道吗？魏军说，知道。我又说，我老姨在时尚地下有个摊子，你知道吗？魏军说，不就是卖袜子吗？知道。那几个钱哪儿够买房子的？你老姨来钱比那容易多了，你家人，唉，一个个都蒙在鼓里，阿超，唉。魏军讲话专爱卖关子，我有数，他盼我问，但我没那闲心，八点半了，崔杨从不迟到。片晌无言之际，有“咔嗒”一声脆响传来，魏军跟我同时看向锁匠，只见他举起一把被征服的锁头，朝这边晃了晃，另只手攥着开锁工具，比了个“OK”的手势。我这才发现，餐厅内只剩下我们三人，外加油马甲，正不耐烦地收拾着刚刚那对母子的空碗碟。我问魏军，盒子里装的什么？魏军反问，真想知道？那你还着急走吗？我说，再等等也行。魏军说，那你应该听听我的故事，家里肯定没人跟你讲过，就算讲过也是假的。我告诉你，每个家里必须选出一个败类，剩下的人踩在他身上，才能活得踏实。以前我一直以为在这个家，你大舅才是那个败类，后来我才整明白，原来是我。

我没想到，他的故事竟要从那么久远开始讲起，开场白是“比你现在还小的岁数，我正在下乡”——大兴安岭——他故事的前半段，反复强调的部分，是关于他在大兴安岭的林子里，打瞎过一头熊。魏军比量着说，不是熊瞎子，是正经的黑熊，站起来有我两个高。枪是跟村里猎户借的，还他半盒老秋林点心。我瞅你眼神，是不太信，但这是真的，那头熊在我屁股上抓了一把，留下三道特别深的疤，我现在不方便给你展示，这个你回头可以问你老姨，她能做证。我问，那你跑林子里去干啥？魏军说，我要说杀人你信吗？我不说话，假装镇定。魏军摆摆手笑，唬你玩呢，我就是想打个野物，过年给村支书上礼，争取优待。谁承想迷了路，一脚踩空掉进熊窝里，人家正冬眠呢，被一屁股坐醒，上来给我一下子，当时以为自己死了，翻身就一枪，正好打进它眼眶里，它掉头就跑，往后再也没在那片林子里出没过。那头熊在十里八村挺有名，多少猎户遇上它都不敢打，说有灵性，通人气儿了。虽说也后怕，但也不能赖我，狭路相逢，不是你死就是我亡。伤口后来严重感染，县里卫生所治不了，给我送回城里的大医院，趁机就赖着没回去，因祸得福了。

熊的故事讲完，已经过了九点。崔杨仍没出现，我心急如焚，越来越不安。我想给崔杨打个电话，但是我没有手机。为缓解紧张，我手欠开始揪桌上那朵玫瑰的花瓣。魏军已经吃光整盘食物，突然盯起我的手说，指甲这么长，该剪了。我没应声。他又问，有对象了吗？我还是不应，撒谎不是我的强项。魏军说，我认识你老姨那年，二十三岁，你猜我俩怎么认识的？你姥爷，是个酒蒙子，你知道吧？我说，我都没见过我姥爷。魏军纠正，他死的那时候，你都出生了，只是你还没记忆。你姥爷当年在粮站上班，监守自盗，偷公家的粮食酒喝，一下午能整一斤，那天没拿捏好，空嘴喝了一斤半，出门就倒马路牙子上了，突发脑出血，差点儿死了，正赶我路过，给他背回的家。到家是你老姨开的门，打那以后，她就开始倒追我。她比我大三岁，冲这点，她也配不上我。这话我不爱听，打断说，我老姨漂亮，你当时还没正经工作呢。魏军说，你还年轻，这个道理还不懂。你跟你对象，是谁追的谁？我迟疑片刻，本来这话跟魏军说不着，但我马上就要走了，说了也无妨。我说，应该算一见钟情，论起来还跟我老姨有关系。有次补课，正好在时尚地下附近，老姨叫我下课去帮她看一阵摊儿。我女朋友就在她斜对面，卖指甲油。她看我无聊，拿扑克给我算命，就认识了。魏军问，她多大呀？我含糊说，二十出头。魏军说，那也比你大。女人比男人大，是麻烦，漂不漂亮都一样，将来你就懂了。我说，老姨夫，我想借你的手机。

“嘟——”了许久，电话始终没人接。这下我彻底坐不住了。雪这么大，兴许陷在路上了？我安抚着自己，崔杨是不可能骗我的，根本没理由。魏军问，等你对象呢？我点头。魏军说，到底有啥大事，非赶今天？我说，老姨夫，你跟我老姨离了婚，理论上咱俩不算一家人了，这事跟你没关系。魏军说，我是长辈，你到啥时候都不能这么跟我说话。我说，不用你教我。魏军说，我是在教你做人。我看魏军的脸色不像在唬人，开始有点怕。魏军又说，咱俩今天能在这碰上，不是平白无故的，你还不懂呢？你有大事要办，我也有——你不用这么看我，毕竟我是过来人——老天既然安排咱俩坐下来，肯定有它的目的，咱俩最好以诚相待。魏军把手机揣回口袋，继续说，当年我其实没想结婚，但你老姨怀上孕了，我不能不要她，可惜孩子最后没保住，这事你们家谁也不知道，你还是头一个。我说，我老姨被你害得不轻，我姥，我妈，都这么说。魏军说，她们看到的都是表面，你爸怎么说我的？我说，我爸从来不爱表态，但他应该不烦你。你爸是个好人，层次也挺高，不是俗人。魏军说着，摘下前进帽，原来他有点谢顶。我问，我爸怎么了？魏军说，作为男人，你爸有真本事，要是生在别的年代，兴许能成大事，可惜他这辈子，也是被你妈耽误了。你少提我妈。我怒着说。魏军说，你也不用生气，我说的都是实话，孩子本身也是耽误，你也有责任。

木盒的第二把锁被打开时，我正被气得双手发抖。转眼已经十点多了。魏军在我面前，也朝锁匠回比了一个“OK”，神情颇得意。我忍无可忍，又问，盒子里到底装的什么？魏军说，啊？我说，盒子，别演了。魏军说，就是那把猎枪，我后来没还回去。他的口气若无其事，把我当傻子。我说，不可能，猎枪不止那么短。魏军说，枪管锯了，枪托也锉掉半拉，方便藏棉袄袖子里，那年还在武斗，204 干 307，派上过用场。我听不懂，一头雾水。魏军说，那年代的事，你肯定不懂，大东 204，黎明发动机厂，我的厂。最早我也是工人，后来碰上严打，聚众械斗被开除。你姥对我有偏见，就因为这点事。结婚以后，我本来是想带你老姨一起去广州，但是你老姨舍不得她在卫生所的工作，不乐意走，我自己去，她又不同意，但我最后还是去了，她就拿离婚吓唬我，她还真以为我是怕离婚才回来的，其实我是被人骗了，欠债没地方躲。你老姨这个人，从来都自以为是。

自以为是的人，应该是魏军才对。老姨作为全家生活得最好的人，不仅有本事保住卫生所的工作，领一份基本工资，外面还支起一摊儿，舒舒服服，换完男人又换房。相反，魏军身体力行了他的无能，老姨当年没跟他去广州显然是明智的。老姨还有一个为人津津乐道的成就，那就是很早便去过香港，早在香港 1997 年回归前，也是那一次，她发现了魏军在广州搞破鞋的证据。那是一个暑假，某天我从楼下玩回来，老姨也从香港玩回来，跟我妈俩人单独喝酒，眼角带泪。这场面没领略过，我假装进厨房拿绿豆汤，偷听她们在说什么。听到老姨说，姐，香港老繁华了，该怎么跟你形容呢，反正那些高楼，你要见着，腿都得哆嗦。我妈说，说正事儿，你逮着现行了？老姨说，我得捋着讲啊，跟卫生厅的领导吃完饭，一起去了维多利亚港，海边有照相的，二十块港币一张，坑人，但咱们谁也没带相机，正商量要不要花钱照一张，派我上去讲价，我这一看，照相那人立的广告板上，贴着魏军跟那女的合影呢，我怕看走眼，摘下来仔细端详，这 × 还挺上相，怀里搂着那女的。我妈问，那女的多大岁数？老姨说，老 × 一个，得有你这岁数了，长得也挺磕碜。我妈说，你骂她就骂，带上我干啥？老姨说，姐，我想杀了他俩。我就听到这儿，被我妈发现，撵回了屋，绿豆汤灌在小可乐瓶里，一口闷，透心凉。被人欺骗的感觉，应该是透心凉。

我在想的是我跟崔杨。我确信自己这辈子都不会欺骗她。假如此前我对崔杨的感情还停留在喜欢，在我决定与她私奔的一刻，已经晋升为爱了。人不该欺骗自己的爱人。我的床头有一本印度人写的心灵类书籍，书是中考那年我妈送我的，后来常被我翻来抄金句，写作文实用。几天前才记住一句新的，大意是，失败者才热衷说教，成功者只陈列事实。这句话套用在魏军跟我身上，应该算贴切，尽管人的感情不能粗暴地以成败来衡量，但他正是前者，前者最大的成就感来自拖后者下水。我不会被任何人拖下水，谁都别想得逞，因为崔杨永远会拉我上岸。

十点半了。雪仍没有要停的迹象，天色很催眠。油马甲刚刚一直趴在角落里的桌上睡觉，醒来憋一脸气。门外的积雪，彻底漫过台阶，就算此刻是崔杨走来，也会被淹至大腿——崔杨身高一米七三，是我见到过的腿最长的女孩，电视里那些模特儿不算。我突然想起来，我跟崔杨好了近一年，还不知道她家住哪儿，所以只能坐在这里被动地等待。我好像也没问过她父母是做什么的，她也从没主动讲起过。爱一个人，并不一定要有多了解。我是这样以为的。魏军提醒我说，吃口吧，剩菜开始撤了。我说，不饿。魏军问，你性格随谁多？我觉得是你爸。你妈其实性格挺开朗的，就是脾气不好，你姥家人脾气都不好，主要是女的，你大舅不光窝囊，还蔫坏。你爸内向，有啥事都憋在心里，我看你更像他。我问，你说我爸他到底有啥本事？魏军说，你爸以前当过兵，这你知道吧？我说，知道。魏军问，什么兵种，知道吗？侦察兵，参加过战役，枪林弹雨。我说，没他听讲过。魏军说，原来我也不知道，我二哥有个同学，跟你爸以前是战友，命是你爸从战场上救回来的，对你爸感恩戴德。他跟我讲，你爸是尖兵，丛林战，神出鬼没，枪法也准，立过大功。后来转业进了厂子，本来领导是想提拔他，但你爸脾气太犟，从厂长到书记得罪个遍，被人打压了半辈子。我说，我就知道他会拳脚，打架没吃过亏。魏军说，废话，你爸以前是杀人的。油马甲走来打断我们，泄愤道，你俩走不走？早餐结束了。魏军反问，走咋地？不走咋地？油马甲说，走就走，不走就得点午餐，不点不能坐这儿。我问她，午餐都有什么？油马甲答道，便宜的有沙拉、汉堡、意大利面，买杯饮料也行。魏军说，啥意思？吃不起吗？最贵的是啥？油马甲说，牛排，八十八一份。魏军挥挥手说，来两份。他又看了一眼锁匠，说，来三份，给那个人也上一份。油马甲说，先给钱。魏军对我说，阿超，你先给，等我拿到钱就还你。我没反应过来，乖乖掏钱，兜里仅剩一百多。油马甲说，找你三十六。我问，有啤酒吗？油马甲说，十八一瓶。魏军说，抢钱啊？我说，来两瓶。油马甲说，正好不找了。旋即走掉。魏军脸上这才露出一丝难堪，说，阿超，一个男人出门在外，还是应该多带点钱，穷家富路。我说，老姨夫，省了吧，钱也不用你还，咱俩恐怕以后再也见不着了。魏军说，我也确实遇到了难处。我说，为什么总是你遇到难处？魏军说，人生就是这样，有起有落，你正好又赶上我落了，等我拿到钱，一定会再起来的。油马甲拎着两瓶啤酒跟两只玻璃杯回来，起开，倒酒，魏军那杯溢出了酒花，他及时抿了一口，问我，你酒量随你爸吗？我说，不知道，还没喝多过。魏军问，第一次喝酒？我说，第二次，我爸管得死，考上大学以前不让喝。魏军说，都是大人了，找机会应该喝多一次，探探底。

我第一次喝酒，本来是可以跟我爸的。就是一年多前，我妈消失以后，我第一次复读。当天周六，我陪我爸去七院做体检，他本是个从不留意身体的人，那次是因为曾经的工友上访，告书记贪污买断金，导致个别主动下岗的先进个人受骗，书记为了安抚情绪，答应给上访各位报销一次体检，也带我爸一份，虽然他本人并没出现在上访的队伍里，但他确实是先进。抽血的时候，先是个年轻的实习护士上手，看着岁数跟我差不多，抽至半管，血说啥也上不来了，急得一头汗，说，不好意思啊大叔，我去叫护士长。护士长来了，重起一针，飞速完活，拿着一管血就走了。对此我很大意见，在去吃羊杂汤的路上，跟我爸说，应该把医院也上访，业务不过关。我爸说，花一管血的钱，抽了一管半，按照市场经济学理论，我觉得是赚了。我知道他是想开个玩笑，但我并没觉得好笑。我爸点了一盘羊肝，给自己补血，就着啤酒。我喝一碗羊汤，味道过膻，盯着他手中的酒杯，大胆提出，也想喝一杯。我爸顿了一下，说，还没到时候。我说，我都十八了。我爸说，几岁了也不代表你就是男人，再等两年。最后的体检结果，我也没问过，但至少在视觉上，我爸好像永远都不会变样子，疾病懒得找上他。此后倒有听他提起，几个从小看着我长大的叔叔阿姨，在那次体检中查出了癌症，上访没要到钱不说，反倒赔上命。我爸嘴上不说，但有意开始锻炼身体，每天早起去八一公园里甩鞭子，还认了位师傅，又拜托仍留在厂里的徒弟，打造了一条趁手的钢鞭，自己往鞭头上绑红缨。徒弟没好意思要钱，反正料都是厂里觅的，也没人管。那条钢鞭应该是我爸这辈子侵占公家的唯一财产。吃完饭，我爸提议带我去八一公园遛遛，参观一下他每天锻炼的场地。到地方发现，开阔的空地上，凭空出现数个方方正正的巨大冰块，间距规整，一半已经有了造型，像是巨人下的国际象棋。走近了，才发现最中心的那块，正有个男人对其进行艺术创作，凿着一个岳飞，说赵云也行。冰雕展啊。我爸嘀咕。而我讶异的是，雪还没下，冰哪里冻的？我爸说，可能是从更冷的地方运来的，哈尔滨，漠河，也可能是西伯利亚。我随我爸上前，他问男人，空地要占多久？男人凿着冰块说，起码五个月，冬天多长我多长。我爸像是自言自语在说，五个月我都不能甩鞭子了？男人嘴欠道，甩个鸡巴，操。我爸就把他给打了，夺过他手中的凿子，骑在身上，准备朝脸下手的一刻，又突然停住，从他身上下来就走了。全程我一动不动，没有任何反应，最后跟在他屁股后面一起走，看着他放松着自己的右拳，关节上还沾着陌生人的血。

一瓶酒快下去了，魏军比我慢。锁匠此时捧着木盒来到桌前，向我跟魏军展示，中间是把密码锁，得用锯，电锯。我观察，密码锁有四列数字拨轮，看上去固执而可靠，虽然我数学最差，但也知道，若凭排列组合来解，至少也得一年半载，看来它难倒了方圆五里内唯一的锁匠。魏军说，你看我长得像电锯吗？锁匠说，别跟我抬杠，是真没招儿了。我建议道，为什么不直接把木盒给锯开？魏军说，盒子是古董，明清物件，值不少钱。随后对锁匠说，那你就找个电锯。锁匠说，你他妈泡我呢。我问，锁是谁上的？魏军说，你老姨。我说，我老姨生日多少？魏军说，试过了，不对。我问，你自己的呢？魏军摇头。本来应该担心崔杨的我，莫名对这把锁起了兴致，上手试了一下我姥的阴历生日，也不对。油马甲此时端来两份牛排，两整块平摊在盘子上，黑漆漆，淋着酱汁，旁边点缀着胡萝卜片，两副刀叉攥在她手中。锁匠目不转睛，口水快流下来了。魏军说，你也有份，回那桌吃去，继续钻研，自己想办法。锁匠说，加八十块钱。魏军说，那你还得找我八块呢，牛排就八十八。锁匠 × 了一句，端着木盒坐回去，赶上他的牛排正上桌。

魏军问我，吃过牛排吗？我诚实回答，第一次。魏军动刀切牛排，说，这玩意儿在秘鲁特别便宜，南美洲产牛。我也启动，却怎么都切不开眼前的牛排，烦躁无比。魏军已经进嘴，嚼着说，整老了，一般得问几分熟。我说，你总吃吗？魏军说，我记得第一次吃，还是带你老姨，就在彩电塔顶上的旋转餐厅，老贵了。那天你老姨过生日，想说带她潇洒一把，登高望远，观赏一下城市夜景。我问，你俩那时候感情还挺好？魏军说，好是好过，谁跟谁一开始都好过，都是后来不好的。我说，肯定有一直好的。魏军说，反正我没见过，过到最后都一样。我问，离婚是因为真的一点感情都没有了？魏军说，感情多复杂呀，现在给你讲，你还是听不懂。就拿我跟你老姨举例子，感情有过吗？有，现在也有，感情不是牛排，能一刀切。但是你老姨后来是真疯了。我打断道，她确实脾气不好，那你也不该这么损她。魏军继续说，她想要我一辈子对她都跟刚搞对象一样，你觉得可能吗？那不是疯了是啥？哪有人是一辈子不变的？

我生气，我的刀子太钝，牛排毫发无伤。我不知道自己是不是被他气花了眼，眼见自己的指甲长出有一寸长，几乎媲美花大姐。一怒之下，我直接上指甲割牛排，竟一劈两半，再试一下，四分之一块又下来，顺势用指甲扎着送入口中，就着酱汁塞满嘴。魏军埋头吃，完全没注意到这一幕的发生。我怀疑自己是醉了，空腹喝酒容易醉，可再次用指甲蹭一下自己的脸，仍觉尖利无比。魏军低头吃着说，你老姨这个人，什么都想要。她想有故事，又想要过日子。但是人不能贪心啊，只能图一样，我只会讲故事，过不了日子，讲完了故事我就该走了，可你老姨不放我走，最后完全变歇斯底里了，女人疯起来比啥都可怕。这回换我低下头，刚刚已趁他不注意，用指甲把剩下的牛排全部分割成了小块，换回叉子依次送入口中，机械地咀嚼。魏军抬头，端起啤酒说，我知道，你现在正是谈恋爱最热乎的阶段，我这些话你肯定听不进去，但是我告诉你，生活，感情，都是一个圈，最后没有谁能跳出去，等你在里面打转，转到我这个岁数，就全都懂了，但是也晚了，所以我现在跟你说这些，让你早点明白，到时候就没那么难熬。我回来以前，顺道去了趟辽阳，周边有个清水观，住了个老道，传说看事儿特别灵，我去找他看，问我这一把能不能成事，你猜他跟我说啥？他说，你老姨跟我，上辈子有血海深仇。我回来一路上就合计，挺有道理的。你知道我刚才突然冒出个啥想法不？我觉得，你老姨可能就是被我打瞎的那头熊，找我报仇来了，我又想起来，她认识我以后，右眼睛就得病了，飞蚊症，老有黑点在眼前闪，看大夫又说没啥毛病，犯不着手术。那头熊，被我打瞎的就是右眼。阿超，你信这个吗？我极不耐烦道，你别说了，我脑袋疼。魏军说，咋了？一瓶啤酒就上头了？我说，不知道。我飞速咽下最后一口牛排，把双手藏在桌子底下，指甲抠着膝盖，能感觉到裤面被刺出线头。魏军主动掏出手机，问我，要不你再打个电话？我不想伸手，推托说，你帮我打吧，刚才那个号。

魏军略惊讶，按下拨通。我把头扭向窗外，雪太大了，窗玻璃与远处间，仿佛又聚集了一层浓雾，雪中的一切都被折射得变了形，已经无法借光来分辨时辰。魏军放下手机，说，关机。我不敢相信。魏军又说，可能是手机没电了。我看表，差五分十一点。我不知道该说什么，只觉两脚发软。此时又有两个身影推门走进，第一眼我居然没看清，闭上眼再睁开，是两个九中的男学生，就是早上来过那两个，背着书包，坐的也是早上那张桌。油马甲上前，招呼他俩的态度明显温柔不少，看来是常客，早午饭都来蒙地卡罗，说明他们的家庭条件也非同一般。两人点的是意大利面跟咖喱鸡肉饭——我不明白为何自己可以听得清他们说的每一个字，彼此的距离明明隔着最远的对角线。我听见，两人又分别要了可乐和雪碧，然后聊起了花大姐。一个说，花大姐死了，尸体在上午被警察发现，就在九中后门的那条胡同里，脸朝下趴在雪地里，后脑被凿开个大洞。另一个纠正说，不是上午，昨天晚上就死那了，血都冻成了冰坨子，刨锛党干的。第一个问，刨锛党是啥？第二个又说，这都不知道？拎把锤子尾随你，有时候在楼道里蹲着，等你进了没人地方，一锤子直接干死，抢钱。第一个说，操，花大姐又没钱，干死她图啥？第二个说，我他妈咋知道？可能就烦她？油马甲插嘴道，这礼拜死了三个人了，全是脑袋被开洞，反正你们都小心，天黑前回家——我问魏军，你听得到吗？魏军反问，听啥？我说，那两个学生说话，跟那个服务员。魏军说，上哪儿听去，顺风耳啊。我说，雪太大，提前放学了，他们刚才说的，还有花大姐，刨锛党。魏军看着我，好像我在说疯话。我有些迷惑，再看窗外，九中门前，一个个橙黄色身影陆续从校门里出来，星点四散，像一袋苞米粒撒在了白布上。坦诚地说，我偶尔也会忍不住想，假如我与崔杨的爱情是发生在校园里，而不是时尚地下，至今会有不一样吗？或许那会是一场更妥当与不容置疑的恋爱，故事从开篇到结局，一眼望穿底，像斐济的海水。可惜崔杨初中就退学，对校园并没留下太多好印象，连同对这座城市也积生怨念，总说想要出走，直到遇见我。反观我的人生（倘若可以称之为人生），就只有校园，唯独能算出格的，也只是一个滑稽的初吻——这么说可能对田斯文不太尊重。二次复读转插新班，田斯文作为我的同桌，几乎是我在班内唯一有交流的人。相熟不久后，她曾给我递过一封语意模糊的情书，惨遭班主任毕老师拦截，先被训哭的人是田斯文，随后我被单独叫去办公室。错不在我，所以内心并无波澜，直到毕老师对我说起，我爸暗地里替我申请特困生的事。毕老师很厉害，她精通如何把学生推入羞耻的火坑，再给你一根绳。

田斯文的父亲在市委工作，母亲是大学老师。毕老师像在读一段课文的旁白，我才听懂，她同样对我的家境了如指掌。她说，你要过河只有一座桥，这座桥，也是你爸躺下去拿身子铺出来的。当天放学，我突然很想喝酒，刚走出校门，想找公用电话打给崔杨，被突然蹿出的田斯文拦在身前，一个吻撞向我的双唇，肇事者便慌张逃跑了。说滑稽，其实也不为过。

崔杨带我去领事馆对面的那家酒吧，才是我人生第一次喝酒。据说那是全市最早的西式酒吧，开给那些在领事馆工作的外国人的，也常有民航的机长跟空姐们来消费，酒水卖得贵。崔杨替我点了杯鸡尾酒，“sex on the beach”，橙黄色，明亮而后劲足。我问崔杨，是不是也是第一次来，她点头，但我见她在吧台跟酒保说话时的神情，怀疑她撒了谎。我们坐在靠近小舞台的桌上喝酒，过了九点，一个菲律宾女人登台，在乐队伴奏下唱了几首英文歌。其间，我一言不发，崔杨也不逼我说话，但她的眼神一直在飘离，中间与一个四十岁的白种男人目光相撞，对方毫不遮掩地向她飞眼，尽管她试图躲避，但中途有两次忍不住回看，被我发现。我突然感到很难受，并不是因为崔杨的着装有些刻意，乳沟若隐若现，而是因为那个男人行为背后的动机，一定因为我看起来像个孩子。明明就是个孩子，从内到外裸露着最原始的自卑。我跟崔杨说想回家。她结了账，牵起我的手，出门打了一辆车。往常约会，总是她先送我回家，那一天我不想，坚持先送她。崔杨突然抓起我的手，十指紧扣说，不然今晚都不回去了。我默默点头。崔杨开始指挥司机，掉头朝一家快捷旅店奔。可笑的是，当晚我们换了四家旅店，都没能入住成功，赶上全市正在严抓住宿登记，而崔杨跟我，两个人都没带身份证。崔杨提议，去火车站前的黑旅店，肯定有空子可钻，然而我已丢了兴致，决心回家。崔杨问我，你是第一次吗？我不会撒谎，承认，想要反问她，又憋了回去。最后还是先把我送到了家，崔杨跟我一起下车，执意送我上楼。我说，我爸在家，灯亮着呢。崔杨说，放心，不到门口。我拉着她，一步步登着台阶，故意放轻脚步，不想让声控灯亮起，光会害我软弱。我家住六楼，走到五楼的缓步台时，崔杨的手突然从身后将我拽停，凑近我耳边说，用手帮你，好不好？我没作声，老老实实地往角落里又退了一步。行至中途，楼下有人回家，关门声唤醒了声控灯，那光亮虽然仅有七八秒，却令我感到无比漫长，我忍住不低头看自己，也没有看崔杨的脸，直到再次被黑暗牢牢地抱紧。最后崔杨帮我系好裤子，说，下一次，等下一次。

我无比想念崔杨，想到发疯，仿佛我们已经失散多年。而在我面前坐着的，却是吃相难看的魏军，一个自大、虚伪、落魄、谢了顶的男人。他面前的盘子又一次清空，玫瑰花瓣铺散在下，仿若刚刚完成了一场祭祀。我不确定他之前是不是一直在说话，因为传进我的耳中有些前言不接后语，他在说，我姥爷还活着的时候，其实最欣赏他，临死之前，留了样东西给他跟我老姨。魏军加重语气，说，是一小盒金子，真的金子，就是那个木盒。非整理一遍的话，魏军等于又讲了一个故事（姑且称之为故事）：我姥爷的爸爸是资本家，当年被抄家，偷偷保住了一盒金子，交给我姥爷藏起来。等到姥爷的爸爸死了，他也把脑子喝坏掉了，竟然忘记了金子被自己藏在哪儿，临死前回光返照，突然又给想起来，正巧当时轮到魏军跟我老姨陪床。魏军自己复述，一方面，我姥爷最心疼我老姨，毕竟是小闺女，另一方面，也想报答当年魏军的救命之恩，于是把藏金子的秘密地点告诉了他俩，还嘱咐不要跟任何人说，连我姥都不给，金子就是属于他们俩的，交代完，人就咽气了。后来我老姨真把金子给找到了，自己又藏起来。曾经两人感情还顺遂的年月，遇过几次难处，都是我老姨拿出一点金子来，去荟华楼换了钱才渡过去的。幸好我老姨留了个心眼儿，始终没让魏军见过金子的真身，只带回了空木盒，还将他最放不下的那把枪锁进去，以此限制他不许再出去瞎混。

这个故事根本无法令我信服。我问他，这就是你说的，你要办的大事？魏军承认，木盒是从他跟我老姨原来那个家的地窖里偷出来的，他知道一直藏在那里，可就是没翻到金子。魏军说，阿超，你是个明白孩子，你给评评理，金子是不是该有我一半？我说，你找金子，非要那把枪干啥？魏军说，我跟你说实话，你能不能也跟我说实话？我说，成交。魏军说，金子肯定还在你老姨手上，就算她买了房，养着男人，肯定也还剩不少，我去要，以她的脾气，肯定不会痛快给我，她不给，我得抢，动刀唬她，毕竟做过那么多年夫妻，还是了解，你老姨不是要钱不要命的人，但这是我本来的计划，直到我发现她有了那个男的，偷偷跟踪了一天，俩人基本形影不离，我找不到机会下手，那男的比我高，比我壮，看样子像练过点拳脚，我不是对手，就算动刀也不管用了，反正等不起了，那就只能动枪。我反问，所以你是要杀人？魏军说，我又没疯，我只要金子，枪是手段。我说，明白了。魏军说，我跟你交底了，就是不怕了，雪一停，我就要动手，不，等那道锁一开，拿到枪，我就动手，反正你也没机会给你老姨报信了。我说，你们的事，我管不着。魏军似乎是为了讨好我，问道，要我再帮你打个电话吗？我手机也快没电了。我想了想说，不用了。魏军说，你就没有想过，你等的人可能不会来了呢？你们两个约好了私奔对不对？我问，你怎么知道？魏军说，一看你这个背包，我就知道了，你整个人，就是要出远门的样子，我说了，我是过来人，我出过很远很远的门。阿超，你知道外面的世界多危险吗？你知道前边有啥在等你吗？怎么说，我也是你的亲人，我不会骗你。听老姨夫一句劝，雪停了就回家去吧。

我不想再跟魏军多说一句话，看去锁匠那边，不知何时，两个男生竟被密码锁吸引了去，并排站在锁匠身后，替他出着主意。我还是能听得清亮，他们建议把注意力重新集中在密码本身，早已满头大汗的锁匠动摇了，采纳建议，刚试过“0000”和“1111”，便又丧失耐心。其中一个男生安慰道，不少人用密码锁都不会改出厂设置，万一碰上个傻子呢。锁匠甩手说，光会逼逼，你来。另一个男生迫不及待地接过手，开始转齐四个“3”。窗外，一声警笛穿越长街，两辆警车随后从蒙地卡罗门前驶过。可能又有人死了这件事，也没能稀释他们三人的专注。刨锛党兴许已改为白天作案，谁知道呢，只要我们都没在街上，也没在夜里，暂时就都是安全的。时间来到正午十二点，上天似有意颠倒黑白，空中闪现星光的错觉。我倏忽想，我爸是否已经进到某一户温暖的人家里干活儿了呢？他身上那件羽绒服好多年没换过了，前胸跟后背早就磨成两层布单，一道长风就能将他整个人穿透，假如他仍在外面，我想他根本无法抵御这场大雪，除非他是一头熊。

魏军仍在我对面絮叨着，但我早就把耳朵关闭，他就变成哑巴，舞舞扎扎的样子很愚蠢。我不用听也能猜到，他无非是在讲地图上的那些山峦、江河、丛林、沙漠，以及蛰伏其中的野兽。跟所有人一样，他想拿这些来吓住我。世人都怀疑我，怀疑我的爱情，怀疑我未来的人生能否跳出那个所谓的圈套，同时心底里却早挖好了一个否定的答案，静待我跳落。没关系。我甚至替他们感到可怜，是他们自己放弃了战胜一切质疑与恐惧的机会。当我再认真端详魏军，他整个人正一圈圈地缩小着，这变化很细微，只有我才能察觉，竟然有那么一丝想笑，我能感到自己的嘴角在不自觉地向耳根咧着，魏军看我的眼神突然变得惊恐无比，嘴巴大到能撑圆一个盘子，一声尖嚎逃出他的喉咙，这下我又对他敞开了耳朵，那嗓音果然令我厌恨。与此同时，锁匠捧着木盒快步走来，盒盖敞着，枪当真躺在其中，两个学生成功了。而锁匠看我的眼神，比魏军还要夸张，仿佛吓破了胆，我这才抬手摸自己的脸，终于觉出不对，首先不是脸，而是我的一双手不再是手，那是一副利爪，手背覆满长毛，左腕上的电子表也不见了。

正午漆黑，窗玻璃被衬成镜面，映照其中的是一颗熊的头颅，尖嘴鼻，圆眼，耳朵竖着，利齿龇出牙床。我扭回头之际，枪已对准我的眉心，我借助两只爪子支撑桌面，猛地立起身，一口吞下魏军的头，没等他有机会扣扳机，那颗头已经脱离了自身躯干，鲜血如喷泉一般，从碗口大的脖腔射进天花板里。一旁的锁匠滚躺在地，想要起身逃窜，也被我一口咬断脖颈，没了呼吸。我起身离开座位，一时还无法适应这副新身体的平衡，脚步沉重，踉踉跄跄地站到了餐厅的中央。两个男生已经不见了，好像从未来过，只留下一扇大敞的门。油马甲正蜷缩在角落里，瑟瑟发抖，我无意理会她，试着把前爪也落在地上，四肢行走，一步一步地迈出了蒙地卡罗的大门，来到了十字路口的街心。大片的雪花一层层地攀上我的毛发。我愣了一会儿神，再度活动起四肢，终于身躯更为融洽，随即开始向家的方向狂奔。我饥饿难耐，再多几颗人头也恐难果腹。我在风雪中思考着，我应该先回家，再等我爸回家，跟他好好谈谈，告诉他，我注定是要远走的，不管有没有崔杨，我都是要走的。假如他不同意，也许我别无选择，只能将他也吞掉，连同他毕生的委屈与苦难。假如他能理解，我们父子俩可以分食了那一盘蛋炒饭，再做个郑重的告别。再接下来呢？我还没想好，但可以确定的是，无论崔杨来与不来，这都不会是我人生中的最后一场大雪。

斜坡快乐

张漫青[①]

第二次见田婴，是在我上夜班的东门门岗。我穿着灰绿色的工作服，坐在窗口，正往我的茶缸里倒茶叶。这儿秋季的天空，从下午五六点开始，颜色就开始阴沉，有时还会泛黄，七八点后，天色加紧阴暗下去。我们这个厂有东南西北四个大门，门卫是比较清闲的岗位，所以我上班时挺无聊，除了对出入的车辆进行例行检查外，就是在抽烟、喝茶、翻报纸杂志。每天打两遍太极拳，给来访的客人提供简单咨询，偶尔会有不当班的工友过来一起抽烟、喝茶、翻报纸杂志，聊一聊新来的女工。

我从窗口望见田婴走过来。她身上的灰绿色工作服极不合体，空荡荡的，显得人特别瘦小。她原本绷着脸，一见我就笑了。她说，果然是你。

我请她进来坐。想倒茶给她，却找不到杯子，急得冒汗。她指着桌上一个油污污的竹茶盘，随手拿起一只茶杯，说，就这个吧。我说这是别人用过的。我一把抢过来。她说，那我就不喝了，不喝也罢，今天真是巧，远远看见你在门口溜达，我眼睛不好，走近一看，果然是你。

我说，你眼睛怎么不好，不是挺大的吗？她笑说，近视眼，眼睛大不大，跟视力没关系。我说近视眼挺好。她问怎么好。我说，看不清挺好。她说，不好，耽误事儿，而且走路上，别人跟我打招呼，我看不清，别人就在背后讲我心高气傲、目中无人。

---

① **张漫青** 女。写诗，写小说。已出版诗集《失眠犯》、中短篇小说集《壁虎大街》、长篇小说《此处死去几页》《走米》。

我说，这也没什么。

门岗室内空间不大，顶多十平方米。里面还有一个三平方米的小间，放一张行军床，通常没什么要紧事，下半夜可以睡个觉。我在床边支一个木板，木板上立一个电饭煲。

我和田婴坐着聊天。电饭煲里正炖着排骨汤，香味从里间飘荡出来。我问田婴吃饭了吗。她说吃了。然后问，排骨加什么一起炖汤？主食是什么？我说，有时候加萝卜，有时候加山药，今天加的是香菇，主食一般是米饭。我这个电饭煲有个隔层，可以同时蒸点米饭，不过，今天我上班之前买了几个馒头。

田婴点点头说，不错不错，听起来简单，闻起来香。

我把排骨汤和馒头摆上桌，打了一碗汤给她。她碗里有三块最瘦的排骨和五朵最好看的香菇。她看起来很高兴，吃了一个馒头，喝了两碗汤。可见她刚才说吃过了，是骗我的。不过我没有揭穿她。她进门的时候脸色非常苍白，吃饱后面色红润，整个人活脱起来，前后判若两人。一个人仅仅脸色发生改变，就像变成另一个人。我被自己这个念头吓了一跳。

整个厂区只有一个像样点儿的菜市场，在南门附近，我从单身宿舍楼出发，骑摩托车二十分钟就到了。肉类生鲜摊位设在菜市场室内，室外分散摆了很多水果蔬菜的摊点，市场门口右拐过来是一个向下的斜坡，通往的几家小商铺，有卖早点的，卖颜色鲜艳的中老年服装和睡衣的，卖五金器具的，卖小工艺品和生活用品的。我提着买好的蔬菜、一条鲫鱼、两根排骨，走下斜坡，看见葛龙大摇大摆从小吃店走出来，走上斜坡。他走路幅度向来很大，不是故意的。他骑摩托的速度堪称飙车，但也并不跟谁飙。他的摩托车是厂里最贵的，听说也是市里最贵的。他的摩托车后座，有一半时候会坐着女人，另一半时候空缺着。

葛龙笑嘻嘻迎面走来，看见我，笑得更大了，长手长脚也摆得更大，大刀阔斧的感觉。他大叫：小泥鳅！买菜啊！

“小泥鳅”是葛龙给我取的外号。他给很多人都取外号，这是他的习性，未必有恶意。我皮肤黑，个子又小，他觉得“小泥鳅”这个名字挺适合我，就叫开了。我对这个名字也没有太多想法，名字只是一个符号，我本身是什么东西，就是什么东西，跟叫不叫小泥鳅毫无关系。

而且葛龙爱开玩笑，尽人皆知。他是工厂子弟，家就住在斜坡上去的一栋红砖楼里，父母都已退休，天天邀人在家打麻将。他从小就放荡不羁，不爱念书，爱打架，跟社会人混，后来自己包了个山头开赌场，赚了不少钱。出手阔绰，爱交朋友，爱请朋友喝酒，无酒不欢。他请我喝过不少次酒，他说我的酒量深藏不露，所以很佩服我。有时他会从市区带几个女孩来喝酒，也会把女孩介绍给他的朋友们。他大概把这个当作馈赠。传扬出去，是关于葛龙的豪情侠义：他不但有好酒好肉款待朋友，还有美女相伴。真是美酒佳人，良宵美景。

其实葛龙的朋友们都知道那些女孩是从市区 KTV 带来的坐台小姐。把她们请到这里叫“出台”，需要花不少银子。当葛龙把一个戴着假睫毛的胖乎乎的女孩介绍给我时，他说，这是我的好兄弟，小泥鳅，相信我，你会爱上他的。胖女孩笑得晃来晃去，硕大的耳环叮叮当当。我只发出一点嗡嗡声，算是打招呼。葛龙就继续说，你别看他是一只小泥鳅，等你深入了解后，就会发现他其实是一只大泥鳅！哈哈哈哈哈哈……

葛龙在菜市场斜坡大声叫我“小泥鳅”时，他刚吃饱肚子，嗓子真有力气，引得几个路人拎着菜朝我们张望。我只发出一点嗡嗡声，算是打招呼，与他擦肩而过。我走到斜坡尽头，先在五金店看了看，想买一个瓦数大一点的灯泡，又觉得没必要，就转入隔壁日用品店，选了一个白瓷茶杯。茶杯雪白雪白，一丝花纹也没有，一个字也没有。

门岗房内只一个电饭煲，没有其他厨具，没法炒青菜和蒸鲫鱼，田婴胃口很好，一边吃一边问我，你是怎么做到的？我只是笑。她说，你快说呀。我说，很简单，我在宿舍先炒了菜蒸了鱼，再带过来。她说那不是早该凉了。我说，我上班之后用电饭煲煮上米饭和排骨汤，等它们熟了，打在碗里，然后把先前做好的青菜和鱼放在电饭煲里加热一下，不就行了。

田婴点点头说，你真有办法，这么复杂的事，到你手里都变简单了，而且那么好吃。

我说，今天夜里会下雨，你晚上睡觉前要把衣服收了。

她说，天气预报讲的吗？天气预报不一定准啊。

我说，天气预报是辅助，我是观察天象，预感到的。你没发现今天的云，就是典型的“云交云，雨淋淋”？

她说，哦？

我说，云交云，指上下云层移动方向不一致，也就是说云所处高度的风向不一致，常发生在锋面或低压附近，所以预示有雨。

她说，天哪，你可真不简单。

我说，献丑了，还不一定准，要是没下，我就难看了。

饭后，田婴抢着洗了碗。等她擦干手，我已经泡好了一壶武夷山肉桂。竹制茶盘被我提前洗得焕然一新，茶杯也都整齐排列着。我往那个白瓷茶杯倒了热腾腾的茶，她喝上一口，眯起眼睛，面若桃花。她是这么个人，五官端正，椭圆脸上总是缺少血色，但只要吃了饭，喝了茶，血色就浮上来。如果不吃不喝，把脸颊拍一拍，打一打，血色应该也会渗上来。她是这么个人。

半夜果然下起了雨。我在被窝里听雨，这是我第一次感受到雨声的美妙。第二天，田婴特意打电话向我道谢：还好听你的，我提前收了衣服，不然就惨了。我说，一点小事，能有多惨。她说，好不容易晾干的衣服，如果被雨淋湿，就会觉得这一天白活了。我说，有这么严重？她说，我挺奇怪，对吧？我说，不奇怪，就是有点可爱。

田婴的宿舍离我上班的地方不远，在一个斜坡的顶端。厂区有好多斜坡，上坡，下坡，带转弯的坡。葛龙喜欢在厂区飙车，跟这些斜坡有关系。他说上坡加大马力，很过瘾，下坡时闭眼，两臂张开，我 ×，高潮了。他把这一系列取名为“斜坡快乐”，并且乐于在酒后分享，鼓动大家试一试。他说，你这个不试，那个不试，都他妈白活了！活着为什么？活着就是要爽啊……

田婴每次回她宿舍楼都要走那个斜坡。如她所说，走上坡路，回家睡觉，走下坡路，出门工作。她那栋宿舍楼在厂里属于比较高档的，通常住着干部，也就是在办公楼上班的人。她是前年来的大学生，安排在干部楼住宿，按理是该在办公楼上班的，但她在车间干了快两年。这里面肯定有什么奥秘，但我没问。一来，问了也没用。二来，总觉得跟她还不熟络。她不是那种会随便跟你敞开心扉的人，即便你跟她天南地北地聊，也很难聊到太深的地方。这点我很明白，因为我也是这种人。

田婴告诉我，她每天早晨醒过来只想一件事：今天吃什么？她认为这是她的世界难题。她宿舍里除了一张床、一个摇摇晃晃的破书桌、一把果绿色的塑料椅子外，什么都没有。去年她去市区旧货市场买了一台 14 寸的旧电视机，她抱着它走上长长的斜坡，就像抱着一个炸药包。然后她爬上四楼的宿舍，把电视机往地上一搁，就瘫坐在地上哭。擦完眼泪鼻涕，打开电视机，全是雪花，一个台也接收不到。她说，我没见过真正的雪，打开电视机就能看见雪花，也挺不错的，而且看久了，我渐渐喜欢上了它，也觉得它就是真正的雪花，当我无聊或烦躁时，就打开电视机看一会儿，然后心情就会变好。

我问，那你一日三餐通常吃什么？

她说，我在厂区小卖部买了些面包和饼干，作为早餐。早餐不是用来吃的，早餐是用来骗肚子的，就好像说，我塞进去两块饼干，告诉肚子，喏，你吃过了，我的任务完成了。

我笑了笑问，那么午餐和晚餐呢？

她说，午餐和晚餐是用来骗心灵的。思考吃什么这件事，我费了很多心血。中午下班后经过斜坡边的快餐店，也是这片区唯一的快餐店，听说是厂长小舅子开的，每天菜式都一模一样，每道菜都长得差不多。茄子、南瓜、白菜是酱油色的，芹菜炒三层肉、西红柿炒蛋、麻婆豆腐也是酱油色的。吃起来也一模一样，茄子吃着像麻婆豆腐，三层肉吃着像南瓜，鸡蛋有一股鸡屎味，刚好与白菜的腐烂味一模一样。尽管如此，我站在它们面前，还是每天都深思熟虑，今天吃茄子和三层肉，明天就吃南瓜和麻婆豆腐吧，尽量不重复，这就说明我多少还有点选择权。

我又被她逗笑了。

她继续说，至于晚餐呢，就有意思了。我下班后会绕到南门菜市场那里买一个粽子，两个馒头，或者煎饼什么的。

我问，怎么有意思了？

她说，有时候菜市场关门早，我就两手空空地回来。上斜坡时看见那家快餐店灯火通明，音乐声也放得很大，四周连路灯都没有，乌漆麻黑的，只有这家快餐店一副光明灿烂的样子，真的很有意思，就像坟地里的鬼火。

你不害怕吗？

怕什么？

那里原本有路灯，听说路灯都被葛龙用弹弓一个个射灭了，也没人去修。这两年厂里效益不好，有时还发不出工资，有的分厂干脆一个月停工半个月，所以很多要养家糊口的工人不得不辞职另谋生路，剩下我们这种又懒又贱的单身汉，还留在这鬼地方混吃等死。

她说，我没想到会这么严重……前年我爸花了一笔钱才把我弄到这里来，说是干部岗位，可以坐办公室，到了又说科室暂时没有空缺岗位，就随便把我弄去车间。我算了算，每月打到我工资卡里的钱不吃不喝要存三年才能抵消我爸花的那笔钱。

我说，从你宿舍楼右拐有一个下坡路，坡底下有一个废弃的篮球场，你去过吗？

去过。那边像一个废墟，周围野草长得老高老高，几乎见不到一个人影。篮球场再过去有一个公厕，我听说前几年发生过一起命案，到现在也没查出来。

嗯，大概有五年了。

听说死的是哪个分厂的女工，被勒死的。好像说警察抓不到凶手是因为刚好下了一场大雨，把所有证据都冲掉了。

嗯嗯，之后那个篮球场就荒了，可惜。

我还听说，警察认定凶手是厂里的职工。挺瘆人的，每天一起上班的，一起打牌的，或者擦肩而过的某个人，说不定就是那个杀人犯。

嗯，最好不要一个人走夜路。

她叹气道，路灯亮着，就不算夜路吧。明天我去跟厂工会反映一下，让他们把路灯修一修。

我说，修好了又怎样？葛龙随时可以再把它们弄坏。

你好像很讨厌葛龙，你们不是兄弟吗？

兄弟谈不上，葛龙对我挺好，我对他也无害。

我听出来了，至少你不喜欢他。

喜欢他的人很多，特别是女的，怕他的人也很多。

你怕他吗？

我有什么好怕的。你觉得我会怕吗？

她沉默了几秒说，我觉得你不怕。那你怕下岗吗？

这个问题，我还没想过。不过应该不至于吧，这两年下岗的全是车间工人，我们总厂还不至于，你想，效益再差，这四个门岗总得有人把守吧。要是门岗都撤了，厂子就彻底完了。

她挺直了腰身说，说的也是。你不怕，那我也就不怕了。

你怕啥，你是干部。

说是干部，其实也是合同制，而且他们让我下车间，原先讲好待三个月就调上来坐办公室，现在快有两年，估计他们都把我忘了，我这不伦不类的，也不知道算啥。其实，我也不稀罕这鬼地方，让走就走呗，就是心疼我爸的这笔冤枉钱，我说他被人骗了，花一大笔钱把我弄到这个快要倒闭的厂子里，他还不肯承认。他们这代人比较固执，认死理儿。也对，每个人都活在自己的主观世界里，外部世界要塌，自己心里这条线还得撑着，不然怎么活下去……不好意思，我自己瞎说，也不管你听懂听不懂。

不会，不会，我虽然没读过几本书，意思还是能听懂的。

田婴翻了翻我的杂志，问道，你们除了打牌打麻将，平常还有什么娱乐?

我说，你是指葛龙，还是指我? 她愣了一下说，都行，我瞎问问。我说，那我就瞎说说，我呢，其实不爱打牌也不爱打麻将，但厂里所有人都打，我也就跟着打，不然实在太无聊了。至于葛龙，他什么都玩，世上没有他没玩过的。

她说，哦。

我问，你平时有什么休闲娱乐? 她说，我呀，既不会打牌也不会打麻将。无聊就看看书，要不，就看看电视。我问，是看电视，还是看电视机? 她笑道，你还挺逗。我说，我觉得你看的是电视里的雪花。她说，也对。我说，你哪天有空，我可以去帮你修电视。她说，我看算了，即使修好了，我也不想看。

我说，那你喜欢看什么书? 她说，瞎看看。比较喜欢看小说，无聊的时候，在书里看看别人是怎么活的，有些故事很假，有些故事真实得可怕。

我说，讲一个你比较有印象的故事。

我想想……她说，嗯……有一本书，我忘了名字，书里大概是讲一个孤独的老人，孩子都不在身边，他得了老年痴呆症也没人知道，他觉得自己是一只鸟，用树枝、床单、铁丝之类的，给自己组装了一对翅膀，有一天，爬上顶楼，望着蓝天，飞起来。

我要飞得更高，飞得更高……我哼起来。她问，你在唱什么? 我说，没什么，瞎唱。

其实田婴这个故事，让我想起有一次我跟葛龙一群人喝酒，所有人都醉了，他非得骑摩托送我回家。我说我自己骑回家。他说，小泥鳅，你的破车不行，你车技更不行。他块头大，性格霸道，动作粗鲁，把我推上他的摩托后座，开了一百米，就开始加速，飙得飞快。这下我明白了，所谓飞快，就是像飞一样快。我晕晕的，耳边只有风嗖嗖的声音。感觉他开始减速了，忽听他叫，快抱住我，我要带你一起飞啦！我这才有点清醒，知道车子往前就是厂里最长最陡的下坡路，葛龙要进行他的娱乐节目“斜坡快乐”。闭上眼睛，张开双臂，让摩托车自由翱翔，吼唱着“我要飞得更高，飞得更高……”

等我发现自己没死，已蹲在路边呕吐起来。葛龙是亡命之徒，他一直都这样，觉得自己可以嘲笑和戏弄任何人。他要爽，就顾不得别人的感受。

我下班骑摩托车，到家差不多12点钟，大门虚掩着，开门看见姚莉莉正在一边吃面条一边看电视。我说，你哪儿来的钥匙？她说葛龙给的。我想起葛龙有一次在这儿喝醉了睡到第二天中午，我上早班之前留了一把钥匙给他，他一直都没还。

自从葛龙把胖女孩姚莉莉介绍给我，我就藏不住自己的脾气。她问我是不是嫌她胖。我说不是胖瘦的问题。她问是什么问题。我说我没什么心情。她说，你是嫌弃我是干那个的。我说不是。她说，其实我们俩挺配的，你不嫌我，我就不嫌你。

每次都从喝酒开始，喝到一定程度会忘记对方是谁。睡了三四回，她就带着一皮箱衣服非要住进来。穿着露胸露腿的花裙子站在走廊晾衣服，隔壁工友说，嘿，小泥鳅艳福不浅啊。自从葛龙叫我小泥鳅之后，整栋楼都叫我小泥鳅，继而整个厂子都叫我小泥鳅。葛龙给姚莉莉取的外号叫“胖妞”，他私下跟我说，胖妞不错，你就当免费打炮，多划算啊。

姚莉莉对我说，小泥鳅这个名字挺可爱的，滑溜溜的感觉。我说，我不叫你胖妞，你也别叫我小泥鳅。姚莉莉想了想说，所有人都叫你小泥鳅，你就是小泥鳅，你叫别的名字，也还是小泥鳅啊。

我不再吭声。

其实把姚莉莉赶走并不难，我也试过。骂几句婊子，她就受不了。眼圈红红，把衣服一股脑儿塞进皮箱，头也不回，高跟鞋跟撞击地面，底气十足，还有回音。她走得那么利落，我反而愧疚起来，想到这么个温热肉感的身体，也实实在在有些好处。但不到一星期，她就会以东西忘拿为由，出现在我宿舍门前，如果我不在，她会先去隔壁工友那儿打牌，等我回来，她会试着敲我的门，门一开，她会低着头，嘟着嘴迈进屋。

姚莉莉在市区的一家KTV卖酒，帮客人点歌。他们说她是坐台小姐，那就是坐台小姐，就好比外号，别人叫你什么你就是什么。姚莉莉说她卖酒卖得好，提成很高，厉害的时候一个晚上可以赚五六百。所以她一个月会放自己几天假，跑到厂里来玩。她告诉我她是在KTV卖酒时认识葛龙的。葛龙赌场生意好的时候，夜夜都去她们那儿，呼朋唤友，喝最贵的洋酒，往死里喝。现在厂里效益一年不如一年，工人兜里没什么钱，去赌博的反而多了，但是赖账赊账的也多。今年厂里效益最差，有的分厂工资拖欠很久不发，职工吃饭都成问题，欠的赌债更是无力偿还，半夜跑路的有好几个。抓回来的打一顿，抓不回来的，就只能变成烂账死账。葛龙憔悴了很多，听说最近总失眠，逢人就唠叨：我风光的时候请你们喝酒玩女人，现在倒霉了，该轮到你们请我喝酒玩女人了吧。

姚莉莉跟我说，葛龙是瘦死的骆驼比马大。葛龙可不止做赌场生意，市区两家 KTV 和一个足浴城，他都有股份。姚莉莉愿意对我掏心掏肺，无话不说，也乐于为我洗衣做饭，而且她比我会赚钱。但这些并没有让我多高兴。

我说，你来干吗？她说，葛龙给我的钥匙。我大声嚷，第一，我是问你来干吗，不是问你怎么进来的，因为这个问题你已经回答我了。第二，你赶紧把钥匙还给我。她从沙发窝里弹出来，一脸委屈地望着我：小泥鳅，明天是你生日，我给你买了生日蛋糕，还有，我还想明天去菜市场买只老母鸡给你炖个汤，我们好好喝点酒庆祝一下。

我叹了口气，语气稍微软一点：你怎么知道明天我生日？她翘嘴一笑：我偷看你身份证啊，我可是个有心人哦。

我靠在沙发上，问她，你图什么？她说，就图你会对我好。我问，你觉得我对你好吗？她说，现在不够好，不过以后会变好的。我问，你凭什么相信我？她困惑地看着我说，你怎么啦？我就是觉得咱俩挺般配的，等我赚够钱，我们就可以结婚，可以到一个没人认识我们的地方，过我们想过的日子。我说，你觉得我们能去哪儿？你他妈又怎么知道我想过什么日子？

姚莉莉说，你变了，你现在说话太横了，葛龙对我都没这么横。

我说，你去找葛龙，啥龙都行，关我屁事！

姚莉莉眼泪哗啦一下涌出来：好，好，我知道，你就是嫌弃我，我以为全世界都嫌弃我，你也不会嫌弃我，我太傻了，猪都比我聪明……

姚莉莉不但委屈，而且困惑。她永远不会知道我想要的是什么。她哭了一个多钟头，也没把我的心肠哭软。也就狠下心，要跟我绝交。我说，不吵不闹，咱们好聚好散。她问怎么个好聚好散？我说，今天太晚了，你也别走，就睡我床，我去隔壁工友那儿挤挤。她说，你也别走，咱们睡一屋，聊聊天就行。我说，我太困了，明天还要上早班呢。她说，我真的不认识你了，小泥鳅，我要跟你绝交了，今晚最后一次，你都不愿碰我一下？你是不是有意中人啦？我说，别叫我小泥鳅。她说，反正最后一次叫，我爱叫什么就叫什么，你快告诉我，你意中人是谁，长啥样啊？我说，你别胡说，我没意中人。她又起了哭腔：那到底为什么呀……

我在隔壁工友沙发上睡，一夜无眠。第二天一早回自己宿舍洗漱，姚莉莉已经没了影，地上丢着一个被踩烂的生日蛋糕。我倒是希望她踩得更烂一点，希望她打破几个杯子，最好把我的电视机也摔烂，那样我心里会好受一点。

我骑摩托去上班，经过田婴那栋宿舍楼，把车停在路边，抽了一根烟。她住三楼，房门右边挂着一丛干枯的艾草。虽说这栋是干部楼，年久失修，也是破败不堪，楼前的石板路凹陷进几处，一楼的家属喜欢把洗菜洗尿布的脏水泼在门外，久而久之，地面潮湿污浊，还有不知从哪儿带来的烂泥粘在这儿，从此安住下来。

突然一条乌黑的野狗从楼后冲出来，经过我，继续往前跑。我看时间还早，登上摩托，跟着它。它从田婴的宿舍楼右拐，奔下那个斜坡。斜坡的尽头，废弃的篮球场，漏雨的公厕。这里简直是世外桃源。空旷的篮球场，几只鸟飞着，落下，又飞起。两只花猫蜷在一起打盹儿。那个野狗狂吠着扑过去，猫儿吓得各自逃窜。白天的公厕并不阴森。墙上的男女二字，溃烂得难以辨认。这时从公厕后面闪出一道影子。我努力睁大眼睛，见一个红衣女子手掐一枝野花，慢悠悠晃过来。

走近了，是田婴无疑。只有休息日可以不穿工作服。红裙子被一根腰带准确地掐住。她的脸，被红衣衬得不再惨白，而是血色灿烂。晨光直射，照得我眼睛眯起来，一阵眩晕。

你怎么在这儿？

我正想问你呢，你怎么在这儿？

我们相视而笑。

她说，看，这条野狗，叫了一整夜，弄得我没法睡。

所以你就跟过来？

你呢？

我也是被这条狗引来的。这枝野花挺好看。

这个地方白天一点都不可怕，简直是天堂，花花草草猫猫狗狗的天堂。

是呀，好地方。

一整天，东门门岗都没什么车辆经过。心里空落落，又一直处于紧张状态。六点下班，我终于在五点四十分打电话给田婴。我说今天想请她去北门餐馆吃饭。她问为什么那么客气。我没告诉她今天是我生日，我觉得生日是个很滑稽的借口，这个借口会把我的心思暴露。我说，没什么，随便吃个饭。她在电话那头停顿了一会儿，说，今天没空，改天吧，谢谢你哈。

北门餐馆是厂里最好最贵的餐馆，葛龙请客经常安排在那儿。在给田婴打电话之前，我一直在琢磨晚上要点什么菜。虾米炒芥菜、青椒牛肉、丝丁鱼煎蛋、凉拌海蜇皮、糖醋肉、苦菜小肠汤、爆炒腰花……每想一道菜，我都仿佛看见它们摆在圆桌的转盘上。北门餐馆是厂里领导迎接贵宾的地方，每张桌子都配有一个转盘。用的是一次性餐具，让人在心理上相信它们杀过菌，干净卫生。由于时间充裕，或者漫长，我在想的过程已经把每道菜吃过一遍。田婴说她没空，放下电话，我就发现我心里的虾米炒芥菜、青椒牛肉、丝丁鱼煎蛋、凉拌海蜇皮、糖醋肉、苦菜小肠汤、爆炒腰花……一瞬间全部清空。

我饿着肚子，也没胃口，就打电话给一个工友。工友在葛龙那儿打麻将，问我来不来。我说我不玩钱。他说，葛龙今天高兴，赢的算我们的，输的算他的。工友说的那地方是葛龙在厂里搞的一个聚点，我不常来，听说赌得不大，而且派出所他有熟人，再说工人没活儿干，闲得无聊，这里就被默认为一个安全的娱乐场所。我把摩托车停在门口，还没进门就听见欢快的笑声溢出来。那笑声又粗俗又清灵，混浊男声里夹杂着秀弱的女音。屋内灯光暗黄，一抹红衣飘入我眼帘。

工友们跟我打招呼。葛龙满面红光，笑嘻嘻摸自己的牌。田婴紧挨着他，凝神思考，似乎在认真学习打麻将，抬眼对我一笑，算是打招呼。

葛龙对田婴说，大学生就是不一样，脑子好使，一学就会。等你学会了，要怎么感谢我这个师傅呀？田婴笑而不答。有个工友嚷道，以身相许呗。田婴只低头浅笑。

葛龙忽大叫一声，和了。紧接着说，我拜托你，可爱漂亮的田婴，我的小婴儿，你别靠我太近，我有条腿快受不了啦。众人大笑，吵吵嚷嚷。有人大声问，哪条腿啊？葛龙唱道，一条好腿波浪宽，风吹……

或许是红衣映衬，或许是灯光照耀，我看到田婴脸颊红红的，这是我见过她血色最浓稠的一次。

有人跑过来说，科长叫你上去一趟。我掐灭烟头，快步赶去总厂办公楼三楼保卫科。我不知道自己为什么走这么急，两腿带风，生怕脚步慢了会有不好的事情发生。科长是从部队转业过来的，听说以前是海军连长，常年吹海风的缘故，皮肤粗糙，烟酒嗓，脾气也大。科长坐在办公桌后面闭目养神，像个大领导。他说，你知道咱们厂里的情况吧。我说知道一点。他说，分厂职工已经裁掉三分之一了，还要继续裁。没被裁掉的，要重新洗牌，竞聘上岗，还要跟厂里签用工合同。我没吭声。他继续说，我们保卫科还算幸运，包括我总共十八个，目前确定的情况是会留下十二个。我说，嗯，那得走六个。他说，也不是马上就走，提前通知，也是让大家心里有个准备，早做安排。其实这也是大趋势，不单我们厂这样，呵呵，大趋势你明白吗？我说，我明白，大趋势就是命运。他笑说，我以为你会说此地不留爷自有留爷处呢。我说，科长你太看得起我了，我说不出这么有底气的话。他说，其他五个我都通知过了，他们的心态就没你好。我说，主要是他们要养家糊口，我一个单身汉，负担没那么重。科长说，你也快三十了吧，怎么还不成个家？我说，谢谢科长关心，还好没成家，不然现在得哭死。

自从那次以后，田婴再没来门岗找过我。听说她迷上了打麻将，葛龙经常带着她胡吃海喝。有一次在南门菜市场，我远远看见她。她走路耷拉着脑袋，背却挺得僵直。拎着一塑料袋的菜，芹菜叶子伸得老长，其中有一根快要拖地上，我心慌慌的，想走上前把芹菜叶子塞进塑料袋里，脚却死死黏着地，拔不开。她穿着一件绛红色毛衣，像是胖了一圈，脸色也比从前红润。

其间我给她打过一个电话。我说，白天我看见很多蚂蚁过马路，还有蚯蚓出洞，是下雨的征兆，你这两天最好别洗衣服。她说，我知道，天气有预报。我说，电视修好了？她说，没修，换了个新的。我说，挺好，以后不用看雪花了。她静默了几秒钟，只吐出三个字：谢谢你。

眼看就要过年了，许多工人提前回了老家，厂里更加萧瑟。还没走的，也一个个魂不守舍，听说过完年厂里会有大动作，大家见面就喝酒，也没什么钱买下酒料，花生米、萝卜干，加几块卤豆腐算是不错的了。天冷，啤酒越喝越冷，改喝二锅头，经济实惠，还能取暖。半斤下肚，脚心发烫，一斤以上，头脑发热，豪情壮语纷纷吐出：

此地不留爷，自有留爷处！

爷早就想离开这鸟不拉屎的鬼地方了，操他妈的，害我老婆都找不到，阴阳失调……

就是，回老家养猪也比待在这儿强。

我家还有几亩地，我这一把年纪，也不知道锄头能不能扛得动。

你家厉害，还有地！我他妈连地都没得种，操！

你不是有手艺吗，可以开个理发店啊。

那得有本钱啊，兄弟，谁借我钱哪？

嘿，小泥鳅，你怎么喝闷酒不说话？

再叫一声试试。

怎么啦，小泥鳅？

再叫一声，我宰了你。

来呀来呀，有种现在就动手！你个婊子养的！

我 × 你个稀巴猪狗不如……

算了算了，都喝多了，舌头都捋不直，那谁，你扶他过去躺会儿……

大家迟早都要散了，该好好珍惜嘛。

珍惜个屁！也就是借酒壮胆，酒醒了还不是㞞货一个。

嘘……

嘘个屁呀，以为我不知道呢，还不是因为姚莉莉。

哪个姚莉莉？

胖妞啊。

哦，胖妞不是早跟他分手了吗？

对呀，人家胖妞挣了大钱，回老家盖新房嫁人啦。他这是又眼红，又后悔……在厂里干了十多年，一穷二白，一声令下，卷铺盖滚蛋，前路茫茫，除了撒酒疯，还能干啥？

不只胖妞，小慧、梅芳也走了。

没啥，走了旧的，新的上。辞旧迎新嘛。

新的也不新，而且，我知道葛龙打算在 KTV 和足浴城培养大学生，以后走高端路线。

你是说那个田婴？

是呀，葛龙本来想把露露包装成大学生，但发现假的真不了，谈吐不一样啊，一下子就被台湾客识破，所以这次要动真格。这田婴也不知道怎么回事，葛龙带她去赌，她就去，输得一塌糊涂，欠了一大笔债，葛龙让她找父母要，她死都不肯，那就只能卖身还债喽。

葛龙有的是办法。

大学生就是天真，你没发现她看葛龙的那个眼神啊，以为自己就要嫁给他啦……

哈哈哈哈哈哈哈……

嗳，小泥鳅呢？

刚才还看他躺那儿，一动不动呢。

他们不晓得，小泥鳅骑着破摩托车找葛龙喝酒去了。小泥鳅就是我，我就是小泥鳅。我发现自己渐渐接受了这个名字，姚莉莉说得对，所有人都叫你小泥鳅，你就是小泥鳅，你叫别的名字，也还是小泥鳅。

灯泡浑黄，像一个剥了皮的烂橙子。葛龙独自在烂橙子底下吃一盘烧鹅。他说，小泥鳅，你来得正好，一起补补身体。你发现没，我掉了起码十斤肉，你也是，你脸色也不好。我说，你怎么一个人喝闷酒？他叹了口气说，生意不好做，×他妈，今年比去年少赚一半。我说，你不是还有KTV，还有洗脚店吗？他问，哎哟，都知道哇。我说，我啥都知道。他说，没屁用！今年整个都邪门，唱歌洗脚的客人也比去年少一半。我说，可不是，工人也走一半了。他说，小泥鳅，你别丧气，实在不行，你跟老子干，有吃有喝，有钱花。我说，你对我还挺好的。他说，废话，咱们是兄弟，咱们都认识十几年了吧。我笑了笑。

葛龙说，你跟他们不一样。我问，哪里不一样。他说，你酒量好，话不多，深藏不露。我说，莫名其妙。他说，你别看我整天呼朋唤友，连一个说心里话的人都没有。我问，田婴到底欠你多少钱？他说，三万六。利滚利，一天变一个数字。怎么，你要替她还？我没吭声。

葛龙问，你喜欢田婴什么？我没吭声，喝了一杯酒。葛龙也喝了一杯，说道，小泥鳅，你太傻了，就算你替她还钱，她也不会喜欢你的。我是为你好哇，她以为自己是白天鹅，等我把她变成一只鸡，她就乖乖听话了，那样你们才般配……

我摆摆手，意思是让他停下来。但他向来嘴碎，说到兴头上，谁也别想打断。

……你伤了胖妞的心，就为了田婴？你太傻了，告诉你，女人都一样的，脱光了都他妈一个德行。我觉得胖妞跟你最配，大胸大屁股，配你的小泥鳅，简直天生一对，哈哈哈哈哈哈……你放心，胖妞我不会再碰，肥肉早吃腻了，我现在喜欢吃素，田婴我就先帮你调教调教，以后都归你……

你就从来没尊重过别人吗？

你说什么废话。可怜的小泥鳅，你是真傻还是假傻？田婴跑去东门门岗找你，你不知道为什么吗？她是去打探我的，她读书把脑子读坏了，不会直接，只会拐弯，她爱我爱得发疯，你知道吗？她为了靠近我，傻兮兮地跑去利用你……

你放屁！什么爱不爱的，听着恶心。

操，你也不照照镜子看看你那泥鳅样儿。你还瞧不上胖妞呢，我告诉你，老母鸡配小泥鳅，绝配！我告诉你，田婴也是做鸡的料，你喜欢她，很好，迟早你们会在一起……

够了，葛龙，你听我说，田婴的钱我替她还，真的，一分不会少。

你玩真的呀？好哇，行，大家兄弟一场，利息我不要了。

我把钱包里的钱都掏出来，数了数说，一千二，就这么多，剩下的我每个月发工资的时候还。

你开玩笑吧？咱这个破厂还有工资发？

发不出工资的是分厂，门岗是属于总厂的，你放心，工资一点没少。再说你又不等钱用，让我一个月一个月地还，好不好，葛龙，我迟早会还清的。

小泥鳅啊小泥鳅，我看你是太天真了。厂子马上就要倒闭了你还不知道？让我等你那点破工资？田婴是个雏儿，我为了给她找个好买家，都没舍得碰她一下，知道不？

好，葛龙，我就实话实说了，其实我存了一点钱，我不放心银行，藏在一个非常安全的地方。

有多少？

三万多。刚好够还你的钱。

藏在哪儿？

我带你去。

我踩上油门，在前面骑，葛龙跟在后面骑。

经过田婴那栋干部楼，刹车，听到后面葛龙的刹车声。他连刹车声都比我的好听。我望了一眼田婴的那间房，整栋楼都暗着灯，什么也看不见。再看看时间，十二点十四分。葛龙骑到我左边，一脸的笑。他爱笑，笑起来充满魅力，不得不承认这是个事实。

我重新启动，右拐，奔下斜坡。

月光映照，路边的野草显出灰白色，一撮撮，像枯死的白发。葛龙一路嘀嘀咕咕，我好像没听见。我自顾说，钱就埋在公厕里面，这里发生过命案，没人敢来，想来想去这是全世界最安全的地方。

葛龙说，哈哈哈哈你快去看看还在不在，别被老鼠咬烂喽。我说，你帮我一起挖，这样比较快。

公厕屋顶破得厉害，月光被砍成一段段泄露进来，让我刚好能看到该看到的东西。我这儿踩踩，那儿踩踩，然后指着一块地，说，就是这儿。我随手拿了两块破瓦片，递给葛龙一块。我蹲下来开始挖。葛龙屏住笑，蹲下来，点一根烟抽上。抽一口，他又忍不住笑起来，中途被烟呛到，于是笑中带咳，咳中带笑。我知道他笑完大概会说："小泥鳅，你他妈居然把钱埋在这个鬼地方，我 ×，笑死我啦……"我没耐心等他说出这句话。一块砖头被我拿起，准准地重击他脑袋，看他翻倒在地，两腿划动着，我上前又砸了两下。

他晕过去，我解下他的皮带，扣住他的脖子，他好像醒了，就像睡醒一样，呼出热气，嘴里嘟噜嘟噜含混不清。他个头大，身体壮，我勒的时候费了不少劲。他像溺水的人一样手脚忙乱，还用膝盖顶了我肚子一下。我使出发狠的力，勒了一会儿，累得大口大口喘气，我让自己平静下来，咬着牙说，葛龙啊，葛龙，我知道你早就看透了生死，所以，这对你来讲，不算个事，对吧？他没反应，五官在脸上荒腔走板，这应该是他最丑的时刻。我把手指放他鼻子底下，三次，确认没一点气息，才放心。他的摩托车停在公厕门口。也许几天，也许一个月，也许半年，就会有人看见它。

我把自己的摩托车踹回宿舍，发现衣服上沾了点血，脱下来洗，血迹不好洗，搓来搓去，机械化运动着。晚上睡不着，翻来覆去。后半夜，听到淅淅沥沥的雨声，不紧不慢下了好一阵子，才渐渐转为大雨。并没有风，窗帘都没有飘起来。不知过了多久，我发现自己站在屋顶，长出一对硕大的翅膀，翅膀由树枝、铁丝和床单组成。我飞起来，雨水把翅膀染红，我越来越沉重，只能向下坠落……

隔了两天，是周六，我去田婴的宿舍。这是我第一次敲她的门，以前没胆儿。她眼睛红肿，肤色惨白，披着一件毛呢外套，里面是皱巴巴的碎花睡衣，样子疲惫，神色有点慌张，我看到她左右肩膀一高一低，从前并不这样，毛呢外套左袖口已经开缝，线头露出。我第一次进她宿舍，屋里意料不到的粗陋。连张像样的凳子都没有，只有一张看起来随时要坍塌的塑料椅。她坐在床沿，双腿并拢，并不看我，眼睛每隔五秒钟眨一次。我靠墙站立，一时不知说什么好。

后来我问她，有水喝吗？她指了一个方向，我顺着她的手指看到靠窗有一个矮矮的茶几，茶几上除了泡面、揉成团的废纸、牙签盒外，还有一个水壶和两只玻璃杯。水壶里没有水，其中一只杯子里有半杯喝剩下的水。她懒懒地指了另一个方向，那儿有个水池，有个生锈的粗大的水龙头。我拧开水龙头，闻到一股呛人的味儿。她说，没想到吧？这就是干部楼，我早习惯了，出水五分钟后，就可以接到好水了，还挺甜，这叫先苦后甜。我说，几天不见，你就变成另一个人了。她说，我完蛋了，谢谢你还记得我。她始终坐在床沿，两手交叉笼进袖口里，时不时打个战，不知是冷，还是紧张。

我说，你别怕，你不会有事的。她说，别安慰我，因为我已经安慰过自己很多遍了，我现在需要听真话，需要别人告诉我，我有多蠢，多废物。我忍不住发出难听的笑声。她很惊讶，站了起来。

很好笑吗？她说。我说，你的电视机呢？她说，扔了。我说，我怀疑你从来就没有电视机，电视机里的雪花，也是你编的。她好像来了精神，振振有词：确实没有电视机，但是电视机里的雪花是真的，我家就有这样一台破电视。

我说，你怎么不回家？葛龙是不是威胁如果你敢逃跑，就杀到你家去？她说，是，我相信他什么事都干得出来。我说，听起来你很崇拜他。她问，你到底想说什么？

我想对她说“你确实够蠢的”，但我把这句话吞回肚子，我说，我今天来有两件事，一件是请你去北门餐馆吃饭。第二件事，我会在吃饭的时候告诉你。她语气疲惫而冷淡：谢谢你，但我没什么胃口。我说，你如果不去，肯定会后悔，这件事很重要，而且跟葛龙有关。

她开始摇头：没用的。把头持续摇着，那么细的脖子，扭动起来，好像随时会折断。她说，我知道你想帮我，没用的，葛龙只看钱，没钱说什么都没用。我盯住她，狠狠地说，有用，我说有用就有用。

她迟疑而缓慢地走下楼梯，我在前面，走三步，停一下。听到她在后面喃喃道，为什么非要请我吃饭呢？有什么话不能直说吗？干吗要去北门餐馆？那地方不便宜。到了楼下，我跨上摩托车，发动起来。我用毫无感情的声音说，上车。她迟疑而缓慢地坐上后座。车子开动后，我说，前面是下坡路，抱住我的腰，不然你会被甩出去。她迟疑了几秒，然后乖乖地把手臂环绕过来。但她的手并没有扶贴于我的腰，而是拽住我的衣服。我的身体丝毫感受不到她手的轮廓和温度。她很轻，就像一个空壳。从她宿舍楼骑到北门餐馆，大约15分钟。如果能把这15分钟冰冻起来，或做成一个标本，永久保存，我想我就可以去死了。我听说动物是没有时间概念的，人类把时间切割成年月日，时分秒，甚至一个一个的刹那。人类有四季，有24小时，动物没有，动物的“时间”是一整片，没有过去、现在、未来，没有昨天、今天、明天，一切都粘连在一起，那也是热寂之后的大同世界，混沌又清凉。对我来讲，这15分钟，就是我的动物时间，我在这里，度过了美好的一生……

在北门餐馆点什么菜，我早就烂熟于心。虾米炒芥菜、青椒牛肉、丝丁鱼煎蛋、凉拌海蜇皮、糖醋肉、苦菜小肠汤、爆炒腰花……上了满满一桌菜，我直接吃起来，吃相不雅，动物一般饥饿。她呆呆坐着，眼神空旷寂静，这样的眼睛，里面应该什么都可以装下，甚至可以装下一整个废弃的篮球场。我吃了很多辣酱，被辣得冒汗，我自己内心的气氛很热烈很强硬。而她，则像一个被抽干了灵魂的布偶。服务员上了一盆汤，热气向上升腾，她突然热泪盈眶，眼泪在眼眶悬挂一会儿，掉下来。也许是被我的无趣感染，她终于动了筷子。

我知道葛龙经常带你来这儿吃，可今天是我请客，不一样。

有这个必要吗？

有。

到底什么事？

葛龙的事，我会帮你摆平。

不可能。

我骗过你吗？

没有。

你放心，葛龙不会再去找你了。

别管我。这不是我想要的结果。

那你想要什么？

我不知道。

快吃吧，吃完我带你去一个地方。

去哪儿？

去了就知道了。

你究竟想干什么？我很累，不想捉迷藏。

你那时为什么到我上班的地方找我？因为无聊吗？

她沉默半刻，说，你记得我们第一次认识是在哪儿吗？

我说，记得，在斜坡那家快餐店。

她说，葛龙你们一群人，把摩托车停在快餐店门口，浩浩荡荡冲进窄小的店铺，就像一个队伍，像一个组织，像一个团伙，总之你们一出现，我心里是怪怪的，也不是害怕，也不是厌恶，也不是高兴。我当时一眼就认出葛龙，因为他是我们厂大名鼎鼎的恶霸、混世魔王，他也认出我，大声而轻佻地开玩笑，我低头看着一盘盘颜色味道完全一样的菜和肉，反复地看，好像要把时间看透。你们人多，挤过来，我被迫向前贴住柜台，葛龙突然用手臂扣成一个圈套，把我扣在里面。他呼出热气，对我耳语：不许动，我可怜的小俘虏。我的耳朵很痒，接着全身都痒起来。我无法描述当时的感觉，就像小时候吃第一口雪糕，舌头像被烫到。当时我的感觉，就是这样，不对，更加奇怪，从喉管下来，腹腔、脊柱、血管，一直通到脚底，又麻又痒，又冰透透，就像死了一样。

四周很安静，田婴说出口的每个汉字都颗粒饱满，清晰完整，没有一个字会被错过，甚至每个标点符号都堂堂皇皇立于天地之间。其间我只发出一点嗡嗡声，算是回应。

斜坡快餐店分里外两个部分，外面这间卖快餐，里面设有一个包间，摆了三张麻将桌。我记得当时葛龙丢下田婴，就带着我们进去，店主已在其中一个麻将桌之上搁了一个大圆桌面，各种下酒菜，冷盘热菜，满满一桌。葛龙从来不缺钱，不缺大吃大喝，永远有人对他态度美好。我记得葛龙搂着我的肩膀往里间走，屁股还故意一扭一扭，这是他哗众取宠的招牌动作。这种动作别人效仿是恶心，但他做出来就感觉天衣无缝、风流倜傥。他扭着屁股是要给田婴看的，进去之前，他搂着我猛地一回头，对孤零零站在快餐柜台面前的女孩大叫：田——婴——，我向你保证我不是坏人！这是我兄弟，他叫小泥鳅，他在保卫科上班。你以后有什么事可以去东门门岗找他……田婴愕然地望着我们，钉在原地好一会儿，猛地醒来，扭头离开。

她继续说，我知道自己很没出息，我拿自己没办法，拿别人也没办法。我不知道明天会怎样，后天、大后天会怎样；我不知道好日子是什么样，坏日子是什么样；好的时候为什么好，不好的时候为什么不好；老天赐给我什么我就接受什么，老天只要随便给我门外弄一条乱叫的野狗，我就不得安宁，我的生活立刻就会毁掉，非常简单的，随便哪个方法都能击败我……我这样说，你能听懂吗？

我冷笑道，我听懂听不懂又有什么重要，只要葛龙能听懂就好。她说，葛龙听不懂，永远听不懂。我说，我跟葛龙是兄弟，我跟他讲好了，他同意放过你。她说，不可能的，不可能的。我说，你以前总说我有办法，怎么现在不相信我了呢？她红肿的近视眼，看不清，又不愿意眯起来，迷离空大，没有内容，就像一个摆设。我说，吃吧，把菜都吃完，别浪费，浪费就是犯罪。我率先埋头吃，夹菜时把盘子弄得叮当响，她也吃，吃相优雅又苦涩。

吃到暮色降临。我抬起头，就像溺水很久，终于挣扎出水面，大喘一口气。田婴坐在对面，我太累了，仅用余光看她，她还在吃，似乎越吃越有劲，是一片晃动的模糊。然后我们走出餐馆，天色暗污，我伸了个懒腰，隐约听到工友们的喝酒猜拳声，在亮着灯的包间里，碎碎的喧哗，像个梦境。明天他们依然会在厂房、住宅区、菜市场和小酒馆或聚合，或散开，或迷惘，或清醒，或两手空空地走来走去。

我跨上摩托，破车启动声突突突，掩盖了其他任何一切，吃饱肚子的田婴身子依然很轻，轻得就像不存在。厂区的斜坡总是那么多，上坡，下坡，带转弯的坡。骑了不知多久，田婴抱住我的腰，越抱越紧，但我还是感觉不到她。她的轮廓，她的温度，都不存在。

再往前是厂里最长最陡的下坡路，我闭上眼，把手臂像翅膀一样展开，想象自己是葛龙，或是别人，我喊道，田婴，闭上眼，我们要飞啦，我们要飞啦……耳旁只有嗖嗖嗖的风声，不确定田婴有没听到我的话。飞起来的那一瞬，她好像在后面说了句什么，我听不清。句子被风卷走，没关系，无论卷去哪里，最终都将落进时间的缝隙里。

逛超市学

卢德坤[1]

最长纪录多久没出门？他没算过。谁有空算这个？一个星期总有罢，不然也就没有计算的必要了。

每次过来，母亲都说，他卧房中有股“油气”。自然，不是说他这个人油里油气，甚而沾染了卧房——他要是能油滑起来，母亲倒不必常来了——也不是说，房间有汽油味、花生油味、防晒油味或其他什么乱七八糟油的味道，而是说他久久未换洗的床单、被套、枕头散发的一股子被汗液或其他什么体液浸染的味道。或可统称为“人油”。可能不止床上用品，床脚、窗旮旯也散发这样一股子“油气”罢。母亲也说他的毛巾“油”起来了，意思是他长久没拿毛巾到洗衣槽那边泡一泡搓一搓绞一绞，拧毛巾时手都抓不牢，滑得很。她还说，他衣柜里也有股“油臭”。可衣服明明都在洗衣机洗过又在阳台晒过才堆在衣柜里不是吗？母亲说，准有几件什么衣服，他穿过一两次，并不觉得脏，没洗过又放回柜子里去了。倒不是没有这个可能，他想。再来，是厨房以及卫生间……实在不必说了，母亲无话可说了。对于整套房子没有一个干净点的房间，母亲最后只提一个意见：没事的时候，拿扫帚随意扫一扫，样子看上去就会大不同的。窗户也得多开开，她忍不住又多说了一句。

---

① **卢德坤** 1983年生于浙江乐清，现居杭州。曾在《收获》《江南》《山花》《上海文学》《长江文艺》《西湖》《小说选刊》《思南文学选刊》《南方都市报·阅读周刊》等刊发表小说、评论若干。浙江省新荷人才库作家。

他没则声。母亲又说，你自然是动都不想动一下的。话里，有一种原谅的口气。他知道，只要自己不说话，就能自动得到这种原谅。得请一个钟点工来，钱由她来出也没问题，母亲说，一个月可以叫上两次，那房子就不一样了，人待着也舒服。他不置可否。他并不喜欢陌生人上门，除了快递员和送餐员。事实上，他也不喜欢母亲一来就打扫这儿，清理那儿。在她动过之后，很多本来他眯着眼就能拿到的东西找不着了。路由器还常出问题。她是一路用扫帚狠命扑打地面上的一切吗？路由器太可怜，命犯扫帚？在重启、整修路由器的过程中，他觉得时间白白流逝了。关于请专业钟点工的事，母亲就算给他留了额外的清洁费，他也不想真的去请。更何况母亲并未留下她说过的额外的清洁费。

杂物堆满各个房间，或许会叫那不曾来过的清洁工吃惊。弟弟结婚没多久，搬离了与弟妹的东西。一度，房子多了些空间出来。他把书房地上堆叠得太高的书，搬了些到弟弟卧房中，摆在弟妹以前放瓶瓶罐罐的墙桌上，后来，连床底也霸占了。有那么一小段时间，杂物重新区隔出来的空间，看上去有了一种正确的曲线比例度——也就是说，没有哪一种杂乱比这种杂乱更贴合他的心思了。可好景总不长，杂物永远在繁殖中。现在，母亲来的日子，就住在与他的卧房一样杂乱的弟弟的卧房里。母亲开玩笑似的跟他说，要是弟弟住回来，会说你把他的房间给弄乌糟了。到时候，你东西哪里搬过来，还得往哪里搬回去。理智告诉他，弟弟不会搬回来了，但他脑海中总克制不住地浮现弟弟搬回来的情景：弟弟和弟妹，现在又多了个侄子，三人一起站在门口，带着同时也可以装下这房子里的杂物的大包小包。到了那时节，加上他，房子就有四个人了。母亲来，就是五个人。一道有趣的幼儿园数学题。

弟弟搬出去后，在滨江区买了套房子。侄子现在到了上幼儿园的年龄，是时候考虑小学学区了。二〇一六年九月之前，弟弟卖了他的第一套房子，换了套老城区的新房子。九月之后，价钱就发生了较大变动。虽然，蛰居多年，但数字上几个零的上下翻飞还是颇能触动他。卖滨江房子时，弟弟说，有些东西留给新屋主，有些干脆不要，搬来搬去麻烦。母亲说，丢了可惜，而且为什么要白白益了人家？就都捡过来，放在他这里，虽然她嘴上不停说，这里挤死了挤死了。从弟弟那里搬来的东西计有：袖珍的或许造出来只是给小学生骑的自行车一辆、体积较大的转轮皮椅一张、塑料小凳子四条、立式电风扇一个、颜色鲜艳的洗衣盆两个、已被涂乱的儿童绘本十几册、陈旧的怪兽娃娃五六个、已拆卸的婴儿床一张、婴儿推车一辆、徘徊在保质期边缘的茶叶十几罐……或许还有别的什么他不记得的东西藏在哪个角落里。他自己的换下的旧椅虽磨掉一层人造皮，斑斑驳驳的，可也没扔掉，跟一些废纸箱、饮料罐一起，堆在后边阳台上。收废品的人来了好几次，也没能卖出去。收废品的人说，愿意无偿将椅子搬下楼去。因此，就一直放在阳台上吃灰。过了一段时间，弟弟的旧房交了出去，新房还没装修好，就在外头租了个小套间。从旧房带去的东西无法全部放下，于是又暂时转移到他这里：用暗红格子纹箱装的两床崭新被子、四个没用过的枕头、侄子的一张安全座椅、也是装箱的新碗碟，等等。等弟弟住进新房，只拿走了碗碟，其他东西像是生了根。母亲怂恿道，不如开个网店，把不要的东西卖掉一点。他想过这个事情，但也只是想想而已。一天，弟弟的一个朋友正好需要一张小孩安全座椅，弟弟想起他这里还有一张。弟弟他们忙着，只好让朋友亲自上门来取了。拜这样极偶然的机会所赐，房子多出了一张儿童安全座椅的空间。

以前弟妹在时，他能蹭上几顿住家饭。母亲来的日子，就由母亲下厨。现在，他天天叫外卖。母亲说，外边的东西吃不得。你现在时间空，可以回老家待一阵子，就不怕吃坏了。说起来，母亲美味的重油重盐的菜肴，也比外食健康上一些罢？这句称许母亲的话，他没说出口。他回说，没准我可以自己做饭吃。母亲问，你会吗？他反问，有什么不会的？不就是洗一洗、切一切、煮一煮、炒一炒、炖一炖？——噢，还要买一买。这么说的时候，他心下想，没准真的可以去买两本食谱以及营养搭配的书来。母亲有点被逗乐了，但仍旧是不相信。自然，她是对的。后来，买食谱和营养搭配书的念头一直都在，但他从未真正下过厨，煮方便面不算。上一次来，母亲留了个块头不大不小的南瓜给他，让他切来放水里煮一煮当早餐吃。她说，这个南瓜还不很熟，放久一点会更甜，又不会坏掉。母亲把南瓜放在后面阳台那张丢不掉的旧椅下，被四条椅腿用无形的线条框住，形成一个结界。他没再去动过。反正不会坏的，他想。是这样吗？不会坏？弟弟偶尔打电话，发微信给他，叫他去新宅吃饭。他想，不如带这个南瓜去？

母亲、弟弟、弟妹、侄子同在这座房子时，嬉笑、吵闹，及一些悄悄话的余音回荡于杂物之间。电视也要开的。他记不清多长时间没去交数字电视费了，也没开通自动扣费服务。什么频道都不能放，购物台还能看。电视购物推销员总吊着一种费嗓子的高声调，时刻提醒你正处于某种亏损状态中，如果再不买的话。但是，一点儿关系也没有，她们说些什么，他都不感到厌烦。他甚至有点喜欢被包裹在这些锐声当中，亏损也好，不亏损也罢。同时，母亲、弟弟、弟妹、侄子也不反对开着没人看的电视。电视说电视的，他们说他们的，偶尔瞥一眼。当然，一个人时，他绝不会想去开电视。有时候，洗衣机会洗上一个下午，好像他累积如此许多脏衣物，只为一次性满足洗衣机。洗衣机之声比较动听。

躺久了，坐累了，他就在几个房间里走来走去，美其名曰“房间内的旅行”。他最常走的路线是从书房到弟弟的卧房，再从弟弟的卧房走到书房。有时候，一口气可以走上几十个来回。还有其他路线：从书房到餐厅，从自己的卧房到客厅。偶尔从各处房间到厨房烧上一壶水，到卫生间坐一坐算不上“行走路线”。偶尔，会与什么杂物如没放端正的一张椅子、弟弟装新被的盒箱磕碰到。他不讨厌这种糟乱，事实上，他喜欢穿行在各种杂物隔出的小径中。磕碰一下，亦是好的。他觉得自己的行走，勾画出无数条无形曲线。闭上眼睛，他可以看见在快速镜头下接替、交叉、缠绕的曲线。偶尔，他没事找事，移动房内一些杂物，把一两本书从这个房间拾掇到另一房间，把椅子从哪个房间搬至客厅。或者，反着进行一遍。曲线度发生了小小的改变，房间亦出现轻微变化——就像一个人去剪头发，难以理喻的发型师只花几秒钟，拿起剪刀又放下，貌似只剪掉几缕空气，似乎就算完成了什么工作——这让他的心情舒畅。他甚至能体会到侄子为何那么喜欢搭乐高了。自然，后者是一桩繁复的活动。

但可使用的多巴胺额度总不够。一个月里，总有那么几天不安于室。夏末秋初，这样不安于室的日子越来越多。是因为忽凉忽热的缘故？总还是热的日子居多。他以为凉快日子就要来了，后来发现还没影儿呢。

如此，就让人轻易愤恨起来。做“房间内的旅行”时，唯有焦躁，什么东西要从腑脏内、血管里、皮肤下冲出来似的。没办法，只好出去走走，好像新鲜空气可作麻醉剂用。

以往，决定了要出门，再决定去哪里，是个问题。他决定出门，总是临时起意。刻下，他脑中迅疾跳出一个明确地点——超市。不是附近的公园，不是以前爱去的酒吧，不是书店，不是新建的巨型商场，也不是和别的什么人一起攀过的矮山，而是超市。

他想，吸引他的，或是某种较平稳的频率所发出的召唤声：差不多半个月，他就要去附近超市一趟。家里的卫生纸、洗漱用品、方便面、烤鸡烤鸭、烘焙糕点、特定的几种水果——是的，他也吃水果。他不光靠在室内逛逛，就自然生成充足维生素。他最爱吃橘子和香蕉。他喜欢一切剥皮就能吃的水果，远胜削皮才吃得的水果——巧克力、速溶咖啡、小桶装牛奶，橙味夹心饼干、火腿肠、葵花瓜子、咸蒜花生，罐装啤酒、可乐，等等，均需定时补货。蔬菜、生肉永远不在他的视线内。以上种种，也是构成他房间杂物的一部分，但规律性地一件件消失，只能再去购买它们的“副本”或“幻影”。屈指算来，他上一次去超市，不过四天前的事。现在，烘焙面包、小蛋糕已经吃完了；烤鸡只剩下细弱的骨架，仍存放于冰箱中；烤鸭还有半只，也放在冰箱里，已然生出“冰箱味”，比较难下口了；火腿肠还剩三四包，已撕开的包装膜挂到垃圾筒边沿，像盛开的塑料花；水果大概吃了一个……但他还是决定，再去附近超市一趟，虽然，这样一来，就打破了稳定的频率。

初秋午后，气温仍在三十度以上。桂花香尚未如洪水般侵袭全城。天空有一层淡灰色的薄霭。阳光透过薄霭，似乎经过了一番熏蒸，再到达地面，使周遭愈加燥热。呼吸之间，有一种颗粒感。他把厚棉布格子衬衫袖子挽上去。

走两个街区，就到他平常去的那家超市。楼高五层，超市在第一层，面积还算广大。一层另一部分空间，隔出来给独立的面包店、花店。二楼有家舞蹈室，三楼有一家网咖，他从没去过。

他试图如往常般走进超市，但在门口，便袭来异样感。超市没几个人，熟口熟面的一个收银员正倚着柜台，瞌睡改变她的面容。今天是工作日罢，他想。这家超市，没多少窗户，不多的几扇，也被肉脯区、散装糖果区的装饰墙板挡住大半。这当儿，一半或三分之二的照明灯没开，视线无法铺展到较远的地方，林林总总的物品似乎趁机于暗中偷起闲来，搓手搓脚。空气滞闷，好像此处并非超市，而是仓库什么的。他不信邪，喜欢硬着来。刻下即便是走到真的仓库门前，也要当假的超市逛起来。

依照惯常顺序，他迅速经过收银台，逛起近旁的烘焙区。他很快找到自己常吃的豆沙馅面包，抓三个在手里，才忙不迭去找购物篮。然而，却不见洒满糖霜的小蛋糕。一连绕两圈半，还是没能找到。他拦住一个戴厨师帽、似乎正在清点数目、脸色黯淡的中年妇女，问怎么不见小蛋糕？她回说，今天的还没开始做，昨天的也没剩下。五点钟以后，再来看看。

可是，每次来这家超市，小蛋糕不是一早就等在玻璃橱窗中候着他吗？

失落感如约定般袭来。他进而想，要是没有小蛋糕，豆沙馅面包也不要了罢。按惯常路线，逛完烘焙区，该去饮料区，然而，他也再没兴趣挑瓶汽水。

硬来，说到底，还是不行。失落归失落，他脸上仍只是木然，但心里的什么东西像涟漪一样，荡了开去。对此，他有过丰富的经验。

豆沙馅面包原本放在什么地方，他照原样放回去。购物筐也放到一个角落。两手拍拍。

出了超市，他看一眼手机，不过十四点二十六分。时间过得好像有点慢。不能回家。这一刻，更不能像个败军似的掉转脚头往回走。在他，不管什么地方有了裂痕，总迫不及待要填平。他记起，过一座桥，向西再走三四个街区，有两家不同品牌的、规模更大的超市沿街对视。它们总不至于马虎到大下午的不开灯罢。不必多想，只要有一家开，另一家怎么也不会不开。他去到近旁的公交车站，看了站牌，记下三辆路过的公交车。摸一摸口袋，零钱充足。等七八分钟，三辆中的一辆开来了。时间过得好像有点慢。十分钟后，他顺利抵达目的地。

下站口正好在其中一家超市不远处。超市门口，一辆空的儿童玩具车正发出甜熟的简易电声旋律，上下颠簸着。透过洞开的大门，可以看到一些上了年纪的人正在收银台夹道中排着不长的队伍。更里面的地方，便是丰盛的所在了。这家超市，与他家附近那家分属不同品牌。他没怎么犹豫，就斜穿过马路，到了对面与他家附近牌子相同的超市。三层楼，清一色，都归超市所有。

如他所愿，灯光明亮。四周镶嵌了不少玻璃、镜子、金属壁面。事物展现了在超市里该有的样子。他穿过占据一楼两旁过道的连锁品牌服饰店以及中心区的金饰店，置身于大门相对立的光线稍暗淡的底部，搭上一架速度缓慢的斜面扶手梯。没什么人挡在前头，他走上去，给缓速再加一点缓速。

抵至三楼，迎面撞见的是3C产品区；向左拐，是家用品区：床上用具、小电器……有人在榨豆浆；接着是与底楼连锁服饰店风格不同的服装区——大概隶属超市本身——弥漫着一股塑胶拖鞋的味道；隔壁为蹲踞长方形楼层一个墙角的文具用品区及儿童玩具区，也有股较淡的塑胶味，可能是服装区飘过来的，也可能是自产的；再往左拐，是洗漱用品区；走到长方形较短一边的另一个直角，被厨房用品所填充；再往左转，直线走四五分钟，就能看见通向二楼的扶手梯了。

他觉得自己像是一个上了发条的玩具鸭子，被驱赶着在光滑的地面上往左转，再往左转，再往左转，绕出一个圈圈。橡胶鞋底与地面摩擦，发出恼人的吱吱声，像是老鼠。超市里有玩具猫，没有玩具老鼠。

一楼跟他没关系；三楼的东西，他暂时不必再购“副本”。他最喜欢的，永远是作为一楼和三楼的夹缝存在的二楼——就是超市故意让你打转转，最后才转到的地方。

从三楼下到二楼，抬眼便是烘焙区。面粉、奶油、糖料及其他什么东西混合、烤炙后的郁厚味道冲鼻而来，将人裹实。兜兜转转，他终又找到烘焙区。这里的烘焙区更大些。他逛荡一圈，没找到与他家附近超市同款的铺满糖霜的小蛋糕。它们不是同一品牌的超市吗？但是，一点关系也没有，他的心绪没出现丝毫波纹。他挑三四个号称用新西兰奶油做、个头稍大点的方形蛋糕，放到后来才找的购物筐中，角落里总有什么人丢在那里。新买的蛋糕，虽标“新西兰”三字，价格比小蛋糕却贵不了多少，让他起了小小的疑心。

顺着被规划好的路线，他依次买了烤鸡烤鸭各一只，荤菜多过素菜的凉拌菜一份，香蕉五根，苹果一个，苏打饼干一袋，夹心饼干两袋，表明产地为香港的方便面四桶，两种口味的大号装火腿肠四袋，特惠装速溶咖啡一盒，加送 20% 分量的巧克力一罐，瓜子一袋，花生一袋，可乐两瓶，运动功能饮料一瓶。

旋风似的扫了一圈。他再看一眼手机，不过十五点十三分。时间过得好像有点慢。他还不想回去。一楼和三楼都改成食品区，就合心水了罢，只怕仍旧不堪逛。

他盯视购物筐，心想，是否漏买了什么？一眼望过去，只觉购物筐铺了浅薄一层而已。瓶装饮料翘立，似乎期盼更多甜头。但想不起来漏买了什么。不像他牵个小筐，其他人多用推车的，甚至同时推两辆——在他廉价的想象中，如果超市店主或其他什么主儿来消费，准是用上全部的一辆接一辆推车，从门口开始，穿过一楼扶梯，上去三楼，通过二楼，再绵延至一楼，抵达另一个出入口。连接而成的超市推车，像一条七扭八拐的虫豸，又像一条肠镜插管——都装满了，似乎才能勉强说上一句“好了，差不多了”。他再次感到一种失落。或许，他想，可以多买上几瓶饮料。又想，如此，未免太敷衍。保险起见，不如再从一楼逛到三楼，三楼下到二楼，整个复习一遍？因为，想起来，有点让人不安的是：没准，从一开始起，他就像个筛子，流水般漏过，或主动遗弃一件件东西？那些被遗漏、丢弃的东西，如芝麻般撒了一地。灯光明亮，可他就是看不见。重头来一遍罢，他先懊丧地确定这个念头，转而有点欢欣。一楼没有直达二楼的扶手梯，二楼有直达一楼和三楼的扶手梯呀。但是，刻下，他一点不想挪身，在饮料区和收银台之间呆立了好几分钟。那些芝麻早被人捡了去吧，都可以装满整整一玻璃瓶了吧。即便推着数十辆车子，执行“宁可错买，不放过一个”的安全策略，那种“漏买”的感觉也不会消散的罢。

最后，不知道站立多久，他感觉再不决定下一步行动实在不行了，因为，离他最近的收银员时不时就要打量他一下。她一边动作麻利地扫着一束青菜或一盒饼干的条码，一边歪过头来看他。他怕被她误会自己得了什么重症，马上就要过来问候他一声，因此必须动一动了。

循一股尚未炽烈起来的烟油味，他决定到烤鸡烤鸭铺附近一家敞开式小吃店坐一会儿。一圈五颜六色的塑料可旋转高脚凳环绕小吃店吧台，他坐一张被挤出队列的高脚凳上。此刻，没什么顾客光临。两个年纪看上去很小的男服务员，一个在备料，一个在擦拭炒铲、煎锅等，并不问离得稍远的他要吃点什么。他转动高脚凳，背对吧台，假装等人。“等”一会儿，他自己也觉得赧然了，于是拉近凳子，开口点个广式炒河粉。男服务员东磨蹭西磨蹭一阵儿，才端上吧台来。这盘东西，当晚饭吃早了点，当下午点心吃多了点。而且，他一点不觉得饿。没关系，他喜欢硬来。他慢吞吞吃起来，像只为填充时间的罅隙而吃。

如同其他很多快餐店出品，河粉味道过咸，但他不想多点一杯小吃店中饮料机里正缓慢搅动、颜色鲜黄的果汁，好像点了，就中了什么计——倒不一定是中人工色素的计。他也不想去开新买的可乐来喝——倒不一定是因为还没付钱。他脑中转的是这样的念头：吃了这盘炒河粉，回去再把上次逛超市留下的尚放在冰箱里的半只烤鸭吃掉，晚餐就算对付过去了。刚才买的东西，今天就不去碰它们了。不错的安排，他自我夸赞。他感到一种丰足感，感到一种持续消耗之中的精打细算，一种荡开的涟漪的暂停。

他仍旧坐着，望眼前一排排货架，觉得正置身一条好像流着奶与蜜的河川，他只取了一瓢饮。这一刻，到他手里的，切切实实，就是他的了。尽管，他知道，到最后也要埋到五脏府或别的什么鬼地方去的。

吃完炒河粉，差不多十六点。超市里人开始多起来。他觉得某种仪式已然完成。不必再逛，可以回家了。

时间终于又快转起来了。晚上，他坐在书房电脑前，窗外干燥凉风似能吹走电磁声。那种有什么东西要冲出血管的感觉，一时压服住了。二十一点，看完一集美剧——对他来说，电脑是电视台——他没能坚持住“明天再享用”的命令，吃了新买的烤鸡半只，火腿肠半袋，外加两根香蕉，以做中和。不过，晚上吃的火腿肠是上次逛超市的余货，不是今次战果，因此，稍稍抵掉一些罪恶感。二十三点，带着沉甸的坠胃感，他上了床，一夜好睡。

第二天，直到傍晚，他才又坐不住。由此，他估摸逛超市一次带来的“放风”效果可维持多久。长期的有规律的“放风”后，能否维持同等效果，他吃不准。

他在家附近小店吃过一碗面，才坐同一辆公交车去了同一家超市。不同时段，不同风景，好像接续上了昨天他离开时的画面。

超市二楼灯光似乎更亮了。被灯光晒出头油味的——照母亲的说法，也是“油气”一种——可不止他一人。人们成双成对来，拖家带口来。当然，也有像他这样，孤家寡人逛。他和那一个一个的，或都有片叶藏身树林的感觉罢。而且，好像这一片一片的树叶不是随风从别的什么地方来，而是这林子的“自落叶”，自有一种合法性。他们这些“自落叶”，和其他所有人，和他们头顶的东西，货架上的东西，摊头的东西凑一块儿，组成个合唱队似的蜂鸣器，发出的含混、甜俗声音如波浪般绞缠，分不清这一滴水，那一团泡沫其源所自。各种声音，又像闷在一个装着浴霸的烤箱里回荡。有时候，他能够听清别人说的一句话；更多时候，他接收到的只是一团含混而颇有重量的声浪。那本来明确的话，在这一整波声浪中，也变得不明确了。超市里人来人往，东西摆上拿下，扫码付钱装袋。原本，事情是怎么个运作法，可以条分缕析，但在这含混中，他无法知道个所以然。可被这含混裹住，他又觉得甜蜜。最后，他得出结论：昨天逛超市虽逛得舒心，却未碰上最好的时候。逛超市，还是这个时间点好哇。他一点也不觉时间过得慢。

从这一刻开始，他原本逛超市或做旁的什么事的频率完全被打破。现在，隔一岔二，他就要逛一次超市。过桥后向西再走三四个街区的超市，成他一时“新欢”。接连去了三四次后，他才“临幸”街对面另一家牌子的超市。他早知道，它们的面貌相似，总是那几样。但总有不同的地方——其他不用讲，一座在道路的这一边，一座在道路的另一边。他后知后觉发现，从这边看，和从那边看，风景大不同。超市内各区方位设置亦不同，刚烤出来的面包味道也不一样。两边都走一走，他得出一些类似这样的好像能开阔眼界的结论。

还有额外收获：这下，总算有点运动量了。不知是否敷用？不管怎样，母亲要是知道，该感老怀安慰罢。只是，她最近一次来，他到底没说自己这阵喜欢到处走走，走出点瘾头来。不然，她准会欣喜问他都去了哪些地方，他实在说不出：超市，超市，还是超市。因此，无法炫耀。母亲来的一个礼拜，他逛超市的频率再一次被打乱，只和母亲一起去过家附近的超市一次。不过，这只是个小插曲。母亲一离开，频率自动恢复。

一天，不知哪儿来的灵感，他想，一趟公交车，坐两三站，两块硬币；坐四五站，两块硬币；一气儿坐到终点站，还是两块。难道，坐两站，过一座桥及三四个街区，便是他可以到的终点站了？反正，时间大把，过得又慢——但似乎又很快——不如多坐几站。哪儿没有超市？以前，他路走得比较远。刻下，记忆地图上，尚有许多超市坐标点，如果一一圈出它们的所在，会让密集恐惧症患者犯恶心。于是，那天，在一路常坐的公交车上，他决定多坐几站。

透过车窗，望见两座熟悉的对视的超市掠过，他生出一种“终于把你们丢到脑后”的快感。其中，似乎包蕴了一种恶意，既是对外的，亦是对内的。

最后，他坐到倒数第四站。靠近北郊了。以前，他在附近上过班。他之前不晓得此趟车原来经过此一区。记忆地图显示，这边超市不很多，有一家规模较大。以前，他习惯从这边买了东西带回家。

与其他很多地方一样，整个这一区块，模样变得厉害。的确，都过这么多年了。但也并非一味簇新。他穿新街过老巷，踱了一会儿步，才找到以前那家超市，现在，已成一家4S店。就算记忆不出错，记忆中的事物本身也会“出错”。

他不感到很失落，好像公交车开到半途，就含糊意识到情况生变，因之做好了心理准备。在4S店前站立了三十秒左右，他转身望见右手边百米外一家新的超市招牌。也不新了，只是他在这儿时，没有这家超市。那么，就是新的。走近了看，规模比老超市小一点。他逛了差不多二十分钟，没买什么东西，不久就坐上了回程车。整个过程可以说是惬意的。

回程车上，他凝神望窗框中接连晃过的风景。北郊地带，算是比较熟悉的了，刻下也变陌生；公交车七扭八拐，路过他原本不很熟悉的所在，刻下至多也只与北郊同等陌生。以前，他排斥去陌生地方；现在，他倒有点排斥去熟悉的地方。因此，仍旧可说是惬意的。

他一惊一乍想：原来还有这么多地方我没去过！算起来，他到这座城市生活，已经超过十年以上。但原来还有这么多地方我没去过！对这座城市来说，他也还只是个陌生人罢。

现在，他坐在车上，突然生出一种正在其他地方旅行的感觉。某幢簇新的大厦，蜿蜒的房顶曲线，如数字般严整往上爬升而一时无法数清的层级，反光的镜体墙面，都促发这种感觉。切断通往某些感官的电流束，导向其他地方，事情就发生变化。此刻，他不可以说自己正处身北京吗？只要一生发这样的念头，事情就变得如此真切了。同时，亦可说此刻正处身香港、台北，甚或新加坡、东京、纽约，或巴黎……巴黎？哦，巴黎倒有点不一样罢？或者，也没什么两样？想象，似乎也有它无法融进，同要撞墙之处。他忆起件旧事。多年前，他到上海会一个朋友。约好晚上碰头，中午就到了。多出来的几小时，他不知如何打发，只好晃悠一会儿。某处法国梧桐浓荫下，他随意登上一辆鲜红色的公交车。付了高于普通公交车好几倍车费，得到一副耳机后，他才意识到这是辆观光巴士。白脸孔、黑脸孔之外的黄脸孔，多是韩国人、日本人。像他这样的游客，大概是没了。偶尔也上来几个本地人。各种语言混杂在一起。他坐在他们中间，似乎可视作东南亚任何一区的黄种人：既可以是韩国人、日本人，也可以是马来西亚人、新加坡人，或，中国上海人。进而，如果一定要夹硬来，说自己是欧洲人，是不是也可以化身英国人、法国人、德国人、瑞士人了呢？或者，是不是既可以是上海人又是德国人，既是马来西亚人又是法国人，既是新加坡人又是日本人还是温州人呢？这样想着，他觉得自己似乎换过一张脸。观光巴士沿既定路线转悠，晃过很多他之前处身上海时从未经眼的区块。他一点儿也不担心车辆将他丢在一个他完全不知其地的位置上——虽然，路过某些地方时，他会疑惑，这儿还是上海么——也不怕迷路。他甚至有点期待被抛在异地和歧路上。那副耳机，是用来插在车体固定位置上，听包括中文在内的多种语言景点介绍，他从头到尾都没用上。他在一个满眼新建的旧式台阁以及金发碧眼人士的地方下了车。他从街道的这一头走到那一头，然后从那一头回到靠近起先下车点的地方。街道不长，来回走一趟最多只需二十分钟。他只走了一遍。等下一辆相同的观光巴士到来，他再坐上去，延续起先中断的路程，坐到了终点站。如果不算他中途下车晃荡的时间，从起点站到终点站，一共费时一个半钟头，似乎算不上漫长。到最后，他都有点不想赴朋友约了。当然，当天晚些时候，他打的去了约定地点。此刻，他从北郊超市回来，厕身这辆坐着十几个生活在这座城市或暂时路过这座城市的人的公交车上，模模糊糊想起哪个人的哪本书里说过这样一句话：旅行，不是走向新的风景，而是用一百双他人的眼睛来观察，即便面对的是什么旧址——或单一一座超市也行罢，他想。或许，不必去换一百双他人的眼睛——要换一百双，那该有多麻烦——而是自己换过一副眼光来就行了。自然，也不必去换一百张他人的脸，只要自己换过一副“脸色”来。或者，一个更笨的方法，让自己的记性变得差一点，这样重看一件旧事物时，能看出点新意来也不一定。

也可以把那辆观光巴士，当作一座流动的超市，他想。

思绪遄飞。他又虑及：以后，自己也不必专门坐哪几路车，去哪些专门的地方，逛哪些专门的超市。哪一辆先来，就坐哪一辆好了，无所谓的，“盲坐”就很好的。而且，随便到了哪个地方后，不必待一会儿就急着坐回程车。随便到了哪个地方，随便待上一阵子，有没有超市逛也无所谓的，“盲逛”也很好的。然后，随便坐上一辆随便开来随便开走的公交车，再随便在哪一个地方下车。到了哪个随便的地方，将上述程式随便再来一遍……“随车逐流”。

这样，短短一段时间内，他去到不少地方。他想，随意归随意，可说到底，他没走出过东南西北四向构成的结界之外。随意之中，总还有些东西在帮着做出决定：在哪一站下车，有时候他依恃的不过是那个站点的读音；什么时候流转到下一个地方，单单因为在此一个地方一连看到了三个小超市或两个大超市，或单纯只是待得厌腻了。

现在，他不以超市为特定目的地了，觉得超市也不必花长时间去逛了。但他还去超市的。去到了，可能只是逛上一圈，体验一下被扶梯拖着走的感觉，或只是摆正货架上不知被谁弄乱的物品，如同他在家中整理杂物一般。好像他拿起一样东西，丢下一样东西，带走一样东西，也改变了超市的曲线。但超市不是目的地。有一次，他抵达一家闻名的，造型像个大仓库的超市，只在外头转了一圈，连大门都没进。自然，他也还得去超市买各种“副本”。他还没有立地成仙，还得吃烤鸡烤鸭、方便面，以及撒满糖霜的小蛋糕。

他问自己一个问题：按这种加速中的行走频率，他可在多长时间内，逛完城中所有超市？

一开始，生出“逛完城中所有超市”这个念头，就让他获取一种刺激，好像有一桩大事业需要他孜孜矻矻完成一般，好像还有大事业容许他去孜孜矻矻完成一般。不过，理智很快告诉他下面的事实：这座城市的超市数目，或许凑巧在一段极短的时期内不会产生任何变动，呆笨地滞存在那里，等那无聊之人去逛遍，去“集邮”，去“打卡”。那么，如果能抓住这极短的一段时间，无聊之人或许是可以逛遍城中所有超市的。但是，那个数目，时刻处于变化中不是吗？它处于无止境的自我繁殖的状态中，那么，他的工作就要无止境地进行下去。这很可怕，但还不是最可怕的。最可怕的是，那些他还没去之前就已灰飞烟灭，已被替换的超市。北郊那座消失的超市，自己毕竟去过。其他的，他没看见过它的起也没看过它的落，都跟他没丁点儿关系。这样已然湮灭的超市，也是不可计数的了。因此，他的“逛超市”事业，永远处于“未完成状态”。只这一座城市，已经够他看到如此终局，更不必想这一座城市，站在大气层外看，只是一个看不见的微末之点。还有其他无数个看不见的点。想到这里，他感到恐惧。恐惧，让他有了方便的重新蜷缩的借口。可有了方便的借口，就能方便地行事了吗？好像也不能。到头来，连逃避，也成了件困难的事。最后，他得出下面这种不知道算不算自我安慰的想法：还好，还好，超市的面目相似，它们的差异可以假装看不见。一叶知秋。可这样，原本所谓的大事业，就不能称其为大事业了。或许，只能称之为一桩障目一叶的事情。还好，总算还有件事情可做。

虽说是桩小事情，但也很难干好吧。他发现，自己有意无意避开某些区域。

滨江区，他是不太想去的。弟弟新房子所在的城区，他也不想走一遭。一晃进那片场地，脚底踩的什么，都软将起来。

有一天，他觉得好歹逛了许多超市，积累了点底气，便强迫自己到弟弟新房附近晃一晃。弟弟新房前后左右，上下四旁，都有大小不一的超市。他对自己说：现在，只捡上三两家逛逛罢，其他，待以后再补。这样，似乎分散了潜在的风险。不过，即便如此，他想，还是要做好万全的准备：要是在某一家超市，不经意撞上弟弟、弟妹甚或小侄子一个人，或他们三人，或他们中两个人，该如何应对？如果，母亲恰巧待在弟弟那儿，也跟着去超市，那么，以上组合又会发生变化。眼下，他脑中自动生成各种对话、应答、图画——事实上，自动生成芜杂的想法，也是他走路、逛超市、搭公车时的主要活动。他之所以逛许多超市，或只为生成此类想法；与此同时，消灭此类想法，也是他走路、逛超市、搭公车时的主要预期——他定定神，心想，应该不会在超市碰上弟弟，碰上弟妹的概率比较大。届时，他该对她说点什么？她又会对他说什么？她会不会问他：大哥怎么会在这里？他是不是应该回说：来这一区见个朋友。因为还早，所以进超市随便买瓶饮料。她会不会很快在脑中搜索一遍他在这一区有什么朋友，而她是不是认识这位朋友？如果她得出结论说，她不认识这位朋友，或认识这位朋友，或意识到根本不存在这样一位朋友，会分别说些什么？不管怎样，他都要让自己的脸皮再厚上一层。或许，她不会说什么，只会笑笑。她正在逛超市呢，正在买东西呢，不能就这样被打了岔而停下来。或许，她只会对他说一句：有空到我家坐坐。接着，自行逛她的去了。她会逛蔬菜区、生肉区、冰鱼区。而他，也不能因为碰上了她，就草草完成逛超市任务。他应该比预先计划好的再多留一阵，即使最后在收银台还要与弟妹碰一次头，也可以再寒暄几句，然后一起下楼，挑一个与弟弟家相反的方向做与不存在的朋友的约会地点。

然而，真实情况是：他逛了好几间弟弟家附近的超市，没遇上一个熟人。也是，城市如许大，不止弟弟一家。且他去时，挑的都是“夹缝时间”。

来这片区块前，他琢磨来琢磨去，就是没琢磨出最后要是没遇上弟弟一家的景况。起初，他为可能碰上他们焦灼；现在，他为没碰上焦灼。要么，干脆以后就不去那边超市了，毕竟已经走过，可以交差；转念，又觉得自己缴了械。在一段不短不长的时间里，他整个像只无头苍蝇。最后，颇伤了点脑筋，他得出结论：只能逛更多弟弟家附近的超市，增加危险系数。让危险真正到来，才有解除的可能。就让那只鞋赶快掉下来。再碰不上，只能应弟弟所邀，去到他们家。

事实上，他只多逛了一次超市，就带着时令水果，去弟弟家拜访了，受到比预期中热烈得多的欢迎。不知从什么时候开始，他总低估别人的热情程度。

自认解决了“超市相遇焦虑问题”后，他获致一种久不曾见的圆满感。

一时间，他自觉成了什么“达人”。他知道，现在有很多达人：园艺达人、吃汉堡达人、睡觉达人、囤积达人、用脚趾夹筷子达人、比特币达人、包礼盒达人……现在又多一种，逛超市达人——由他本人做代表。不知现在有多少逛超市达人？未来会不会愈来愈多？他想，他可以写一本叫《逛超市学》的书。这将不仅仅是一本实用之书。

他感到一种愉悦。或许，无须愉悦，能不躁动就好。但有时候，他又觉得，没有这种躁动，他就不成其为他了。有时，躁动的确消失了。

一次，也是坐去往北郊的公交车。天已全黑，他坐在后部左侧第一排座椅上。车内亮着虚弱的寒白光，想看一张在站牌拿到的广告纸也看不清楚。他饿了，计划忍到某站沿路一家之前去过的超市，随便吃点什么。他抬一抬眼，看见前边司机座位后部全车唯二两张反向座位之一上，坐着个女人。不知道她是什么时候上车的。他前一次朝那望时，是有人还是没人？不过，现在，他看到她了。他目不转睛盯着她看。她大部分时间在滑手机，如同车上不多的其他几个乘客。偶尔，她也抬头，看一眼窗外，看一眼正前方。车内，她和他的座位，都处一个较高的水平上。她和他的座位之间，有四五个较低的照顾专座及正对着下车门的折叠座椅。她的视线，有时会下降到照顾专座那边，有时会直达他那里。最初碰上她的目光，他不自觉就看起窗外来。后来，当她的视线绵软地移过来，他硬是摆正了头。他估摸了一下，在整个长约一小时的车程中，他们的目光直接相触了六七次。对视一两秒或三四秒后，她会转开自己的视线，极短暂地望一下窗外，或直接回到手机上。她看见他正在看她了吗？他觉得她是没看见的。碰上他的眼光的短短几秒中，她似乎未做任何停留，直接穿透他的眼睛及整个脑部，到达他身后的某个所在。可他觉得，她也并不望向他身后的任何一件事物。而且，几秒之后，她移开视线，亦非感到与他人的目光相逢而感到不适，似乎只是某种处于惯性中的机械动作。他感到愉悦？抑或失望？事实上，两者皆非。他甚或觉得目光的相遇时间太短暂，但并不觉得愉悦或失望。

快到倒数第五站时，那个女人朝车厢后部走来，抓了一会儿扶杆，能看见她右侧脸的轮廓。车一停，她就下去了。他也有跟着下车的冲动，但克制住了。他只加倍收束自己的注意力，投向窗外浓重夜色中的风景。较远处的一盏路灯、附近的一个屋角、并不明亮的一扇窗户、一条小径，诸如此类。

另一天，正在公交车站等候。出神之际，有人突然用力抓了他肩膀一把。转头盯看，是一个不相识的小老头儿。老头儿指着某路车的站牌问他，到某某地去，是不是坐这路车？他摇头，对小老头儿说，的确要坐这路车，只不过不是在这边坐，而是要过马路，到对面坐。整个方向反了。小老头儿连“噢”了几声，忙不迭走了。某一瞬间，他疑心自己指错路。到那地方去，在这边坐才是。而他则要到对面马路去坐，才能到他的目的地。他又定睛看站牌，小老头儿刚才所指的某地，在框着红框的此站地名左侧，代表行车路线的绿箭标则往右。他安了心。

另有一天，他在公交车站，左等右等车不来，心想不去超市也罢，于是干脆掉头回自家。

芥子客栈

艾　玛[①]

1

港东村位于崂山北麓，紧临着鳌山湾。有一条狭长的小洲从村子里伸出来，像条舌头一样伸进海湾里，形成了一个得天独厚的天然渔码头，叫港东渔码头。芥子客栈就开在渔码头上。确切地说，它并不在码头上，而是和码头背靠着背，渔码头在舌头西侧，面向湾里，能看到最美的海上日落。芥子客栈在东侧，面向湾外，正对着泊在海上的大管岛、小管岛，能看到最美的海上日出。有人曾从海上拍过一张照片，天刚黑下来，夜蓝如深海，芥子客栈一灯如豆，背对着码头上的一片灯火，看上去很有点遗世独立的味道。

熟悉港东渔码头的人都知道，客栈所在的地方原本是养参场，客栈原本也不是客栈，不过是养参人看海参的简易房。近些年来，海参行情不好，加上每年夏天浒苔泛滥，海参难养，这个养参场就荒废了，房子久无人居，草一日长于一日，渐渐地，连村里最野的孩子，也不大愿意到那儿去。后来，从青岛市里来的一个跛脚女人倒看中这个地方，花钱买了下来。女人瘦，跛，但做事麻利，只花了两三个月的工夫，便把这个简易房收拾得焕然

① 艾　玛　湖南澧县人，法学博士，现为青岛文学院创作研究院专业作家。2007年开始小说创作，出版中短篇小说集《白日梦》《浮生记》《白耳夜鹭》，长篇小说《四季录》。曾获首届茅台杯《小说选刊》年度排行榜奖、山东省第二届泰山文艺奖、第三届蒲松龄短篇小说奖、第六届中国作家鄂尔多斯文学奖。

一新，翻修了屋顶，外墙给刷成了蓝色，面向大海的那面墙上，开了两扇大大的窗，窗棂刷成白色，两扇窗间是一扇白框透明玻璃门，门外是防腐木铺就的露台，也给刷成了白色。就常有人看见那女人身边搁着茶盘，盘腿坐在露台上看海，多是一早一晚，一坐几个钟头，像礁石一样不动。女人和气，但不爱说话，不好接近。有人散步路过客栈，碰巧那女人在用白色木栅栏围院子，问她围院子做什么，又不养鸡，又不养鸭。女人只是笑，不言语。女人从网上买的木栅栏非常低矮，是城里人造花坛用的那种，没有荒草高，三岁的小孩抬腿就跨过去了。但到底也是个栅栏，再有人路过，即便那女人不在露台上，也只立在那脚脖子高的栅栏边往里张望，隔着一个不大不小的院子，屋内的情形终究是看不大清，白色纱帘半掩，从门边、窗边隐隐探出三茎两秆绿叶红花，给人很不一样的感觉。

港东渔码头的船都不大，近海作业的多。潮汐涨上来，出海，下一个潮汐上来，返港。鱼货也多卸在码头，就地销售。出去的船和回来的船，都要从舌尖上绕过，远远地从芥子客栈门前驶出、驶进，所以船什么时候回来，那女人门儿清，每日总能踩着点来买刚靠岸的海鲜，皮皮虾、蟹子、小黄鱼什么的。女人买得不多，但信赖渔家，不像有些城里女人那样挑肥拣瘦。城里女人的毛病，有一些在渔民看来非常可怕。比如，她们挑蟹子，要的是身手好，玉指一挑，把蟹子戳个肚皮朝天。身手矫健，能很快正过身来的蟹子，她们才说好，才要，蟹子手脚慢一点，她们就会嫌不新鲜。也不知是个什么理！铁打的蟹子也经不起这样戳的嘛！客栈的这个女人不这样，因而渔家大多也不让她吃亏，多是给她挑好的，女人安静地付钱，也不像别的城里女人爱讲价。总之她给人的印象，是不错的。几回下来，再远远见她摇晃着肩膀、一脚浅一脚深地过来，就有渔民主动招呼她，还有人恭敬地问她，“贵姓？”女人笑，也不说免贵，单说姓万。于是码头上的人，不论大小，一律叫她小万。起初，人们也并不知小万那儿是个客栈，渐渐地，隔三岔五就有人坐地铁到浦里，或是自驾车，一路打听着过来，问“芥子客栈”，起初被问到的人不免茫然，待来人摸出手机，亮出那蓝房子，才恍然大悟，原来小万，拾掇那房子是为了开客栈。客栈叫“芥子”，最多接待住客两人。芥子嘛，大家倒都知是微小的东西。“实诚的。”聊起来，都不免感慨。住宿价格不贵不贱，一晚三百,一月五千。饭却不便宜，当然住客可以自己做，来码头买海鲜，回去自己煮。也可喊小万做。小万做的话，吃饭按人头，分三档，有一百五十八一个人的，也有一百六十八一个人的，最贵的，一百九十八一个人。听得人咂舌。“一百九十八？”理着网的人，常愣在问道的陌生人面前。但也决无人会说“贵了”。末了几乎都是忙里偷闲地抬手一指，简短地道，“走到尽头，右拐。”渔民的日子，也着实是忙碌的，没工夫论别人长短。来人都说小万手艺好，网上评价全五星，说是尤其擅烹鱼，无论是鲜鱼，还是鱼干，都说好吃，都说没吃过那么好吃的鱼。因此，来芥子客栈住宿的人呢，有两件事是不能不做的，一是在客栈看一次日出，还有就是吃小万一顿饭。当然这些不是小万说的，都是大家从问道的人那里知道的。

2

廉海砂认识小万，是小万来渔码头半年之后的事了。

廉海砂在大管岛长大，七岁离岛读书，小学时寄居港东村的小姑家，初中寄宿温泉镇的大姑家。到温泉镇后，每逢节假日回家，廉海砂不走冯家河码头，而是绕道港东村，看望小姑，再搭乘村里的顺风船回岛上。初中毕业后，廉海砂留在了温泉镇，做过许多工作，现在他在温泉镇边上的一个别墅小区做保安，每日腰间挂根丁字棍，开着一辆电瓶车在小区里转悠。别墅小区入住率低，人少，花多，房子好看，廉海砂每日笑眯眯的。跟在海岛上长大的许多年轻人一样，廉海砂受不了岛上的寂寞，但他也不喜欢城市里的喧嚣，温泉镇在他看来是世界上最好的地方，没什么高楼，家家户户的墙根都能晒到太阳，凭它什么东西，走路去都能买到，水龙头一拧有水，二十四小时有电，人不多不少，车也不多不少，廉海砂喜欢这样的。不过，廉海砂的老爹却认定，廉海砂在那“世界上最好的地方”，过的却是最“懊头”的日子（方言，意思是郁闷），因为廉海砂二十九了，没有老婆，也没有孩子。岛上和廉海砂差不多大的男人，孩子都上岸读书了，廉海砂连老婆却都不知道在哪里。好在廉海砂的老妈信主，相信一切自有主的安排，倒不叨叨这事。廉海砂的两个姑姑，温泉镇的大姑，港东村的小姑，没少为廉海砂操心，她们给廉海砂介绍过的姑娘，遍布了鳌山湾一带的二十多个村子。廉海砂呢，却总是“没感觉”，当然，有时候是人家没看中他。廉海砂家的日子呢，是过得去的，岛上三间大平房是翻修过的，东西厢房扩建了，院子也修整过，不比别人家差。还有一片海，租给了养殖户。岸上呢，前几年，温泉镇以东临海一带刚开发，房价还很低时，廉海砂家就翻出老本，买一套两居室的房子，以备将来孙子孙女上学时好住。现在这房子租给了东山大学青岛校区的一外教住着，房租养活一个人，绰绰有余。廉海砂的老爹以前是渔民，现在上了年纪，不打鱼了，就在岛上干点零活，这两年都是和廉海砂的老妈一起，帮人看海，不让游客在老板租下的海域里钓鱼撬牡蛎，日子不多好，但也还过得去。当然，这样的家境，说破天，也只是还过得去。廉海砂自己呢，人品是没说的，身体也不错，四肢健全，五官端正，只是肤色黑，蝌蚪眼，一笑，眼角无端冒出几根蝌蚪尾巴，看着略有些老相。现在是一个脸和钱一样重要的时代，在钱和脸这两样事上，廉海砂都没有特别的优势，但他还时常“没感觉”，大姑小姑就有些恼，撂下话来，操不起这份心！廉海砂听过笑笑，有时回岛上看望父母，照例两家都走到，将大姑小姑一并看了。

这年秋天，廉海砂从一个业主那里，得了个治腰腿病的偏方药。一种西藏产的草药，棉花球般，说是浸泡在高粱酒里，没事抿两口，能治老寒腿。廉海砂在这个小区工作的时间长，跟很多业主都很熟了，有的业主一时半会儿不来这边住，就拜托廉海砂浇浇院子剪剪草什么的。逢年过节，业主不在，廉海砂还会手书大红对联一副，“水暖观鱼跃，花香听鸟鸣”“烟波天接海，欢笑喜迎春”之类，贴在业主家的大门上，字虽不大好，但一笔一画甚是工整，大红洒金纸衬着，看着喜庆。送廉海砂偏方药的业主姓赵，新近娶了镇上一个开温泉旅馆的女人做第三任太太，两人开着一辆越野车，带着一条狗，旅游结婚，去了西藏，自驾游。这一趟来回两个多月，廉海砂当然也没少照应他家，还跑镇上给他取过两回国际快递。业主的新太太和廉海砂的大姑熟，对廉海砂家的事情知道得不少，也知道廉海砂的老爹有腰腿病的，所以特地送了两包藏地草药给廉海砂。廉海砂用手机上的一个软件扫了扫，是藏雪莲。雪莲廉海砂是知道的，珍贵的，藏雪莲，想来也差不了。得了个新方子，廉海砂就想送给老爹试试，一来表表孝心，二来，万一有效呢？廉海砂就申请调休两日，回家给老爹送药。他骑着电瓶车，先去跟温泉镇大姑说了一声，然后去了小姑家。小姑家在村子的最里边，崂山脚下，不靠海，不打鱼，单是种地、种茶，但小姑却还保留着做姑娘时在船上晒鱼干的习惯。小姑家没有船，小姑都是去码头上买鱼，就地剖好，用海水洗过后，借熟人家的船带出海去晒。大鲈鱼、鲅鱼、摆甲等大些的鱼，挂起来晒，小面包鱼、舌头鱼、鳗鳞、鼓眼等，则摊到甲板上去晒。廉海砂的小姑，固执地认为，在自己家里晒的鱼干，不如在渔码头上晒的好吃，在渔码头上晒的鱼干，不如在船上晒的好吃。其实不光鱼干，样样东西，在小姑嘴里，还都是岛上的好，就连耐冬，也是岛上的开得好看。小姑说什么，廉海砂都听着，他可是知道的，小姑说是说，让她回岛上住住，一天也难得挨下来。廉海砂到小姑家时，正好小姑要去渔码头收鱼干。廉海砂把电瓶车停在院子里，骑着小姑的三轮车和小姑一道去了渔码头。这是个傍晚，海水退得老远，金黄色的太阳照得渔码头对面的那一片滩涂像镀了层金箔，赶海的人不少，逆着光，人啊，船啊，远远看去全都像贴在金箔上的黑色剪纸，框上画框就能上墙。

廉海砂从船上收了鱼干，装在竹筐里抱上来，他一共抱了三筐。廉海砂的小姑坐在三轮车上，把竹筐挨个夹在两腿间，拣了些个大、色泽透亮的海鳗鱼干装进了一只纸箱里。

小姑两手插进袖筒，朝装满鱼干的纸箱努了努嘴，对廉海砂说，给蓝房子里的小万送过去。

廉海砂就去给蓝房子的小万送鳗鱼干。天还亮着呢，可蓝房子灯火通明的，窗纱卷到一边，屋内的情形，站在栅栏外的廉海砂看得一清二楚，雪白的墙，落地窗边的一张长餐桌边，坐着一对时髦的男女，桌上的一只白色细颈陶罐里，插着一朵碗口般大的月季花，月季周围，摆着高脚酒杯，还有许多碗盏，看着都新奇有趣。坐在落地窗那儿，头一扭，就看得到廉海砂身后那一大片入秋后变得清澈明净的海，还有海中央的大管岛、小管岛。廉海砂怕破坏客人的好风景，赶紧猫着腰，抱着鱼干到蓝房子北边去，那里也有扇玻璃门，看不见那对客人，但看得见厨房的情景。小万系着一条白围裙，头扎一方蓝丝巾，正在一块长方桌上切着什么。廉海砂站在那脚脖子高的围栏那儿等了一会儿，小万没有发现他，她切完菜，又把一个大大的玻璃碗抱在胸前搅拌起来，她一边用筷子在碗里搅着，一边抬头朝着客人的方向说话，大约是在和客人聊天。这是十一月底的天气了，又是傍晚时分，从海上刮来的风吹在身上着实有些冷，廉海砂对着那扇玻璃门又是跺脚，又是喊话，小万始终没有往门外看一眼。廉海砂就跨过那道脚脖子高的栅栏，走过去敲门……

后来，廉海砂问小万，“送鳗鱼干那次，你是真没看到我，还是装没看到我？”小万就笑，好一阵后，轻声说，“装没看到你”。廉海砂的心就像被一双小手挠过，整个人都酥软起来，觉得这应该就是传说中的一见钟情。

3

给蓝房子的小万送鱼干后没几天，廉海砂又申请调休。物业保安队人手紧，队长就对廉海砂说：“才刚休过假的，怎么了这是？咱这班跟休假有啥区别啊？不过，”队长的眼睛像扫描仪一样将廉海砂上上下下扫了两遍后，说：“你要是去泡妞的话……”

“泡妞。”廉海砂飞快地应承道。

队长再没说什么，队长比廉海砂大不了几岁，孩子都两个了。不孝有三无后为大，人家廉海砂连个老婆还没呢。

当天傍晚，廉海砂就坐到了蓝房子临窗的那张餐桌边。廉海砂新剪了头发，穿了一件带帽薄羽绒衣，里面是件浅灰卫衣，下搭牛仔裤运动鞋，看上去很精神。来之前他经过了一番仔细考虑后，预订了份一百六十八元的晚餐。一百九十八的，实在是太贵了。有时候廉海砂和保安队的小伙伴去温泉镇上吃烧烤，一百九十八元都能喂饱保安队八条好汉了。一百五十八的……也不差十块钱。这么想着，他预订了份一百六十八元的。当然，房间和晚餐都是在网上订的，廉海砂新注册了个网名，潮哥。起先他想起名“砂哥”，嘴里念了两遍，砂哥，砂锅，不中听，果断弃了。潮哥在网上告诉小万，晚上六点到。小万跟潮哥约好，六点半开饭。潮哥骑着电瓶车去的，这一回他没去大姑家，也没去小姑家，电瓶车停在他小学同学港东派出所王警官那儿。他到得早了点，和同学唠嗑了一阵，才踩着点去了蓝房子。

小万系着白围裙、头扎蓝丝巾，微笑着给他开门。小万站到一边，让廉海砂进去。屋内温暖如春，墙、地面都是灰色，家具都是白色。一个外国女人躲在某处浅吟低唱，余音袅袅，绕梁不绝。餐桌上已沏了一玻璃壶花草茶，颜色甚是可爱。喝什么茶，小万在网上是问过潮哥的。小万不建议潮哥晚上喝绿茶，红茶潮哥不爱喝，柠檬茶潮哥怕酸，最后说好了，就花草茶。小万推荐了百合花配黄芪，说是能缓解压力，补脾益气。小万还问了潮哥有没有什么忌口的，潮哥说没有，想了想，又加一句，怕辣。提到“辣”，现实世界里的廉海砂心里胃里就都有些不好受，以前他爱过的物业的一个姑娘，极爱食辣，姑娘怀孕后，廉海砂和姑娘想奉子成婚，结果竟遭到了姑娘家人的激烈反对。后来，姑娘打胎，辞职，离开了他。不过，也就那么一瞬间，这不好受很快就过去了。毕竟是以前的事了。

厨房是开放式的，用一排及腰高的操作台与餐厅、客厅隔开。操作台上摆着许多高高低低的好看的罐子，有一个木架子从天花板上垂下来，上面挂满了各式高脚杯。临窗的餐桌上，那只白色细颈陶罐里，这回插的是一枝芦苇。小万站在操作台里边切菜，轻声细语地告诉客人，饭马上就好，请自便，喝点茶，参观下房子也可以。廉海砂于是起身各处看看，客房很大，进大门左手边壁炉后就是，占了整个房子的三分之一，一张大床摆在房间中央，正对着窗，坐在床上就能看到海。小万的小房间在厨房后边，门上挂着“谢绝参观”的小木牌。两间卧室之间是一个会客厅，沿墙一溜书架，上面摆着的除了书，还有各种各样的小瓶子小罐子，有的里面还养着些野花野草，廉海砂都认得。

廉海砂回到餐桌前坐下，小万给他端来了一碟盐焗小海螺，只有六只，说是让他先开开胃。廉海砂心想，开什么胃？胃一直开着！他从小胃口好，吃什么都香。渔家吃海螺，要么清蒸，要么水煮，蘸料吃，或是什么都不蘸。小万的做法与渔家不同，她选的是比拇指头略大点的海螺，小，但也不能太小，太小没肉，也不能太大，“大的，就不能那样做了。”小万说。她先用海盐和橄榄油将小海螺腌渍了一个下午，然后用锡箔纸包好塞烤箱里烤。廉海砂用一柄两齿银叉，剔出海螺肉来吃，脆、韧、香，好吃的。很快六只小海螺吃完了，单剩六只海螺壳卧在描金小碟里，廉海砂还想吃，他看着海螺壳，明白“开胃”是什么意思了，开胃就是往肚子里下饵，要钓上人的馋虫来。

小海螺壳撤下去后，小万给廉海砂倒了一杯红酒。小万预先告诉过潮哥，酒有红葡萄酒和蓝莓酒两种，开海后以吃海鲜为主，客栈不提供啤酒。潮哥选了葡萄酒。现在渔村的人都知道，吃海鲜喝啤酒对身体不好。廉海砂不懂葡萄酒，平时都是喝啤酒的，但这葡萄酒他觉得也挺不错，他甚至喝出了一股烤花生的香气。菜一道道上来，吃完一道，撤下一个盘子一只碗，再上一个盘子一只碗，廉海砂真心觉得太麻烦了。不过，菜都很好吃，尤其是鱼，名不虚传。潮哥没点鳗鱼干，小万的干蒸鳗鱼干也是一绝，她差不多把全港东村晒的头一拨鳗鱼干都买了下来。但廉海砂不想在蓝房子吃着饭还想起小姑来。他选的是新鲜小黄鱼，清蒸。两条一拃长的小黄鱼精赤条条躺在盘子里，身上连根葱丝都看不到，但鲜得没法说。廉海砂吃着鱼，忍不住问小万，搁什么蒸的？小万心里说，最关键的是时间好吧，但她还是答他所问，说，也没什么特别的，比你们多放一样东西。

“什么东西？”

“湘西腊肉。”

廉海砂就用筷子满盘子找腊肉。小万站在操作台里面，手里剥着一根芦笋，道，蒸完就都拣出来了。廉海砂急了，冲口问道，扔了？小万说，一会儿给你上。廉海砂有些不好意思起来，对小万说，一起吃吧？我一个人也吃不了。小万摇头，不语，到灶上一只锅里舀了碗东西端给他，是一碗汤，里面有小鲍鱼、小海参各一只，鲜的。廉海砂喝着汤，想，一百六十八元倒真值了。接着又上了一份主食，是一小碗干拌荞麦面，上面浇了些腊肉末炒香菇碎，原来蒸完鱼的腊肉用在这里了，会过的。吃完面，廉海砂以为一百六十八元都吃完了，没想到小万又接连上了两样给他，一样是一只细长白瓷杯里插着的几根鲜芦笋，另一样是甜点，杏仁牛奶布丁，廉海砂以前陪前女友去市里逛街时吃过，和果冻一个味。城里人的名堂。果冻放碟子里，浇一勺果酱，再换个名字，就身价倍增。

“中西结合呀这是，”廉海砂吃着布丁，笑着问小万，“从哪儿学的手艺？”

“没什么巧的，用心罢了。”

廉海砂道：“哪儿会这么简单！我样样事用心，还不是……”廉海砂说着，忽地住了口。小万收拾操作台，就当没听到。

芦笋雪白的，生脆多汁。廉海砂以前没见过白芦笋，吃着芦笋他又问小万，怎么是白的？小万告诉他，趁芦笋没长出地面就刨出来了。廉海砂明白了，是没见过光的东西，于是他觉出了嘴里淡淡的土腥味，吃了一根，就不再吃了。他也从不吃蝉蛹。

4

后来，廉海砂又去蓝房子吃过几回饭。不过，他只在那儿过过一回夜。那是个周末，他过了一夜后，第二天一早搭出海的船回岛上看老爹老妈。小万再去码头买食材，发现潮哥在客栈过了一夜的消息大家都知道了。

“海砂那孩子……”他们如是说，语气里颇多疼爱，像谈论自己家人。

于是她知道他其实叫“海砂”。有人很直接地问她到底是不是青岛人，青岛哪里人，多大了，结婚没，家里都有什么人，末了还不忘补一句：那可是个老实孩子。——像是有点担心她会坑他的意思。也不一定就是在说她不老实，毕竟她不是这鳌山湾一带的人，不知根不知底的。小万都懂，但无端就觉得讨厌起来。她只是想在此开个客栈度日罢了，哪个男人值得她去坑？于是潮哥再上线，问有房没，小万就答，没有。饭呢？饭，也没有！

如此，接下来的一个多月，廉海砂没去过蓝房子。但他时不时的，在网上给小万留言，把许多心事讲给她听。有次他喝了点酒，竟跟她提到那个未出世的孩子，他伤心得说不下去。他还给她讲了两件事，一件，有位业主家被人用鸟枪从小区围墙外开了一枪，子弹穿透二楼双层玻璃射入墙中，业主受到惊吓，投诉他们保安队，这个月他们的奖金全没了。第二件，他妈加入的其实是哭教，常常哭得死去活来的，他和他爹都接受不了，尤其是他爹，老头儿一直努力地养家，从不打老婆的，他妈痛哭到底为哪般？小万很少回复他，只是听他说，但廉海砂说的那些话，在她心里还是引起了一些变化，她感受到了他的不易，或者，是生活本身的不易，不再那么抗拒他的联系。渐渐地，他不再叫她老板、小万什么的，而是开始喊她姐了，她不恼，也不应，由着他。

入冬了，蓝房子院中的衰草开始结霜，正午方消。起风的日子，晴日里也冻得人直抖。小万开始烧壁炉取暖。入冬前，她就买了一堆苹果木柴堆在后面屋顶上备着，一根根齐檐码着，远看，屋顶上像是卷起浪花。小万小时候，她爹万师傅常逗她，眼瞅四周无人，冷不丁就把钥匙往树顶抛去，“小丽，钥匙！”万师傅喊。小万总是应声跳起，她抓住一根树枝，借力往空中一跃，树如风吹，整棵都摇晃起来。小万跃到树梢，抓住那把钥匙后，双臂抱膝，一个后翻稳稳地落到树后去，完成这些动作时她的两条腿仿佛没有分别，双脚同时落地，并不能看出一条腿比另一条短。她看看掌中的钥匙，再回头看，树已弹回去，像是什么都不曾发生。渔码头地少，土薄，没有树。隔两天，小万就会在夜里去后院，“小丽，钥匙！”她仿佛听到那一声喊，于是纵身抓住檐下滴水，一翻身上到屋顶。屋顶没有钥匙，她会抱一抱劈柴下来，放到壁炉边烘着，这样烘两天后，烧起来没烟。苹果木耐烧，烧着还好闻，小万喜欢的。

天冷，来海边的客人少了。那些眼神清亮、清晨看到海上日出会在露台上又蹦又跳的文艺小青年不见了，来的多是九折成医、饱经世故的糙客。送走了一个昼伏夜出、邋遢的摄影师后，初雪那日的下午，又来了一个中年背包客，打车过来的，网名叫“啸天翁”，大个，连腮胡子。他跨步走上露台时，站在门后的小万感到脚下的地板晃动了两下。不过啸天翁名字响亮，人却安静，进了房间后，门一关，再不见出来。小万觉得奇怪，却也不好打扰。开客栈，最怕遇到两种客人，找事的，寻死的。背包一丢就到处看，跑到屋外大喊大叫，或是发呆，都是正常的。下着雪呢，透过窗户往外看，朔风搅白雪，海天成一色，如此美景，换别的客人只怕就要疯了，啸天翁这样的小万没遇见过，于是她不免有些担心起来。

天渐渐黑下来。客人是点了晚餐的，小万权衡再三，备了个海鲜火锅，食材也都备好放在旁边，客人出来，如果想吃，小炉子拧开即可。小万想了想，又拿出一瓶老酒放到餐桌上，一来，冬天喝老酒，养人。二来，老酒度数不高，能喝的，一瓶下去，不至于发疯，不能喝的，喝完一瓶，不至于醉死。

小万回到房间后，一直留意着外面的动静，到夜深也没听到客人开门出来的声音，就好像那屋里根本没住人。如果是寻死的……小万想，拦是拦不住的。如果是找事的……小万有些不安，但又自忖自己拳脚上远不如爹的功夫好，江湖上不曾扬名，不至于招惹人。一个从小多病、练拳健身的弱女子而已，怎会有人想来会她？拳头上赢了她又能博得什么名声？！除非——小万想起阳谷县那个拳师来。好好的日子过着，突然那人上门挑战，无冤无仇，打得她爹吐血而亡。虽然她娘总说她爹不是被打吐血的，是食道生病吐的血，但小万还是觉得跟阳谷拳师有脱不了的干系。尤其是后来听说他竟以赢了青岛最厉害的螳螂拳手这噱头在阳谷扬名，人称醉拳韩。过了多年后，小万终究是没忍住，跑去阳谷县扇了那人两个耳光，夺了本就不属于他的那点虚名。这是三年前的事了。阳谷拳师小万倒是不怕的，怕就怕他暗中使坏，乘她不备来阴的。这世上糟糕的事情愈来愈多了，有人用两包香烟就能买个凶替自己去杀人，各种花样翻新的吹香、拍花子也时有耳闻，比以前的蒙汗药可下流多了。小万想来想去，觉得还是有备无患、了解一下“啸天翁”比较好，毕竟从他行路来看，是有身硬功夫的样子。小万于是上网搜“啸天翁”，掘地三尺，只搜到个画家，后人评其画作，“山川浑厚、草木华滋”，倒让小万想起她爹教她拳时讲的话，脚下如石，要沉稳有力，拳下如风，要生机勃勃。小万于是想，这世上许多事果然都是相通的呀。不过画家辞世已三十多年了，显然不会是刚入住的这个傻大个。小万又想找以前练拳的朋友打听下，看他们知不知道这么个人。犹豫了一阵儿后，小万打消了这个念头。近几年来，她已与他们都断了联系，彻底退出了武林——如果那也算是武林。一旦联系上，打听不到什么还好，如果得了什么消息，欠下人情，以后再不联系，反倒显得薄情寡义了。小万住的这间屋子距壁炉远，冷，睡不着，于是她干脆起床，拉开窗帘，迎着外面的雪光，默默打了一套拳。“十年太极不出门，一年螳螂打死人”，但小万练的这套拳，旨在强身自卫，说白了，就是一套以螳螂拳为基础的女子防身术，不以攻击为目的。还是在她很小的时候，她爹根据她自身的特点，为她创立的这套拳，无名，无定式，讲究因地制宜，随机而动，每一招都能变守为攻，是十分实用的。小万从小练到大，三十多年了。有拳傍身，小万平静了不少。她在心里对自己说，真有事，躲是躲不过的，该来的，就让它来好了。于是小万不再想客人的事，洗洗睡了。

5

第二天天刚擦亮，小万就醒了，毕竟心里有事，睡不踏实。她开门一看，餐桌上的食物已一扫而空，酒也喝光了，不知客人是什么时候吃的。壁炉里又添了两根木柴，噼噼啪啪烧得正旺。一双硕大的运动鞋烘在壁炉边，散发出难闻的气味。小万走过去看，鞋子是湿的，显然客人夜里出去过。小万不由得一惊，装修时她在门窗周围埋了一根拉线，连到她卧室里的两块碎玉片子上，这两块玉片子是用崂山玉磨成的，书签大小，白天取下一片，夜里装上。装上时，有人进出，门后合页扯动拉线，碎玉片子相击，会叮叮作响。玉片响，她没有听不到的道理，她一向警醒的。小万仔细检查了下门窗周围，发现大门背后的墙上被人钉了个图钉，正好在拉线的位置。江湖小伎俩。小万看了一眼紧闭的客房门，门后一点动静没有。小万穿上外套出门去，雪停了，没有风，空气冷冽清新，白雪铺到崖边，衬得那海深邃如夜空。院子里果然有一串大脚印，朝着房子而来，出去时留下的脚印已被雪覆盖，看不大清了。看来夜里客人在外待的时间不短。

小万沿着脚印走，雪在脚下咯吱作响。小万出小院左拐，下到那一片黑色礁石那儿，在那几个旧养殖池边，脚印消失不见了。早上潮水上涌，抹去雪，抹去了一切。

廉海砂拎着一个壁挂暖气机上门，进门就对小万说，我看你淋浴间还缺一个。他还带了把小电钻，小万没来得及说什么，廉海砂就把暖气机装上了。小万过去试用了下，浴室很快就暖和了。

小万泡了壶茶，和廉海砂坐在窗边。她把暖气机的钱转给廉海砂后，问，怎么又回家？家里没什么事吧？廉海砂进门时说顺道路过，顺道来装个暖气机。见小万关心起他家里来，廉海砂很高兴，又感动，说，没什么事，托姐的福，都好着呢。廉海砂说着话回头看了客房门一眼，压低声问：

“姐，什么人这是？大白天还关着门。”

门厅有一双大码的鞋，廉海砂路过渔码头时就都听说了，客人对风景没兴趣，下雪天，没海赶，没落日可看，但风雪中的渔港，美的呀，谁路过不得驻足观看一阵，拍几张照片？那人可好，头也没抬，看守妈祖庙的老头儿问他去谁家，他也没搭理，怪的。

小万就把手机给廉海砂看，预订房间时留下的信息很少，说是两天，费用是入住时现金支付的。廉海砂就说，还是得正规一点，如今大酒店住客信息登记很全的，除了身份证，还扫脸……小万把脸扭向窗外，不想听。小万说：“一个人想隐姓埋名躲到某地清净两天，怎么就不行？”

眼看窗外潮水涨上来，廉海砂急着去赶船。他妈离岛去外地会教友，好几天音信全无，他得赶回家去安抚安抚他爹。临走前他问小万，想不想跟他去岛上耍两天？反正这房子人也搬不走。小万看看窗外那个岛，淡墨抹就的一般，风可以刮走的那种，显得极不真实。小万摇头。

廉海砂走后没多久，码头派出所的王警官就来清查外来户口。说是近期打黑除恶专项检查，要挨家挨户登记外来人口信息。小万来这儿日子不短了，头一回有警察上门，她猜大约是廉海砂跟王警官说了什么。也不等小万说话，王警官进门就“砰砰”地敲客房门，嚷着看身份证。原来客人是河北容城人，属于雄安地界上了，俗名肖田翁，湛山佛学院本科毕业，曾在海会寺修行十年，现已蓄发还俗。王警官的声音温和下来，又问了客人一阵儿，都是问的多，答的少。问及还俗原因，客人说，没意思。王警官就笑，对客人说，那是，我要是你我也还俗，赶紧回雄安娶妻生子，如今那可是个好地方啊。

王警官查户口时，小万一直在厨房忙着。听到“肖田翁”，听到“湛山佛学院”，不免想笑，一个出家人，却叫“啸天翁”。小万在湛山脚下长大，小时候，每天天不亮她就跟着父亲到湛山上练拳，寺里的小师父也常在那个点做早课，“虽有多闻，若不修行，与不闻等，如人说食，终不能饱……”类似这样的话她可是打小就听得耳熟。她手里剥着蒜，眼睛不由自主地将客人仔细打量了下，面生的，站姿萎靡，肩沉，背驼，回答王警官问话时总是慢半拍，说不出来的感觉。王警官跟他说笑时，他也没有任何反应，脸上始终没有表情。

“也许……也练过太极。”小万想。

“没事。”王警官走时笑着对小万说。他留了个电话给小万，让小万存手机紧急电话，一键直拨那种。小万笑笑，不语。

这晚小万准备了干蒸鳗鱼干、蟹黄包子、杂菌无花果鲍鱼汤、小米海参粥和蛰头拌苦菊。小万用尽心思做了这顿饭，她想，若是找事的，横竖还欠他一顿饭；若是个寻死的，一顿好吃的饭，会让人吃了还想吃，只要还想着吃，这人的日子就能继续过下去。

6

肖田翁立在餐桌边，对小万做了个请的手势。小万谢过，坚辞。肖田翁坐下来后，说：

“也请给你自己做点好吃的吧，今晚还有事请教。”

小万明白了。她洗了个苹果，坐到操作台内的一张高脚椅上吃起来。等肖田翁吃完饭，小万起身收拾桌子。肖田翁让到一边，看着小万，说：“可惜了，这么好的手艺。”小万一笑，问，韩拳师是你什么人？肖田翁拱手道：“好个聪明人！我奉师傅遗言，前来讨教几招。”小万这才知道，醉拳韩死了。三年前，小万去阳谷，在韩拳师武馆里只见过他二弟子，不见大弟子，传言大弟子出门云游去了。眼前这位，想必就是那大弟子了。

小万上下打量了肖田翁一眼，道：“他比你大不了多少，你怎么拜……”说到一半小万闭了嘴，心想这是人家的私事，问就唐突了，再说，醉拳韩人都死了，死者为大，语出不敬不好。

肖田翁一直立在桌边等着，小万收拾完，在他对面坐下来后，肖田翁才坐下来，他看着小万，说：“今天你说的一些话，让我很犹豫……”小万问，什么话。肖田翁说：“你朋友劝你实名登记时，你说的那些话，我都听到了。”

他叹了一口气，抬眼望着屋顶，道："如今这世道，庙不像庙，道没个道，只有那些酸文假醋的文人，自己给自己弄个假名，倒哪里都去得，天南海北聚会切磋，整得倒像个侠义江湖，偏我们这样的寸步难行，连把宝剑也带不出门。"小万平静地道："如今文坛在朝，武林在野，两码事。再说，一代人有一代人的命运，今时不同往日，都是迟早的事。"

小万看着肖田翁，又道："退一步海阔天空，我为什么去阳谷，想必你也是知道的。"肖田翁点头，又摇头，慢吞吞地道："可我，答应过我师傅。再说——"原来去年他就来过一次青岛，那时小万新寡，所以他一声没吭又回去了。小万就站起来，说："如此，我就不废话了，恭敬不如从命。昨夜想必你已挑好了地方，说吧，哪里？几点？"

不出小万所料，肖田翁选定的地方果然是废弃的养殖池，整个港东镇，也就那里没有摄像头了。自从那几个池子不养东西后，为加强渔码头的治安，原先装的一个摄像头被掉了个方向，背对着那一片海了。

"午夜一点，不见不散。"肖田翁说。

小万明白，那个点，开始退潮，大约只有养殖池的水泥池边是露在外面的。那些长方形的池边只有一巴掌宽，因常年浸在海水中，长满了海藻和青苔，雪后天寒，只怕会结冰。韩拳师一门，说是拳，但多是脚上的功夫，戳脚。冰，他大约是不怕的。

为以防意外，也为免生麻烦，两人按规矩约定各自写好遗书。小万回到房间，翻出一双轻便钉鞋穿上，对结着冰，冻得梆硬的地面来说，这鞋实际上没什么用，不过，聊胜于无。小万穿好鞋，坐下来写遗书。这不是她第一次写遗书了，那回去阳谷，事先她也是写过遗书的，她在遗书里叮嘱她丈夫蜘蛛好好活着，好好照顾她妈。眨眼，才几年工夫，她妈病死，蜘蛛摔死，把她一人剩在了这日趋无趣的世上。现在她已无什么亲人可需嘱托，想了一阵后，她决定把客栈留给廉海砂，条件是入住时客人无须实名。写完这句话，她又觉得不现实，划掉，重写：无论什么时候，都不得要求客人刷脸。

这个夜晚风轻月朗，岸边白茫茫一片，倒也不觉得黑。小万下了礁石，见肖田翁已在养殖池边背水而立，跟小万一样，他也穿着某个户外品牌的紧身衣，这种衣服保暖轻便，有弹性，适合实战，那种众人皆知的对襟练功服其实只适合表演。

海水荡漾，浮冰撞击水泥池边，发出轻微的嘎吱声响。小万纵身跃上池边，果然结了冰，脚下打滑，小万暗中提气，稳住了身子。肖田翁也不多说，身子一矮，拉出一个架势来，是无极桩，却又不全似，为适应脚下方寸之地，收了不少的，总之是稳扎稳打的路子。小万于是也不废话，一个快步向前，想着天寒地冻的，早点分个高下，也好回屋暖和。肖田翁大约也是这么想的，仗着身高力大，迎面破门而入，使出一招玉环步，直欺小万中堂。玉环步是螳螂拳一派最出名的招式，肖田翁这招表面上看是向螳螂拳示敬，含谦让之意，实则有一招跌翻小万的意图。虽说小万只打他师傅两个耳光，可阳谷大街小巷都传师傅挨了她十几、二十几个耳光，甚至有人说她打累了才停下来的，否则老韩还要挨得更多！这些流言蜚语，令师傅含恨而终，也使醉拳韩满门蒙羞，声名扫地，武馆难以为继，一帮师弟师妹流散，肖田翁想想，恨的。他这一招颇费心思，偏小万动起拳来，就似天真简单的孩子，眼里向来只有拳，只依对方拳脚顺势而为，没有揣摩他人心思的习惯，肖田翁这番示敬谦让也好心思狠毒也罢，她竟一点也没领会到。她自幼习螳螂拳，对玉环步再熟悉不过了，见肖田翁拳到面门，于是立马屈膝后撤，侧身避过。很快，两人一来一往，十几个回合过去，竟难分高下。肖田翁有些不耐烦起来，寸步跟进，一记狸猫上树，跟着又一记穿心脚，小万急忙回肘防御，无奈脚下一滑，收腿不及，下方露空，右腿连中了两下，一个后仰跌坐在池边。肖田翁乘胜追击，又一招叶里藏花，脚尖发出哨音，直冲小万头顶而来。养殖池边狭小，小万退无可退，索性险中求胜，以短制长，于是双膝铺地，一个镫里藏身，人如流水入窟，眨眼就钻到肖田翁身后，起身时，就势对着肖田翁右后腰来了一招风顺暴雨，肖田翁收腿不及，身子前扑，差点跌入海中。肖田翁游方多年，见多识广，又习武不辍，应变也是极强的，吃了这一亏后他并不慌，回身一招飞箭手，将小万逼退，同时身子一矮，脚下连连后撤，一时冰碴飞溅，面不改色地稳住了自身。瘦弱的小万，力道却不小，肖田翁于是拿出看家本领来，生花手加鸳鸯腿，凭借优势站位，如蚕食叶，直把小万往海中逼去……为利于排水，海参池一般都修成坡状，向海中倾斜，池边又结了冰，小万身处下方，十分被动。肖田翁拳脚生风，千变万化的攻势，如一堵移动的墙，向小万压来。小万身后几步之外就是海，退无可退，她闭上眼，把肖田翁想象成了一棵树，一棵风中之树，“小丽！钥匙！”她仿佛听到了父亲的喊声。她睁开眼，看到钥匙带着一点银光，淡若星辰，正往那棵风中之树的树梢飞去，小万侧身跃起，像抓住一根树枝那样，往肖田翁凌空踢来的腿上一点，瘦小的身子被高高弹起，她伸手，一把抓住了那把钥匙！小万双臂抱膝，一个后翻，稳稳地落到了“树”后。小万松开拳头，想看看那把钥匙，这时，她身后传来了“扑通”一声巨响……小万没有回头，她知道，这一回，那棵风中之树没能弹回来。

7

廉海砂在岛上三日，给老爹做饭，陪他去海边溜达。廉老爹替人看护的那片海，海蛎子、海螺早都收完了，退潮时，能看到像秋收后的庄稼地一样空旷的黑色海滩，一些浮冰搁浅在上面，宛如白色麦草堆。廉海砂打听到，老妈这次去的是郯城。

“我还没死，她去号哪门子丧？”廉老爹提起来这事就火大。

廉海砂也说不清他妈号哪门子丧，“我为主所受的苦而哭，也为自己所犯的罪而哭。”老妈曾经这样说。主所受的苦，老妈所犯的罪，廉海砂一律不知。他自己不清楚，也就无法跟他爹说清楚，他爹不清楚，家里的一只狗，三只羊，还有一群鸡就遭了秧，动不动被他爹用细管竹抽得鸡飞狗跳。这日子，廉海砂光是瞧瞧，就累得慌。

廉海砂还在船上，就听说了港东派出所抓到网上逃犯的事。他给小万打电话，无人接听，又连忙打给王警官，得知那逃犯正是蓝房子的大个子客人。那天王警官查过户口后，晚上躺在床上思来想去总觉得哪里不对头，睡到半夜爬起来又上公安部网站查看网上通缉犯的资料，觉得大个子和一个叫田滃的走私管制刀具的家伙长得很像，这家伙曾在东南亚搜罗了一箱子长剑短刀偷运入境，东西被扣，人却一直没有归案。王警官连忙叫上一个值班民警，戴上手铐等警具赶往芥子客栈，却见客栈大门洞开，小万和大个子都不在，两人正急得不知如何是好时，听得崖底下小万喊“救命”，奔过去一看，小万没事，那大个子不知怎么掉到海里了。王警官连忙跑到码头扯了张渔网过来，三人齐心合力，一网把大个子捞了上来。大个子不会水，灌了一肚子冰海水，人也冻得硬硬的，擂得鼓响，好在还有半口气，能让他有机会接受法律的严惩。

“小万呢？”廉海砂还是担心得很。

“小万没什么事，小万好好的。”

廉海砂松了一口气，王警官却又在电话里说：“算了吧我说，比你大了五岁呢，婚过一次，先夫横死，爬楼族，从楼上摔下来的……”

原来是丧偶。廉海砂不由得有些心疼起小万来，他匆忙打断王警官的话，说：“知道知道，都知道。”

下了船，廉海砂飞奔到蓝房子，推门见小万孤身一人立在窗前看风景。廉海砂走到她身边。小万问，会判死刑吗？

廉海砂笑道，刀剑罢了，不是毒品，死不了。廉海砂小心翼翼地看了她一眼，问，大半夜跑去海边干什么？

小万两眼看着窗外，摇了摇头，道，我出来喝水，见门开着，寻过去的。

“想必逃犯的日子不好过，不想活了的。呸！哪里不能死？偏来这里！”廉海砂说着话，伸手捉住小万一只手，轻声问：“吓着了吧？”

小万不动，也不吱声，过了好一阵儿后，低声答：“嗯。”又过了一阵儿，小万突然想起来什么，她扭脸看廉海砂，脸上一副小孩儿似的天真新奇的表情，她对廉海砂说道：“你知道吗？海水是咸的，可海水结出的冰，淡的呀，以前我竟不知道！”

对 她 好

牛健哲[1]

几年来，我最常想的一件事就是对她好。

不同于那些饥渴寻觅伊人、忧心落空的年轻人，我知道她就待在阁楼上，也永远不会拒绝我对她的好。这让我更难不想这件事。

原本她不是这样的。我还记得她叫我起床晨跑的嗓音，和旅途中她拽着我踏上甲板的劲头。我并不是个勤快人，但她会为了那些事给我点甜头。她为了我搬来这儿，生活了十几年。人们说她对我好，所以我现在该怎么做是显而易见的。

出事之后她住进医院。如我所说，那是暂时的。随后我把她搬回家，她躺在床上，眼仁上浮，目光似乎嵌进了头顶墙壁上的一道裂纹，左臂时而突然伸直，然后像时钟分针一样缓慢地放下。这条曾经总是揽着我的胳膊成了她肢体上最活跃的部分，有时它仿佛指着什么，而且使着顽力。

“别这样，这是暂时的。”我又对她说。

后来改变的只是她卧床的位置。她回家的第二天，我把她从我们的床上挪到一张单人医疗床上，那儿有她或许需要的可曲折床板，和她不会需要的护栏。那床是一份心意，我问了很多卖家，选了一种价格很高的。在之后几个月里，有两次我夜间醒来，看见医疗床上她的头歪斜过来，像在与我倾谈，眯眼细看才能看见她的眼仁仍高高吊起，只露下缘。我先把她的床推开

① **牛健哲** 1979 年生于辽宁沈阳，业余写作，迄今主要创作短篇小说，作品发表于《花城》《作家》《作品》《长城》《鸭绿江》等刊，有作品被选刊选载。

几码，直到窗下，自语说这样通风更好，过了一阵子，我雇人收拾了堆放旧物的阁楼，然后把她抬到上面。不知出于何种愿望，后来我略微挪动了医疗床的方位，使她再伸直左臂时就像在指着高处的气窗。

或许我想帮忙让她的动作看似有几分意义。已经没人指望她自己会做到这点了。

对她好的念头就是在这期间越来越凶狠地拍打我心头的，即便随着她位置的迁移，我为她付出的已经越来越多。

刚回家时，在我们的床上，我只顾用手指梳理她的头发和揉捏她的四肢，后来我还睡着在她身边。随后的日子，我也只是每天为她做两次口腔护理，每个钟头给她翻翻身，时而换洗她的被褥。除了这些，就只有为她调制和填喂流食，做做预期效用微缈的康复按摩，坐在一边对她说说话，在她扬起左胳膊时去握一会儿她的左手，慢慢揉软那臂弯。有时我想再做点什么，但只是靠在桌椅边，久后抹去眼角渗出的泪珠……后来不同了，尤其是在阁楼上照顾她度过一个冬天之后。我所做的这一切让自己劳累感倍增，现在逼近了极限——我每天都得上楼去看她一次，每次添加食物又推她朝另一边侧身后，二十几分钟就花费掉了。在每个比较空闲的周三下午，我都去清洁她的唇舌和门齿，就算上面没了新棉签时，我也会沾湿上次没扔掉的在她上下唇间抹擦好几下。下起大雨的时候我还会上去一次，关上阁楼的窗子，并为发现她又变成软塌的仰卧而叹息。往往不久之后，她床上那种腐浊的气味就弥散到楼下，越来越浓，促使我再爬一次楼梯上去打开窗子。凡在她周围时我再也没有停顿下来过，没有安坐在旁握那只手，也没有倚立直至溢出眼泪。

做了所有这些，得到的回报居然是她的褥疮。

我买了些软膏和消毒水，先涂在她髋部，又卯力把她的身体翻面，揭开粘连在屁股上的褥单，涂药在她尾骨上方。这恰巧是我们开始相处时我的手喜欢逗留的部位。我捏着纱布时笨手笨脚。她两腿间的毛发和也快被疮口侵犯的臀瓣如此静默而坦荡。我闻到了那种腐浊之气挥散到楼下之前的原味。

涂也涂了，抹也抹了。几天后她的伤口从暗红色变成了黄色。我观察片刻，打电话给她住院时的主管护士，问这样是不是正在好转。护士严肃地问我给她用了什么药，叹气之后说她还是来一趟吧。

她带了另一些药来。

“在楼上。”我引她上阁楼。这似乎不在她意料之中。

她先给她翻了身，并把她的被子掀下来，不大斯文地扔到地上，又要求我为她换褥子。我一时找不到别的，便下楼抱起自己的被，但留下了我的褥子，只扯下褥单。换好后，她一边涂药一边问我多久为她翻身一次。当我在想用哪种计时单位来描述时，她说："知道吗，你们在医院时给我的印象很深。你守在她床边问我们她的病情，那么细心，后来还讲了你们之间的事。我说给其他护士听，我们甚至有点羡慕她。"

她走之前又帮她换了个体位。在门口她对我说："我还是相信你能护理好她。"

于是对她好成了一个更加郑重的问题。说得完整些，就是我怎么才能让自己重新对她好。我意识到这个问题其实已经在我心里盘旋很久了。虽然外人对她的问候越来越少，但相谈时我却更爱把话题引向出事不久后，从而听到他们对我当时动情表现的复述和对我尽责许诺的称赞。我在竭力让一些流失的心意回流。这次打电话给护士，又何尝不含带着这种意图呢。

而护士那几句话另外给了我一些灵感。除了重温自己对她好的决心之外，我该多多回忆我们的从前。我们曾经在同一所学校里互不在意，却在成年之后因为一次偶遇而一拍即合。那时我刚刚因为失败的恋爱而神伤意懒，遇到她竟发觉我们彼此其实那么熟悉。我们对对方的习好和怪癖往往不问自明无师自通，明明我们在学校里没说过几句话。这在她身上表现尤甚，她坚信我曾经告诉过她我的消化功能障碍和由之引发的几件尴尬事，我们第一次约会时她就知道这些，提起时还弯下腰强敛笑声，但我百分百确定那些是我对任何人都绝口不提的。这样诡异的事时而发生，于是有一阵子我们一旦闲下来就去探究其中有什么被遗忘的由头或者神秘的原因，有过即将触及答案的感觉，却从来没有兑现。后来随着我们一起经历更多游历更多，回忆里的答案难免被新的记忆掩埋得更深。

现在除了阁楼上的光影不会再有新的记忆累加上去了，我却早就不再回溯什么答案了。

追忆从前应该会有帮助，因为那里面有足够多的她对我好的例子。我说过她在另一城市或许会生活得更好，很少有人会放弃她曾有的那些。她郑重地问我是不是坚持留在这里时我觉得她多半在预备说分手，可我还是决定碰碰运气。我定睛看着她，深深地点下头。当天下午她就开始了搬迁，了结了她原来的一切。后来她选了这栋房子，我没来看过就在电话里说了可以；她那段时间没有工作，便买了材料和器物开始装修填充它，知会我时我在电话里说，行。

她看中了房子带的阁楼，因为她知道我懒得扔掉旧物，总是住得逼仄。“而且，”她认真地说，“吵架时可以有一个人上来住。”十几年来，我们还没这样利用过阁楼。唯一一次吵架过后，我下了班上阁楼找她，但上面照旧只有我的旧自行车、瘪篮球、旧书刊、几罐剪下来拉链、朋友帮我收集的各式旧莲蓬头和其他一些次要点的东西。我慌张地走上街头，她竟在一家蛋糕店朝我龇牙挥手，身上系着店里的围裙。她在跟女店主学做蛋糕，说这样可以避开那些让我肠胃闹腾的食材。她告诉我当天是我的生日，说她查过万年历，确定我是星期五出生的。

起初我觉得有阁楼的弊端是它必然藏纳尘垢，需要我们上去打扫，后来我感到它竟能神奇地自洁，我间隔几个月上去一次也感觉它光洁如新未染一尘。现在显然这地方失去了它的自洁能力，每迈一步都会踏进纠结成絮的灰尘之间，引起一阵升腾和回落，窗玻璃布满雨水的痕迹，墙壁的霉斑分为黑色和墨绿色两种，组成的花纹变化多端。

我知道她如果还是原来的她会怎么做。我摇高了她的头枕，像是让她能看到窗户，也像是请她督促我似的。我找来抹布去抹擦窗玻璃上的水痕，没想到听到了难听的刮擦音——雨水留下的痕迹竟变得这么粗粝顽固，仿佛强碱液体留下的蚀痕一样。我接了一盆水，浸透抹布再去擦，效果仍没什么改观。我累了，扔掉抹布，坐在她床边。似乎有一个喉音发出，我看看她的眼睛，觉得那多半是我自己发出的。

我想我该好好为她翻翻身上点药，然后再为她松松肌肉，但并非要马上动手，因为她刚刚这么接近窗景。我下了楼，喝起一罐啤酒，瘫软在床上。结果当天我乏累地睡了过去，忘了上去为她调整体位，让她戳立着脖子迎着窗风待了将近一天一夜。

第二天午后，一个我曾经带过的实习生顺路来看我。我找东西给她喝时在屋里喷了一些空气清新剂，女孩对气味总是很敏感。我们聊天，时而像以前那样大笑，抿着甜饮润喉。这时阁楼上传来一声吼叫，虽然不尖厉但怪透了，连我也差点把喝的喷出来。我对那女孩解释了几句，同时那吼叫再次响起，起伏不绝。后来人家没坐多久就告辞了。我则带着怒气上了阁楼，我对她一挥手，说了脏话，然后才发现她还保持着昨天对窗的坐姿，只是头栽歪到了一侧，嘴唇干得灰白。

我竟对她说了脏话，很大声。这是我们相识以来的第一次。我平息了自己后，为她翻了身、上了药。我还润湿了她的嘴唇和舌头。同时我承认要对她足够好，只凭回忆远远不够。

消沉使我更容易觉得劳累和困倦，在家里度日成了地道的苦熬。单是爬上阁楼的念头就会把我累得气喘吁吁，离家出外的感觉倒有点像当年下班回家。

这期间她表弟打来电话问她的近况，说他这段时间有空，会过来看望她。我已然不在乎谁来看望，可是稍后我忽然想，也许我脱离开一阵子会是个好方法。去我和她曾经去过的地方待上一阵子，放空厌倦的情绪，应该可以引回真我。去别处，这个念头让我霍地站了起来……我是说，如果这能让她之后得到更好的照料，无疑是件好事。

于是她表弟来的时候我说他来得正好，要不然我真不知道该怎么办呢。我说她曾有一笔投资，现在生意亏了，有一些账目要了结。“估计这笔钱刚好可以让她做一个疗程的康复。”我这么说，同时察言观色。没想到他倒是很干脆地答应下来，一副挽起袖子要即刻就位的样子。

“姐，我才来，你别怪我。”他坐在床边握起她的左手，好像快哭了。那只手这时纹丝不动。听说他们俩小时候在一起玩耍过几年，像很多亲戚玩伴一样，先是扭扭打打，后来姐姐开始懂得疼爱弟弟。

我告诉他该怎么照顾她，显然说了很多我自己省略已久的项目。我一定脸红了，但坚持不厌其详。让她得到细心护理的愿望，在我要离开之际重回高点，这也许是我的办法将会奏效的兆头。

两天后我启程了。走出门时甚至还没想好要去哪儿，但这似乎不重要。我背着行囊回忆了她带我去的很多地方，后来选择了一处海滨，那是我们相处之初去到的几个好地方之一。在飞机上我久久地看着窗外浩荡的云层，以同一姿势度过了半天航程。我找到我们住过的旅馆住下，走下记忆中的海滩，游我们游过的海水，烤吃我们烤过的海物。当年随她来时我不大顺心，她说我没兴趣的话可以一直留在房间里睡觉，不用陪她。实际上后来她却轻易地劝服我融入了她的每一项安排，不知不觉我就陪伴了她全程，竟没觉得疲累。

重温昔日，度过两天。第二天睡觉前，我居然在旅馆床头的海滨度假广告册里读到，我去的那片海滩是半年前刚刚开放的。天亮后我一直眯着眼靠坐在床上。

中午时她表弟发来信息问：“事情办得怎么样了？”

“不顺利。”我回复。

然后我收拾东西离开了旅馆，没吃午饭就奔赴他方。

一路随波逐流，我经过了一些深山名刹，亲见了几处风貌朴拙的幽静小镇，但耽溺最多的还是几个名声泛滥的旅游城市。我在酒店房间俯瞰窗外路上挣扎的车流，不愿关掉电视里的嚣张噪声。其间她表弟打来几次电话，我没接。有个雨天我突然动了立即回家看她的念头，恰巧在房间我第二次接到了那种女人的电话，为了帮自己下决心，我叫那女的来了。我要求她放声从头叫到尾，以标示这真的是另外的女人。为求让自己充分愧疚我卖力得汗流浃背，然后独自彻夜沉思，想我现在对她亏欠几许，竟然和那种淫贱货色缠作一团……想得足够多了，天也晴明了，行囊就在眼前，我却伸手抓起电话，回拨了那个货色的号码。

我真正回程时大约是三周之后，北方的天气也热了。意识到此行跨了季节，自己也有些讶异。

舟车毕竟要停靠，终于回到家门前时，我深深换了一口气。我想象了她表弟在里面的样子。上了阁楼，我也看见了料想中他佝偻的背影。

我说了抱歉，我在外面太久了。然而他侧转过身，我看见他还是平静地拉着她的手。

“我姐最近很容易出汗，要多帮她翻身，食物要再稀释一点。”他说。居然不想要急着离开，那副德行有点像在医院陪护时的我。他让我的心情加剧恶化。

我重新接管了她。她多半不知道身边的人变换了，眼仁还是浮在上边。护理事项都生疏了，我也忘了调制流食时多加水，几天之后她的嘴唇干瘪了，尿很黄很臊。我就喂水给她，把她弄呛了，喷出了一些糊状物。我才想起不能直接喂水是当初的医嘱。看来我还真是放空了一些东西。

我砰地打开窗子，扯大领口。

隔天我去清除她吐在褥子上的东西，扳起她肩膀时，她开始哼哼呀呀，随后突然顽劣了起来，在我耳边嘶吼。我回忆起了这种声音，相形之下，脑海里的海潮声和街市喧闹都四散逃遁，唯其独尊。吼声从她喉咙里深浅不一的地方挤压出来，音色多变却又格外连贯。

“让我弄完，不然就变臭发霉了。”我说。她的声音让我听不到自己的后半句，但我还是接着说了下去，“你现在这样，我总不能不照顾你。你以前那么好，现在这么不幸，如果不是和我在一起，你也不会出事，对吧？眼下还能怎么样，又没有另外一个人能长久陪着你，只有我……”

随着她的嘶吼声，我说话也急剧提高了音量，然后我猛地站起身，两手狠狠捂住她的口鼻。熄灭了她的声音，安静果然来了。她没有别的动作，只是在我手掌下抽吸空气的力气越来越大，后来像要把我整条胳膊吸进鼻孔。她的眼仁在上方颤动。

不知究竟多久之后我两臂瘫软，跌坐在地。下唇疼痛，一定被自己狠狠咬过。

我他妈干了什么！几秒钟之前的事，需要我根据刚才含混的知觉推理出来。

我跑到床边俯下身捧起她的脸，看着她机械部件似的不停急促吸气。我给了自己两个嘴巴，然后倚靠在她身边拥偎着她，好像是我自己害怕失去照料。我保持那个姿势很久也没觉得疲倦。

我度过了对她最好的几十个小时。我把之前做过的所有护理项目都做了若干遍，把自己累得气喘吁吁却不觉苦恨。直到第三天，我恢复了平静，看着她在床上的安稳和整洁，我重新开始觉得自己对得起她，仿佛一向如此。

回到楼下自己的床上休息，我躺着想了很多。始终在我眼前晃动的，除了她窒息时的样子，还有她左臂上的钝伤。她的左肩肿了，下面连着一片暗褐色的瘀痕，像梨快要烂透了的样子。看得出皮肉上起过紫痧，这条她身上最有生机的左胳膊显然受到过扭拧。我看到那伤情时稍一愣怔就明白了，我知道我在外边游荡时床边发生了什么，她怎么呼号挥摆，她表弟又怎么最终平息了她和他自己。

这样，我也就理解了我回来后他为什么是那副样子，也似乎看到了自己类似的模样。

我体会过了大剂量的心甘情愿。总而言之，我终于学会了怎么对她好。

认清一些自己不曾用心辨识的东西使人平静，我得以既不慌张也不焦躁。我做该做的事，不那么期盼解脱了，有点像病人知道自己一旦难受到某种程度，伸手就可以拿到解救之药。

践行新知的时日相隔不远。有个午夜，她闷声吭了几声之后，又放开喉咙叫了很久，我几次出言安抚，并说自己喝了酒不舒服，也困得要命。不出所料她越叫越凶，看起来搂抱住她才会奏效，需要真正温软又紧密的臂膀。我抬起手犹豫了一会儿，触碰了她的嘴两下，接着便压紧她的口唇和鼻孔，双臂使出力气。不需要上次那么久，在她的脸色和震颤显示足够了之后我又坚持了一小会儿，随即我就俯下身揽住她。她曾经那么欢快而眼下这么无助，她曾经为我吃穿得舒服而思虑百般，眼下竟在我手臂下窒息挣扎。是谁把我们逼到这田地？我抚摩她颜色斑驳的脸颊，动作真的柔和又热切，眼泪嗒嗒地滴在她洞开的嘴旁边。我有一种找到了机关按钮的感觉。

此后我再也没像这样做过，我是说在封压她的口鼻之前再也没有犹豫过。一旦觉得自己需要对她好，我就会先那么干。在我疲劳或者烦躁时，在她烦躁时，在我们相识纪念日之类的日子。在两个人的纪念日，我总该对她好吧，总该温柔细腻吧。我答应过她会记得这种日子，那么相拥着流点眼泪是最好的了。

就这样，我们相伴着度过了一个秋天和半个冬天。天气冷了起来，冰雪积累在路上，出门给她买药和食材更加吃力。窗子不再打开，电暖气烘烤她床褥散发的气息，味道加倍难闻。之前她发过两次烧，我用对她好的方法让自己服侍了她，为她添置了热源。天黑得很早，室内的时间走得像胶水流淌一样慢。我想起上个冬天也是这样难熬。我也想到了更久远的冬天，但这种回忆里未必总是有她，常在的是积雪反射的明亮日光、清爽的气流和在室外踩雪时让人成瘾的吱呀足音。那时即便是冬天的晚上感觉也是圣诞节化的，回到眼前，我的嘴唇像她一样干裂，仿佛正在独自经历极夜。

我现在悉晓了我的方法，这是唯一的安慰。这样的冬天我多用用它也在理吧，何况这是一个颇多节日的季节，她以前在好些节日都大张旗鼓，我便尽量把方法用在节日前夕，把施用效果安排在她曾经在意的时刻。

一天路过蛋糕店时，女店主叫住我，托出一块生日蛋糕说送给她。蛋糕店一定记录了一些熟客的生日，应该不会搞错。出事后，女店主对她是同情又关心的，所以眼下我需要再打起精神，为她过一个生日。回家的路上，想必我提着的蛋糕感动了几个邻居。我算了一下她的年纪，然后皱眉翻出她的证件核对——她四十岁了。按照十年前的约定，我该陪她去照一套艺术合照，还要有一张亲吻的。那一天下午，我想使出我的方法，然后做到所有该做的，可她连连咳嗽，我便只把手放在她腮旁。

天色暗下来后，我打开蛋糕盒子，插上四根蜡烛。我忘了给她调制流食，但也许可以喂她点奶油。奶油是她曾喜欢的，而且也是糊状的。我用羹匙挖了一口奶油放在她唇上，她居然吸了进去，口唇重新变得空洞。我有点得意地又喂了几口，然后想趁她嘴角挂着奶白自拍一张合照。我凑了过去，举起相机，为了拍到她上浮的眼仁我极力地探身，这时她猛烈地咳嗽了两声，把之前吃进去的奶油喷在了我的半边脸、脖子和眼镜上。随即她甩起左手把相机打翻在地，镜头玻璃发出碎裂的咔嚓声。我把眼镜扔在她床上，抹了一把脸，就把手压上了她的嘴和鼻孔。我用力极大，仿佛很担心她继续浪费奶油一样。

这次直到我胳膊酸痛、手掌在她牙上硌得生疼才松开手。她居然满嘴是血，脖颈和胸腔大幅度地颤动，像在连续狠狠地撞击什么。我不禁想去帮她，可她已经满眼眼白，最后胸部拱起，定住了动作，沉重地回落到床上后便一动不动了。

接替她动作的是我，我哮喘一样喘息，呆愣过后回身撞翻了椅子，不知是怎么逃下楼又冲出门去的。

这种事竟然真的发生在我和她之间！我踉跄奔走，即使是在惊恐之中那种狼狈也让自己憎恶和绝望。沿路几个窗子里有人向外张望，我连忙转到僻静角落，站下闭上了眼睛。我感觉到脸面肌肉的酸疼，不敢想象自己刚才的面孔是何等扭曲。我几乎想起了她从前所有的声音和姿态。她舀起炉火上的汤，噘着嘴从勺子里咂尝；她皱起眉头，把晾干后发现没洗净的衣服重新按进水里；她凌晨偷偷起床，像个老花眼一样看验孕棒上的线条；她答应我去人工流产时用手把眼角抹来抹去，在医院经受剧痛时才就势放声大哭……

我靠在墙上哭了起来，有几分像她的号啕。我甚至隐约想起了我们当初偶遇之后不久的一次醉饮，我似乎也哭了，还把自己说成了一个怀才不遇的家伙，她在旁边眼里也噙着泪。也许是在当天更加昏醉的时候我们涕笑并具地讲了各自那些隐秘的习好和怪癖。我说不准她是不是真的像我一样不记得了。

哭泣平息下来，我不知道自己该回家还是该去投案。我竟然想到了从轻发落几个字，羞愧暗生。一时间我只能坐在地上，希望下一场大雪深埋自己。

在我神志消耗将尽，快要昏睡过去时，裤兜里响起铃声。我掏出手机，看到家里的电话号码后手开始颤抖。

“你在哪儿？”她表弟居然在我们家，偏偏在今天，“我姐怎么了，嘴唇都破了！”

我举着电话喘粗气，什么都没能说出来。

他越说越急，“总之你快回来，我姐情况有变化，有时哼声有时摇头！”

我张大嘴，不敢确认听清了他的话。他说他没见过她这样，眼神也变了。

“眼神？”我扶着墙，以两条麻木的腿撑站起来，“你是说她……醒了？”

“也不像真的醒了，就是眼仁不顶在最上边了，现在好像能看到东西，能看到我在她身边干什么……”

我张着嘴垂下电话，任凭里面叫喊什么。虽然浑噩了太久，可我对这个消息的意义还是可以参悟。

也就是说在我哀痛一场之后，她弹回了这个世界，今后仍将躺在那里，却能看到我在为她做什么，或者在对她做什么了，至少她的目光会对着我。我吃力地迈开脚步。返回那个阁楼，我就会出现在她视野里。接下来呢，哪里会有什么别的改变，我还得继续日复一日地守在屋子里，经年历月就像房屋永远得背着自己的阁楼，耗光心神却不会让她欣快几分。今后唯一的不同，可能就是在她眼前我只能煎熬，再也使不出那种对她好的方法了。

我驼着背眯起眼睛，夜风还是从眼缝间吹扑进来。

被五和八，还有二十五整除

米荆玉[①]

一 菲菲·下午

“记住了吗？那我就开始了。”孙静阿姨说。

我凑合着点点头。

“如果有同学说，‘菲菲，你的爸爸是神经病’，你怎么回答？”

“我就说‘你爸才神经病呢，你爸爸大脑炎’。”

孙静阿姨生气了，“菲菲！”

我换了个说法，“我就说‘你的爸爸也一样’。”

孙静阿姨气笑了，“我刚才是这么教你的吗？”

唉，大人们有时候真的不懂事，我们小孩必须把话说明白了，大人才知道一加一等于二。

“阿姨，吵架就是不讲理。我们中学生吵架，就是要噎死对方。”我耐心地解释，“我要是跟李楚翘说‘我爸爸是强迫症，不是精神病’，这在气势上

---

① **米荆玉** 1979年生于烟台，毕业于青岛大学医学院，2003年进入《青岛晚报》工作至今。山东省作协会员，山东省第21届青年作家高研班结业。2017年开始尝试小说创作，先后在《青岛文学》发表《请一个歌手吃晚饭》《海怪》《被五和八，还有二十五整除》《亲爱像两兄妹》等小说，其中《海怪》被《小说选刊》转载;《被五和八，还有二十五整除》被《思南文学选刊》转载。2019年《海怪》获首届青岛“海鸥”文学奖“短篇小说奖”。

就低了一头，跟自杀没什么差别。”

孙静阿姨像所有大人一样，只听自己能听懂的逻辑。她喝了一口咖啡，“菲菲，你爸爸害怕你在学校里受伤害。他设想了二十多个场景，我这才是第一个场景，你就不听我的了。”

“我谢谢他。他太多余了，我有我的帮派，在学校里只有我欺负别人，不会有人欺负我。”

孙静很吃惊，“宋老师说你是菲菲帮的帮主，我还不相信。你真的成立了帮派？他们为什么听你的？”

“我爸是精神病，我妈是抑郁症，我们学校后山还有个暴露狂，是我的干爹。”我在想象中舞动一面大旗，感觉长颈鹿咖啡馆快盛不下我了，“我不当帮主，谁当帮主？”

爸爸敲了敲窗户；他那辆老款的速腾停在咖啡馆外面，尾号是我的生日，915。他是个自觉的病人，也是个自觉的驾驶员，每到冬天，精神病到了高发季节，他尽量让孙静阿姨替他开。我挺佩服他的，能找心理医生当自己司机的强迫症，不是一般的精神病人。

孙静阿姨没看见我爸——好像每个人爱久了我爸，就自动学会了忽视他的本领，像是我妈离婚后直接否认我爸的存在。那么为什么有我呢？我是我妈无性繁殖出来的吗？我是克隆出来的吗？一说到这个，我妈就叹气，“小时候我就不该给你读那本性教育绘本。”

孙静阿姨开车，我坐在后排紧贴左车门的位置，爸爸紧贴右车门。我伸手去摸树上的桃子，爸爸微笑了一下，也去摸那些带着露水的青州蜜。孙静阿姨回望了一眼，很是诧异，“菲菲，你在干什么？”

“我爸爸没告诉过你？”我很开心，“这是我和爸爸之前的秘密。”

“能告诉阿姨吗？”

“爸爸保守了秘密，我也要讲信用。”

“那阿姨跟你交换吧，你说一个，我也说一个。”

这个问题简直在我嘴边：“妈妈说你跟我爸以前是同学，你爱我爸爸吗？”

我爸不说话。孙静想了想，“这个问题很复杂，我下次回答你吧。换一个问题。”

我问：“我爸爸都是精神病了（孙静纠正我：是强迫症不是精神病），他拿什么养你呀？”

“你爸爸是个药物代理。将来你学医就会知道，这世界上有很多少见的病，统称为罕见病。像是你爸爸的强迫症，不算罕见。真正的罕见病人很可怜，因为供他们使用的药物很难得。国内的药厂要么觉得销量太低，就很少生产；要么没技术，生产不了这种药；国外有的药厂专门生产这种药，而且中国的人口数量最多，得罕见病的人也最多。你爸爸的工作呢就是给这些药厂当代理，负责罕见病的药效监控。”孙静把车停在一个红灯前，“简单地说，就是爸爸一边跟国外的药厂打交道，把罕见药引进来；一边给这些药厂寻找病人，然后观察这些药的效果，比如多长时间起效啊、多少药量啊、有什么副作用。”

“我爸爸就是个药贩子。”

“不太准确，也差不多。不过这个药贩子要懂外语，懂统计学，还要很细心，不能漏掉一个数据，还要熟悉蛤城的医院，能拿到真实数据。错误数据会导致药效出问题的。你爸爸的工作，相当于一个跨国药剂师。很多人感谢你爸爸，没有他，很多病人都没法活下去。”

爸爸翻着手里的一本外语书，从眼镜镜框里放出一缕我看不懂的眼神来。他说，“绿灯了。”

“爸爸，你老不跟我说话，离婚了也不来看我，强迫症这东西传染吗？”

“不传染。”

“那为什么？”

“我怕你。”

嘿，没治了。

我爸家住十楼，次顶楼。我喜欢次顶楼，不像妈妈家的一楼那么吵，清净没蚊子。事实证明，我爸跟当年离婚前一样，在家里仍然是老爷做派。他很放心地让孙静做饭，自己在餐桌那边，把盘子用纸巾一个个抹净——他很受不了盘底的水珠，也受不了水渍，尤其盘子里风干的水渍痕迹。他觉得这个水渍一旦遇见菜汤，就会复活成一滴脏水，然后整盘菜也就要不得了。从我记事起，擦盘子就是他的唯一家务，他甚至学会了把盘子打旋，让盘子在他食指尖上变成陀螺。可能是现在中年危机了，他没玩花样，就是闷头擦盘子。

孙静隔着门不忘搭理我，“菲菲，你的房间整理好了，你去玩吧。”

我倚在厨房门口，伸手要了一片火腿，“阿姨，我妈这个抑郁症是真的吗？不是潘伟有了新闺女以后嫌弃我，想把我赶出来吧。”潘伟是我妈的第二任老公。

“你放心吧，潘伟是你爸爸都认可的，很温柔很体贴的人。他不会这么做的。”孙静按了一下油烟机——我爸买了世界上嗓门最小的油烟机，“你妈妈原本是双相情感障碍，程度比较轻微。但是现在她刚有了二宝，家里又是老人又是孩子，太乱了，抑郁加重了。潘伟说让爸爸陪陪你，正好爸爸也很想你。”

我爸的样子一点也不想我，他对着阳光看盘底，好像上面印着桂纶镁的写真。

“我爸还喜欢桂纶镁吗？”

孙静大笑。

晚饭爸爸几乎没吃，他简单喝了粗粮粥，就着奶奶的腌萝卜干。奶奶在老家种了半亩地的高粱，专门解决爸爸的高血压问题——她觉得高血压是凉性的粮食，最适合爸爸这种胖子。这位老太太就爱看《健康之路》，听从节目的建议，带皮吃的姜、带麸子的麦子、带花生壳的花生渣，虽然这个节目的观点常常自我否定，不妨碍奶奶的信仰跟着节目一起反复无常。

孙静的菜很好吃，清淡又有味道，简单的蒜蓉茼蒿、红头鱼火腿豆腐汤这么有滋味。饭桌上她还是跟我强调了老一套，“菲菲，尽量不要刺激你爸爸说话。比起从前，他的症状好了很多，其实你的到来对他是个强刺激，打破了他的生活规律。”孙阿姨语气很柔和，“你爸爸好像一个在森林里迷路的人，现在我给他建立了十个路牌，让他从森林最深处慢慢走出来。我们不能一下子逼他改掉所有心理标志，留几个当他的生活路标，保持生活习惯大体稳定。”

我点点头，“我知道，你说过的，我不能逼他说话，最好等他先说话。”

孙静补充：“甚至你可以不理他，就是不要催他说话。”

晚饭后，爸爸例行遛弯儿。我们一起出门，爸爸在门口一直扭捏着；我问孙静，我爸怎么了？孙静想了想，“你爸爸想做的事不想你看见，他害羞，你先到楼道里等一下。”我坚持，“他是我爸，干吗跟我害羞？”孙静跟爸爸耳语了几句，爸爸有点不高兴，还是听从了。我看到了爸爸的关门仪式，仿佛是第一次，又仿佛是从我记事起就习惯了这种烦琐：他先关一次门，然后打开，进门看看厨房，“他在看煤气是不是没关。”然后再关一次门，再进门，把所有插排拔出来。关第三次门，锁两道，在门边吊着一根中性笔，用笔在孙静手指上写一个3，大家一起坐电梯下楼，就着楼门洞的感应灯看看孙静的手指，用湿巾抹掉那个3，孙静把湿巾扔进垃圾箱，爸爸轻轻舒了一口气。

作为一个胖子，爸爸散步的时候步子很快，小时候他也是个山民，尽管胖了，底子还在。不过也是因为胖了，他走平路还称得上迅捷，但是讨厌爬台阶。我跟孙静走在后面，小区门口这条宁国路有着漫长的上坡，一路上有烤蛋堡的香味，土豆丝的香味，大缸烤肉的香味，好闻的中药味道，还有一种茴香味炸肉丸子的味道，太诱人了，可是爸爸没闻见。我晚餐没吃肉，胃口很活跃，不过想到妈妈说我易胖体质，只好想法转移注意力。

“爸爸，爸爸，你慢点！爸爸，洪立君！”

爸爸停下来，转过身，有点悻悻然，好像抱着点希望洪立君是别人的名字。

“你这么散步哪儿能减肥？这样，你背着孙阿姨，围着小区走一百圈，这样才算是锻炼。”

孙静笑得很开心，“这是个好主意，菲菲，你爸爸胖得没法弯腰，背着我简直要命啊。你把我托上去吧。”

孙阿姨很轻，我没怎么用力，她就飘上了爸爸的肩头。爸爸不高兴，不过他从来也没高兴过，我们俩都吃透了这一点。爸爸有点吃力地说，“菲菲，这周围这么多邻居，太掉价了，我背三分钟算完了呀。”

“那哪儿行，根本没有锻炼效果。”我跟在旁边，有了个主意，“这样吧，你们数汽车，就数你开的速腾，数到一百辆，就把阿姨放下来。”

“整个宁国小区都没有一百辆。”孙静说，“数四十辆，让他歇口气吧。”

数到十二辆的时候，已经数到了爸爸那辆速腾了。爸爸和我在车旁边站下了，那棵桃树在夜风中摇曳，夜空从树叶间坠下来，一小片一小片的天空，带着桃子的气息。

“孙阿姨，你能看见一棵桃树吗？”

孙静从背上滑下来，她好像也有点累，擦了擦额头。

“我小时候有一次吃桃子，吃到一种叫青州蜜的桃子，把桃核掉到爸爸车里了。那时候爸爸还不是精神病，但是已经毛病很多了，特别爱干净。奇怪的是，我们掀开后座、翻遍了脚垫，连后备厢都找了，就是找不到那个桃核。他还花钱让洗车店的人拿吸尘器吸，没有。”

“我妈妈以前爱给我读绘本，后来读累了，让我自己编故事。我就编了一个桃核的故事，这个桃核在我们的车里慢慢长大了，长成一棵桃树，三年、五年，一眨眼的工夫开始结桃子了，而且结的是青州蜜。青州蜜很特别；一般的桃子，如果离核就不够甜，如果甜就不离核。像是妈妈爱吃的水蜜桃，很甜，但是果肉跟果核混在一起黏糊糊的，爸爸听到牙齿触碰果核的声音就会崩溃、发脾气。只有青州蜜最独特，它非常甜，而且离核，吃完一颗桃子，手掌干干净净，果核也干干净净。”

“爸爸很爱我的这个故事，虽然有时候他还是憋不住把车座掀开找桃核，但是跟我在一起的时候，他总会继续把这个桃树的故事编写下去。比如说有一颗桃子跟着水果商闯天下，有一颗桃子在幼儿园里拿了十颗星星，有一颗桃子变成桃子吸血鬼，专门吸别的桃子的桃汁，等等。这个故事也是我幼儿园那几年最喜欢的一个游戏。”

“孙阿姨，我妈妈离婚，是不是因为爸爸不让她吃水蜜桃？”

孙阿姨没回答我，她跟我一起看着桃树，那棵物理上不存在但心理上存在的桃树，树叶们悄悄击掌，树上同时有桃花，也有桃子，香味像是蛛丝般轻轻披拂在我们身上。

三个人围着马桶，爸爸先拆下了旧马桶圈，第一轮先喷洒 84，再用威猛先生消毒，紧接着第二轮 84 消毒，装上新买的马桶圈，然后用花洒里的热水冲洗。他最后倒了两杯医用酒精，洒在马桶的边沿，点火。蓝色的小火苗在水面上轻轻摇动，像是要让女儿许个屁股安康的愿望。

爸爸说，“这个马桶是菲菲专用的。”

我有一点难为情，“孙静阿姨，你是不是觉得我是个怪人？”

孙阿姨说，“没事，我们主卧里也有卫生间。不过菲菲，我们必须解决一下你的马桶洁癖。想想看，就算你们中学部答应给你专用的卫生间，将来上了大学可没有这个特权。”

“你可以给我开医生证明，说我有这个洁癖，必须有单独的马桶。”

“大学里不会认可这个证明的。”孙静说，“你要么改改习惯，要么还是自带防菌膜。”

我听着，一脚脚踢着瓷砖。

厕所是我上学的大问题。我不喜欢学校的厕所，上学时我自带马桶刷和消毒液，每次当我清洁了马桶圈、铺上防菌膜，下一节课都已经开始了。很快同学们知道了有个女生每次上厕所都要忙活二十分钟。班长赵晨歌给我起了一个外号“厕所公主”，很快，这个绰号取代了我的名字。

我妈不是擅长开解的妈妈，她一会儿归咎于我爸，“你这毛病是应该改一改；你要是洁癖我也认了，可是你跟我一样邋遢，被子永远不叠，瓜子皮懒得扫，吃饭碗里剩一口，就是上厕所这一点像你爸，这遗传还会挑三拣四。”时而她又一厢情愿，“你要是成绩很好，他们就不会嘲笑你了”。我一直是班上英语最好的女生，也是最好的钢琴手，是垒球队的头号投手，但是他们还是不放过我。赵晨歌不知道从哪里知道了爸爸的事情，“你爸爸是个神经病，你是遗传的。”

我跟赵晨歌没有任何矛盾，我只是跟张丹露有矛盾。可是赵晨歌希望成为张丹露的好朋友，她越是针对我，越有希望成为张丹露那一伙的好朋友。张丹露的妈妈是校医，她身边团结了一批爸妈在本校工作的孩子们，而我曾经是其中成员，但随着我长大，变成了一个让同学看上去就感觉不爽的人。或者说，每个团队需要有个倒霉蛋，来供大家排挤，然后剩下的人更加团结、更加有安全感。这一点我已经明白了——一个团队里即便只有一个倒霉蛋，那就是我。而赵晨歌想要的，就是我空出来的位置。

妈妈把我在马桶上遇到的问题告诉了爸爸，他很佛性地回复说，让我到书里找办法。我喜欢看书，可我的书里很少有这种事情。《夏洛的网》里有个会爆炸的臭蛋，我希望能把这个蛋放到赵晨歌的书桌里。可是我家没有鹅，也没有臭鹅蛋。

夏天到了，大家喝水很多，汗味很重，上厕所更加频繁，厕所越来越成为我的负担。赵晨歌的新把戏是约一群女生占领三楼厕所的所有隔间，让我出丑。我生气了，终于有一天，我在厕所等着，趁赵晨歌带着坏笑走出隔间，把一水壶的啤酒全部倒在她头上。她们吓坏了，可能因为这杯啤酒在膳魔师壶里藏了一夜的缘故，从味道到颜色，她们都以为我倒了一杯尿。赵晨歌一开始不知所措，没有哪个女生敢拦住我，她们迅速跑开，又带着一群人回来围观，好像我们俩是厕所里的两个吉祥物。

以这杯啤酒为起点，我的境遇突然开朗了起来。老师叫家长，妈妈说自己怀孕了，不能来学校受气。那罐啤酒是后爸的，后爸说，“我是她的继父，我不能打孩子也不能骂孩子，老师愿意打愿意骂，都随你。我只能说一句，孩子的亲爹是个精神病人，干点什么事不用负责人的。”我的班主任非常苦恼，她要给赵晨歌家长一个交代，但我从爹到妈，没有任何可以剥夺的资源。

另外，赵晨歌突然间比我名声还臭。到处都传说有个女生被泼了一杯尿，女生疏远她，男生也不愿意靠近她，擦肩而过的时候大家都吸溜鼻子，像是被异味刺激到了。赵晨歌不得不跟很多人澄清，甚至希望我出面，强调那只是一杯温热的啤酒。厕所公主的绰号不再新鲜，尿班长赵晨歌突然成为新的热门人物。甚至有人叫她“赵尿”，她彻底威信扫地。如果我在班里有个同病相怜的病友的话，赵晨歌应该就是这个人。

老师商量的结果是，让我随便上厕所——随便哪节课，不用跟老师报备，但是不准我跟其他同学打架。他还要求我跟赵晨歌道歉，我拒绝了。我突然发现，可能当一个流氓更加适合我，我不是一个可以苦口婆心打动的人，这一点太特别了。这是我爸爸每年六万八学费的私立学校，更重要的是，我爸爸是一个精神病人；他们不敢打我，不敢骂我。这个办法很有效，我上厕所的次数本来就不多，而且厕所只有我一个人，效率大大加快。我可以尽情上厕所，我甚至可以组建一个菲菲帮，对抗那个一直不喜欢我的张丹露。

我们学校后山，是贮水山公园的一部分。山上一千棵松树，一万棵梧桐，还有栗子树和桂花树，不知道哪一棵树下藏着一个暴露狂。他好像是周围的一个上班族，一周里的两三天他会早下班，藏到公园里，等候猎物。一旦有哪个女生想抄近路，翻过公园到山那边的超市，她就有很大的概率碰上暴露狂。这个暴露狂会直愣愣走过来，猛地敞开外套，让女生看他赤裸的下身。尽管看到的人不多，只是听说有这么个人，就让人闻风丧胆了。我在被赵晨歌欺负得最惨的时候，突然希望这个暴露狂是我爸爸。我希望有这样一个爸爸给我出气，当有人欺负我时，我就说，我会让我爸爸来找你。

像很多离婚家庭的孩子一样，我有很多钱。我拿了八百元现金，想收买暴露狂替我出气。贮水山公园跟大部分公园一样，满是莫名其妙的设计。绵延的长廊，嗯，两队老奶奶面对面练合唱，她们的歌不知道为什么老让我走顺拐。漂亮的小亭子，里面有个戴礼帽的老头儿练萨克斯，吹得上气不接下气，他身上的肥皂味很好闻，我看了很久，他问我想不想学，我问他‘肥皂哪儿买的’；一个废弃的红色砖楼，好像是鬼子的碉堡，也可能是为了观测星空，又好像是为了焚化死人——圆柱形的建筑，三个窗子用砖头堵死，在旁边留了莫名其妙的透气孔，看进去里面只有一床破烂的棉被。贮水山当然有一大泡水，水面上还有三对鸳鸯和四只大鹅，旁边有个告示牌，写着市民谢女士、张先生捐赠了十只动物。水边阿姨大叔们成群结队练习踢毽子，他们把毽子变成了一种不长翅膀的花蝴蝶，脑门、胸口、膝盖都用得上，把毽子玩出千变万化的花样。我在公园找了两个月，常常被某棵树、某块刻着“夕阳红”的大石头激动得心脏狂跳，感觉暴露狂就藏在背后，马上就要被我找到。可是暴露狂藏得太好了，反而是我的名声渐渐传开了，很多女生害怕看见暴露狂，也害怕翻山的时候遇见我，然后被我拉着问“你刚才看见暴露狂了没有”。

终于让我碰见了暴露狂，或者说我自以为我看见了暴露狂。那个黄昏来得比较快，松林里有个石凳，白天大部分时候，有个老头儿坐在上面跟人交流像章生意，石凳上还有一点点余温。我看到那个暴露狂带着背包过来了——虽然不认识，不过我听说他是戴眼镜的。他穿着的样子很简单，重要的是穿着军大衣，长相是坏人的样子：微微谢顶，核桃般的脸色，五官像是葛优的邪恶版。看见我他还没想明白怎么动作，我就想先问他一句“你是那个变态吗”——可是我太紧张了，我直接问成了“你是我爸爸吗”？他吃了一惊，可能是他穿着衣服比脱了衣服要害羞些，或者是他根本就不是暴露狂而是个可怜的过路的，总之他转身迅速走开了，看来我的努力白费了。我身子微微颤抖着，没有满足感，也没有失落感，倒像是有另一个我蒸腾出来，飘在空中。没法证明自己见过暴露狂，地上扔着一把铮亮的钥匙，像是我的心情一样。

二　菲菲·白天

早上七点了，孙静才和爸爸买了早饭回来。我都有点急了。

“你们去哪儿啦？干吗不带着我？”

爸爸不吭声，弯腰换鞋。孙静悄悄说，“你爸爸昨晚只数了三十三辆速腾，他一晚上没睡好，今天早上非得背着我，数满了四十辆。数完了还不算，还要再多数十辆。”

“为什么？”

“他觉得四十这个数不能被二十五整除，不如五十这个数字完美。”

“神经病。”

“是强迫症。”

我晃了晃手里的 iPad，“你们家的 Wi-Fi 密码多少？”

“还是以前的，‘我爱菲菲’的全拼加你的生日。”

“我试了，还是没法登录，怎么回事？”

孙静笑了，“你肯定只打开了 Wi-Fi，没打开路由器。”

她走到客厅壁橱旁边，打开箱盖，把路由器的电源接上，“晚上每次我关了 Wi-Fi，你爸爸都要偷偷起来，把路由器的电源也关上。”

“为什么？”

“让你知道了，你爸爸一定会害羞的。你得假装不知道。”

“我假装，我最擅长假装了。”

“你爸爸觉得，路由器整晚接收不到讯号，整晚试着联系 Wi-Fi，太孤单了，太可怜了。他受不了这个，必须让它俩都休息。”

“神经病。”

“是强迫症。”

“是不是在我爸爸看来，家里的电器都是有生命的，电视也会孤独，吸尘器也会孤独，像 Wi-Fi 就好像是个巫婆，谁被辐射了就得癌症？”

爸爸从厨房探出头来，“胡说八道，油烟机就没有生命，电器都没有生命。”

孙静阿姨解释：“这个问题应该这样回答：你爸爸确信所有电器没有生命，毕竟他是个理科生，很理性，不相信什么万物有灵。另外，Wi-Fi 和路由器之间，重点不在于有没有生命，在于它们让你爸爸联想起了什么。路由器找不到 Wi-Fi，整晚地寻找信号，而 Wi-Fi 置之不理，这种联想让你爸爸很难忍受，他宁可两个都断电，都互不联络，这样良心就不会受谴责了。”

今天是周二，周二的早饭也是早饭，油条豆浆豆腐脑，我小时候，爸爸早上喜欢喝豆腐脑，喜欢豆腐脑里放香菜，可惜他见过菜园里的香菜，从经验上讲，他没法斩断香菜跟农家肥的联想。反复清洗也不能打消顾虑，他一度用微波炉给香菜杀菌，毫不意外地失败了。这么多年过去了，我看他还没解决这个问题。他拿了一个双立人的蒜末器，试着把香菜末榨出香菜汁来，这看似是个好主意，可惜香菜没有橙子那么多汁。不知道爸爸这个香菜汁的把戏玩了多少次了，孙静阿姨容忍了他三分钟，轻弹了他手腕的猴皮筋一下。爸爸顿住了，放弃了努力，悻悻地去冲洗蒜末器。

早饭后孙静阿姨到精神病院坐诊，开走了爸爸的车。我跟着爸爸观察他怎么工作。他的公司在洛阳路；说是公司，更像是一个阳光不错的大仓库，到处是比我还高的纸箱子，到处是拆快递剩下的纸壳。仓库用铁丝笼间开，一半做公司，另一半堆放还未开封的药物。爸爸坐在一把转椅上，捏着一张名单打一轮电话；他实在太胖了，每隔一阵子，转椅就会咯吱咯吱下降一截。爸爸有一个很罕见的座机，看上去特别高级，能够免提说话，还能存储好几十个电话号码。一边听病人诉苦、讲病情，爸爸一边在电脑里记录。有个叫刘波的病人最逗，他说，“老洪，你的这个新药太奇怪了，我吃了以后手得天天揣在兜里。一甩手，手就伸到十五米外了。看什么都是扭曲的，家里挂历上的画也变了，本来画着一片海，现在看上去像是一碗疙瘩汤，而且面疙瘩是铝片的颜色。”他抽搭着鼻子，疑惑地说：“你给我的不是药，好像是我以前吃的摇头丸。”

爸爸不反驳，就是噼里啪啦打字。

完成了一轮工作，老洪开始有想跟我聊天的冲动。“菲菲，你妈妈说我不称职，我确实不懂怎么当爸爸。你妈妈说的没错，组建菲菲帮不是什么好事。你用暴力对待同学，只会换来更多的不友好。”

“我哪儿暴力了，我就是倒了一杯啤酒。我其实想知道，到底是谁向老师告密的。”

“这不重要，重要的是有这么一个同学不怕你们。你们虽然人多，但他很勇敢，很有正义感。”

“你不说我也猜得到，肯定是那个假惺惺的张丹露。”

爸爸挑了一下眉毛，不说话。

我不想聊这个，换了个我关心的问题：“你和孙静为什么不要孩子？”

爸爸说：“因为爸爸太懒了。”

有人敲门，爸爸打印了几十个地址，跟快递员一一核对。我开始隔着笼子打量一箱箱药物，箱子码得整整齐齐，纸壳上大多是外文；仓库深处还有个冰库，密码锁小门里锁着需要冷藏的药物。我妈家也有很多药；在确诊抑郁症之前，妈妈一边百度自己的症状一边买药。抑郁症的症状特别多，从心梗到头疼都有；我妈又是个很好玩的病人，一方面她不敢过量吃药，一次吃半片，害怕伤肝，另一方面她又买了大量的药，咳嗽一周，她能买四种止咳水、四种支气管扩张药和两个品牌的布鲁斯特钠，活像个少吃多餐的药物狂，“万一哪一种管用呢？”我偷吃过好多种。其中有一种粉红色的布洛芬，吃了会很快乐，脚趾和肚皮变得凉凉的，大腿根的血流会加快，而且血像冰镇过一样清凉光滑；后背升起一股股暖流，汇集在脊柱里，让人忍不住靠着墙反复摩挲，这个药的缺点是让我的耳朵嗡嗡作响，而且不禁吃，吃三五天就吃光了。少女帮成立后，有一次许猫猫肚子疼，校医给的药不管用。我请她吃了三颗布洛芬，说是我家里的神药，吃下去立马见效。神药也由此成为我们帮里最大的秘密之一，传来传去，隔壁班也知道少女帮有神奇的药片，能治百病。

偷吃药的习惯也让我吃过苦头。有一种灰色的药，吃了以后会打战，盖被子也不顶用，从骨头里带出来的颤抖，控制不住。抖得实在太厉害，我觉得随时可能摔倒，甚至不敢张开手臂；怕妈妈看出来，我跑到楼下找了一棵比较粗的柿子树，紧靠着粗糙的树皮，感觉大地不断站起来，把黑色的泥块倾倒在我身上。二单元佳佳奶奶大声问我，“菲菲，你靠着树干什么？”这时候我抖得快站不住了，只好转过身紧紧抱着柿子树，大声回答她：“我在找知了皮。”

现在爸爸仓库里这么多药，我只能看没法下手。爸爸想得很细：铁丝笼架设了24小时监控，每个药盒子都捆扎结实，上面还让他贴了骷髅头标志，据说仓库进来过小偷。明知道他骗人，我还是不敢冒险。爸爸过来揽着我的肩膀，我想他找不到太好的话题，憋了一会儿说：“你一定要学一点拉丁文。”就像每个不懂聊天的爸爸一样，他说得很郑重：“学了拉丁文，走遍全世界，任何一个正规医生的处方你都能看懂。”

我想反驳一句“要是那个医生是个文盲怎么办”，话到嘴边变了味：“爸，我想吃炸鸡排。”

从肯德基回来，妈妈的快递已经到了。之前她给我买的一箱活珠子，发快递送到我爸这里。真空包装的活珠子看上去就是一个个鸡蛋，包装袋上印着胖胖的四个字“南京特产”——其实活珠子就是毛蛋，南京之外哪儿都有，淘宝上这一款味道最凶猛。毛蛋分两种：一种有毛的，是孵化到一半、小鸡大致成型的鸡蛋，嚼起来能感到小鸡羽毛的韧劲；另一种没毛的，是孵化刚开头就打断了的鸡蛋，小鸡并未成型，叫作“实蛋”，也就是所谓的活珠子。爸爸不能忍受我吃毛蛋，也不能忍受我吃鸡皮。他弹了一下猴皮筋，拇指食指轻捏着活珠子的包装，扔进锅里加温，“你吃我管不了你，不过这种接近腐烂的蛋白质，起码要经过高温消毒吧。”

活珠子的口感韧韧的，底部有些脆脆的口感，应该是小鸡的未孵化成功的软骨或者是眼睛。爸爸排斥这样的联想，但是他还是拿出很入戏的态度说：“菲菲，你是个好孩子。你一懂事爸爸就说，爸爸爱你，不管你干什么，吃什么，爸爸永远爱你。”

我才不领情：“你神经病。”

我八岁时爸妈离婚，他们离婚前最爱说的就是“不管你怎么不听话，虽然我们今天揍你了，虽然我们逼你练钢琴，但是我们永远爱你”。这个句子是妈妈从美国人的育儿书里看来的，她一辈子抱怨外公外婆，抱怨自己没有得到最有安全感的爱，讽刺的是，她本想让我得到安全感来着，然而这句“永远爱你”的口头禅成了讽刺，他们一边说着爱你、爱你，一边办了离婚手续。

我小时候的洪立君是个爱吵架、爱紧张、龟毛的爸爸，在他眼里，妈妈做什么都有纰漏。爸爸不喜欢妈妈碗里剩一口麦片粥的习惯，不喜欢妈妈把袜子内衣一起洗的懒惰，但他又不爱洗衣服。不喜欢妈妈打开电源的次序——爸爸要求先打开插排电源，然后插上电源线，最后把电源线跟电脑连接，妈妈要么根本不关电源，要么全部连接好再开电源，爸爸就大发雷霆：“突然通电会击穿电脑的主板！”爸爸对没有生命的器物有着奇怪的怜爱，他也不喜欢妈妈关车门用力太大，反复示范在什么位置脱手，车门才能轻松又清脆的发出“兹砰”的声音，妈妈学会了爸爸关车门的方式后一直改不掉，到现在滴滴司机还是喜欢表扬她：姐，你是我见过关车门最轻的人。

妈妈在我们学校的幼儿园当英语老师，这让我享受了半价学费优惠。大概是受爸爸影响，妈妈也从一个乐天派变成了爱抱怨的人，尤其抱怨幼儿园新来的男老师：不懂得敷衍家长，不懂得配合同事，不上进，不读书，不看电影，不懂得跟孩子保持距离，性侵的传闻这么多，他还是跟小女孩们嘻嘻哈哈。还有，刚毕业的年轻人花钱太浪费，工资一点点就买最新款的 iPhone，还没转正呢，就开着奔驰上下班。忽然有一天，她停止了抱怨，跟爸爸摊牌：我喜欢上了那个男老师，我们准备结婚了。

爸爸非常麻利，实际上，他早就在吵架里懊悔了无数次结婚。不只是离婚，他总是做好了最坏的准备：婚姻、健康、亲情、友情，他都做好了最坏的打算。我猜，他早就有了“菲菲如果被拐走了”的心理准备，连“我死后菲菲怎么完成心理复健”也罗列了二三十个条目。像是比赛谁比谁胆大、谁比谁更不需要对方一般，两个人急匆匆地签字分手。在婚姻的尾声，两个人在想哭的时候，都喜欢抱着我哭，好像如果单独哭泣的话，像是对对方认输；而抱着我哭，代表了对孩子的无尽悔意和滔天歉意。

爸爸家里到处是我八岁之前的照片，两岁时的我就开始很拘谨了，被爸爸扛在肩上去看海，一脸严肃，两只手揪着爸爸的耳朵，担心自己掉下来，也不觉得脏乎乎的海水有什么好看。还有一张我在襁褓之中的照片，爸爸抱着我，跟同事一起烧烤。爸爸深深地注视着我，我喜欢看那时候的爸爸的眼睛，像是马的眼睛，驯良里带着一股死寂，瞳孔是冻伤后的苹果的颜色，带有放射状的沟壑，非常深，非常娇嫩。

三 苏士利

到底是中产阶级的小区，隔离带这么高，后轮忽闪一下、两下、三下。压着车速开了三百多公里，想不到在这最后三根隔离带上栽了跟头，后备厢六箱正品莱阳酥梨，至少两箱颠碎了。停车的时候我特意看了那扇大铁门，铁艺工人挺用心的，即便被推倒了，铁门上暗金色花纹围绕着拿天平的天使，散发着欧式韵味，让人莫名其妙联想起大马士革、恺撒之类的字眼。物业在横倒的门上堆了些大树枝，虚浮的枝叶承担起路障功能。两边居民互致冷眼，门里门外都是杂碎，为这么一批杂碎献身，洪立君还真他妈的有种。我摘下了黑纱，摁了对讲机上的门铃："我，苏士利，下来帮我搬东西。"

墙还是那面墙，桌子还是那个宜家大木桌，钢琴还是那架钢琴，买不起博兰斯勒，买了架副牌；钢琴上面还是那张照片，套头衫洪立君肩上扛着套头衫菲菲，菲菲一脸严肃，揪着老洪的耳朵。老洪的白茶不怎么地道，将就着喝吧；菲菲在大呼小叫地拆箱子：莱阳果脯、莱阳花生酥、喜旺酥肉、莱阳酥梨。突然一会儿没了动静，她们打开了那个有机玻璃箱子，放在阳光直射的画桌上，大脸对小脸，托着腮等着虫鸣。我嗤了一声，"那里面是油蚂蚱，不是蝈蝈，不会叫。赶紧盖上盖，小心让它跑了。"

女孩高兴得满脸发光，"干爹，这就是油蚂蚱？真漂亮。它怎么全身都是绿色的？它还有四瓣嘴！"

"临沂也满四年了吧，你怎么打算的？"孙静回头问我。

"当然是赶紧跑啦。2013 年那批硅胶胸，质量真他妈差。我上个月接了六个回头客，都是渗漏，漏出来的晶体跟皮下脂肪粘连，得拿镊子一粒粒摘。关键是有个女的还没完全麻醉过去，质问我'是不是我的胸垫漏了'，我哪儿敢说实话啊，把脂肪粒藏手心里，反复跟她说'不是渗漏，是以前手术缝合的线头'，好不容易把她哄过去了。"我半仰在沙发上，脊柱小关节一个个崩开，"明年不能回去了，明年这批胸垫会大面积渗漏，丰胸还是小事，鼻子更麻烦，当时那批做鼻子的老娘儿们一个个鼻尖都歪了，假体也崩豆了。一个鼻子赔三万，我不能死在临沂。"

“老洪也说，你的那个合伙人要小心点，他不会这么简单放你走的，毕竟当地他还要待下去，责任跑不了他的。”

“我明白，我没亏着他，美容院我花钱做的装修，装修连设备白送他了。他不敢动我，他医院两个主治大夫证，都是我弄来的，惹急了我，我把证收回去，他就没资质了。啰唆到最后，他还不是照我出的价回购了股份。”

“别抽烟了，电子烟也不是什么好东西，孩子在这儿呢。”

我哼哼着掐了烟，“一个地方只待四年，这还是老洪给我想的高招。妈的，没想到……”

“我爸说，他以前也做过美容手术；等我长大了，我爸会给我把这个痣点了去。”菲菲亮出手腕，一块浅浅的色斑，像一朵巧克力云朵。

是的，洪立君跟我毕业那年夏天，正赶上美容手术全国走红。我表舅带队，仨老手带俩新手，去东莞一口气做了六百多台隆胸。当年我也是人渣，两千一个奥美定丰胸，都知道奥美定有毒了，可快钱谁不想挣啊。开始她们还嫌贵，后来我出了个主意：丰胸送丰唇，结果那些广东女人贪便宜，一个个噘着嘴来交钱；现在我最恶心的梦里面，还能看到一个十九岁的女孩，长着标准的广东面孔，嘴唇肿得发亮，噘起来才能略微止疼；唇边还带着羊肠线线结——天知道我实习的时候老是打滑结，第一次整容就无师自通学会了打死结，从此我爱上了这一行。梦中那个女孩直愣愣地看着我，让我忍不住想拿起钩针，把她的整张嘴缝起来。

脆弱，脆弱是老洪的罩门，他害怕失败，更加害怕过于明显的成功。比起失败，成功会让他暴露出全身的不安全感；东莞回来，表舅拿走了四十多万，剩下四个开刀的分二十万，我俩新手初出茅庐，每人才分了三万。我们都知道被坑了，新手出道，不被坑才怪，我决定不考研了，继续跟着老舅干，离开表舅我就没有客源了。老洪坚决洗手不干了，拿三万块钱考了个药剂师证出来。

我跟老洪到大三才认识。2003 年闹非典，我俩都被关在医学院招待所隔离。蛤城有个该死的老头儿去台湾探亲，回来的火车上就发烧，送到医院已经是肺炎，死活不交代自己去了哪里，最后找公安查到了他的火车班次。没办法，那节车厢的乘客都关了起来，呼吸科接诊的实习生全被隔离，其中就有我们四组五个人，包括洪立君和孙静。

洪立君和每个人都不熟，之前我们只知道他本来是上一届的学长，休学一年后返校，被分到我们班。那几年，因为玩 CS 搞得挂科休学的太多了，别人告诉我，洪立君其实不玩游戏，他学习很好，就是患有重度洗手症。有个淋病病人故意招惹他，趁复诊的时候摸了他一把，洪立君拿钢丝球把手涮出了血，那哥儿们吓得尿裤子了，学校没办法，遣送回家治了一年精神病。我是组长，只能我和这个精神病一个屋了。

治好了洗手症，又沾上了非典。我以为洪立君会郁闷到自杀，没想到他很看得开，甚至喜欢被隔离的感觉：天天有护士来量体温、听肺音，天天二级消毒，分餐饮食，拒绝探视，每周免费测血象。外面SARS横行，被关起来反倒安全得多。其实洪立君这个人还不错，高大温和，勤学好问，毛寸底下剑眉星目，除了微胖，还算一脸正气，也愿意跟我一起看黄片，就是有一条，他不喜欢我用大音响放音乐。那时候我喜欢鲍家街43号，杂牌音箱很容易把屋子灌满，一曲《在雨中》，震得墙皮都有点虚软。洪立君劝我：耳朵要省着用，别那么大音量，要节省听力，省着用才能用一辈子。我很鄙视他，“怕死别听鲍家街。”他想了想又说，“要不我们听点别的吧，我有一张《纽约不插电》。”

洪立君怕死，奇怪的是，他喜欢那些早死的歌手、自杀的作家和自虐的艺术家。在洪立君之前，我不认识哪个怕死的人。我们这些二十多岁的浪荡子，觉得生命跟方便面一样，太普通了，太贱了一点。大学里每年都要死几个学生，对于我们来说，死亡总起来说可能比挂科严重一些，但绝对没有找不到女朋友重要。死亡是什么味道？肝胆内科有个干瘪老头儿，有一个多月的时间我每天都要跟洪立君搭档，从老头儿肚子里抽一盆腹水出来。肝腹水的味道比脓液都难闻，脓液只是黏稠恶臭，肝腹水的味道带着体温，带着内脏的波动和蠕动，带着跟人体一样的本质，却是不溶于生理机能的废液，它闻起来像是一种猥亵。我轻按着老头儿的肚皮，蜘蛛状的血管绕着肚脐鼓起来，皮肤像发脆的纸张，搓动有声。洪立君蹲着有点吃力，他端着脸盆，像是要在肝腹水里洗一洗自己；尽管他戴了两层胶皮手套和日本进口口罩，我仍然担心这盆温热的肝腹水让他洗手症复发。我对死的理解，就是那个老头儿的肝腹水：清澈又恶心，看似完好，实际已无可救药。更直白地说，我不相信我会死，我不相信我的父母、我的朋友会死。

比起病房里，招待所虽然阴郁，但没有那么些病人陪衬，气氛好了很多。八十年前，日本侨民建了这座商业学校，中华人民共和国成立后划归我们医学院，招牌改成招待所。八十年了，我猜日本人留下的地板根本没换，细条地板黑黄交错，地板缝里偶尔冒出个钉子尾巴，才住了两个星期，我们都跟着学姐龚本洁学会了猫的步子：脚趾和脚跟着地，脚掌小心地窝起来，否则不小心会被钉子顶一下。这种步态龚本洁走起来很好看，轻盈又性感，我们走起来总忍不住耸肩，更像是要奓毛的猫。

被隔离这种事很无聊，大家一开始热衷于拿体温打趣，“来，让哥哥摸摸”，“来，姐姐我试试烫不烫”。时间长了，来巡视的内科学助教也就放心了：这群浑蛋没毛病，都能隔着一道铁丝网偷邻居的无花果，精神着呢。招待所里九个学生，五个是我们组的倒霉蛋，两个师兄因为私自回山西老家，被当地警方在火车站逮住，发现体温偏高，直接遣送回来了；一个是师姐龚本洁，出去跟胸科医院实习的男友约会，回来后发烧了，关进来两天就退烧了，招待所不敢放她回去。还有一个是台湾来的交换生，天天在球场上秀脚法，祸害了不少女生。要不是害怕被开除，男生们都想揍他。他是真的得了肺炎，一度大白肺，现在已经好得差不多了，招待所每天给他开小灶，台湾男还找了个针灸师傅，隔几天就给他放血化瘀。

影碟没新货，PS2 不准运进来，百无聊赖之余我开始注意洪立君，看他如何度过无聊的一天。医学院这条蒲州路很特别，路北头是嘉里粮油，早上开始冒蒸汽时洪立君就爬到招待所楼顶，像煞有介事地指点流程：开始烘干了，开始翻甑了，开始初榨了，第一遍渣出来了。我也盯着那股白汽看，不得要领。洪立君抽搭着鼻子：这得靠嗅觉。到了下午，路西头上的啤酒厂开始冒蒸汽，一股温热的酒糟臊气涌过来，他又开始指指点点了：第一遍酒出来了，是鲜啤酒；再加一道杀菌，纯生出来了；开始兑散啤了，今天的味道有点特别，是奥古特，拿奥古特兑酒，今天喝散啤的赚大了。我有点小佩服：你从哪儿知道这么多？洪立君很自豪：“我女朋友是学发酵专业的。”我受不了他的得意，“别吹了，女朋友照片给一张看看。”

龚本洁不知道从哪里弄来了扑克牌；隔离到第三个星期的时候，我们已经赌得很大了，一张扑克最高输一块钱。我好赌，龚本洁好赌又好酒，大家跟着她学会了一种叫“刮风”的诸城扑克牌游戏，规则类似后来的“双升”，但是诸城的规则要严苛很多：“双升”允许玩家扔小牌，保留大牌；而“刮风”从大牌开始刮，庄家一把红桃三联对下来，往往把对家主牌刮得精光，非常惨烈；而且诸城打法还有“逢 J 必打”“J 抠底到 A”“双扣翻倍”“不限次反抠底牌”一堆奇葩规定，导致玩家赢就狂胜，输就惨败。龚本洁记性特别好，谁有意无意留了大牌，她一指头戳过去：“耍赖，你手里应该只剩 10 最大。”轮到她刮风时，她会嘴里“呜呜”地配上北风的声音，可爱又幼稚；抠底的时候虚张声势“抠绝两门”，唬得新手提心吊胆。

对我这种不擅长记牌的赌客，“刮风”没法靠牌技，基本只能靠手气；这一次我手气翻转，跟洪立君联手从A打到K，中间还把龚本洁和孙静从J打回2。龚本洁气得摔牌：“要不是我这几天肚子疼，怎么能输给你。”

“认赌服输，来吧来吧，一张五毛，给钱给钱。”我还在低头数赢了几张牌，冷不防龚本洁一把揽过去，结结实实吻下来。

我分明看见，她唇上有一个类似兔唇患者的短疤，俏皮可爱；她的眼睛是深色的，鼻尖晶莹，她睁着眼睛吻我，我吓得闭上了眼睛，感觉到了她清凉的舌尖和匀称的呼吸，瞬间我是奴隶，又是帝王，像是被挤压，又像是在被啜饮，从脑后传来轰隆隆的碎裂声，这破碎传递到脸颊，在温热颤抖的唇间，有一个新的我出现了，我快要哭出来，又在唇边的纹路里感觉到她促狭的笑意。这个吻大约有一整天那么长，又像一声口哨那么短。龚本洁带着坏笑松口：“平了平了，再亲一口你就得欠我钱了。”洪立君在旁边拿一把扑克扇着后颈，后来他给我看了一句话：方生方死，方死方生。

那晚上我带了两瓶葡萄酒，前两天老乡刚刚从铁门底下塞进来的。我妈每年都会用白糖跟卡斯特黄葡萄酿一大桶，喝起来很甜，后劲很大，大概跟四百六一瓶的薏丝琳酒加三大勺糖的味道差不多。那天晚上打牌打到凌晨，我喝多了，赢了不少钱，跟龚本洁一起跑到一楼，哗啦哗啦摇晃着大铁门：“快来人，放我们出去，叫柳石海（医美科主任）给我隆胸，苗佩云（医学院院长）给我割包皮。”刚酿好的葡萄酒不会让人失忆，只会强化我酒后最尖锐的感觉，然后变成伴着头疼醒来的第一个念头：我没有初吻了，也不是处男了。这件事洪立君是最强力的证人：他把房间让给了我和龚本洁，在餐厅椅子上凑合了下半夜。对于一个依赖床单跟依赖人民币似的强迫症患者来说，真仗义。

洪立君说得没错：我们这代小镇男生，本来就是跟着金庸学恋爱，跟着张学友学分手的。蛤城医学院的学生，基本上是学习中等、内心求稳定的可怜虫，凭借微弱的记忆力优势背熟792页的《内科学》，一边忍受荒诞的学院规定：上床不管，怀孕开除。除了课本彩页上的人体，我们对女生充满了戏剧化的不靠谱想象。对于土鳖来说，一个吻相当于当胸一刀，上过床就等于阴茎监禁了。医学院女生大多把身体当成一笔大额定期，要存在一个相当靠谱的银行里，收十几年、几十年的利息。龚本洁这样把身体当作零钱掰开用的女孩，对小镇男生来说是天敌，是克星。长日漫漫，龚本洁睡衣披拂，即便是发着低烧，她也会带着我一起体验体液的黏稠和滑爽，一起裸着身子攀着窗棂，等蛤城夏天的微风一点点渗过银杏树巨大的树冠，吹过她丰满温热的乳房。她的坦然让我迷惑，我不知道该怎么定义我和二十公里外胸科医院那个正牌男朋友的关系。龚本洁从不避谈那个家伙，她提到那个哥儿们扣底牌太过胆小，也提过胸科医院的夜班太煎熬，只有偷偷做爱才能睡个好觉。在她的意识里，爱情还是情欲都无所谓，她天真地认为，男女之间的关系可以悬停于某一个时刻、某一个进度，甚至可以等一等，等另一段关系暴露出它乏味的真相，才显示出当下这段关系的真挚。我遇到过很多女人之后回头，才理解了龚本洁的独一无二。

经理室有一台能上网的电脑，一小时十块钱，我把自己关在里面，想设计一款 CS 地图，沿用医学院的地貌外观，重点把招待所加进去，最好能够在四楼龚本洁的房间设计一个狙击孔。照我这粗糙的技术，早就该请洪立君帮忙，可是又想亲手给龚本洁一个惊喜。正纠结着，走廊上孙静大喊：苏士利，快出来。

我赶紧存了进度，“怎么啦？”

“龚本洁发高烧，快打电话，开开门送医院。”

“她不是不让告诉学校吗？以前发烧都是过两天就退了，她不想被关进胸科医院。”

“这次不一样，她肚子疼得厉害，都晕过去了。”

该死的急救车顶着铁门，急诊护工跟司机戴着厚口罩，等着保卫科送钥匙。洪立君跟几个男生拿被子裹着龚本洁，我找了个钳子试图拧开门锁。

班主任曲丽带着保卫科的人赶过来，隔着大铁门问：“到底怎么了？”

“发烧，耳温 39 度，下腹疼，疼得厉害。晕过去快十分钟了。”

“发烧吗？这两周的血象结果怎么样？”

“上周正常，这周的结果还没出来。曲老师，赶紧开门吧，她扛不住了。”我急了，试着掰开门缝。

护工嚷嚷：“不行，不能开，要是非典，把她运到哪儿传染到哪儿，得让医生进来治疗。”

龚本洁脸色苍白，被路灯加上了一圈晕黄，被子周围一圈小声的议论。我急了，大脚踹门，“传染也不能让她等死呀”，后面两个男生拽住我。曲丽还在追问：“她月经来了没有？谁跟她一个房间？”

孙静哭了：“我跟她住一块，她没来月经啊。”

曲丽说："像是宫外孕，也像是非典。她最近跟谁上床了没有？"

老洪回头看了我一眼，我反射般回答："没有。"

曲丽很急："真的没有吗？孙静你说实话！最近两三个月，她要是有过性行为，可能是宫外孕，三五分钟就大出血了；要是没有，就可能是非典，我们不能开门，得让医生进来。"

一圈雷声围着我脑袋打转，他们还在看我，都在看我！突然洪立君抢了一句："有过，和我有过。"

曲丽急了，"你怎么不早说！孙静，摸摸她裤子有没有血；老陈，赶紧开门。你们男生都退后，都滚开。"

两个护工抬起龚本洁，突然之间，从裤管里涌出一股血流，在被面上淌成深红的血涡。曲丽声音都变了，"宫外孕破了，快上车，快点。"

素色的被子被粗暴地抱上了救护车，洪立君用力把我推上车，接着又被保卫科的人硬拽了下来，"隔离的学生不能进医院"。车门关上，夹住了班主任的哭骂："洪立君你个王八蛋！"

骤然间我轻松了，我的一部分随着急救车飞驰而去，我能感觉到车轮碾过地面黏滞的酒渍，梧桐叶子掠过高高的车顶，掀起弧状的微风。是呀，夏天了，柏油路上洒遍了啤酒和酒鬼的尿液，蝉吸食着树汁歌唱着没有性生活的日子，路沿石、地砖、银杏树不断地向远处张开，要抱住、抱紧这辆如浪子般无情的飞车。而这一切都在阖上，大铁门隆隆地关上了，它不是手掌般合拢，而是如来般向我扑过来。我感觉自己躯壳空洞，浮在被星辉戳透的空气里，被铁门訇然的巨响吹散了重心，吓得我大喊："老洪，拉住我，拉住我。"洪立君没拽住，我还是倒了下去。

那一年深秋，从蒲州路大铁门走出来七个活人，两个死人——台湾交换生也死了，到死大家也不记得他叫什么名字，隐隐有种报仇报过火了的愧疚。山西的学长考上了广东的研究生，非典余威仍在，面试通过电话进行的，一群学弟们听着免提里传来的导师质询，屏住呼吸帮他翻书找答案。在那道铁门后面，我们学会了终身受益的能力：怕死。从医学院出来混世界，我再也不能赤手空拳地走进一个良夜，每晚都带一把私藏手术刀走夜路、进车库。我不敢骂陌生人了，看见塞小广告的走来，我早早敞开车窗；我害怕急骤的敲门，害怕独门独院，我只买有邻居的大平层；我害怕爱找麻烦的病人，至少美容手术比临床手术安全多了。我攒了不少钱，睡了不多几个女人；我遇到很多诸城女孩，都像她一样细长眉宇，明媚喜人。然而她们告诉我，诸城没有“刮风”这个打法，诸城人打双升，大牌可以留到最后的。原来，刮风是龚本洁独创的游戏；我在诸城准备了一套房子，六十岁退休，跟老洪玩四十年的刮风；没想到，洪立君死了，世界上仅剩的三个玩家，又少了一个。

“菲菲，把家里的户口本拿过来。”我插上U盾，转了八十万。“这张卡里有一些钱，是你爸爸跟干爹开美容院的股份，现在美容院不干了，钱你帮爸爸收着。”

“我不要，让孙静阿姨拿着吧。”

孙静掂着银行卡：“你多给了二十万。老洪要是在这儿，他不会要的。”

“他要是在这儿，肯定会很矫情。”我说，“他为我丢了保研资格，曲丽明知道不是他干的，处处针对他。他本来想当大外科主任来着。”我嗓子有点哑，“菲菲叫我干爹，就说明老洪把孩子托给我了。”

孙静笑了，“老洪如果在这儿，会说‘干吗多给二十万？为什么不是十七万？为什么不是九万二？你歧视十七吗，还是不喜欢有零有整？’”

我也笑了：“他确实是个怪物。”

“不许说我爸爸，爸爸，你看孙静都背叛你了。”

四 孙静

苏士利来了，带了一个透明的小箱子，非常郑重地递给我：“知道你每到冬天状态不好，费了牛劲找了这么一个宝贝。”箱子只有胳膊长短，高不过小腿，材质跟菲菲的加餐饭盒一样，是有机玻璃的。打开顶盖，三四根藤蔓虬曲蜿蜒，随意点缀着五六十片叶子，叶子像小小的手掌，撑出一个个心型。我看了半天没看见礼物在哪里，突然间两只翎子颤了一下，一只青色秀长的蚂蚱映入眼帘，它的底色跟叶子一致，翘着一对骄傲的淡黄长翎，一脸君威难测的神气。苏士利说：“我的一个客户，老爹是临沂最大的听虫儿店老板，这油蚂蚱秋天就该死绝了，我特意让老头儿养了十只，运回来就剩这一只了，挂暖气片上吧。”

四年了，苏士利去临沂四年了。丰胸凝胶、鼻子假体、丰唇蛋白都是易耗品，使用寿命有限，四年已经是极限了，再拖下去，发觉上当的病人会转过头活吃了他。他和老洪商量过，每次商量都是同一个结果：下一个美容院应该选在南方。南方有钱而且开放，南方不仅女人隆胸，男人也喜欢隆鼻——早就该去南方了，只是老洪和苏士利不愿意面对那六百多个东莞女人，下意识里，他们都在害怕，害怕遇见多年前留下的刀口。是刀口总会绽开的，躲避有用吗？

苏士利带来了八十万，他看了户口本：菲菲已经回到洪家，算是我的女儿了。男人之间很荒诞，他们的友情大部分由虚伪和共鸣组成：虚伪，害怕孤单，所以需要几个智力比自己低而情趣跟自己类似的同道，恰好对方也看不上你的智商，于是就成了好朋友；共鸣，发现对方真的对自己用情后，只好拿出情感上的回应，这种回应往往用力过猛，让对方也陷入了死循环里。苏士利和洪立君都坚信，自己的友情与众不同；两个人其实只当了三年的舍友，毕业后往往一年都见不了一面。我理解洪立君对友情的痴迷，他万分害怕那个真相：自己其实是个薄凉的人。苏士利的存在，让他坚信内心有柔性的、亲和的、去掉利益计算的部分。他跟苏士利像是暴雪里的两个孩子，明明迷路了，还手拉手伸出舌头，假装天上飘下来的是糖。这八十万可以算作一次买断，除了老洪六十万的本钱，二十万算是浮盈。可能苏士利也不明白，自己到底为什么恰好拿出二十万。人心多么巧妙啊，二十万，就是心安的下限。从蒲州路招待所到将台路小区，没那么远，二十万就铺过来了。

午饭后菲菲吃了药，回房间去睡了。苏士利终于还是问了："进来的时候我看见那道门了。就为一道破铁门，老洪怎么这么倒霉？"

我们小区里这道铁门，惹了太多是非了。铁门那边是保障房；铁门这边是商品房业主。开发商原本承诺，只是名义上一个小区，实际上铁门常闭，不会被低素质的保障房居民骚扰。今年秋天，城管突然贴通知说铁门要拆掉，住户当然强烈反对。我们花三块八的物业费，保障房才花一块二，我们凭什么跟他们住一起。那边的住户也觉得不公平，这么高的公摊率，什么绿化和水景都在门那边，小区会客厅、泳池也都在门那边，太不公平了。听说要拆掉铁门，业主群里都开始互相督促：对面低素质的邻居行动力强，我们小区里大部分是白领，在业主群里打嘴仗可以，真打起来孬种居多。拆门那天，大家一定要互相监督，到现场抵制。我怕老洪太冲动，跟着邻居闹事。没想到老洪竟然站在保障房住户立场，公开批评邻居们自私、狭隘。你知道老洪的，他说起话来跟《蛤城日报》的社论似的："这道门本来就不平等，甚至可以说虚伪。社区的意义，就是让低资产阶层感受到阶层上升的动力，享受超越阶层差异的教育和公共服务；我们都是读过书的人，不能因为一些自私的理由，就阻拦别人享有的权利。"群主以为业主群进来了卧底，把老洪踢出去了。

当面跟别人作对，是洪立君年轻时候的习惯，我治了他这么多年，本来已经改了七八分，离婚后他渐渐重拾起了这个毛病。他不喜欢听任贤齐，1998 年高考前，他被任贤齐的歌骚扰了两个月，跟前后桌的同学都打过架，也导致他发挥失常，进了蛤城医学院。有一次在地铁上，上来一个民工站在我们旁边，开着手机外放《心太软》，还是循环播放。我看他脸色开始变了，他自以为很克制了，站起来跟人家说："兄弟，你坐这个座，不过你能不能把这首歌关了。"这个民工面相很老实，被老洪弄得很不自在，"我不要坐。"老洪自以为聪明，从包里掏出个苹果耳机："要不我送你这个耳机，你戴耳机听歌行不行？"小男孩生气了，"凭什么？你城里人就看不起我们乡下人啊，我听歌怎么了？"洪立君辩驳："我不是不让你听歌，你能不能不听任贤齐？或者你听也可以，能不能戴着耳机听。"旁边大概是民工的同乡开始动手推搡了，"就不戴怎么了，就听任贤齐怎么了。"我拼了命推他，跟民工一起把他推下车。下了车，洪立君还不忘表达自己辩证的立场，"其实我很欣赏那个小伙子，不管我怎么诱惑他，他还是坚持自己的选择。"他活动着后背，很惋惜地说，"不过任贤齐的歌太难听了，就是一堆屎呀。"

第一次婚姻给洪立君最大的教育，就是让他知道，自己不适合当丈夫。你爱一个女生，最好的方式可能是错过她。他也曾喜欢过龚本洁。书架上一本《文化苦旅》，是他分两次从学校图书馆偷出来的：第一次，偷了封底的借书签，第二次，规规矩矩借书，逾期不还。图书馆里几十万本书，龚本洁大概只借过一本《文化苦旅》，洪立君交了罚款，就为了把名字跟她写在同一张借书签上，带走她在蒲州路最后的痕迹。这是我猜到的，我第一次来将台路过夜，发现这本书在书架上格格不入。当了这么多年心理医生，光治疗洪立君就花了十多年，他还是瞒了我很多。

对洪立君有感觉，是他那次带我去洗温泉。那时候他还没离婚，朋友送他的酒店体验券，多了一张，他们全家去了，他老婆打电话过来，邀请我也去玩玩。半夜他打我房间电话，告诫我不要用房间里的温泉浴，"我查过了，这个酒店的温泉是假的。真的泉眼隔着快二十里地；温泉本身含硫黄，腐蚀管道，不出两年就会让管道穿孔。什么'从泉眼直达浴缸'，狗屁，就是热水里加了点硫黄皂粉。"

我哭笑不得，"那我怎么洗澡？"

"水龙头里有热水啊。"

我只好用他的语法回敬他："硫黄皂粉怎么了？你瞧不起硫黄皂吗？"

第二天，我还是去了汤泉，没想到老洪也在排队取号。他看见我还很生气："不是跟你说了吗？这里的温泉是假的。"

"假的那你自己怎么还来洗？"

"朋友送我的，我不能不领情啊，要不怎么跟朋友解释？"他认真地辩解，"你们就不一样了。我让我老婆带菲菲去挖沙了，你也去吧。"

我是个笨人，花了这么多年，我渐渐明白他的界限在哪里。如果你找得到正确的切面，他是善良的，极度善良；可是如果客观地看，他也是冷漠的，对那些跟不上他的逻辑和心理习惯的人，不管是穷人还是富人，同学还是同事，他都很薄凉。苏士利说，立君最大的毛病就是脆弱。立君嗤之以鼻："不是我脆弱，人本来就是脆弱的。怀胎十月，孕妇连一次感冒都不能得，得了也得硬抗。我这种胖子，天天上楼下楼，一次踩空都不敢有，踩空一次，尾椎粉碎。就我一个人脆弱吗？楼上漏水，楼下倒霉；一家人忘了关煤气，一个楼栋全玩完。马斯克的真空高铁，时速1200公里，司机敢打个喷嚏试试？不止我一个人，每个人很松脆，都跟莱阳酥梨一样，过个减速带就粉碎了。好笑的是，大家都没意识到这一点，还耀武扬威地活着。"

脆弱，确实，我也是脆弱的。我不敢要孩子，怕又是一个小一号洪立君和洪立君不同，菲菲的发病期要早很多，早到六年级就开始暴发了。她性格里带有强迫和温柔，本身就是执拗的孩子，遭遇校园霸凌，突然暴发到一个极端：幻听、幻觉、记忆混淆、滥用药物。十几岁的孩子，情感泛滥成灾；即便是亲生母亲，也有母爱不够用的时候，何况当妈的又急着要二胎。当时政策还没放开，为了拿到二胎指标，菲菲的户口被挪到了我们家。我跟洪立君商量，干脆直接让孩子搬过来。有个回国的同学组织了"在家上学互助小组"，让菲菲跟着去学环保、看星座、测水文，比那个私立学校强多了。立君不愿意："让她待在一群敌人堆里挺好，我宁愿浪费这几万块钱的学费。我从小就被我妈保护得太多了，结果老是跟同龄人玩不到一块去。同龄人就像一盆子黄豆，你想发芽，你得在跟豆芽在一块啊。单蹦一个黄豆没有同伴，不等出头就烂了。"

老洪出事那天，有一款新药在医学院推广，叫我去做病例分享。我担心他跟邻居打起来，一早就让他出去做案例回访。没想到他中午破天荒回家吃饭，正赶上拆铁门。业主这边都是些戴眼镜的，拿扫帚顶着铁门不让拆，保障房七八十个壮汉，一边砸铁门一边放火烧扫帚。保安在门这边灭火，保障房那边又冲出一群女人，对着这边叫骂。现场乱糟糟的，老洪还过去添乱，跟业主们辩论“这门就应该打开”，把业主们烦得不行。到底是门那边的壮汉力气大，喊着号子把左边那扇推倒了，住户们拿着棍子和铁锹冲来了，老洪又胖又显眼，一把铁锹正砸在他的脑门上。旁边原来跟他辩论的业主大喊“打错了”，打人的也觉得害怕，业主更怕惹麻烦，双方各自逃命去了。我后来在公安局看监控，老洪捂着脑袋坐地上，还被后边冲过来的老太太照头发薅了一把，又好笑又可怜。

送到医院的时候老洪还很清醒，我赶到市立医院，他已经进手术室了。麻醉师是四班的廖伟，老洪托护士出来给我捎几句话：不疼，就是有点头晕，不用担心。密码是菲菲的生日。菲菲送姥姥家。护士最后有点不耐烦，还是加了一句：“他还说他爱你。”他隔着手术室的门缝，细看了我一眼。

手术四个多小时，中间脑外科主任赶过来，替下了原来的主刀大夫。到了晚上，廖伟先出来了：孙静，对不住。

冰箱传来低微的嗡嗡声，早早晚晚，它淡蓝的微光都能给我安慰。淡蓝里藏着一个小号的保冷箱——那天廖伟带出来一块颅骨：颅脑大出血，主刀大夫锯掉这块颅骨，给大脑解压，原本打算等老洪醒过来，再把骨头镶回去。

蒲州路招待所关了九个人，我亲手送走了两个：一个龚本洁，一个洪立君。上一次我们谈到龚本洁，是在去临沂的火车上。那天暴雨断路，过道那边一群人玩双升。一个绑着老式大辫子的姑娘，用一把黑桃赢了漂亮的一局，而且是双扣。我看得全神贯注，洪立君戴着眼罩假寐，在暴戾的雨声中，他像是自言自语，又像是获得了神启：“现在我才明白，其实龚本洁的玩法是对的。刮风，从来都是从大牌开始刮。”他摊开一双肥厚到带着出血点的手，“手里有什么？我最大的牌：生命的清洁，还有我的仪式感、罪恶感。这些加起来，就是我的强迫症，这个病陪伴我，与生俱来。结果呢，第一轮在东莞，上帝坐庄，我没有红桃，主牌全刮走了。就为了三万块钱学费，什么样的钱都敢挣，多么脏的刀口都敢开。我很珍惜我的病，可我早就没有症状了。”

映着车窗上的雨线，他在眼罩前晃荡手指，像是晃荡十个无根的胡萝卜，“风不会停，第二轮，刮掉我的骄傲，婚姻、女儿，我的工作、青春。确实，每张牌都像是主牌，可是上帝一发牌，刮倒的总是我。规则太绝了：逢J必打。J就是婚姻，打不过直接掉回原点。打过了,J也是副牌，没什么了不起。”

“现在是打第三轮，四十岁了都，我玩了这么久，才知道只能玩一局。

珍惜的都被刮走了，成了废牌。手里还剩一把小牌，还不死心，惦记着能双扣呢。”

过道那边新一局又开始了，笑闹喧哗。“我等很久了，等你什么时候说到我。”

他沉默了很久，“你是我联邦啊。”

暴雨摇撼的车厢中，他突然记起了我的昵称：“世界上只剩三个人会玩刮风了，Dunkey，抠底全靠你了。”

立君走了一个多月，我去市立医院讲课，专程去了脑外科，给颅骨做了完整的杀菌煅烧。它雪白清脆，煅烧后带着咸味，也带着细微的凹痕和纹路，紧紧吸附在无菌膜上：清洁度、仪式感、负罪感，它都有了。

立君，我拿到底牌了。

1960年，有个农学院的大学生，被人撞见在宿舍里手淫。

为这么个小事，他被判了流氓罪，关了起来。想不开，急性精神分裂，送到了精神病医院。

关了二十年，三十年，四十年，爸妈去世了，哥哥也不要他。他就一直待在医院里，说是犯人但早就平反了，说是病人却早就该出院了。

大四实习，我第一次知道了这个故事，很吃惊。一时冲动就去找院长，希望给这个可怜人讨个说法：释放他，找个福利机构，让他安享晚年。院长笑眯眯地说，这件事不能较真。较真的话，医院就不应该养着他，他更应该睡在水泥管里。精神病院都会有用途模糊的钱，就为了补贴可怜人的亏空。你觉得你正义，但是正义的边界是模糊的，你的正义是要他死。

我没有被说服，院长直接打断我的啰唆：你对精神病科这么感兴趣，要不要考我的研究生？

转过年，我去精神病院转科见习，可怜人又成了我管的病人。

有一天夜班，我背对着门看书，可怜人从门后溜了进来，朝我后背砍了一刀。

也是因为这一刀，医院怕我闹事，就早早跟我签了就业合同。一个本科生，留在蛤城的医院里，拿到了正式编制，本院读研、在职博士，多亏了这一刀。

多想回到那一天，立君来看我，把我从病房里推出来。穿过盛开的芙蓉花，穿过细腰蜂穿梭的冬青，在希波克拉底誓言的石碑下，我后背绑着夹板，边啜泣，边从他手里喝着酷儿。

那时候的洪立君高大温和，表情还带着少年的清冷和冷嘲；虽然还没发胖，已经有了胖子的呼吸声。他笑的时候有点疲劳，笑的波纹很漫长。他说："没事的，后背有伤，没法握笔，以后你就不用天天写大病历了。"

"快点好起来吧，苏士利家的葡萄酒快酿好了，回头我们在世界上再找一个好人，四个人一起天天刮风。"

审 判 者

小 珂[①]

1

这是一枚十分普通的白色塑料扣子。在故事发生的前一天晚上，这枚扣子还安分地待在一件白色衬衫上，并且，它是从上往下数的第六枚扣子，它与扣缝的结合可遮掩住主人的肚脐——它是必不可少的。然后，在故事发生的这天早上，它脱线掉了下来。它、扣眼上的线、衬衫组成了这样一幅画面：一只飘在天上的风筝正费尽全力挣脱束缚，没想到此时，风却停了。

当辰发现那枚掉落的扣子时，已是早上八点二十了。他洗漱完毕，吃好早餐，准备换上正装去参加一个重要会议。从家到公司，开车需要一个小时（堵车的情况已被考虑在内），由于这个会议十分重要，他不敢有任何疏忽，于是他决定提前半个小时出发（也就是八点半出门，比平常的九点早半个小时）。然而，那颗扣子成了他美好前途上的绊脚石。辰万万没想到，一个体积小、重量轻、渺小如鹅毛的小小扣子，竟拥有如此巨大的能量。这是一颗能够牵引出过去也能预测未来的扣子，它脱落的命运意味着辰那丝毫不坚固的人生大厦彻底倾塌了。因为贫穷，他只能租住这样一个位于郊区的房子，并且铆足劲买了辆二手车后再无闲钱。他只有两件正式衬衫：一件洗了未干，

① **小 珂** 1988年生，北京人。曾出版长篇小说《丁香香满城》，获第四届“紫金·人民文学之星”长篇小说佳作奖。短篇小说见《天涯》《长江文艺》《青年文学》《小说选刊》等。

另一件的扣子脱落。于是，他不得不耐下心来把扣子缝上……日后，辰想，如果他没有浪费这十分钟，也许就不会遇到那场恶心的车祸，他也就不会失业。

终于，辰穿上了这件已洗过上百次的衬衫，严丝合缝地扣好扣子，走出家门。他走进小区，泄愤般把自己扔进一辆黑色轿车的驾驶位。今天的感觉糟透了，连天边的云都无精打采的，而这辆开起来轰轰作响的二手车，像是一颗前进在沙漠中无助的瓢虫。辰使劲压抑着内心沮丧的情绪，他不得不在转弯时猛打已经生锈的方向盘，才能勉强让车以一种相对正确的姿势在道路上前行。这里实在太堵了，每天早上都一个样，毫无新意。辰万分确信，如果从高空向下看去，这些车辆就像是一队蚂蚁，速度则正是人类肉眼看见蚂蚁行走的速度。当他开上那条两边栽满梧桐、同向各有两条车道的马路时，他不得不拉了刹车。这是一条出了名拥堵的马路，所有车辆争先恐后在这条路上争抢一席之地。汽笛声齐发齐鸣，柳絮与尘土在空中胡乱飞舞。车与车的距离不过十厘米，车技高明的司机在其中费力穿梭，每个人都在暗中较劲，仿佛抢先那五秒钟就会让自己摘得世界冠军……这一派乱七八糟、黄土飞扬的景象是辰每日早上的免费电影。辰不愿与那些双眼通红的人们争个高低。他知道，就算他不去争抢，耐心等上一会儿——最多二十分钟——这股堵劲儿就会过去，他便能顺利通过。这是他人生中必须等待的二十分钟，是他厌恶却不得不细细品味的二十分钟。

辰把手中的烟头狠狠向后甩去，同时快速关上车窗。在他摇上车窗一刹那，尖锐的声音戛然而止，向外看去，只见一幅默剧一样的景象：所有车胡乱横行；司机们走到车外抽烟、吐痰、挥舞手臂；行人们机警地左顾右盼、伺机穿过……一切几乎是静默的，一切趋近无声。只有一些出挑的突兀之音冲破阻隔传来微弱的呼喊——完全可以忽略不计。没有声音，这些让人厌烦的景象就有些滑稽意味了。辰看看时间：九点整。没问题，还有时间，通过这个拥堵地段，他只需半个小时就能到达公司。

辰已经不是第一次有这种感觉了。当他关上车窗，快活地观看窗外那一出出滑稽默剧时，他总觉得这一切仿佛是在海中。他不认为是车窗挡住了声音，而以为是水中收集声波的效率很低，导致他听不见声音。他觉得车辆和人们并不是真实存在于那里的，而是通过一面镜子折射而来的，海平面就是那面镜子。当他沉溺于有关“陆地上的海洋”这种荒谬的幻想中时，同时也陷入一种无法自控的虚无境界。比如此刻，他突然觉得自己身处险境，虽然车门窗紧闭、海水不会流进来，但这里的氧气总会用完，他终将死去。过了一会儿，他又觉得自己早已死去，这一切不过是大海为自己上演的幻象，而他腐烂的肉体则待在一座深海沉船里。这些念头纠缠着他，伴他挨过这二十分钟。当前面的车流蠢蠢欲动，他便知道，二十分钟已经结束，他即将顺着车流游向另一条道路。

多数车辆顺次前行，而辰会右拐进一条窄小的只能单行的林荫小路。这条路的一边种了高大的榉树，树荫盖在路上，形成一片灰绿色的牢房。辰随着逐渐顺畅的车流缓慢前行。他摇下车窗，让繁杂之音流进车里，就像狠心捅破了一个灌满水的气球。他看见了那个幽暗的入口，还看见了一辆红色宝马轿车率先拐进小路。此时，他离路口大约十米。现在该打开右转向灯了。于是，他把手柄往上抬了一下，右后车灯应势而亮。这是一个无言的讯号，是机器代替人类用金属的嘴巴发出的告诫语言。有时，他喜欢这种干脆利落的语言多过人类那拥有过多无用修饰的语言。他发现前面那辆灰溜溜的现代轿车也打闪了右转向灯，这令他欣喜。每天早晨，当辰看到前面有车发出即将右转的讯息时，他总会兴奋。这种难以言喻的殊途同归的感觉太奇妙了。辰怀着愿意与陌生人分享秘密的友好心情紧跟现代车，他要把那条自以为是的、用拥堵博得存在感的马路甩得远远的。他知道，先是那辆红色宝马车，然后是现代车，然后就是自己，他们三个将无所顾忌地在榉树下面驰骋一会儿。也许后面还会有车，不过他可以把后面的来车看作是自己的追随者，或者是一个音符的长尾音。

辰跟随现代车拐进小路，还未走十米，便听到“刺啦”一声响。这是一声极不友好的响动，现代车警惕地停下，辰也不得不踩了刹车。辰沮丧地感到，这一切都被破坏掉了，仿佛一段马上进入高潮的音乐被迫中断。他茫然地疑惑着：前方发生车祸了吗？这种路上也会发生车祸？难道是红色宝马剐蹭上榉树了？马上，辰冷静下来，他发现现代车没有继续前进的意思，而他的后面跟上一辆黄色的甲壳虫。甲壳虫看起来很不好惹，它匆匆忙忙拐进来，又急赤白脸停了车，此刻，它正气急败坏地号叫着。辰认为，一定是红色宝马遇上了突发情况。而那种时尚秀气的车通常属于一位女士，估计还是位年轻女性。想到这里，辰为现代车的按兵不动感到羞愧，他决心下车，他要去为那位假想的女人平息那场毫无线索的风波。最重要的是，如果这场“车祸”耽误太久，他是肯定会迟到的。

“你怎么骑车的！”

辰打开车门，一只脚还没踩到地上，便听到上面那句话。那是一声尖厉的喊叫，一个硬实的女声。

没错，是女人，漂亮的女人，一个如无法拆卸的炸弹一样危险又漂亮的女人，是最让辰头疼的那种女人。辰看到了那个场景，便再也迈不动步子了。命运今天不仅给他安排了那黑暗而沉默的二十分钟，还给他设置了一道没有出口的迷宫。那位穿着艳丽、五官精致的宝马女人正对着一个穿着工服的外卖骑手大声吼叫；而后面那辆嚣张的甲壳虫也正疯狂按着喇叭。辰在心里默默补充着车祸的全部细节：女人拐进小路时，以为畅通无阻，她心里正思量着一件事，便忽略了那辆突然出现的电动车；骑手可能正为一件马上逾时的订单而发愁，他把身子使劲向前摇晃，企图让电动车能够因惯性而稍快一些，他思维的盲区也使他忽略了宝马车。然后，当事态紧迫，两人不得不从自己的思想世界里挣脱出来时，所有的感官恢复，甚至比平时还要强烈。刹车声音震耳欲聋，骑手的恐惧挥之不去，连那道刮痕都像是两面峭壁间的悬崖。一切都那样出乎意料又按部就班地发生了。其实，这不过是今晨无数车祸中的其中一起，伴随着烦躁、嗔怒、混乱、绝望。

“请你看好！这辆车可不是你能见到的那种普通的平民车！这是一辆宝马车——请你好好看看标志。所以这起车祸也不能说是一起普通的车祸。这是一起你与宝马车之间发生的车祸！这跟你稀里糊涂撞上的那些大众、现代、别克完全不同！这件事必须解决清楚！”

女人像一只指手画脚的章鱼怪，不停晃着脑袋，口沫横飞。她原本整洁的发型因她大幅度的摇头摆尾而凌乱了，她的眼影也被分泌物打湿了，她身上本穿着鲜艳的时装，而此时，她从头到脚散发出的污气已把时装“染黑”。她像一个脏兮兮的、十分不讨人喜欢的稻草人，不仅让人厌恶，还让人恐惧。更可怕的是，辰发现他的阵营里只有他自己一人：被女人训斥的骑手像一株蔫头耷脑的含羞草，他看起来并不打算反抗，他甚至不愿说话；现代车安安静静停着；甲壳虫持续不断的“嘶吼”，但也只限于“嘶吼”，没人下车，甚至没人摇下车窗探出身子。辰站在离女人五米远的地方，进退两难。突然，一阵比“陆地上的海洋”还要尖锐的恐惧感向辰袭来，他战栗着想道：也许大多数车辆都不是被人类驾驶的，也许所有车都有感情、有技巧也有打算。辰、女人、外卖骑手被困在这无人区里，周围满是一些随时可能失去控制的机器。最糟糕的是，女人是个恶魔，骑手是孬种，而辰早晚会孤零零落进那个毫无理性的黑洞。甲壳虫不停发出警告，现代车也开始轻轻地颤抖。

现在九点半，女人已经持续叫嚷十分钟了，并且完全没有停止的意思。在这段奇怪的时间里，每个人都保持着原本的姿势，没有一丝改变。红色宝马车死死地堵着去路，甲壳虫引领着后面的来车唱着激烈的“歌曲”，阻隔了来路，一切都无法进退。人类的喊声、骂声；车的叫声、吼声；风摆树叶的沙沙声；知了不知疲倦的鸣声……不同频率、不同音色、不同层次的声音混杂成一片，在空中形成一个巨大的旋涡，所有人都在里面打转。

警察呢？还有那些热爱主持公正的人们呢？他们曾如雨后春笋般“扑啦啦”地从各个角落冒出，而此刻，他们都去哪儿了？辰觉得，这个空间存在一种暗示，而他、女人、骑手之间存在一个坚不可摧的三角关系。当人们龟缩在车里时，这里就不得不托举出一个英雄来了。辰尴尬地存在于此事件的辐射区内，就不得不做点什么来证明自己，否则他的命运就只有一个：变成土块、瓦解、簌簌掉下、融入土地。怀着这样的心思，辰向前迈了两步，并思量着如何对抗那个能量巨大的雌性声源。突然，现代车动了一下，驾驶门打开，一个秃头男人缩着肩膀走了出来。这个男人面色灰白，身形佝偻，他如幽灵一般飘到辰身边，说道：

“啧，本来我是要去离婚的，现在看来，这婚是离不成了。”

“民政局恐怕没这么早关门吧。”辰心不在焉地回答。他看了看表，九点四十，对他来说，开会迟到才是最糟糕的事。现在看来，迟到已成定局了。

“你还没看明白吗？”男人指了指暴躁的女人与沉默的骑手，又指了指那个甲壳虫率领的庞大车队。前者像是被困在了一面只能不停重复的镜子里，而后者像是学校里最顽劣的孩子们。“这是一个死循环，所有人或事在这里达到平衡，人的吵闹与车的吵闹交相呼应，而我们则是困在笼子里的海豹，只能自认倒霉。”

“就没有别的办法吗？”辰同意男人的观点，并无力地感叹道。

“也不是没有。”男人露出狡猾的眼神。“只要把这个平衡破掉就可以了。你可以把这里想象成海族馆，空气是海水，我们是海洋生物，边境处有一片巨大的环形玻璃围栏。要想使这里失衡，就必须砸破那块玻璃。”

听了男人的话，辰突然觉得一切清晰起来，所有朦胧的感觉也都真切起来，一切充满含义，真相浮出水面。辰认为：女人是施害者，而骑手是被害者（这毋庸置疑），那位模棱两可、擅长诡辩的男人象征智者，而自己呢？辰闭上眼睛，他需要从无名的光中寻找一些暗示，然后，他听到男人在他耳边轻声说道：“在这里，以暴制暴是行不通的。”辰睁开眼睛。全部完整了，拼图的最后一块已经归位，他污浊的双眼捕捉到了那个定义。是的，他是审判者。他必须以一种悄无声息的方式结束这一切。这是他的使命，是他牺牲自己的生活而换来的光荣责任。

辰举起手机，将摄像头对准女人。

2

这便是“一粒扣子使辰失业”的故事。故事有很多种讲法，也有很多个结局。这些结局互不干扰，独立存在，它们全部相对真确，也相对理性。我们选择哪一个结局与开头对应，完全取决于我们想让故事在哪里结束。根据开头中若隐若现的素材，我们可以有这样一个推断：辰是一个能力不佳又懒惰的小镇青年，他来到大城市发展，企图过上侥幸的安逸生活。然而他发现，在大城市活下去是一件极难的事。于是，他好不容易找到的工作对他来讲至关重要（这份工作决定了他的去留）。然而，日积月累，他常年浸淫于城市奢靡生活的影子之下，早已无法接受小镇平淡的日子。所以，当他失业后，一种从未有过的怨恨情绪将他包围，立体的影像在他眼前悉数倾塌，他觉得一切都是荒唐的，一切都必须被破坏掉。

失业后，辰没有一天睡好过。他闭上眼睛便能看见那些令他作呕的污点，似乎也能闻到一股腐烂的气味。在他深邃的想象中，囚禁在海底宫殿里的海怪死掉了，一些看不见的污秽因子把天上地下搅得乌烟瘴气。全世界乱套了，所有事情都毫无规则可言。他想着那些穿金戴银、虚伪假笑的人们，他认为那是一块块腐朽的木头。深夜，辰在黑暗中握紧拳头，咬着牙齿，他想用自己的心房之血将那些人的脸面玷污。那座愤怒的火山越烧越旺，天地之间一片红色。每个夜晚，辰怀着这些愤恨的想法入眠。

今晚，辰梦到了那个苍白浮肿、如脱水的冬瓜一样的男人。男人躺在灰白色的现代车里，像躺在一个古旧的坟墓。辰醒了，流着汗，喘着粗气，被梦中虚乱的意象搅得筋疲力尽。他体会到一种窒息感，于是他知道，那片海越来越深厚了，水的压强正一点点逼近他的心脏。辰有一个冲动，他要用尽所有手段“虐待”那枚扣子（扣子象征着某种根源）——压碎它，劈断它，烧坏它。可是没用，这一切浇不灭他心头的怒火。于是他知道了，事情绝非这么简单，而自己也不全因为迟到才被辞退。是因为他掌握的那个秘密：一年前，下班后，辰无意间看到了一个女人坐在老板的办公室里，他看到了女人的美腿勾上了老板的膝盖，还看到了老板发现他时惊恐的眼神。那个女人是谁呢？这一年，他反复思索这个问题。一会儿，他觉得女人是公司年轻漂亮的前台，一会儿，他又觉得女人是他在夜总会见到的众多女人中的一个。是谁不重要（尽管他总遏制不住地想这个问题），重要的是这一年时间，他每天都在胆战心惊地等待那个“判决”。他知道老板一定会开除他，他只是没想到这个“判决”来得这么晚、这么不合时宜——因为他弟弟突如其来的病症，这是他最需要工作的时候。一些人总是在审判另一群人，他们总是在审判我们。辰不得不承认，他们是这片海的始作俑者，而自己不过是可悲的受害者。为什么不能翻身起义，奋起直追，变成那朵洁白黏稠的浪花呢？一个危险的想法在辰的心中横蹿，使他一刻不得安宁：也许那天与老板苟且的女人，就是那个开宝马车的女人！当黎明来临，天空泛起青白色，辰按捺不住了，他拥有一把尖锐的武器，也许审判不了众生，但足以审判那个女人。

辰将手机中的视频拷贝在电脑桌面上。他注册了一个视频网站的账号，把视频拖曳进发布区，并编辑了一段文字。一切都准备好了，他拿起了剑。这一刻终于来到，他将圣洁的水从眼眶驱出，并把几个神秘的音节放在口中玩味了一会儿。然后，他按下了“发布”键。视频上传成功后，他合上电脑，躺回床上。今天终于可以睡个好觉了，他迟钝地思索着，闭上眼睛。

3

我们都知道，时间就像水一样，有驱动和怂恿的作用，它会把所有材料以一种莫名的逻辑组合在一起，形成一片湖，或一个庞大的泥泞沼泽。辰于第二天中午醒来，发现时间给自己变了一个可怕的魔术。不过六个小时，视频的点击量已逾百万，并有不断疯狂递增的趋势。辰洗了把脸，准备好好研究一下这个由自己一手炮制的网红事件。他的手机版本老旧，摄像头像素过低，并且在拍摄时，一种古怪的兴奋情绪导致他的手不断颤抖，所以视频不是很清晰。但是仍然可以看出女人的大概容貌、穿着打扮，以及女人训斥骑手时张牙舞爪的姿态。最关键的是，辰竟无意中将宝马的车牌号揽进了镜头内（此时，他有一瞬间的内疚，自己居然邪恶到把别人的“隐私”公之于众）。在这个摇摇晃晃、颤颤巍巍、只有一分多钟的视频里，女人的“恶行”被无限放大。她暴躁的手指和脚踝像是邪恶的水草，她本人像是在海底兴风作浪的女巫，而那位骑手也看起来更可怜了。辰粗略看了一下那些如墨水般流满整个评论区的语句，观点出人意料的一边倒：

——这个恶毒的女人怎么不去死呢？她妈妈是怎么管教她的？

——从头到脚的假名牌，应该是某个过气的二奶吧！哪位网络大神能人肉一下她！

——可怜的外卖小哥，建议小哥让她赔偿精神损失费！

…………

整整一个下午，辰盯着那评论区看，他干涩的眼睛始终无法聚焦。这里不断刷新，不断重叠，当他好不容易抓住一些词句，试图弄明白其中含义时，新的评论涌来，很快便将旧的词句冲下去了。他只能捕捉一些零星的词：恶毒、去死、人肉、二奶……这些样子规整的字词无处不在，它们组成了一片巨大的钢筋铁网，将无辜的贝壳悉数打尽。人们不厌其烦地、兴高采烈地用系统里既成的宋体字建造那个海底迷宫，毒气弥漫周围。辰僵坐着，机械地刷着屏幕，他很想把视线从电脑上移开一会儿，去看看窗外的树叶，或看看手边的烟灰缸。可他的眼睛无法离开，他已被囚禁在这个“刑场”里了。这真是他想要的吗？他是想做一回“审判者”，不过他只想用道德“审判”那个女人，而不是用“死亡”——所有词语中，“去死”出现的频率最高，仿佛在那个无法成形的世界里，女人已被众人判过很多次死刑了。他知道，这一切都不是真实的，尽管大家十分期盼女人在网络世界里被判死刑，她是不可能真正死亡的。他也知道，再这样下去，他将陷入那个混乱的深渊，因为他的“审判”职能早已不受控制了。

辰想把视频删除，却被告知“请联系管理员”。接下来的一个小时，辰都在排着一条虚无的队伍。他不知道前面排了多少人，那些人怎么会有那么多问题呢？在这样一个虚构的空间里，怎么会有那么多焦躁的灵魂等待一场冰冷的慰藉呢？他盯着对话框的眼睛肿胀酸疼，可他不敢把视线移开哪怕一秒，他怕在去接一杯水，或上个厕所，或喂一下金鱼的空当，他就已经失去了与这个神圣的“掌控者”交谈的唯一机会。当管理员终于“显身”与他交谈之时，他感到一束天赐之光落在他头顶。

“对不起，先生，按理来说，您没有资格删除这个视频。”管理员用宋体五号字解释道。

“为什么？这明明是我发的视频，我为什么没有资格把我自己生产的东西删除掉？”辰一头雾水。

“说实在的……”屏幕上的字出现的速度变慢了，“视频一经发出，就不属于您了，而是属于平台。您说这个视频侵犯了个人隐私，那就请那位被侵犯隐私的女士来跟我们说吧，她说，我们会删掉的。”

见辰不说话，管理员善意地安慰道：“我建议您不用操心别人的事，毕竟过错不在您呀。”说完这句话，对话框骤然消失，只剩下一个提示语：您已退出聊天。

他一定是位穿白衬衫、戴黑框眼镜、说起话来慢条斯理、对什么事都漠不关心的年轻人，辰这样思索着。管理员的话确实给了辰一些启发：为什么要操心这种事呢？如果宝马女人必须接受众人的判决，那也是她咎由自取呀！而他作为这件事的“源头”，其实早已不用充当“审判者”这个角色了。现在，热心网友们个个成了“审判者”，他们像是一只只蟑螂，盘踞在这个由错觉组成的房间里，而辰早已获得了自由。

想到这里，辰站起来伸了个懒腰，他晃动四肢，一头栽倒在床上。事情很简单，他只需把这些庸人自扰的念头从脑海里驱逐，便可以重新回到生活那庸俗的怀抱中。他没必要继续关注这件事的发展，因为他栽种的树苗已经长大了，早已不受他控制。此刻，辰的房间里有一片黯淡的暖橘色，过不了多会儿，太阳便会隐没，如水的黑夜会笼罩一切。他决定伴着西沉的太阳睡一会儿，等醒来再思考找工作的事。隔壁传来“嘁嘁喳喳”的炒菜声，不时飘来一股炒辣椒香味儿。辰因为经常加班，从不知道隔壁是一个会炒辣椒的女人（或者男人）。他觉得所有的感觉都被放大了，而他此刻正安然沉入温暖的水里。海中的武器和言语消失殆尽，只剩温暾的水泡，辰就这样睡着了。

当辰醒来，已入夜了，他睁开眼睛，只看见一团厚重的黑色。同时，一种巨大的空虚感向他袭来，他怀着焦急的情绪从床上跳起来，打开电脑。然后，他看见屏幕的右下方弹出了一只消息框。那个伴随了他无数个日月、一开机就会自动弹出来的新闻消息框上，赫然显示了这样一个标题：辱骂外卖骑手的女司机，真实身份竟是豪门二奶？辰点开那条新闻，正是他拍摄的视频！辰惊讶地捂住嘴巴，他无法想象，在他陷入睡眠的这三个小时里，在这个也许连一顿庞大的饭局都进行不完的短暂时间中，那个存在于无数条隐形网络中的虚幻世界竟掀起了一顿骇浪。事情朝着一个他根本无法预想的方向冲刺过去，而他甚至连边角的花花叶叶都捕捉不到。

微博、博客、朋友圈、微信群、视频网站、门户网站、自媒体……所有网页都被辰拍摄的视频刷屏了。短短三个小时，美女欺负外卖骑手的视频已如病毒般扩散开来，它充斥了互联网的每个角落，并成了绝大多数社交网络平台的头条。人们隐藏在电脑后面，手舞足蹈地敲击着键盘，毫不留情地痛斥着、怜悯着。宋体、黑体、新魏、楷体……各种字体如喷薄的琼浆，迅速而准确地黏上个人主页、评论区、对话框……有些人喜欢发表大篇幅的议论，有些人擅长一针见血的嘲讽，更多的人则善于躲在黑暗中，猎豹一般虎视眈眈地盯着这场网络闹剧。在众多花样翻新的动态中，辰发现了那最为恐怖的一条。它发布于微博，此时已有上万的转发量。这条动态是这样写的：

> "宝马门"女主角身份大起底：林慧，女，1986年生人，2015年与前夫离婚，随新任丈夫来到大城市发展。去年，林慧傍上××富豪，再次离婚。半年间，富豪为林慧花掉上千万，该女仍不满足，处心积虑想上位。这是一个名副其实的小三、二奶！请大家不要手下留情，坚决不能给这种恶人机会！

文字下面，则附上了林慧的身份证正反面照片、林慧的近照以及林慧现住宅地址。

没错，就是这个女人。一种难以言说的感情驱赶了辰心中的忧愁，他不再忧郁、无措，而是想放声大笑。命运一直在跟他开这种兜兜转转的玩笑。他曾以为，这座巨大城市里的一切表象：高楼、地铁、霓虹灯、树叶……全都是他的敌人。他现在发现，真正的敌人隐藏在雾霭深处，那是一些他根本无从发觉、无从考量的物体。他惊惧地思量着，也许那些"敌人"就是他自己。这个虚华城市里的一切都是他与自己上演的闹剧。扣子、宝马车、骑手……深水、机器、断层……全部是一颗颗虚幻的棋。而嘶鸣声、鸟叫声、炒菜声则全部是从深邃的宇宙中传来的没有频率的声音。这一切到底是否真实存在呢？还只是海市蜃楼？辰再次把自己重重扔在床上，那温暖的水中触感荡然无存，眼前是一座雄伟却无情的冰山。

4

林慧的信息在网上掀起一场狂烈的飓风。人们个个化身为举着长矛的英勇兵士，铿锵前行。他们十分团结，所以汇聚而成的力量是如此之大，那些隐形的防线正被他们一点点攻破。肮脏的话语是他们整齐划一的步伐，标点符号仿佛他们呼之欲出的气息。也许在那庞大的队伍中，偶尔有几个掉队的

（网上确实有人持反对或怀疑的态度），但没关系，因为人们确信，偶尔出走的大雁无法改变雁群的忠贞品格。当那些沉重的石块逐渐把林慧的虚假意象掩埋的时候，一些调皮的嫩芽冒了出来，向人们揭示那些可能的错误。人们意识到，事情似乎没那么简单。

首先，一个自称林慧的女人站出来申诉。她在微博上发了很长一段文字以痛斥网友对她的诬陷。她说，自己并不是富豪的小三，而只是一个辛苦创业的女人，那天早上她行为暴躁是因为她正为公司的前途发愁。她摆出了很多模棱两可的证据，并透露自己的生活已经受到了严重的影响（据她所说，她经常接到骚扰电话，并且经常被跟踪），她决定起诉泄露她信息的那位网友。然而，这位“林慧”并没有坚持多久，有人通过ID信息调查出这个账号是假冒的。然后，“林慧”嗖地一下消失了，再看她的个人主页，只剩下冰冷的几个字：该用户不存在。第一个“林慧”消失后，第二个“林慧”马上跳了出来，随后便是第三个、第四个、第五个……那许许多多的“林慧”互相攻击，互相贬损，她们激烈地摆出各种证据来证明自己是货真价实的——其实她们全部是假的。与此同时，林慧的老师、同学、同事、发小、闺蜜、前男友、前夫、死对头、追求者层出不穷，他们纷纷诉说着有关林慧的故事，那些故事千奇百怪，彼此之间没有任何关联。辰无法理解：他们从假冒另一个人并把这摊泥水搅得不胜其混中能获取什么样的快感呢？辰像着了魔一样不停查看各个网页平台，以捕获事件的最新进展。他发现，那些四处蔓延的枝杈把原本纯净的天空盖得严严实实，所有的道路都扑朔迷离，这是一个谁也无法征服的迷宫。

到底什么是真的，什么是假的呢？逐渐地——根据最先预设好的剧本——林慧的富翁情人、富翁情人的妻子、富翁情人的儿女全部出现了，他们沉浸在自己的角色中无法自拔，不停痛诉着自己受到的伤害。然后，一个精彩的剧本已经满足不了观众的胃口了，无数种“林慧的人生”闪亮登场。那些完整的故事中拥有现实中所能拥有的一切，甚至比真实的故事还要精彩完美。一会儿，林慧是被男人抛弃的落魄富家女，一会儿，林慧是精通八门语言的外企女高管，又一会儿，林慧变成了手段高妙的诈骗犯……再然后，林慧这个名字也值得商榷了。有人说林慧原名林惠，身份证的图片是PS的；有人说住在那个地址的人根本不叫林慧，不是名字出了问题就是住址出了问题；有人甚至说，那个视频拍摄的方式很奇怪，看起来根本不像在国内，而外国怎会有外卖骑手呢？于是，有一些人认为这个视频是PS的。是的，他们坚信视频也可以PS。

辰感到愤怒，他曾经天天在那条林荫小路上驰骋，无数次摇下车窗，吸着榉树叶疯狂而清甜的香气，他熟悉路面上每一个坑洼，也了解光与叶子组成的那些如万花筒一般的影像，他熟知这条路就像熟知自己的身体，而现在，在虚无世界里，这里竟成了一条“不存在”的街道。隐藏在电脑后面的人们越来越怀疑起事情的本质来，他们不停做着各种推测：会不会是某个品牌的营销策略呢——人们耐心侦查在视频中露脸的所有LOGO，并跑到可疑品牌的页面里大呼小叫；或许这是宝马女人精心策划的营销活动，其目的只是为了炒红自己——人们昼伏夜出，日日等待着真正的“林慧”出现并宣称自己即将在娱乐圈出道；还有一种可能，这个视频是由某位无聊的技术宅男制作的（也就是说，视频中的一切都不存在，都是靠电脑技术合成的）……那些如老鼠一般的人们殚精竭虑地翻看各种书籍，妄图找出视频中那些与现实世界错位的部分……

在这个由纠缠不清的藤蔓与炼狱之火组成的世界里，一切盘根错杂，一切眼花缭乱。所有的景象都是骤然即逝的烟云，或是一幕幕只有开头没有结局的电影。那一边的线头轻轻抖动，这一边的瓦片便扑簌簌掉下。那一双双伏在暗处的手，极尽可能编织着一件罩在一切之上的棉毛毯子。在那件巨大的、如天般辽阔的毯子的覆盖下，一切都不一样了，一切都有了好几种可能性。事情的性质变了、过程变了、结局变了，一切都向着极致简单或极致复杂的方向发展过去。在这些扑面而来的可能性面前，辰彻底乱套了。他被这无声的海洋关闭在自己的屋中，没心思找工作，也没心思应对家人的责问。他每天都重复着无意义的行为：不停搜索着事件的最新动态。仿佛他能从无限的重复中获得某个觉悟。其实他知道，无谓的重复只能引来自我封闭或自我毁灭。他在这个无限小的空间里不停游移，试图寻找到那个突破口。然后，他在他最初发布视频的网站上收到这么一条私信：

> 您好，我是林慧的哥哥林伟，由于您或无意或有心的行为给我妹妹及家人造成了极大的困扰，我希望能与您面谈一下此事。

这条私信隐藏在成千上万封信件当中，成为最无存在感的那一声呻吟。实际上，冒充林慧亲戚给辰发私信的人数不胜数，那些人戴着不同的面具，以不同的口吻或谴责或鼓舞。可这封信不同，辰灵敏地察觉到：这封信里有一些真诚、隐忍、克制的情绪，与这个紊乱、荒谬、张狂的藤蔓世界互不兼容。这是真的吗？难道在这个由虚伪的条条框框构建的世界里，还有一丝属于真相的光芒吗？辰茫然地摇摇头，并为自己幼稚的想法感到愧疚。或许应该安分守己地与那些人共同流进黑色的海水里，蜷缩起来，而不是现在这样像只受惊的鸭子一般，草木皆兵。

过了两个小时，林伟又发来一条私信：

辰先生，我的妹妹受网络暴力的侵扰而得了抑郁症，并好几次有了生命危险，母亲也因担心过度卧病在床。我请求与您见面并不是为了报复，而只是想与您好好谈一谈。您的出现，或许可以挽救我们一家人的性命。

那团杂乱的毛线网络突然被剪破了一个口子，一缕亮澄澄的光从里面传来，几乎刺伤了辰的眼睛。辰心里升起一股无名火，他不明白这位“林伟”为何要如此不按规则行事。一切都隐藏在网络后面，一切都是黑暗中闪烁的笑脸，这个虚幻世界有专属的系统与规则，要想在这里尽情驰骋，就必须遵循这个“摒弃真实，挖掘虚伪”的原则，不然这片光影天地将会倒塌。可是这位“林伟”，为什么非要拿了一把刀子，勇敢地挑破虚假，妄图让真相浮出水面呢？

“林伟”到底是谁呢？他或许是一个无所事事的中学生，或许是一个愤世嫉俗不得志的中年人，他或许是个黑客，或许只是一个一时兴起的过路人。又或许，“林伟”确实是林慧的哥哥，那么他到底是哪一个世界里的林慧的哥哥呢？这里有千千万万个“林慧”，也许每个人心中都有一个。辰毫无头绪地思考着，他的愤怒越来越强烈，那股火气支配着他，莫名的宿命感控制着他，使他不得不给林伟回复了私信。

林伟先生，您好，视频确实是我拍的，我也并不惧怕与您面谈，但我怎么能够确认您就是视频中宝马女人林慧的哥哥呢？请您证明您的身份。

按下发送键之后，辰心中焦躁的火开始慢慢消退，他的四肢不那么僵硬了，躯体也变得柔软放松。他开始冷静下来。没必要这么紧张，这一切不过是一场像模像样的游戏。他的嘴角舒展开来，一丝笑意浮在他脸上。不用担心，“林伟”与他们无异，都是埋伏在网络世界的沙粒而已，他们的存在是为了嘲笑我，而不是为了审判我，况且，我并没做错什么事。想到这里，辰已十分松弛了，他把脚跷在电脑桌上，点燃一支烟。他不认为“林伟”会给他回复私信，他深知，当他勇敢应战时，一切虚假的幻影都将被打破。林慧根本没有什么哥哥，连林慧这个名字都是值得怀疑的。

辰凝视着电脑屏幕，尽管他心里不认为会得到什么回复，但还是说服自己耐下心来，安安静静地等一会儿，就算是对这场游戏略表一点诚敬和礼貌。他一动不动地坐着，连眼睛都不太眨，呼吸也尽量放轻。有那么一会儿，他觉得自己和周围的一切融为一体了。他感觉不到身体的重量，甚至不觉得自己拥有身体，那一些极为细微奇妙的感受环绕着他，使他无法自拔：电脑屏幕在他眼前无限延伸，直至变成一个遥远的点；空气在他耳边争先恐后地流动着，气息之间的争斗十分激烈，甚至比那场网络事件还要震撼；他的床、桌子、窗户、地板、天花板全部躁动不安，它们甚至开始肉眼可见地左摇右晃……他突然有了种感觉：网络是一个出口，是绝望的现实生活的出口。可它也是一个入口，它连接的似乎是一个毫无规则可言的世界，是存在于另一个宇宙中的世界。可怕的是，他现在刚好站在那一个门口，危险地处于两个世界的临界点。想到这里，辰怕得浑身发抖。

要回到那个安全愚蠢、糊里糊涂的世界里去，一定要回来，辰在心里默念着，期盼着找到那一个时机，钻那一个空子，嗖地一下从那小小的缝隙里钻回来。他已经决定了，再过一会儿，他就要彻底忘掉这件事。忘掉林伟和林慧，忘掉那个视频，忘掉他上一份工作，忘掉这世界上所有的失业与偷情。他要钻进被子里好好睡一觉，要迎接第二天崭新的太阳，要解决掉他人生中所有棘手的问题。是的，现在的他十分渴望睡眠，他渴望被一些虚幻的温暖包围，他恨不得立刻钻进被子里。

他几乎要站起来了，几乎就要像条鲤鱼一样跃进被窝里了，可就在这时，在他的灵魂马上就要奏出美丽的赞歌之时，他的电脑却发出了一阵恶毒的叫声。这个声音将一切美好的泡沫打碎，让他重新回归了污秽的现实中。他像被泼了盆冷水一样，所有的热望、理想、美好瞬间离他远去。他灰心地看着屏幕，那位不甘示弱的“林伟”发来了私信：

辰先生，对于您的要求我深表理解，换作是我，也会质疑这样一个深藏于网络中的陌生人的目的性。所以我会将我的身份做一个详细的阐述，请您查阅附件。

“林伟”的私信又成功将辰拉回了这片肮脏的海水中，辰大口地呼吸，一些夹杂着垃圾碎屑和排泄物的浑水跑进辰的口腔，流入他的胃里。他觉得心里满满当当的，他的身体沉重不堪，像一堆废铁。毫无疑问，我无力再去追求新的工作，新的人生了，我也许一辈子都会被他们欺压，被他们死死按在泥土里，这是我的命，辰绝望地想。他看看表，时间过去了二十分钟，这二十分钟里“林伟”干了些什么呢？在忙着整理他所谓的身份阐述？还是躲在黑暗中极尽所能地嘲笑自己呢？

辰把鼠标箭头停留在私信附件的那个文件夹上——这就是“林伟”所说的身份阐述。辰打开附件，抱着一种破罐破摔的心态看了起来。当辰用了三个小时阅读了文件夹中所有文件后，他发现，要想在二十分钟内整理出这样一份详尽的人生履历是完全不可能的。这个隐形的文件夹一定早已被梳理好了，它被搁置在某个安全的网中角落，只为有一天能够大显身手。文件夹中包括：林伟的身份证明（他的出生证、身份证、户口本、亲属关系公证书、独生子女证等）；林伟的财产证明（他的车本、驾驶本、房产证、工资卡、银行流水单、存款证明等）；林伟的教育经历（他所就读的小学、中学、大学的信息，他的所有会考、期中考、期末考、升学考试的成绩单，他的录取通知书，他的奖学金证书，他的课外活动证明，他的实习证明，等等）；林伟的工作经历（他的第一份、第二份、第三份工作的详尽描述，他所供职公司的背景资料，还有很多他的工作照、与同事的聚餐照、公司集体团建时的合影留念）……除此之外，还有一些不堪入目的东西，比如在“林伟的恋爱经历”这个子文件夹中，辰看见了林伟对自己每段恋爱经历的描述，包括对每个女人的性格、职业、年龄、爱好、床上功夫进行的概括总结，还有他所有的开房明细记录……辰实在不明白林伟为何要把他那庞大的人生证明堆在自己面前，难道这是一个患有整理癖和暴露癖的人吗？难道将自己的隐私公之于众不但不会给他带来困扰，反而会激发他的快感吗？

当辰面对这套庞杂的人生数据时，他的感受已经不能单单用惊诧来形容了，他认为，把人生按照数学的方式展现简直是荒谬。人生在具象化这个过程中虽然还原了某些真实的成分，却失掉了很多感知。没人会拿感觉与公式交换，除非他从来没体会过任何感觉。辰恐惧地想道：这位“林伟”先生，他当真是个"人"吗？还是说他并不是个拥有血肉之躯的"人"，而是个纯粹的"人"呢？他这样的"人"，是否只配存在于真正的善恶之中，或者真正的永恒之中呢？

或者——还有一种可能性，或许也是最大的一种可能性——这位"林伟"先生根本就是个彻头彻尾的职业骗子，他是个以恶作剧为乐的跳梁小丑，他处心积虑地在网上寻找各种能引起他兴趣的网络事件，并不遗余力地恐吓威胁当事人，当他想象着当事人在电脑后害怕得浑身发抖的时候，便会爆发出尖锐的笑声。是的，一定是这样，辰愤恨地想着。还有，那个疯狂的文件夹，那一些满怀野心的文字和图片，也是"林伟"捏造出来的。这个时代，想要造伪证太简单了。"林伟"——这个骗子，顶着一张虚假的、却十分完美的面具在虚拟世界里招摇撞骗，畅行无阻。对骗子最好的惩罚就是，不去上他的当。

辰站起来，试图舒展酸痛的四肢。他看看表，不知不觉已到了午夜，他的身体十分疲累，头脑也空空荡荡的，他是真的想好好睡一觉了。可偏偏在此时，在他即将要倒在床上埋头大睡之时，"林伟"的私信又跑了进来。

> 辰先生，已经过了三个小时了，想必您已经读完所有文件，想要躺在床上好好休息休息了。但请您不要休息，因为流畅的思维是不允许任何间断和漏洞的。请您用您那难能清醒的头脑好好想一想，到底要不要同我见面。这其实不是一道选择题，而是我屈尊给您下的一道命令。一个小时后，我会告诉您见面的地址。

"真是个不知悔改的骗子呀。"辰心虚地嘟囔着，站起身来，关掉电脑，深夜的房间陷入一片黑寂。他不想开灯，只得摸索着脱掉鞋袜衣服，钻进被子。终于如愿以偿了，他终于切断了与那个世界的一切联系，回到了现实世界宁静而平庸的泡沫中。他闭上眼睛，试图寻回一点点美好和希望。他干燥的心灵在做着最后的畅想：让陈旧的一切都结束吧，让崭新的一切都开始吧，尽管那新的或许比旧的还要糟，但起码不再会有那些污秽肮脏的水沫了。

他在心中祈祷了很久，最终还是失败了。他身上紧紧地裹着被子，却丝毫体会不到温暖，相反，他冷得要命。他从头到脚浸着一种和这个季节不相符的寒冷，使他浑身打战，牙齿也上下磕碰。他很想听到一些使他舒心的声音，比如邻居炒菜的"锵锵"声，或者楼下小女孩弹的那些不和谐的钢琴声。

他从没这么渴望过世俗的音符——以前，这些声音是多么让他嫌恶，而此时，它们全成了治疗他内心病症的药。更糟糕的是，沉睡的城市虽然没有悦耳的俗世音乐，却也不是一片宁静。它有一种低沉的、仿佛从某只怪兽的骨骼里发出的恼人的声音。辰用被子捂住脑袋，大汗淋漓。我是不会上当的，我不会赴约，甚至不会把这件事放在心里。过了一会儿，他的上下眼皮也如牙齿那样开始激烈地打架了，他的身体疲惫透顶，意识却越来越清醒。如果他真是林慧的哥哥，那么他应该惩罚的人不是我，而是他那个犯了错事的妹妹；如果他不是林慧的哥哥，那么我就更没义务去见他了。辰的心里有团焦躁的火，那团火烧得他四肢无力，他甚至无法分清那团火里更多的是愤怒还是恐惧。他动弹不得，脑海中的声音却告诉他不能睡着。他使劲眨了下眼睛，这下可好，似乎只是闭眼睁眼这一瞬间，他便发现自己离开了房间，走到了大街上。阳光很刺眼，他没有想到，只是这闭眼睁眼的工夫，就已是白天了。很多很多的人与他擦肩而过，他们一语不发，低着头在辰的身边闲散地走着，仿佛走在迷宫里。

那些人全部是男人。辰站在道路中央，左顾右盼。没有车辆，没有卖东西的小摊贩。人们的动作都很轻巧，全部是男人。辰茫然地看着他们从自己身边走过，他看了很久，然后他发现了，他们不仅全是男人，他们还全部拥有同一张脸！那张脸端正、苍白、虚伪、似笑非笑。辰想逃开，四肢却无法动弹。然后，那些长着同样面孔的男人全部停住了，他们穿着同样的西装，系着同样的领带。他们拿着同样的公文包，纷纷抬起胳膊，以同样的姿势打开公文包。然后，一些同样的文件跑了出来。那些文件是：林伟的身份证明、林伟的财产证明、林伟的教育经历……辰很想蹲下来喘口气，可是有一股力量扼住了他的身体，使他只能笔直地站着，仔细地端详着身边无数的“林伟”。辰被逼无奈地看清了有关“林伟”的每一个细节：他鬓角的细碎毛发；他脸上的肌肉走向；他眼角的细纹；他西服袖口的一道皱褶；他微微凸起的小肚子……辰把“林伟”从头到脚看了个明明白白。“林伟”不用脱掉衣服，辰就似乎看明白了他衰败松弛的身体，看透了他所有内脏。这是一个万分真实的人，没有丝毫伪装的、实实在在的人。这种感觉太奇妙了，辰在心里惊呼。无数个“林伟”组成了一面象征“真相”的墙壁，把辰死死堵在了这个奇异的世界里。再也出不去了，认命吧，我会永远在这里奋斗，直到死去，辰悲伤地想。

突然，辰睁开眼睛，不知怎么的，他又回到了自己的房间。这下他看清了，天是真的亮了，他从那虚无的梦境中逃脱出来，汗水湿透了床铺。

5

这是一个再普通不过的城市清晨，辰站在窗边，看着外面青黄色的阳光，心中的懊恼和绝望一刻未停。他感到，昨晚的噩梦随着他渗透进现实生活中了。他虽然已经看不见那无数个“林伟”了，可是他能感觉到，那些“林伟”无声无息地围绕在他身边，拷问着他的良心，迫使他去履行那个约定。

辰走进浴室，脱去衣服，站在喷头下面。他拧大开关，热水从天而降，激烈地冲击着他的身体。他不停晃动着，搓着双臂，想让水流尽可能均匀地撒满他冰凉的皮肤。突然，一个闪念在他脑海中划过，他捕捉到了，那是梦中“林伟”雪白的衬衫领子。随后，一发不可收拾，就如不停倾泻的热水一样，他的脑袋嗡的一下，身上密密麻麻布满了鸡皮疙瘩。那象征梦境碎片的衬衫领子如一个领头军，引导着千军万马毫不顾忌地闯入辰的思维里。他的噩梦彻底与现实合二为一了，他实实在在地体会到了梦里那种举步维艰的感觉，同时，他又被一种对于真相极度的渴求煎熬着。他蹲下身子，不顾热水噼里啪啦地拍在他的头上、肩膀上、后背上，他觉得水像是一条条温柔的鞭子，敲得他又疼又痒。这是某个人对我的斥责呀，我对那位宝马女人进行“审判”的时候，某个人都没有如此生气过，而现在，我拒绝面对真相的时候，他却拿起鞭子抽我了，辰想，并默默抽泣起来。他隐隐感觉到，如果他不去做事，这条鞭子将会抽得他体无完肤，他也将彻底坠入那个虚无的深渊里。

辰用浴巾擦掉身上的水，穿上衣服，耐心刮了胡须，吹了头发。他庄重地走进卧室，坐在电脑前。一切都在规则当中，一切理应如此。他强忍住号啕大哭的冲动，按下电源，屏幕亮了，他打开那个熟悉的网页，林伟的私信迫不及待地跳了出来：

> 明天中午十二点，我们在那条种满榉树的道路上见面。请您不要试图爽约，为了您的家人，还有您的弟弟，您必须这样做。

辰深知，自己没有能力改变事情的结局，也没有权利在心中呐喊叫屈。总之，一切都应该是这样子，就像所有水滴汇在一起形成海洋。现在，那不断繁衍的藤蔓已绘出了大概的图案了，那曾经扑朔迷离的光线也已逐渐清晰起来，现实终于要跟虚幻接轨了。辰找出那件白衬衫穿上。他知道，故事的开头有模有样，结尾也丝毫不能马虎，所以他必须穿上这件衣服赴约，哪怕它的扣子再次脱落——可怕的是，这件事成真了，那个原本盖在肚脐前的、从上往下数第六个扣子再次成了脱缰的野马，它跌落在地上，滴溜乱转好一阵子才停下来。辰愣在原地，站了好久，他直勾勾地盯着地上那枚毫无生气的扣子，直至扣子的边缘在他眼中变得模糊，最终成为一个灰暗的影子。

辰怀着一种莫名的情绪，轻飘飘地钻进车里，点燃发动机，慢悠悠地把车开上大路。还是同样的街道，同样的人群，同样的店铺和天空，同样的忙乱无序。他觉得手仿佛不是自己的，思维也像是恶作剧似的一直飘在空中，这让他有种不踏实的感觉。他小心翼翼驶入那条种满榉树的林荫小路，挑选了一处形状好看的树荫，停了车。他摇下车窗，一股凛冽的清香味儿钻了进来。

今日有风，榉树招摇的树叶哗哗作响，浓密的青草味儿散在空中，那一束束从榉树叶之间的缝隙里遗落下来的阳光投在地上，随着风组成各种各样的图案。辰从未在中午来过这里，他不知道，原来正午的小路是这样孤独。他透过前车窗看看去路，又凭着后视镜看看来路，空无一人，甚至连一只鸟都没有。风吹树叶的声音伴着辰的喘气声，形成了一首独特的音乐，好像是寂静因受不了常年独身，便开始唱起了一首落寞的歌。对了，这里不仅是孤独的，还是寂静、静谧、肃穆的，甚至是死气沉沉的，完全没有生命的气息。而他的心中不仅有茫然、有好奇、有一丁点的悔恨，似乎还有着一点刚刚探出头来的恐惧。情绪的阀门一旦打开，便一发不可收拾。只是一瞬间，那种让他眼前一黑的恐惧便把他从头到脚包裹住了。他睁大眼睛，看着车窗外青翠欲滴的景象，那些绿到极致的生命仿佛预示着一种衰败。他开始发抖，打战，双手不停地摇摆着。他预想到了一种命运，并同时感到了一个似有若无的目光。他壮起胆子又前后左右观察了一通，大道上确实空无一人，难道那个幽暗的灵魂带着邪恶的目光正躲在榉树后面观察他吗？

一阵猛烈的风刮过，榉树叶花枝乱颤，地上碎影不断。一种巨大而空灵的类似嚎叫的声音向辰袭来，如一团无形的棉絮缠绕在辰的身上。这是风声，巨大的风声，裹着无数片摇动的树叶的风声，像一只怪兽在临死前发出的哀号。辰摇上车窗，声音戛然而止，棉絮消失了，只剩一堆凝重的空气。辰觉得周围的空气很有些重量，压得他喘不过气来，同时，他感觉有什么东西正越过他的裤脚，朝他的小腿蔓延过来。他看着窗外，成百上千条树枝正疯狂地左摇右摆，而他则坐在车里，安心地被那摊形似海水的东西弄湿了衣裤。这可真是场彻头彻尾的默剧，从默剧开始，由默剧结尾。他的心思被无声的树枝和座位底下的海水占满了，他觉得这一片海也真是有意思，每当它缓慢地抱着从容不迫的阴险步态向他袭来时，周围总是一片沉静。仿佛在这个城市里，语言是最没用的东西。

当风停止，一切回归如常，所有的形状都静止下来。现在，那些树枝像一根根静止的线，相互交叉，相互排挤，它们编成一片网，把天空切成一小块一小块的。辰使劲压抑着内心的绝望，打开车门，走了出来。当温暖的光洒在他的身上时，他才发觉，恐惧始终在他左右。尽管他刚才成功地把风与树叶的嚎叫关在了外面，尽管他暂时体会到了临死时的那种安宁，可是当他重返现实世界时，最先击败他的便是恐惧。他这样想着，逐渐发了疯。他开始不停颤抖，不停呜咽。他绕着自己的车来回走着，双臂简直不知放在哪里好。他有好几次试图走到树林后面，看看那被绿影掩盖的真相到底是什么，可最终又被一种莫名的胆怯情绪牵了回来。他想大叫，想立刻把那个“林伟”揪出来。他想疯狂地奔跑，想丢下他的车、他的房子、他的家人、他的生活，想不顾一切地跑进另一个宇宙里。他也想接受惩罚，想从此带着这个永远打不开的枷锁安稳度日。当然，他最想的就是赶紧结束这一切，也许他确实做了某件错事，需要接受审判，但他更希望省略掉审判的过程，直接进入惩罚。“让这审判赶紧来吧，就请这位叫林伟的人给我审判吧，就像我毫不犹豫地审判了林慧一样，不管那是什么样的审判，不管到底有没有惩罚，都比这样受煎熬要好。”辰在心中呐喊。

高大的榉树像一个个静默不动的卫士，湛蓝的天幕像是法庭的壁纸，那道坚定的目光则是一把永恒的剑。辰站在虚构的被告席位上，等待着属于他的判决书。故事从哪里开始，就应该从哪里结束。于是，辰拿出手机，登上了那个网站。他在这片绿色的牢房中，再次来到了那个虚拟世界的入口，一切的混乱、暴躁、肤浅、狂妄都成了过去，一切的乱象都逐渐沉入海底。

终于，辰如愿以偿地获得了那个结果，那是一条林伟发来的私信，发自五分钟前。辰迫不及待地打开，首先被一个视频文件吸引了目光。辰点开视频，看了一会儿，然后他知道了，他已经获得了他想要的一切。通过这封“判决书”，辰虽然无法得知整个事件的真相，更无从勘测属于宇宙的奥秘，可他确确实实获得了关于他自己的一个事实，那便是：他将一辈子生活在监狱里了。林伟，这位相关者，这个正义的战士，将一辈子审判他，却不一定会惩罚他，这无疑是一件最痛苦的事。

那是一个简陋粗糙的视频，拥有偷拍的一切属性：模糊、摇晃、极度的真实。不久前，他也曾拍过这样一个视频，为了审判一个陌生的女人。而现在，他成了视频中的主角。辰尽量把眼睛贴近手机屏幕，他不愿漏掉视频中的每一个细节。这肯定是一个由针孔摄像头拍摄的视频，而我的视频是手机拍的。辰怀着一种变态的耐心，仔细勘察着视频中的每一个画面。大概离我百米远，右后方，那里有一个摄像头，记录下了我的一切，从我怎么驶入这条道路，怎么摇上车窗，怎么下了车，怎么在车的周围抓狂，记录得一清二楚。辰的心狂跳，同时感觉喘不上气来，那片湿漉漉的东西似乎正从车里淌出来，爬上了他的膝盖。“厉害！比我拍的厉害！真正的真相！完全不堪一击的纯粹的真相！”辰不停抖腿，逐渐手舞足蹈起来，他在这个诡异的视频里发现了一种绝对的真实，一种赤裸裸的绝望。

> 辰先生，您好。请恕我不能亲自现身，但没关系，我相信您不会介意，况且已有一种“东西”带着我的使命去见您了。我敢保证，这个“东西”您万分熟悉，并且运用自如。它叫“镜头”，你也可以称它为“眼睛”。请您不要费心寻找它，因为它是无形的，早已深埋于您的心里了，从今往后，它会一直跟随您，直到您死去。我截取了一段它拍摄的视频给您看，就是想告诉您，您的一切抵抗都将是白费工夫。枷锁已经戴上了，审判已经开始，在今后的日子里，您哪怕做一点有违道德的事情，它便会代替我将您的丑行发布在网上，就像您曾经做的那样。祝您好运！

“这确实是一封判决书哇。”辰读完了林伟的私信，情不自禁地叹道。辰上了车，摇上车窗，决心不再去理会那些粗壮的榉树和他臆想中的海水了。一切都破碎了，好的世界，坏的世界，一切都分崩离析了。辰扣上安全带，点燃发动机，恋恋不舍地看着那片灰绿色的树荫。慢一点，我想再看看这里，也许以后再也不会踏上这条路了。疼痛与酸楚侵袭着他的心脏与鼻腔，迫使他流下了不情愿的泪水。“他说的轻松啊，什么直至死亡。”辰自言自语：“死亡对我来说，倒是最不用负责任的行为呢，可世上哪有这么好的事？”发动机低声呻吟着，辰却迟迟不愿踩下油门，他心里还有一点不甘。他的一切都暴露给了林伟，而他却不知道真正的“林伟”到底是谁。

“他可真聪明。”辰抹去泪水，笑着叹了口气。“他是个拥有智慧的人，因为他知道，越过规则、越过法律的审判是最痛苦的。”辰还想在这条林荫路上再待一会儿，可是马上，他的身后想起了鸣笛声。自怨自艾的空气被打破了，辰只得挂了挡，踩下油门，向着道路尽头驶去。

一桩案件的第六周年

安 庆[①]

一

六年了，案子最后总算有一个了结，眼下，要合计的是为走了六年的那个人——自己的男人，办一个周年。这是一个破例，在乡村，有办三周年五周年甚至十周年的，但没有办六周年的。没办法，案子一直拖延了六年，不管怎样轰轰烈烈的周年一定是要办一个的。办周年有很多的程序，要有人主持，有人料理，很多事要提前考虑，比如厨子，比如响器班，比如烟酒，比如烟花，比如……

在丈夫三周年前，她一直期盼有一个结果，等待着一个说法，真正作案的人已经进去。案件的进展让她失望，那就五年吧，五年的时间总可以吧？她不想办四周年，那个四字在她的心里不吉祥，也没有办四周年的，丈夫出事就和四有关，是那年的十月二十四。不能想，一想就是丈夫没有了气息的身体，浓重的农药味道，甚至在男人的周年上不想放那些烟花，丈夫的死和那年的烟花有关，案子发生在密集的烟火途中，村庄的上空眼花缭乱，就是那个满村烟花的夜晚，丈夫成了嫌犯。她先是看见丈夫的颓丧，丈夫的沉

① 安 庆 本名司玉亮。中国作协会员，河南文学院签约作家，鲁迅文学院第22届高研班学员，河南“中原小说八金刚”之一。曾获第三届“河南省文学奖”、第二届“杜甫文学奖”等。出版中短篇小说集《遍地青麻》《扎民出门》，长篇小说《镇》等。

默，闻见了丈夫身上的酒气，没有想到丈夫会在满天烟火后成为死鬼。这个平常看起来吊儿郎当的丈夫，原来是那样的经不住事儿，没有一点男人的气势，不明不白地走上一条不归路。然后是儿子卢小川背着父亲去穆三宝家，带着刀，那把刀在穆三宝家疯狂地舞蹈，最后砍断了穆三宝家的门槛，刀插在门槛上。接着是儿子疯骡子样在村外跑，风在野地里吼，拥着儿子的身体，儿子的身影特别孤单。再接着是警笛声，儿子被抓住时是在河边，使劲地搂着一棵柳树，头朝着河水，头上的汗滴答滴答地掉，仿佛河水从他的脚下倒流。

这几年，她一边在等儿子出来，一边在等丈夫的案子。好在穆三宝只是轻伤，而且案子有了转机，那个被盗的摩托竟然在齐县找到了，顺藤摸瓜，偷车的人也很快被抓住。两年后儿子出来，丈夫的冤案却又拖了几年。

周年的程序她是知道的，烟、酒、菜要先定一个规格，这牵涉到具体的花费。关于厨子，她想好了，就用本村的毛贵，毛贵和他儿子的厨子班是被认可的，村里人都喜欢他们饭菜的口味，那种口味是传统的，比如四喜丸子，比如皮杂，比如烧豆腐，比如卤肉，尤其是大烩菜……还有，亡灵前的摆供也是老塘南街独有的特色。

然后是定纸扎，前几天，她跑去一个老人的葬礼，主要就是看葬礼上的纸扎、纸扎的花样。她想着该为丈夫扎些什么，他生前的喜好，丈夫是冤死的，应该为丈夫招魂，丈夫喜欢摩托，不然不会有这场冤案，那就为丈夫扎一辆摩托吧，大一点，野一点的摩托，丈夫在那个世界里随便野吧，有了自己的摩托就不会遭人怀疑遭人冤枉了。她又把自己否定了，不，不能扎摩托啊，怎么可以伤丈夫的心，揭那个伤疤呢？那就扎一辆小车吧，村里头的小车越来越多，丈夫在世时就是给人家开车的，虽然他开的是那种大车。电视要有，很多夜晚丈夫是看着电视睡着的，身子一歪打起了呼噜。再扎一个酒壶，丈夫喝酒喜欢用酒壶，那种瓷器的酒壶，从酒壶倒进酒盅里，吸吸溜溜很过瘾地喝，家里的酒壶她还放着，要不就把真的酒壶放进去。她回想着，还要扎的东西………

那响器呢，现在的响器班五花八门，传统洋气的都有，如果请一两个名角，比如戏曲节目上的擂主，县剧团的台柱，都是要和价格说事的。她想请城郊的那个女唢呐手，她听过女唢呐手吹曲曲弯弯的唢呐，嘹亮、孤独，有一种情调。如果能请到，她情愿出更高的价钱。可丈夫呢，他是喜欢听戏的，那就请一台戏吧，以戏为主的响器班，价格呢要贵一些，六年了，贵就贵吧，怕花钱，怎么能热闹起来呢。村里的周年大都是这样办的，一个人，最后的纪念就是一场热热闹闹的周年。

二

该不该和那个人商量呢？那个人是叫表叔的贾富贵，几年来，这个人一直是一个影子，是她心里无法清除的稗子。

起初，他是以救世主的身份出现的，她在院子里发呆，泪水不知什么时候溢在了脸上，门吱呀一声她都没有听到。听见贾富贵说话，她赶忙揩了揩脸，扭过身，低低地叫了一声表叔。不要这样，表叔说，我给你做主！她的眼泪又一次出来。不能就这样被冤枉了，表叔说，要翻牌，不能这样罢休。她弱弱地点点头。钱，有难处吗？她没有想到贾富贵身上装得都是红票子，一叠，扔下，开门出了院子。

是第三次或第四次，贾富贵把她脱了。当那个人从后边开始时，她忽然感到一种屈辱，一个没有了结的屈辱后又一个屈辱，这种屈辱无法诉说，要藏在心里，在肚里憋着。她流着泪等着那个人的结束，那个人还在作业着。结束了，表叔说，不要怕，有事你说。接着说了一句类似电影台词的话，你不是一个人在战斗。

贾富贵撺掇过私了，在真正的偷车人进去后，贾富贵说，私了吧，人死不能复活。私了的事贾富贵真的热心地跑过，法庭那儿也支持私了，不但贾富贵，和双方都能说上话的村里的头面人物都上场了。可对方太绝情，还是不肯多出些钱，征求魏小麦的意见时，她说继续打官司吧，人不能就这样死了。

侄儿呢，是这时候接上了案子。

那个人对她更加变本加厉，好像抓住了魏小麦的短板，来帮助魏小麦填补空白的。魏小麦翻过脸，一天夜里，当那个身影出现在门口时，她一个返身把门拴死了。拴上了还在楚楚地喘气，眼泪吧嗒吧嗒地掉。她心里难受，感到自己是这样的无助，她要挣脱，这是过得怎样的时光啊？一个女人，难道就该受这样的亵渎。她的眼前闪过一个女人，那个传言曾经和自己的男人好过的女人，她抖了一下。那个叫乔梅的女人她去找过，她站在乔梅家门口，看着厚重的大铁门，如果不是乔梅开门，自己的男人怎么过去，跳墙吗？墙那么高。自己的男人就是因为有这样的风言风语，才会被人疑心的。

她只是呆呆地看着乔家的小楼，这个叫乔梅的女人怎么和自己的男人勾搭上的，自己的男人除了会开车别无长项，不讲究，甚至邋遢，喝酒，每次出车回来就是倒头睡上一天一夜，他怎么会有吸引女人的魅力。而这个女人和男人的事在村子里早传疯了，说她喜欢上自己的男人是因为搭他的车，实际上搭车去找她另外的情人，自己的男人可能发现了她的秘密，和男人好是要堵他的嘴。魏小麦想问问乔梅，她现在有什么想法，为什么不去为他的冤屈说一句话。在黄昏的风里，她鼓起勇气抓住了门搭，皮匠是这时候将她拉开的，那个流浪的皮匠。不知道皮匠怎么突然出现的，皮匠托着她的身体，她的身体轻得像一根麻竿。皮匠将她托到了家门口，在托她进屋时，魏小麦依偎在了他的胸前，嘤嘤地抽泣，像猫一样，低低的，时而高起来。直到她安静下来皮匠才离开。

那个人呢！却摆脱不了，已经缠上或者谗上了。又一次，贾富贵进了院子，她下意识地去关门，贾富贵有防备，哗啦把门推开了，推开门抓住了魏小麦，使劲往怀里搂。魏小麦挣脱着说，你是表叔、长辈，不能这样！贾富贵冷笑，魏小麦，你想甩开我？别说现在，以前我也是帮过你、帮过恁家的。

现在，到了办周年，她犹豫着，去不去和他商量。

三

她去给侄儿打招呼。案件是侄儿卢小舰中间接过去的，做了案件的代理人，魏小麦按照程序写了委托书，所以后来的赔偿金也都打给了侄儿。实际上魏小麦手里至今还没有落到钱，她如果需要花钱的时候要从侄儿手里要。

对于这一点魏小麦起初并没有在乎，如果不是卢小舰，后半截的案子翻过来不会那样顺利，洗脱丈夫的罪名也是卢小舰立了大功，最后把钱打给卢小舰她是同意的。这几年，如果魏小麦站在路边，基本上都是在等待卢小舰回来，等待侄儿带回来的消息。赔偿的钱要回来后，卢小舰找到她，对她说，婶，钱打过来了。她看着侄儿，等待着下文，她想过这钱是侄儿的功劳，不能让侄儿白跑路，拿一条命换来的钱虽然充满了辛酸，最后赌的不过是一口气、一个证明。卢小舰吞吐了一下，说，婶，那钱，我先用用。我收粮食，粮摊儿上用，还有我当时在工具厂入股时贷了款，银行一直在催。魏小麦听出来了，她稍微地打了个愣，旋即说，你用，先用着吧。卢小舰从包里拿出一个纸包，递过去，婶，一万给你，余下的记在我身上，家里用钱的时候你给我说。和侄儿的关系呢一直就是这样，一个女人，或者说一个寡妇，依靠谁呢？总得依靠一个人，有人管你的事儿，管你事儿的人就是依靠。当初侄儿接案子，做代理人时也是够慷慨的，一家人总归要互相帮衬，不然就不是一家人了。案子了结的那天，全家人在一起吃过一次饭，那饭吃得又欣慰，又纠结。吃饭前，她先在丈夫的遗像前祷告，你个死鬼的案子总归有了一个了结，给大家找了多大的麻烦，可以放心了。那时候就说过办周年的事，几个月转眼过去，周年的日子近到眼前了。

可是，卢小舰的话今天让她不受用，反感，抵触。卢小舰听她说完，没有在用钱的事上表态，而是仰仰头，咔了咔嗓子，点了一根烟，吐出几口灰雾，低下头，叫了一声婶，说，婶，有一件事今天得给你说了。魏小麦听着，想着是不是钱上有难的事，钱都在小舰的手里，那一万块钱之后没有和他要过，平常的日子不花大钱，儿子出来之后就到外边打工了，也会给她打钱。儿子在那里干得挺好，前一段对她说，一起打工的一个女孩要跟他谈。她想过了，如果儿子真找了媳妇，在县城买一个房子，将来生了孩子就在县城里上学，慢慢地离开这个老塘南街。现在都流行在城里买房，那个时候侄子这里的钱就得要过来了。卢小舰说，婶，那件事你得想想，得表个态了。魏小麦听着，我给你说过的那个人、退休的那个人，你想好了吗？魏小麦好像才又恍然想起来，去年或者今年小舰是说过的，一个退休的老人，得了一场病，躺在床上，身边需要一个人，法院的一个科长和他说起过想找一个乡下的女人，不是伺候做保姆的那种，是找一个长期愿意在一起的人，小舰呢好像隐隐约约答应过人家。卢小舰说，婶，这件事情我跟你提过的，人家帮过咱家的忙，有些路是人家给咱铺的，他家里的人在法院里上班。婶，建立一个关系不容易，只是家里人都忙，老人的老伴过世了，家里的条件还是挺好的。卢小舰还在说，这种病伺候好了，能够好起来，弟弟的事，我们家里以后有什么事人家也会管的。

说完了，他停了停，看着婶子。魏小麦蒙着，这件事她以为已经过去了，不承想一直潜藏着，躲不过去。见婶子不说话，卢小舰又追一句，找个时间我们去见见人吧。

见见人，那就是提到日程上了。

她走在街上，想不起来自己到底和小舰说没说钱的事，小舰到底是怎么说的。她有些蒙，卢小舰在村西头住，本来要经过大街去小超市里买点东西，到村口她选择了顺着河堤走。她脑子里一直是一个躺在床上的老人，魏小麦想着自己还不算老吧，45 岁，可是怎么要去伺候一个老人，如果是单单去伺候倒没啥说的，人家帮过咱，伺候一段也算报恩，可要嫁给一个老人她想不通。事情看来是躲不开的，对自己的事情得想一想了，那个死鬼走六年了，就是要嫁，也得好好想想该嫁给谁，这个问题对一个女人是非常重要的。侄儿也是乱了阵脚，案子拖累了六年，怎么又可以把一个人卷进去呢？

魏小麦的脚步有些乱，自己的事情看起来不能再拖了。

四

她去了镇上，老塘镇离村里七八里路，逢八集日，魏小麦选择了一个集日到老塘去。集市集中在东西大街，进了村头，她推着车走，看着大街两旁的摊位，在一个杂货摊上她给自行车买了个坐垫，直接套了上去。她在农机站后边的院子里见到了皮匠。她先看鞋，皮匠现在主要是做鞋，屋子不大，十几平方的模样，靠墙竖着一溜的鞋架。她先看了看女鞋的样板，平跟的，高跟的，各种颜色，有鞋袢无鞋袢的。有一双半跟的浅红色的鞋唤起来她的记忆，这样的鞋是丈夫曾经给她买过的，穿过几年。她拿着鞋，叹出来一口气，正在忙碌的皮匠回了一下头，两人的目光有一瞬间的碰撞。她赶忙挑了一双男鞋，42 码的，男人在时是穿 42 码鞋的。等另外的顾客离开了，他的手里还在攥着那双皮鞋。她说，六年了，那个案子总算到头了，要为他办一个周年，风风火火地办一个……

皮匠是曾经在村子里住过的，不远，就在她家的附近，后来来了镇上。皮匠的手艺日臻成熟，鞋做得越来越好看越结实了。男人的丧事皮匠也是帮了几天忙的，干的都是丧事上的杂活儿，跑来跑去的，活煤，找劈柴，摆纸扎。办完丧事，院子里的凌乱皮匠帮着打扫，像做一件皮件一样有条有理，然后不声不响地离开。这个外乡的皮匠，每一次给人帮忙都是这样的风格，没有人说什么，外乡人是磊落的，有一些闲言碎语是时间长了之后。其实，外乡人是从墓地走近魏小麦的，皮匠那天从外边回来，天已经黑了，冬天的天短，他瞥见了麦地里的魏小麦。皮匠停下了自己的三轮车，踩着发黑的麦地走到魏小麦的身边，墓地上的纸扎在冬天的小风中刺啦啦响，有些萧瑟，麦垄里蹿着细土，像很多的细土在比赛跑步。魏小麦不说话，悲痛得有气无力。皮匠拉着她起来，麦地里越来越黑了。走到路边，说你坐我的三轮车吧，我把你拉回去。这样隔了几日，魏小麦又在地里哭，皮匠撞到，又把她劝起来拉回家。皮匠的好让她越来越体会到了，现在，她站在皮匠的面前，脸上带着化不开的愁云，等着皮匠说话。到了这份上，魏小麦的意思已经明了了，女人在关键的时候是懂得为自己做主的，这也是她几天思虑的结果。冬天的阳光照射进来，在小屋的门口照射出几缕金黄，皮匠显得有些无措，有些惊愕，没有想到魏小麦今天会来镇上找她，他犹豫着是不是关门，那样他可以更确切地和魏小麦待在一起，更加专心地听魏小麦说话。魏小麦看出了他的心思，把门关上了，在凌乱的皮匠店里找着合适的座位或者站位，皮匠连忙地把一把凳子拽到了她的面前。魏小麦没有坐，她不是来攀家常的，她长出了一口气，说，你听我说……魏小麦呼啦呼啦地就说了，说话时手一直捂在胸口上，说完了，问皮匠，你都听见了吧？皮匠看着她扬着的头，看见了她眼里的无奈，她的期望，一种决绝，伸出手把魏小麦抱住了，也终于听见了细细的女人的哭声，她的整个身子都在颤动着。皮匠紧紧地搂着她，眼睛湿湿地对魏小麦说，放心……

她忽然感到那样强烈地想离开老塘南街，忽然感到这几年自己是忍受得太多了，等待，对案件的忍受，一桩案件竟然拖延了六年，既然最后还是这样的结果，那些人干吗要这样拖啊？还有对那个人的忍受，她不敢声张，还是为了案件的最后结局，为给自己的男人最后办一个周年。还有你想不到的人会来敲门，一个女人的日子过得提心吊胆，寡妇门前是非多，唯一让她感到暖心的是有这个皮匠。皮匠在老塘南街住过，也在她的娘家梨花屯住过，那时候外乡人不做皮鞋，不补皮鞋，做牲口用的缰绳，牲口的笼套，做马车上的东西，那时候真正的皮匠是皮匠的父亲。后来皮匠流浪了一圈儿住到老塘南街，马车上的东西早过时了，他学会了一手做鞋的手艺，皮匠才知道魏小麦做了老塘南街的媳妇……

魏小麦又去过镇里，一抬头看到了那座小楼，那个院子。皮匠好像熟悉了她的脚步声，返身看到了魏小麦，把手里的活计扔下了。魏小麦那次来过他的心就乱了，他去过老塘南街，可只是从魏小麦门前经过或在魏小麦门前犹豫着没有进去，他不想在这个时候惹出节外生枝的事情，上次魏小麦几乎说明了，皮匠，我不想再待在老塘南街，你能带我走吗？或者我们就在镇里生活，在镇里买一个小房子。那天魏小麦走后，他心绪一直难安，一个男人还有什么比结束流浪的生活宝贵啊。其实，魏小麦一直都在他的心里，他能感到魏小麦离他越来越近了。这次，魏小麦在院子里停住了，她要等等那个人的反应，她站下来，一只手顺势抓住了身边的一棵树，一只手捂住胸口，她感觉到自己的心跳，她知道这是自己对自己的回答。她的心有几分悲伤又有几分放开，有一种撕裂又有一种期待。她站着，等待着那个人。那个人呢，从屋里出来了，院子好静，仿佛时间就是他们两个人的，此时的世界就是他们两个人的。那个人，那个皮匠，扔掉了一切，不说话，迈着大步，直朝着她的方向来，快到跟前时，腿都激动得软下去，有点踉跄了。

五

还是去见了贾富贵，那个表叔。

贾富贵坐在花池边，一个人，身旁放着一根做拐杖用的枣木棍子，眼里看着花池里几棵草木。她喊了声表叔，说了办周年的事，说你看哪一天我们一起说说，好多事一起合计合计。经过了一场病，人还是受了影响，有些憔悴。他掂起身边的棍子，伸到花池里挑挑一棵枯了的花枝，说，几年？魏小麦答，六年。办一个六年吗？魏小麦说，今年才了结，不能再推了，就在今年办。贾富贵把手里的棍子收到怀里，支在下巴下，问，哪一日，是这个月吗？魏小麦说，十月二十四，下半月，还有不到二十天。都定过了？响器班、厨师……没有定，就是想找你，找几个人合计合计，不能拖了。嗯，贾富贵瞅着魏小麦。那就这样表叔，哪天碰头我再喊你。

事情是这时候发生的，在她要转身离开时，贾富贵突然伸出了手里的棍子，那根棍子朝着她的裆部戳过来，不偏不倚戳在了魏小麦的那个地方。贾富贵的脸上露着一种怪笑，拿棍子的手还在拧动。魏小麦一阵恶心，抓住了棍子，把棍子挪开了，她感到反胃，到底还是讨厌这个人，她是想过不来找这个人的，可乡村的事情不能过于的避讳，避讳了就是欲盖弥彰。况且，他们家族里有事都是喊他喊这个人的，几乎每一件事都有他的到场，做着红白喜事上的知事或迎接外客的大宾。此刻，她不知道该说什么，想了想，把棍子放下，说，你都什么样子了还不自重。可是那棍子竟然又伸了过来，她已经返身，棍子戳到了她的屁股上，身后的人在发着淫笑。魏小麦一阵恶心，没有回头，她只是抓住了棍子，狠狠地一拽，她听到的是一声呻吟，接着扑通一声。待她扭过脸时，她吓住了，贾富贵脸朝下趴在地上，口里吐着白沫……她哇的一声哭了，一边哭一边喊人。

贾富贵又一次住院了，这一犯，再一次卧床。贾富贵只有一个儿子，在城里开着一家小酒店，儿媳也常在城里，他的老伴早已经不在了，贾富贵可以自理时，家里只剩下贾富贵一个人。贾富贵的思维还算清晰，在计划着怎样惩罚魏小麦，怎样私了时，贾富贵说，我什么都不要，我只要那个狠心的寡妇伺候我。魏小麦坚决不同意，她再也不想见这个人，说我赔钱，医药费，陪护费，你们说个数目，把房子抵押了也要赔。

这时候她想到的是皮匠，想到皮匠许诺过在镇里买一个小房子。侄儿先是不说话，侄儿说，叔马上就到周年了，要不你去见见我说的人吧。魏小麦想了想，过几天去行吧？卢小舰犹豫了一下，点点头。

魏小麦和卢小舰走在县城的大街上，她想起她来拘留所看儿子，想起她和卢小舰来法院找人，后来卢小舰做了代理，她就没来过县城了。她和卢小舰走过德兴街时看见一家婚纱店，她停了停，自己结婚的时候还不兴照婚纱照，如果再举行一次婚礼的话，一定要补一次婚纱照，自己照过以后就该儿子儿媳照了。这样想着她朝着婚纱店多看了几眼。到了西门桥，看见了那家热闹的超市，她朝着超市走，对卢小舰说，既然是恩人我们不能空手来。

进家门时，她理了理衣裳，看一眼侄儿说，小舰，不管啥结果，甭怪婶子啊。卢小舰莫名其妙，就在这时候门开了。

那个老人坐在轮椅上，魏小麦蓦然朝老人跪下了，说，我男人的事你们费心了，她又朝着老人的儿子和家人，如果没有贵人帮忙，我们还不知等到哪一年，等到啥样的结果。接着，魏小麦掏出一个小红本，这是卢小舰怎么也不会想到的，魏小麦接着说，如果这事不了结，我什么心也没有，可现在我要过自己的生活了，我等了六年，今年给他办一个周年，我自己也要和一个人在一起了。卢小舰吃惊地看着她，魏小麦说，他答应我，如果你们需要，我随时可以来伺候老人。

出了门，冬天的小风刮起来，嗖嗖地凉，卢小舰有些尴尬，好在一家人是通情达理的，还恭贺着魏小麦。走了一段路，卢小舰才想起看看那张证上的人到底是谁，或者再证实一下证上的人。看过了，卢小舰说，婶，你真要和皮匠一起吗？魏小麦点点头，这几年，婶过的什么日子你知道。可表亲那儿咱咋说？魏小麦停下来，赔他医疗费吧，他要陪护的钱咱也出。那，咱几年的官司可能白打了。魏小麦摇摇头，道理不一样，咱要的是结果。那周年呢？魏小麦说，办，一定办！卢小舰说，那也要钱哪。魏小麦说，不怕！又往前走几步，卢小舰停下来，前边就是法院的大门，走过大门是德盛桥，卢小舰望着法院的方向，又呼呼地走几步，仿佛不愿在那个大门前停留。他停在几棵树下，树下落着残剩的叶子。卢小舰说，婶，那钱，我，我手头紧，怕全给不了。好像是预料中的，魏小麦没有打壳，说，你放心，婶去借。

十月二十四，老塘南街历史上从来没有过的一个人的六周年，也是一桩案件的六周年，如期举办。烟花在先天的晚上没有回避，在天上炸开一朵朵礼花，响器班唱到了半夜。儿子是提前回来的，不断来到她的身边，忙中偷闲地在她身边坐坐，找着话说，或者给她续上开水。魏小麦对儿子说，去忙吧，不用管我，这么大摊子，你招呼着。

魏小麦出来了，站在路边，听着响器呜拉呜拉吹，唢呐声格外悠扬，街门口放满了纸扎。她在想着，所有的问题又算什么呢，对丈夫总算有了交代。那个人呢、那个皮匠，他看见烟火，听见唢呐了吗？

一屋子敌人

郑小驴[1]

我们约定在昆明长水机场见面。她从北京，我从武汉，在机场会合。飞机刚降落，我就收到了她的微信，问我到了没？我说快了。她说今年冬天，昆明比往年要冷得多。我说你也是半个昆明人了，这个比我懂。她说我在做头发，叮嘱我一会儿从出口直接上二楼，她在一家叫罗马国际的美发店等我。我说好的，一会儿见。

冬天的昆明果然比我想象得要冷。黎安也比我想象得要漂亮。她坐在靠窗的位置，刚吹完头发，头上还冒着热气。我抱了抱她。她脸颊有点儿发烫，耳垂冰凉。发丝带着一股新洗的清香，这股味道我好像在哪儿闻到过。想了许久，也没想起来。我说你现在反悔还来得及。她听了，直接从我臂弯钻了出来说，姓赵的，我看起来那么怂吗？

我们的计划是弄辆车，从昆明出发，经大理，临沧，最后到达南伞，全程八九百公里。能走一小段高速，大部分走国道，路上顺利的话，一天勉强能到。到了南伞后呢？她说。我愣了一下，不知道该怎么回答，说实话我心

---

① **郑小驴** 本名郑朋，小说家。1986年出生于湖南隆回。著有小说集《1921年的童谣》《少儿不宜》《蚁王》《消失的女人》等多部，长篇《西洲曲》《去洞庭》。曾获《上海文学》佳作奖、湖南青年文学奖、毛泽东文学奖、紫金·人民文学之星短篇小说奖、《中篇小说选刊》优秀中篇小说奖、南海文艺奖等多种奖项。多篇小说被翻译成英语、日语、捷克语。南京市百名优秀文化艺术人才。中国人民大学首届创造性写作硕士。

里也没底。到了再说吧，她装作轻松，笑了笑说。我们都没去过南伞，之前在网上做了一些功课，说因为缅北战事，国门早就关了。她在知乎上问到一位对缅北情况似乎比较了解的“本地人”，咨询怎样出境，网友回答，只有一个选择——偷渡。说到偷渡，她显得有些兴奋，你偷渡过吗？她问。我说没有。万一我们被抓会怎么办？她抑制着激动，笑嘻嘻地说。坐牢？遣返？我假装吓唬她说。那我要不要给家里留封遗书，万一有个三长两短的……她止住笑，定定地望着我。我妈做梦也不会想到我回了昆明。她要是晓得我偷偷回了昆明却要去南伞，还不打断我的腿。大概是看到我的脸色有些难堪，她及时收住了话题。

我们终于聊到了车。我给几个租车公司打去电话，银行卡不行吗？客户回复说，必须得使用信用卡。连打几个，都是同样的回答，我几乎恼怒起来。我没有信用卡，问黎安，她也没带。没有信用卡，就租不上车。眼下南伞不是问题，出境不是问题，车才是最大的问题。没有车，哪儿也去不成。她说先别急，反正都到昆明了，她想想办法。我妈倒是有一辆老帕萨特，平时很少开，要不我问问？那你岂不是暴露回昆明的事实了？她摇摇头说，没关系，我编个理由吧。她去打电话，我进吸烟室，抽了一根烟，里面烟雾袅绕，站着好几个吸烟的男人，几只大烟灰缸插着密密麻麻的烟蒂，像只刺猬。一根烟抽完，我有一种进了毒气室的错觉，差点被熏晕过去。

出来的时候，黎安握着手机，笑嘻嘻地朝我这边走来。搞定了！她伸手做了一个V。我骗我妈，说休了个假，和公司两个同事来云南自驾游，想租辆车，刚想提那辆帕萨特，我妈说，租什么车，我这周也没啥事，不需用车，你们就用家里这辆吧。我刚想和她击掌庆祝，没想到这么顺利就搞定了，她眼珠子一转，紧接着补了一句，但我妈没时间送过来，得我们回去自取，她还想顺带看看我的“同事”呢。我说，你妈没问你具体去哪儿吗？她说，我妈问了，但我没讲具体的，说大概沿西双版纳方向，走到哪儿算哪儿。一会儿见了我妈，你得和我统一口径，不然就露馅了。

上了开往市区的出租车，她戴上墨镜，转眼突然像换了一人。她建议我们在车上先排练一遍，以防到时露馅儿。我说好的。我们将姓名，职务，具体部门，哪里人，都一问一答了，配合完美。她得意起来，问我像不像一个演员？我说你看上去更像是一个导演。这个回答让她很满意。她说，其实我妈平时也很少管我，光我那淘气包弟弟就够她忙的了。我说，你还有一个弟弟？是呀，今年刚满九岁，正是闹翻天的年龄，我妈整天向我抱怨，说都快被他烦死了。

车窗外晴空万里，冬季的阳光倾泻在广袤的红土地上，看起来有几分油画的质感。出租车无线电台播放了一首莫文蔚的歌后，开始播放补肾壮阳的广告。我们都没说话，陷入了长达一分钟的沉默。窗外一只山羊正一瘸一拐地迈向荒丘。山羊背上伫立着一只白鸟，纹丝不动，仿佛生来就该立在羊背上。她突然侧过头来问我，为什么想去那儿？我假装没听见，目送山羊消失在赭红色的荒丘深处。我脑海莫名浮现着刚才壮阳补肾的广告词——力不从心，就找盛仁。心里一遍遍地默念着。她摇了摇我的胳膊，嘿，你是想去赌博还是吸毒，嫖娼还是当雇佣兵？她被自己的问题先逗乐了，听说那边很多赌场，非常乱，那个果敢的网友，知道我是一个女孩，一个劲劝阻我别来，我说你真是好人，他说谢谢，他还头一回听人这么说他是好人，把他感动得。

我将目光从窗外收回，望着她说，我可能什么也不干，去那边纯粹看看，相信吗？她将头靠着我的肩，轻轻吸了吸鼻子，说，你这会严肃得，倒真有些像我们部门领导了，讨厌。喂，你除了做广告，还干过别的事吗？我拨弄着她的发丝，将她搂在怀里，轻轻摩挲她清纯的脸庞，回答她没有。

除了广告，我还干过什么呢？我在心里琢磨着这个充满哲学的问题。准确地说，我差不多已经忘了我还从事过广告。在里面待了六年，广告忘得一干二净，倒学会了踩缝纫机。缝纫机踩得比黄蜂的翅膀还快。我想上辈子我可能是个裁缝。

出来后，我落下了抖腿的毛病，还经常做一个梦。梦见一群人，在一间封闭的房间，都剃着光头，强奸犯被围在中间，一丝不挂，手里拿着一份报纸。他们逼他大声念当日的政治新闻，必须一边念，一边勃起，否则挨打。后来他们增加了惩罚的力度，找来两只刷牙的杯子，盛满水，密封好，挂在他勃起的阴茎上。一旦滑落，必遭毒打。

那辆老款银色帕萨特停在小区楼下，车身像刚洗过。她让我在楼下等着，说拿到钥匙，马上下来。我说好的。话音未落，她就看见她妈了。一个四十岁左右的女人，骑着爱玛牌小电动，戴着一顶李宁牌靛蓝色鸭舌帽，像是刚从菜市场回来，菜篮里装着新鲜的西红柿、青椒、土豆，还有一尾鲢鱼。她喊了一声妈，扭头向我做了一个难为情的表情，有些慌乱。她向她妈介绍说，这是我部门的同事，赵经理赵哥。她妈妈停放好电动车，和我打了声招呼。就你俩吗？我刚想说，黎安抢在我前，说另外一个同事飞机延误了，我们一会儿去机场接他。我赶紧也跟着点头附和，和她妈打了声招呼。她妈说，你们同事难道不是一块出发的吗？没有，我同事在上海出差，从那边过来。黎安马上解释道。她妈提了菜篮子，准备锁车，我便顺手接过。这个愚蠢的举动，让我接下来陷入两难，直到她妈发出邀请，赵先生，要不上去小坐一会儿，喝杯茶？我望了黎安一眼，她这会也自顾不暇，笑嘻嘻地望着我，我只得硬着头皮答应下来，尾随她们一块进了电梯。

她妈在客厅喊，招招，快出来，你看谁回来啦？卧房的门紧闭着，她连喊了两声，直到里面传来小孩大声的制止声：不要进来！

嗬，你姐从北京回来，你也不出来打声招呼吗？

我警告你们，不许进来！里面响起一阵乒乒乓乓的冲杀声。黎安朝我做了一个鬼脸，我弟弟调皮得很，你一会儿见了，不要吃惊。我们在餐厅坐下，她妈妈给我倒了杯水，我说谢谢，她揉了揉太阳穴，说，我被这小鬼伤透脑筋了。她去敲卧室的门，你再不出来，我就要进去啦。里面的警告声变得更加尖厉起来，谁也不许进来！黎安说，姐回来了，你不见我了吗？里面沉默着。黎安说，你以后还想不想要我陪你玩了？一会儿，门开了一道缝，一个全身奥特曼打扮的小孩探头探脑的，终于蹦跳着跑了出来，指着我们大声喊：敌人来了，超级闪龙队，快去增援！

我差点被他撞个满怀。招招，你小心点，快叫赵叔叔！她妈妈想拉住他，被他一把挣脱。快别闹了，你消停消停！她妈妈板起脸来，佯作生气的样子说。他一点也不惧怕他妈，叉着腰，站得远远的，指着我们说，奥特曼大胜了天下无敌的杰顿三世！

你再不听话，我就去找鸡毛掸子了！他妈妈再次威胁道。他一点也不担心，像没听见似的，站在厨房门口远远地盯着我，像观察一个入侵的外星人。我被他盯得浑身不自在起来，正想和他说点什么缓解尴尬，听见他冷冷地说，你刚才抖了六十下腿。我有点窘迫，将手按住膝盖，停止抖动。这时他又说了一句，乡队员不是在和杰克的搏斗中死了吗？我皱了皱眉，问他说什么？他郁郁寡欢地拉下眼帘，蹲下来，双手交叉，用手指头在地上比画着。黎安说，他说的是奥特曼的台词。他抬头朝我扫了一眼，露出无限落寞的样子，说，你们这群愚蠢的地球人。说完小跑着回了房间，门啪的一声关了。

我们从昆明出发，到达南伞的时候，已经夜里十一点多，又累又乏，早已饥肠辘辘。南伞比我们想象的要大，街道整洁、安静、冷清，刚结束了一场细雨，路面湿漉漉的，空气湿润，带着寒意，虽然在北回归线以南，也能隐约感受到冬天的余威。我们开车转了几条街道，大多数铺面早已打烊，街上车流稀少，几乎看不见路人。晕头转向地转了一圈后，我们终于在一个十字路口，发现了一家还亮着灯的餐厅，霓虹灯广告牌上面闪烁着“湘里人家”几个字。

店里两个中年男子正在下象棋，旁边坐着两个玩手机闲聊的厨师和传菜生，见我们进来，都有些愕然。有什么吃的吗，随便什么都行。我们打烊了。服务员模样的人回复我。黎安说，我们转了一大圈，就你们家还亮着灯。你们怎么这么晚还没吃饭？下象棋的大肚腩男子抬起头，手里正拿着一只“炮”，望着我们说。我说，赶了一天路，没顾上，刚到南伞。大肚腩说，你们从哪儿来？我说，从昆明。另外一个下象棋的男子这时也抬起头，扶了扶眼镜，惊讶地望着我们。你们来这里做什么？我说玩，散散心。两人对望一眼，都深深朝我望来，像老板模样的大肚腩男子将“炮”放上棋盘，转头对玩手机的厨师说，你俩去厨房，看能不能炒两仨菜。接着问我说，很少有人来南伞旅游哇，尤其这个季节。他的对手突然发现了棋局的漏洞，捏起棋子，冲他说，“将军！”将他的注意力拉回棋局。他观望良久，有些恼怒，一着死棋，再无挽回余地。眼镜男发出得意的笑声。大肚腩男子掏出烟，骂了一声，你这是“偷鸡”嘛，我要不下瞎眼棋，你怎能奈何得了我？眼镜男的笑声便显得更高昂了几分。

厨房一阵叮当，菜上得很利索。一盘西红柿炒蛋，一盘青椒肉片，还有一盘油炸牛肉干巴。他们的棋局又重新开始了。我要了一瓶大理啤酒，问黎安喝不，她说陪我喝点。我们碰杯，庆幸终于顺利到达南伞。外边淅淅沥沥又下起雨来，雨势看起来还不小，寒意透过玻璃窗，一点点地侵占着我们身体的暖意。她喝了一杯，冷得打战，坚持不再喝了。我自饮自酌，听外边冬夜的雨点打在树叶和屋顶的脆响，想起武汉的冬夜，也是这样的雨天，我和佟利最后一次在广埠屯吃夜宵，雨点滴滴答答地落在雨棚上，我们都冷得发抖，彼此沉默着，盘子里的烤串几乎没有动过。甜甜归我，这个你没有疑虑吧？她说。我沉默。她说，看你干的好事，甜甜要跟着你，以后还不知得挨多少白眼，家里的脸都让你丢尽了。我将江小白一口饮尽，起身说，好嘛，随你的便。

在我陷入恍惚的时候，我又听见了熟悉的“将军”声。这回大肚腩男子挽回一盘，他得意扬扬地站起来，朝眼镜男耸了耸肩说，老弟，怎么样？这叫以其人之道还治其人之身。眼镜男没理他，转头朝我们说，你俩真的是来南伞旅游的呀？黎安已经吃好，掏出口红，准备补妆，说是呀，怎么呢？眼镜男嘿嘿笑，眼神分明透着一丝怀疑和心照不宣。是准备去那边耍的吧？他终于忍不住说道。你怎么这么肯定？黎安说。嘿嘿，你们瞒不过我的，来这儿的外地人，几乎都是去那边耍的。他边说着，用手指了指窗外。街道正被雨水笼罩，昏黄的路灯映照着冷冷清清的建筑和黑黢黢的树影。不知怎的，我突然有些感伤起来。

要怎么才过得去？我喝完了最后一杯啤酒，露了底牌。大肚腩男子说，国门都关了一年多了，你们这样恐怕是过不去了。去年打了场很激烈的仗，国门那一边的赌场酒店现在都是弹孔，打得跟筛子似的，死了很多人。

眼镜男感叹说，还是中国好哇。

我想起刚才在寻找餐厅的时候，已经看到国门了，紧挨着一家看上去还比较气派的宾馆，黑漆漆的。我说，国门要什么时候才开？他说，局势不稳定，枪声一响，很多难民涌过来，寻求庇护，国门就是那时候关的，现在的边防巡逻比之前紧了很多。他接着奉劝说，那边局势现在太乱了，很不安全，小命要紧，建议你们还是别去为好。

黎安说，如果要去，有什么办法？大肚腩略沉思，说非要去的话，只能偷渡。被抓到怎么办？黎安说。嘿嘿，被抓到，那就不好说了。眼镜男意味深长地告诫道。那边遍地黄赌毒，诱惑太大，我见过很多有去无回的。我说，我们纯粹好奇，只想去看看而已，不会碰这些东西。他们用似笑非笑的眼神打量着我，刚才这句话一说出口，连我自己都觉得直冒傻气。

我说，你们认识带路人吗？大肚腩探寻了我一眼，说，如果你们非要去的话，我帮你们打听一下吧，但如今抓得严，也不晓得那人还干不干。说完，他拿起手机，走到一侧拨打电话去了。

雨势这会儿又下得紧起来，噼啪噼啪，像无数鼓点敲打着大地。我和黎安相互沉默地望向对方，仿佛在做一个艰难的决定。黎安将手伸过来，紧紧地捏了我一把，说，你真确定去吗？我望着雨夜中的街道，不置可否地嗯了一声。大肚腩很快打完了电话，走过来说，算你们好运，给你联系的朋友，答应五分钟左右过来。我说，你知道带路价格吗？大肚腩摇了摇头，说一会儿你们直接问他吧。

几分钟后，一个骑着摩托车的人，穿着雨衣，湿答答地走了进来。他朝大肚腩叫了一声二哥。大肚腩指着我们对他介绍，老李，这二位明天想去那边，你带不带？那人将帽檐往后一推，露出一颗小脑袋，脸颊深陷，瘦得跟竹竿似的，用一对牛眼似的眼睛瞪着我们说，你们想过去玩？我说，什么价格？他说，六百，单人单趟，包过不包回。我说，那怎么回来？来回，一千二。他报的价格吓了黎安一跳，她说，不是五十吗？他说，那是去年，开战后，六百都没人敢接这活了。边境埋了很多雷，前不久刚炸死了一头水牛。他淡淡的语气，分明又带着一丝不容置疑。大肚腩说，老李对那边很熟，人很可靠，你们大可放心。我说，能便宜点吗？他说，二哥介绍的我才敢答应，和别人都是八百。

这个价比预计的高出不少，让我们陷入了犹豫。我侧过身，悄声对黎安说，要不问问你那个在那边的网友，他应该清楚情况。黎安说，我刚才就问了，他知道我们到了南伞，可能觉得我已经无药可救了，再没回复。

那人一个劲地吸鼻子，打哈欠，一副厌世的神情，在忍着性子等着我们回复时，摸出香烟，点燃猛吸一口。

他吸烟的样子有些瘆人，烟头像警示灯一样快速闪烁，小脑袋很快湮没在他制造的浓雾里。烟燃得飞快，一根烟，几大口就抽到烟蒂，马上又点燃一根，吐出一口浓烟，直勾勾地望着我们。我被他盯得有些不自在，说如果来回都找你，能不能优惠一点？他仿佛就在等我这句话，几乎是没任何犹豫，用不可商量的口吻说：不行，一分钱不少。我被这个回答噎着了，那我们再想想吧，明天要是想去再找你。他似乎有些生气，瞪了我一眼，将最后一口烟深深吸进肺里，吐出来，用脚将烟蒂踩了，一句话不说，直接走了。氛围有些尴尬。大肚腩给我们打圆场，说你们别吓着，这人就这德行。

在去旅馆的路上，黎安说，刚才这人怎么看都像是吸毒的。我说，跟一具木乃伊差不多了。黎安说，你闻到他身上的味了没？我说什么味？她说，他身上有一股奇怪的味，我像在哪儿闻到过，你闻到了吗？我仔细想了想，说没有。她说，像是一股死人味。我说，说得好像你闻过死人似的。她说，大晚上的，别说死人、鬼啊，吓人。车按照导航提示，在午夜的雨幕中慢慢地巡游。路上一辆车都没有，世界格外冷清。这会儿雨渐渐收尾，雨刮在挡风玻璃缓慢滑动，发出一阵阵揪心的刮擦声。她说，你吸过大麻吗？我愣了一下，说，你怎么突然说这个？她说好奇。我说，你吸过吗？她说我先问你的。我摇了摇头，说没吸过，但见过吸毒的。你身边的人吗？我说是的，你吸过吗？她沉默了一会儿，点了点头说，我试过一回。这个回答大大出乎我的意料，我说是真的吗？她说，真的，我爸去世那年，我发现了几株野生的印度大麻，说来你都不信，它竟然就长在墓园的草丛，长得还特别好。我拔了几株回去晒干，卷了好几根烟，每天吸一根，我想着吸完就去死。我说，是啥感觉？她说，和想象的不大一样，但吸最后一根时，我看见我爸了，他提着自己的头，从一楼走上来，他一把将我嘴上的烟掐了，说你怎么这么蠢，我死是不想连累你们，你死是为了什么？我说爸，我要是为了别人，我早就跳下去了。他说你要想想你弟，我对不住你弟，他还没出生我就走了，你要代我好好照顾他。

我说你爸什么时候去世的？她说前几年。我说怪不得没见到你爸，你爸去世时你多大？她说，十六岁。我说你爸做什么工作？她想了想，说，我还真说不上来，他开过一段时间的民宿，也放点高利贷，偶尔还帮人了难，身份比较复杂，典型社会人。沉默了一会儿，她接着说，我爸去世前，我有一种预感，我觉得他活不过五十，我也活不过十六。他喝酒很凶，喝醉喜欢打骂人，因为这事得罪了不少人。隔着老远我都能闻到他身上的酒精味，他出事是迟早的事，但我只猜对了一半，我还活得好好的。我说，你爸怎么去世的？警察定性是车祸。就是开这辆车出的事，车没事，停在路边，还打着双闪，我爸倒在护栏下，头被撞得像颗西瓜。

我倒抽了一口冷气，说这辆车吗？她说你忌讳吗？我说你讲的是真事？她说，我会拿我爸开玩笑吗？我摇了摇头，其实也没什么。心想要早知道，我就不开这车出来了。她说，别介意，我一点也不忌讳，我觉得我爸就坐车里，他从没离开过我们。我说好了，别再说了。

导航提示我们预定的旅馆到了，停好车，办理完入住手续，已经凌晨一点钟，我已经困得不行，没有电梯，我们提了行李，步行爬上三楼，累得一句话都不想多说。

房间有些湿冷，我开了空调，靠在床沿抽烟，听见洗手间传来欢快的水流声，她在里面待了很长时间，在我靠着枕头快要睡着时，她终于从洗手间出来了，裹着一条白色的浴巾，浑身上下都散发着一股崭新和迷人的气息。我极力掩饰着急不可待的躁动，将她拢在怀里。浴巾滑落的那刻，她的身体像一朵盛开的莲花。我抿了抿嘴，感受到了一股越来越强烈的冲动。我相信那座休眠火山此刻又复燃了。我大口喘着气，热浪一股一股朝我涌来，要将我吞噬。就在即将进入的时候，我又闻到了那股熟悉的味道，它来自她的发梢、耳垂、颈部、锁骨、胸、腋窝……我突然想到一个人，脑海轰的一下，无比清晰准确，是她，就是她！那个酒吧带回的女孩，她身上就是这股气味，和黎安身上的一模一样！她当时极力挣扎，打碎了一只花瓶，踹翻了茶几，还狠狠踢了我一脚，她反抗得越激烈，我越亢奋，我们借着酒劲，彼此都不想被征服。我呆呆地望着黎安，她诧异地问我怎么了？眼神透着一丝无辜和不解。我说没事。我努力了几次，都失败了。此刻房间每个角落仿佛都弥漫着那股气味，简直无孔不入，我像被拽进敌人的房间，一屋子的人都在虎视眈眈地盯着我。我颓然沮丧，一下泄了气，说睡吧。她宽慰我，说太累了，何况赶了一天路。我沉默着。她越是安慰我，我的颓败感就越发强烈。我相信我阴郁的脸色吓到了她。她最后一句话也没说，侧身睡了。

窗外已经微微透亮，偶尔有车驶过。黎安已经熟睡，我靠着床头抽烟。不出所料的话，这个夜晚注定又将失眠了。清晨，窗外开始传来一片嘈杂的鸟叫声。无数只鸟扑棱着在树枝上闪转腾挪，摇摆跳跃，我脆弱的睡眠迅速被唤醒，睁开眼，天光大亮。我索性起床，拉开窗帘，猛地发现马路对面站着一个人，正仰头直直地望着我。他仿佛在那守了一整晚了，一动没动过，专门等着我拉开窗帘。这时我看见他朝我挥了挥手，说：喂，你想好了没有，到底去不去？

手　工

王　手[1]

最近谍战剧看多了，对手工的印象特别深刻。谍战剧也像抗日剧、宫廷剧、生活伦理剧一样，一段时间里蜂拥而起，编得多，拍得也快，演员阿狗阿猫都能上，烂剧就不可避免了。什么东西多了都不是好事，就毁了。但谍战剧确实也有好的，像《暗算》《潜伏》《悬崖》《黎明之前》，都不错。最近的《和平饭店》口碑也可以，似乎更烧脑。国外也有谍战剧，但它有它的特色，美女、猛男、大动作、干净利落，看得过瘾。国内的谍战剧很少有这样的，不是美女没有，也不是猛男没有，是意识形态不同，暴力美学不是我们所追求的，我们主张攻心，擅长手段，尤其喜好在手工上做文章。看时也揪心尿紧，仔细想想都是些雕虫小技，什么剪贴情报哇、字意释义呀、左右手写字呀、发报的手作及嘀嗒声辨别啊，等等，似乎不那么血雨腥风。我有时候会边看边想，这样的伎俩，我也会。这样说来，我要是生在过去，是不是也可以做个地下党，或在隐秘战线兼个职，弄不好还可以和某个女人假扮夫妻，在外面住上一段。这样的例子也不是没有，谍战剧《潜伏》《悬崖》，老电影那什么《电波》的，就都有这样。

我小时候手工就做得很好，有两件事至今仍在我年迈的父母那里津津

① 王　手　浙江温州人，近年小说散见于《人民文学》《收获》《花城》《作家》等刊。有小说集《火药枪》《狮身人面》《本命年短信》《讨债记》等。曾获《人民文学》短篇小说奖、《作家杂志》金短篇奖、郁达夫小说奖。

乐道，一件是“钉门槛”，就是把家里钉盒里的小钉用榔头都敲到门槛里去，那是我刚会走路、刚会自己一个人玩的时候，我父母也肯定试过让我玩一些有趣的东西，比如摸摸秤杆就让我学做生意呀、摸摸皮球就让我当运动员之类，但我都不会，我只会钉门槛。我父母惊讶的不是我钉门槛的技巧，而是我拿榔头敲钉居然都没有敲到手指头，这在我开裆裤阶段简直就是个不可思议的本事。第二件是“剪图案”。稍大一点的时候，我对敲钉子就不感兴趣了，但对一些图案发了疯似的着迷，不是说我会涂鸦或设计，而是我喜欢把各种图案剪下来，瓶签上的、盒子里的、纸上的或是布上的，逮到了就剪。那阵子，我们家到处都是被我剪下的各种屑头，我父母顾不上我的手工技能了，只是拼命地藏东西，以免它们遭劫。后来，我的“手工”拓展到了隔壁，一位邻居在家里做童装加工，其中关键的技术就是缝大头贴，我就被他们邀了去，专门负责剪大头贴，又快又准边缘又清爽。我父母就很骄傲，开玩笑地对邻居说，就待在你们家算了，工资就不要了，给他几块饼干就行。好像我已经可以靠手艺自食其力了。

很快到了小学，我的手工技能得到了突飞猛进的发展。其间的训练也是很多的，剪纸、画简笔画、写双线字、做一些平面玩具，还有老师指导，但对我来说这些都是小儿科。就像有些家长得意地对老师说，我儿子已经在看初中的课本了！而我那时，已经有了造假的杰作——我可以制作假电影票。那时候我们都很想看电影，但我们没有钱，尽管学生票才三分钱一张，但父母一般都不会支持我们的愿望。

我经常会去电影院门口，目光雷达一样，搜索着地面，发现整洁的票根，会毫不犹豫地捡了回来。那时候，我的铅笔盒里装的不是铅笔、橡皮、尺子，而是各式各样的票根。这些票根，有些撕在上面，有些撕在下面，可怜的检票员，他给了我一个可乘之机。我会将相同颜色的票头和票尾接在一起，不是简单的接，而是技术的接，我的手工就体现在这里。当然，票头得具备一个绝对的条件，什么条件？那就是必须有一条完好的直线。我就把这一刀切在这条直线上，两张票根，两条半边的直线，就这样严丝合缝地沾在了一起。当然要是不看背面，要是平摊在手上，再好的眼睛，也看不出这手工做在直线上。

看电影是一次次紧张又刺激的历险。去售票处选好电影，再把票的颜色和样子搞清楚，再找出绝对相像的伪造票，就可以大模大样地混检票口了。

面不改色，平心静气，把假票摊在手心，再捏住沾在一起的那条线，若无其事地递给那个心不在焉的检票员，就进来了。还不是万事大吉，还不能到处乱串，要躲避那些打着手电的查票员，唯一的办法就是先躲进厕所，有人来了就反复地装着撒尿，耳朵却竖得像旗帜一样，待影院内片头的音乐响起，知道灯光已经暗下来了，才悄悄地猫身出去……

那两年，我就是靠这样的手段看了无数的电影，《雷锋》《地道战》《苦菜花》《节振国》《小铃铛》《分水岭》《岸边激浪》《带兵的人》《箭杆河边》《丰收之后》《家庭问题》《独立大队》《青年鲁班》《半夜鸡叫》《女跳水队员》《南海的早晨》《小二黑结婚》《年轻的一代》《千万不要忘记》《草原英雄小姐妹》，还有《新闻简报》。

现在看来，这种手工、造假、蒙混过关，以及像潜伏一样的实践，多少训练了我的“间谍”素质，也培养了我富于想象的应对能力，这跟我后来的所作所为还是有一点逻辑关系的。

谍战剧《风筝》里，负责内务预审的中共领导，就是利用检测字样和左右手写字的特点，确定了郑耀先既是“军统六哥”，又是隐秘战线的“风筝”，又是旧政府遗留人员“周志乾”的身份的。

谍战剧《和平饭店》里也是。“钉子”老王潜入饭店，取得了王大顶的手写字样，伪造了其愿意归顺的“降书”，从而做实了这个土匪二当家和中共隐秘战线同志陈佳影的合理关系。

两剧都有在笔迹上大作做文章的桥段，都起到了逢凶化吉的作用，这就是手工的魅力。

进入初中，我也经常碰到笔迹这样的问题。时值 1972、1973 年，小平同志已强势复出，当时最大的动作就是振兴教育。这之前，我们的学习基本上属于玩笑性质的，说得好听一点叫寓教于乐，学工、学农、学军，拉练唱着“语录歌”，一天可以走 50 公里，还是在啃干粮喝凉水的情况下。后来不行了，上学不能推荐了，考试都要闭卷，每天的作业根本就做不起来，自然也就得不到家长的签字。这事难不倒我，我有手工技艺，我可以模仿家长签字。

我父母那时候是很忙的，整天在厂里搞什么会战，今天剥橘子比赛，明天扒鸡壳竞技，他们都是罐头食品厂的工人。我父母的字迹是很好模仿的。我母亲不怎么识字，让她签字，她会有天生的自卑感，要么胡乱得控制不住，要么羞答答的像一条毛毛虫。我父亲则不同，这是他难得的露脸机会，他会参照老师那时的习惯——不打分数，不计对错，只吝啬地写一个“阅”字，他不写阅字，他坐在饭桌前，喝着两毛钱一碗的生啤，看都不看，斜着身子就写给你一个“即日”，然后是龙飞凤舞的姓签，比如吴，上面画一个圈圈，下面扭几下，怎么看都像是字母“OW”的上下组合。无论什么字，对我来说都不在话下。我独创了意识流签字，不是机械地描摹，不在乎点画的相称，我闭上眼睛，想象着我父母的样子，尤其是他们当时的状态，手与笔就呈现了一种前所未有的痕迹效果……

《和平饭店》里对痕迹专家也有这样的描述：就是根据情节的发展，判断出哪些地方容易留下痕迹，哪些物件上可能产生痕迹，继而分析推理出事件的逻辑，找出合乎情理的走向。这说法可以佐证我那种方法，而我作业簿上的画押，我父母也深信就是他们亲笔签的。

我的学习一直是不怎么样的，但两年的初中我也混得顺风顺水，原因就和我的作业表现及我父母的签字有关。到了期末，学习成绩的好坏，那是需要个人真刀真枪的，但有些成绩老师手里还是有主动权的，比如劳动好、集体活动好、思想表现优、学习态度优，等等，这些好哇优哇我基本上都可以顺利囊括。

到了1976年，我已经上班去了。那时候都没有正式工作，但要找一个事情做做还是容易的，去学裁缝、去打铁铺、在居委会烫语录袋，或在家里糊火柴盒，只要你有手工的基础，又有足够的耐心，都是可以的。我去的是罐头食品厂，跟着我父母做临时工，听起来好像要稍稍的高级一点，其实也是在做手工，批黄桃皮子或削荸荠外衣，厂里会这个手工的人太多了，因此我就是做得再好也马上被大家淹没了。

但这一年，有两件事是特别考验手工的。开始是周总理去世，举国扼腕，我们厂长敏锐，当天就到店里去抢到了一批黑纱。

厂长是一个“强迫症”，什么事都要逞好，说黑纱没有字，就不够意思，等于白戴。我心领神会，就自告奋勇地接下了这个活。当然也离不开我父母的怂恿，说这事如果做好了，有可能临时就转为长期了。

我们中学门口的那条巷，按照今天的说法叫作特色巷，专做油印字，游行用的横幅、工作服上的厂标、运动衫上的号码，等等。有一段时间，我很痴迷这种手工，放了学不回家，驻着脚扒在店堂里看。我知道这事怎么做，一张丝网，上面一张薄膜，薄膜上刻了字，再用橡皮刀蘸油漆在上面一刮，字就印在布上了。我把这手工用在了黑纱上，印了美术字“周总理，您在哪里”。这句话当时代表了全国人民的心声，因此，我们厂里的黑纱就显得很艺术，每个人都争着戴，我们厂长也觉得很荣光。

这年九月，毛主席也去世了，这一次就更加哀痛，地动山摇，仿佛天都要塌了下来，自然也是举国黑纱。不用说，任务又落在了我的头上，但我们厂长对我提出了新的要求，说上次的那个美术字不好看，显得呆板，最好用名家的手写体，才能充分表达出我们的情感。但名家是不会写这些内容的，我就去翻查书法字典，集了王羲之的字，不够，又集了有点类似的文徵明的字、董其昌的字、王铎的字。前面那三位写得都比较周正，就是王铎的字有点斜，这个问题不大，我在刻薄膜时把它纠一点过来，“伟大领袖毛主席永垂不朽”，油印在黑纱上，就跟名家特地题写的一样，效果出奇的好。

这两件事都涉及了拼凑和再呈现，我在做这些的时候，并不知道这也是隐秘战线的基本功，是吃饭的手段。谍战剧《面具》里，地下党截获了敌人的密码，但无从破译。李春秋机警地发现，保密局站长家里的一本《孽海花》不见了，从而断定它就是敌人密码破译的母本。找来《孽海花》，从字里行间筛选和拼凑，密码就顺利地破译出来了。创造性的工作，总会带来意想不到的收获。我也因此从原来的“削皮”，调到了厂部的油印室。

接下来，我也到了谈恋爱的年龄。

我的对象其实就是我们家的亲戚，不过有点远。我们是在一次家族活动中遇见，具体说就是我们家老太迁坟，我被我父母勉强要挟了去，她也是拗不过她的长辈。我们有一点点一见钟情的味道，我觉得她顺眼，她也觉得我有那么一股邪劲。我当时问她在什么地方上班，她说，在墨池坊对面的门市部里。我说，是卖皮鞋的那个门市部？她说，你知道那里的？我说，墨池坊口子上有一个邮筒，邮筒边是一个补鞋的老头儿。这说起来也是间谍的要求，注意细节，过目不忘。我又说，我们碰到难，我给你写信怎么样？她说，写什么呢？有什么好写的呀？她这样一说，我就知道她同意了，她如果不同意就会说，不要不要，会被店里人笑死的，我爸知道了会打死我的。

那时候的恋爱没有什么内容，除了逛五马街，就是去九山湖。五马街像北京的王府井，九山湖则像上海的外滩，都是可以擦出火花的地方。尤其是九山湖，路边种满了栀子花，香得人心猿意马。对于这种花，温州人有更好听的名字，叫“白玉瓯儿”，白是色调，玉是质地，那兜着的花瓣就像瓯儿，甚至有歌谣唱那个情境的——九山湖边，白玉瓯儿开，一对对一双双，在那里谈恋爱……去九山湖，原来就是去寻找一种气味，抑或是为了某种释放。但这两个地方我们也没有去，我们还有点拘谨，那么写信，就是这时候最好的方式。

写信，其实也有点手工的特性。现代人为什么只用电话和微信了，就是烦那些手工，更何况旧时的铺纸、研墨、润笔……

她担心我没有东西好写，其实她的担心是多余的，我可以写写我经历的趣事，也可以写写我厂里的逸闻。写好、信封装好、邮票贴好、投进邮筒，这个烦琐的手工变成了一封信到了她手里，一般都是会愉悦的。还不光是这样，我告诉她每个周一她都会收到我的信，那么早一个周六的中午，我就要把信投出去。我了解到邮筒的规律，一天只开启两次，中午 12：00 一次，下午 16：00 一次，如果是下午投，那经过收件、分拣、落实到片区、再分派到投递员手上，那周一无论如何是收不到的，所以我必须要赶在周六中午 12：00 之前把信投出去。

这是一个周密细致的完成过程，不是随心所欲的。我知道，严谨的处事作风，是会赢得我对象好感的。一般谍战剧里也都会有这样的情节，踩着那个点去送信、去暗杀、去救人、去做实一个证据、去撤销已经布下的计划，都要以时间和信誉作保障，否则，完成任务就是一句空话。

某次，我周五周六加班，就算信已经写好了，也投不上那个点了，也就是说，我对象要是等我周一的信，已经等不到了。这时候，我的手工才华就按捺不住了，整个周日我都在做着这件事：我写好信，装好信封，封好后贴了一张 4 分的邮票，有没有用过的不要紧，但一定得是邮本地的 4 分票，而不是邮外地的 8 分票。接下来我做的才是手工活，我在邮票上画了一只邮戳，在空白处也画了一只邮戳，一只代表收进所盖的，另一只则代表投递所盖的。我用的是稍干一点的墨汁，又加了一点点松节油，这样会有点油晕，还不容易褪色。剩下的就是我在周一上午的演绎了。在差不多的那个时间里，我骑车出发了。我学着邮差的那个样子，在人行道上一脚一脚地滑行。沿街的店铺都已经开门，但店员们似乎都在埋头整理，做营业前的准备，因此，他们的眼睛是不注意外面的。人行道上人来人往，人少，我就滑行得快一点，人多，我就踮一下脚，在快到我对象那个店铺时，我就装起了邮差的那个范，嘴里喊某某某信，然后随手一挥，就把信丢进了她的店堂里，没等她反应过来，我已经骑离了那个地方。这一系列细节我都做得天衣无缝，完全就是隐秘战线的要求。

后来，我又被厂里派到了上海，去学习罐头封口机的流水技术，我虽然不是一线的工人，但鉴于我的优异表现，厂长奖掊我出去走走。在上海，信就不能像在温州那样写了，也不能像在温州那样投了，但信似乎显得更重要了。不能见面，电话又无从打起，又不能擅自回家，艰难的日子俨然就像隐秘战线，只有坚持，也只能写信。

上海的信，周期都比较长，若等她再回个信，日子就更久远了。在上海，又是经常要变换住地的，这个月在遵义旅社，下个月也许就在九江旅社，再下个月说不定又在黄陂旅社了。为了苦中作乐，为了将信写得热闹，我就在信的字体上下功夫，也是将信写得有趣一点。在遵义旅社我用的是隶书，在九江旅社我用的是行书，在黄陂旅社我用的是仿宋体，隶书学的是刘炳森，行书学的是庞中华，仿宋体我曾在油印室刻过蜡纸，这样的方式，我对象马上就感受到了，觉得这个人不仅会写信，还会写多体字，说明这个人有趣味，对生活有追求，好感就更加上升了。

因为信，几百封信、各种故事的信、各种字体的信、寄自各个地方的信，我对象在十年之后嫁给了我。

后来，随着条件的改善，我们搬了几次家，从桥西里搬到水仓区，又从水仓区搬到会同门，再从会同门搬到学府路，房子一次比一次好，搬一次扔一次旧东西，但每一次搬家，妻子都会首先把那些信带上，像户口本和门钥匙一样。这里说明一下，我们其实是粗人，不是在故作矫情；写信也完全是出于私心，是在炫耀自己的伎俩；也是条件限制的缘故，不写信我们就像是聋子瞎子；信写得也不怎么样，基本上是拿不出来朗读的。但集得多了，自己也珍惜了。

这些信后来就不仅仅只是信了，它成了一种收藏，一种纪念。有时候整理家什，也会翻出来看一看，温暖立刻像音乐一样弥漫开来。有时候，两个人说不爽了，脾气僵住了，想到有这些信，心里马上就柔软下来，会觉得我们都写了这么多信了，应该给信一个面子，好好过日子，于是，我们啧了一声，会心地笑了。

手工越做越好，难度也越做越大。时间到了 1989 年，我们这个厂正铆足了劲想上一个新台阶——参评国家二级企业。这个时候，无论厂里的规模、员工数量、年产值和年利润、销售额和出口创汇都达到了一个高水平。但根据学习的经验和兄弟企业提供的情报，觉得软件台账还是很重要的，而这一点，喜欢打球并组建了一支厂篮球队的厂长，恰恰不怎么重视，需要大量的材料补充。于是，经过厂部的物色和大家的举荐，我又一次从下面浮了上来，被抽调到办公室，具体伪造以往的会议记录、领导签字，以及相关文件……

谍战剧对这种手段的重要性特别推崇，《和平饭店》里就有呈现，陈佳影的身份被渐渐怀疑后，日本宪兵就急需“满铁机关”元老辛佑未眉的亲笔证明，来鉴证陈佳影。地下党利用关系潜入到日军内部，将辛佑未眉刚到的亲笔信描摹成所需文本，并且调包，保证了陈佳影在短时间内不被暴露。我在后来的材料整合时也都用上了这种手段，我描摹各种参会人员的签名、模仿文书的会议记录、在空白处添加所需的内容，以证明我们厂一贯以来就有创建的理念，并且早已经根植于心。我还根据需要把“新材料”做旧，把一些新材料补办进业已建好的档案。手工是我的拿手好戏。不用说，我们厂的申报工作进行得非常顺利，企业晋升了档次，厂长也有了荣誉，我也在厂部混得如鱼得水。

后来，也就是这几年，我的情况大家都知道了，就是我有了婚外的女朋友。这似乎没什么原因可讲，就是一个俗套。就像美女伴英雄，一个有才华的人，生活里总会有一些艳遇的。女朋友是厂办的打字员。我在厂里的风光、我手上的功夫、给厂长拟个讲话稿、给厂部写个年终总结、组织全市的交流材料、搞个通讯在报上亮亮相，这些“丰功伟绩”她都看在眼里，心仪是自然而然的，加之自己也有点贪心，一来二去就好上了。女朋友小我15岁，据说，这是处情人的最佳年龄，男女都一样，年龄相仿的或相差太大的就没有味道了。

仔细回顾相处的过程，涉及手工的事情有那么两件，还比较典型。有一年，一个外地的报纸搞什么“属相”征文，那年正好是鸡年，我为了讨她喜欢，就说去试试。讨她喜欢就一定要写到她，文章里有一段是这样写的——

> 小时候曾经以为属相和人的样子有关。比如属马，健壮的；属虎，凶猛的；属牛，肯干的；属猪，懒惰的；属狗，忠诚的；属猴，

灵动的；属兔，漂亮的；属蛇，诡异的；属鼠，丑陋的；属羊，温顺的；属龙，呼风唤雨的；属鸡，唯一的解释就是起得早。后来，自己长得虎背熊腰、凶神恶煞一般，马上就觉得这纯属无稽之谈了。

生活中和属相有关的事只有一次。多年前我交了一位女朋友，都是成年人，我们相处得很认真，都觉得没有功利的驱使，应该纯粹。因为要求高，女朋友一开始就很注重两人的秉性，怕入情太深了，发现是个坏人，退身尴尬，就像现在相亲时要暗查一下对方的家族病，怕的也是玩不了多久就中途夭折了。女朋友属鼠，是那种胆小如鼠的鼠，却偏偏很有原则，尤其是那种形而上方面的原则。有一天就问我的属相，我说干吗？她说随便问问。我说属鸡。她马上就不随便了，说，哎呀，鸡和鼠是不合适的，我们怕是说不来的。我当时想，又不是婚姻，还要这么严格的“政审”，既然这也成了顾虑，那也太矫情了，不处也罢，就说那算了吧。结果女朋友哭了。女朋友是觉得，好不容易的一段关系，我应该忸怩一下，争取一下，哪有这么快就决绝的！当然，我们都没有因为这个鼠和鸡而离开，也没有因为是鼠和鸡而感到什么不适。我们客客气气，一直过了好多年，到现在还是客客气气的。我知道，我们能够相处和属相无关，和条件也无关，但肯定和心底的一个尺度有关，那就是，不提任何形式的为难，也没有任何索取的倾向，无论到哪一天，都不会因为一个“欠”字而不够坦荡，不够理直气壮……

我把写好征文拿给她看，女人有时候爱虚荣，觉得你在哪里想到了她，她就很高兴。但真正的征文又是不能这样写的，万一入选了呢？万一刊登了呢？不是露馅了？所以，公开的场合还是要写写妻子的。对于手巧的人来说，这就是动动手剪接一下而已——

生活中和属相有关的事只有一次。那是我结婚之前，妻子家要去了我的属相，说是要合一合。妻子 18 岁跟我认识，我那年 20 岁。我当时没有正式工作，她一直默默地“陪护”我，我们的恋爱谈了十年，像马拉松似的。据说，属相拿给先生合的时候，妻子也跟去了，她付出了这么多年，也怕合出个凶信噩耗来，那如何是好。妻子属猪，先生开始说，猪与牛好，与羊也算好。还未等说到狗与马，妻子就心慌了，就脱口而出问，那与鸡怎么样？先生心领神会，赶紧说，那当然是鸡最好。于是，我们就高高兴兴地结婚了，确实也一直好到现在。但我心里明白，这与属相没有关系，倒是与我们18、20的相识有关系，与我们恋爱时的细节有关系。到现在，一些上了年纪的人还会问，那吴什么的这厮，他妻子是不是还是以前那小孩？那倒是也像那么一对啊……

这是不是很像谍战剧里那种双料间谍，为了维护和生存，兼顾着两家。至于最终有没有被入选被刊登，那是无所谓的，找个借口，就说人家没看上，就过去了。

俘获女人最有效的是什么？不是说好话，也不是送礼物，也不是惦记着什么日子，当然这些也要紧，是手段之一，但最最有力的武器就是送体检。女朋友没有体检的习惯，平时言谈之间也常常流露出反感医生的情绪，尤其是反感那些敏感部位的检查，现在你说要陪她去，陪她一个个科室走过来，偶尔还替她排个队，就像一枪击中了她的要害，她感动死了。于是，就订了体检套餐，又根据她工作和身体的特性增加了颈椎CT和彩色心超。

体检一般都要早起，那是因为首先要做个空腹验血，这就需要把出来的借口找稳妥，不然，早得突兀了，会让人心生疑窦。什么事能让一个人早起早出且冠冕堂皇呢？编一编当然也会有的，就看你说得像不像了。这段时间，厂里正在抓“质量提升”，每一个工序都要在原有的基础上有所改进，作为行政人员的我，就被指派到收奶工序督查去了。七点来钟，从各县收奶上来的车差不多都要到了，也是这个工序最忙的时候，测新鲜度、测溶比度、测营养成分、也测各类细菌指标，宁紧勿松。这个理由，不可谓不充分吧，妻子深信不疑。

这个时候，我已经接上女朋友，在路上了。我们去的是附二的体检中心，据说，那里的早餐做得最好。清晨的路，特别的好开，这件事也特别的有意思，因此，女朋友一点也没有之前对体检的排斥，反而坐在副驾上有说有笑。在一个十字路口，我们遇上了红灯，我正好停在第一辆的位置上，路口的视线非常好。这时候，女朋友碰了碰我的手，并用嘴努了努我们的前方，说，那人是不是在跟你打招呼哇？我看了看前面，斑马线走着不紧不慢的几个人，其中真有一个人在冲着我笑，我吓了一跳，当然也立刻认出了那个人是谁，我妻子的一位闺蜜！她这是要去哪里呀？去左边的公园锻炼？还是去右边的菜场买菜？但我不动声色，淡淡地说，不知道哇，好像不认识。但是，心里的不安显然已经像虫子一样爬了出来。我想起“不巧”这个词，也想起温州民间的一句老话：猪肚吃多了，总会吃出屎来的。心绪马上就坏了下来。

附二门口，场地本来就很局促，加之一早没有管理，陆续到来的车，早把秩序给停乱了。其实我也是一样，因为着急，因为想着帮女朋友排队，我也是将车子随便一停，奔里面去了。

正待情趣盎然时，兜里的手机突然振动了一下。我喜欢将手机开在振动模式，自己心里有数，同时也可以灵活把握。待稍稍地松弛了一点，掏出手机一看，呼吸立马又急促了起来。是妻子发来的短信，转自交警的通知：某月某日（今天）上午 7：00 时，在某某路附二体检中心门口，浙 OQQ664 号车，违反交通安全管理条例，不按指定地点停车，处以罚款一百元、扣点 3 分……

接下来的时间，我自己都觉得心神不宁了。女朋友偶尔的一照面，也都觉出了我的异常，悄悄问，怎么啦，有什么要紧的事吗？我说，也没事，就是车被交警抄牌了，不巧。女朋友也愣了愣，说，要紧吗，要不你先回去，我一个人可以的。我强作笑脸说，管它呢，不管它。我当然是不会先回去，这时候回去算什么呢？

强打精神，陪女朋友体检好，送她回家。一路上，她好像也感觉到了事情的“不巧”，窝在副驾上不响了，也不动了。事实也确实如此，偶尔的一次起早，不巧被妻子的闺蜜碰见了；偶尔的一次体检，车子又被交警抄牌了；这辆车登记在妻子的名下，所以，短信是发给妻子的，也是她把短信转给我的！这就出现了一系列问题……

这一天真的叫作度日如年啊，就像间谍中了圈套，露马脚了。勉强挨到下班，回到家，妻子又表现得没有事似的。这就更摸不着深浅了，我不知道她到底掌握了多少情况？她闺蜜有没有告诉她？她有没有研究过交警的短信？她如果懵懵懂懂地随便一问，早上收奶那边还顺利吧？我也会自己乱了阵脚的！这一夜，时钟的秒针在我脑袋里一下一下地响过。

不行，这样太被动了。第二天，我静下心来，窝在厂里做手工。手工服务于间谍，反过来说，间谍一般也都会手工。间谍就是这样，平时也许是窝囊的、木讷的、娘娘腔的，但在关键的时刻，需要他出手时，他强大的内心和能量就表现出来了。我整理了几位疾病专家的资讯，现在的网络很发达，搜一下都有；我又用去年的体检表伪造了一份昨天的验血报告，剪裁、粘贴、复印，比我做电影票那阵方便多了。如果你担心有拼接痕迹，没关系，把复印机的墨色调一调，痕迹立刻就无影无踪了。

一切准备就绪，我要和妻子好好地谈一谈了。我拿着医生的资讯和验血报告，我让妻子坐在我对面，我这样做的目的，是想让她感觉到我的诚恳和我们谈话的正式。我说，最近一段时间，我的身体出现了一些异样，异样的主要表现你可能看不出来，但我自己知道体重在急剧地下降。什么原因会导致这样的结果呢？要么是身体里面混乱了，血液出了毛病；要么是身体里面在打仗，异常细胞增殖了。我这样说你也许听不懂，没关系，我们等一会儿再详细聊。

昨天早上，我是托了朋友约了附二的医生，朋友是医生的亲戚，所以，得由朋友带着我去，这样会方便很多。为什么要这么早？主要想赶在医生的门诊之前，那时候医生还没有上班，心里还清爽的，他可以说得耐心一点，具体一点；为什么没事先说去医院？而是说去了厂里，是因为不知道会有什么结果，怕你在家里无端的担心，平添了一些纠结。

医生是附二的肝病科主任，同时他还介绍了胰腺疑难病的主任。一个叫李永水，主任医师、教授，专业特长是急慢性病毒性肝炎、肝硬化的诊疗；还有一个叫陈家蒙，也是主任医师、教授，专业特长是肝胆胰脾外科及疑难危重病的诊疗。两个医生我都看了，他们根据我说的情况，分析说，内科的病，都有可能交叉着反应，为了有个判断的依据，建议我先做一个验血，说血象一般都会说明一些问题的。反正时间也早，他们就开了单，我就留在那里验血了，被抽了满满的三管，外加了一杯尿。

昨天一天，我就像行尸走肉一样，等消息是特别特别焦虑的，真的是硬忍。今天终于拿到报告了，就在这儿，有几项重要的指标我念给你听听：总胆红素 13，总蛋白 75.4，丙氨酸氨基转移酶 14，肌酐（酶法）77，血清钙 2.31，总胆固醇 3.75，甘油三酯 0.77，糖化血红蛋白 5.1，癌胚抗原 1.0，鳞状细胞抗原 1.0……妻子说，念就不要念了，反正我也听不懂，你告诉我有没有事吧？我说，当然是没有事啰，一个“雨伞”也没有。话又说回来，没事了我才可以有心情、在这里跟你轻松地聊了。妻子噢了一声，说，没事就好。

我没有说起碰见闺蜜的事，其实这事说不说已经不重要了。至于交警的短信，我解释说，当时是心急，因为医生在里面等着，门口看似是有人管的，这些人也真是，明明是不能停的，却还收了人家的钱。你说我当时是什么心情，这里正和医生交流着，你那边抄牌的短信就发了进来，燥得我背上唰唰地冒汗。说起短信，妻子像突然想起来了，说，噢，我看都没看，我以为是你前几天在哪里违章的，一般违章的信息都是三天以后才到的，你可能是被那些巡警抓拍的，呵呵，看来你运气不好。

这件事就这样过去了。

这之后，我有很长一段时间都不敢轻举妄动。按照隐秘战线的术语，叫“沉睡”了。女朋友也像是沉睡了，照面没有表示，平时闲来也没有音讯。她在想那天的事吗？怎么想？她会想，我后来是怎么圆了这件事的呢？

这样说来，我还真有点像那种双料间谍，既要安抚着那一方，又要稳妥着这一方，其实也是挺辛苦的。间谍是什么？间谍就是工于心计，善于技艺，为完成任务不择手段。西方人叫间谍，我们叫隐秘战线，港台那边喜欢叫无间道。据说，它源自于佛学教义，本是指无间地狱，凡入此狱者，不得超生，不得轮回。也许，我们不知道，以为自己很精明、很能干、可以游走在人鬼之间，其实是：既不是人，也不是鬼，且人鬼都不会认。

最近有一对俄罗斯父女，也是双料间谍，被人用毒气闷了，坐在马路边的靠椅上，以为在促膝谈心，其实早已经脑死亡了。像这种事，一般也都是露马脚了、让主子寒心了、失去利用价值了、留着或许还是个隐患，所以，干脆就把他“和谐”掉算了。

附　录

炖马靴…………………… 迟子建（原载《钟山》2019 年第 1 期）

迟到的青年 ……………… 黄锦树（原载《天涯》2019 年第 6 期）

天台上的父亲…………… 邵　丽（原载《收获》2019 年第 3 期）

天　使…………………… 张惠雯（原载《文学港》2019 年第 7 期）

城北急救中 ……………… 修新羽（原载《花城》2019 年第 1 期）

如梦令…………………… 朱　辉（原载《钟山》2019 年第 6 期）

起　夜…………………… 双雪涛（原载《收获》2019 年第 1 期）

荀滑脱逃 ……………… 朱山坡（原载《青年文学》2019 年第 1 期）

飘雪的冬天 …………… 雷　默（原载《人民文学》2019 年第 4 期）

上海动物园 ……………… 赵　挺（原载《收获》2019 年第 4 期）

蒙地卡罗食人记………… 郑　执（原载《收获》2019 年第 4 期）

斜坡快乐 ……………… 张漫青（原载《山西文学》2019 年第 7 期》）

逛超市学 ……………… 卢德坤（原载《上海文学》2019 年第 3 期）

芥子客栈 ……………… 艾　玛（原载《中国作家》2019 年第 3 期）

对她好…………………… 牛健哲（原载《延河》2019 年第 11 期）

被五和八，还有二十五整除…… 米荆玉（原载《青岛文学》2019 年第 5 期）

审判者…………………… 小　珂（原载《西湖》2019 年第 8 期）

一桩案件的第六周年……… 安　庆（原载《福建文学》2019 年第 1 期）

一屋子敌人 ……………… 郑小驴（原载《小说界》2019 年第 6 期）

手　工…………………… 王　手（原载《收获》2019 年第 2 期）